Alaska Wild

Titre de l'édition originale : *The Simple Wild*

Image de couverture : © Shutterstock
Conception graphique : Christophe Petit
Collection « Hugo Poche » dirigée par Franck Spengler
Ouvrage dirigé par Lea Mariani

Département de Hugo Publishing
34-36, rue La Pérouse 75116 Paris
www.hugoetcie.fr

ISBN : 9782755648140
Dépôt légal : septembre 2020
Imprimé en Espagne par Liberdùplex

K.A. TUCKER

Alaska Wild

Traduit de l'américain
par Arnold Petit

Hugo Poche

NEW ROMANCE®

De la même auteure :

Respire (Ten Tiny Breaths tome 1), Hugo Roman, 2015
Mentir (Ten Tiny Breaths tome 2), Hugo Roman, 2015
Saisir (Ten Tiny Breaths tome 3), Hugo Roman, 2015
Une lueur d'espoir, Hugo Roman, 2018 et Hugo Poche, 2019

PROLOGUE

5 novembre 1993
Anchorage, Alaska

Wren dépose les deux valises à roulettes près de la poussette et tire une longue bouffée de la cigarette négligemment fichée au coin de ses lèvres. Il souffle la fumée dans l'air glacé.

– C'est tout ? demande-t-il.

– Il manque le sac de couches.

Je hume l'odeur musquée de sa cigarette. J'ai toujours eu l'odeur du tabac en horreur. C'est toujours le cas, sauf quand c'est Wren qui fume.

– D'accord, je vais te le chercher, dit-il, lâchant sa cigarette dans la neige avant de l'écraser avec sa botte.

Il joint ses mains calleuses, souffle dedans et file, épaules rentrées, vers le tarmac où le Cessna qui nous a déposés attend son heure de retour vers Bangor.

Je le regarde s'éloigner, impassible, blottie dans la longue doudoune polaire qui me protège du vent glacial, m'accrochant farouchement à la rancœur qui me ronge depuis des mois. Si je lâche prise maintenant, je vais être submergée par la douleur, la déception et l'inévitable sentiment de perte qui m'habite et auquel je ne pourrais pas faire face.

De retour, Wren dépose le lourd sac rouge sur l'asphalte et un membre du personnel au sol vient récupérer mes bagages. Ils échangent des plaisanteries, comme s'il ne s'agissait que d'un énième transport de passager, puis l'homme s'en va en emportant mes affaires.

Il nous laisse, Wren et moi, dans un silence tendu.

– Alors ? Vers quelle heure arrives-tu ? demande-t-il, en grattant l'éternelle barbe brune qui lui recouvre le menton.

– Demain. À midi. Heure de Toronto.

Prions pour que Calla tienne les dix heures de voyage sans piquer de crise. Encore que cela m'éviterait d'en faire une moi-même. Au moins, nous voyagerons dans un avion plus stable que les éternels coucous que Wren tient tant à piloter. Bon Dieu, mais où avais-je la tête lorsque j'ai épousé un homme né et élevé pour être pilote en Alaska ?

Wren hoche la tête d'un air absent et sort notre fille à moitié endormie de sa poussette pour la prendre dans ses bras :

– Alors ? Prête pour ton tout premier voyage dans un grand avion ?

Le sourire qu'il a pour la petite fait vriller mon cœur.

Pour la millième fois, je me demande si ce n'est pas moi la vraie égoïste dans l'histoire. Devrais-je serrer les dents et supporter toute la désolation et la solitude de l'Alaska ? Après tout, c'est moi qui ai fait les choix qui m'ont menée jusqu'ici. Papa me l'avait bien dit lorsque j'ai reconnu devant mes parents avoir pleuré au moins une fois par jour toute cette année passée, en particulier durant ces longues, pénibles et froides nuits d'hiver, quand la lumière du jour est quasi inexistante ; lorsque j'ai admis que ma relation avec Wren n'était pas aussi romantique que je l'avais pensé, que je détestais vivre sur cette « ultime frontière » de l'Amérique ; que je souhaitais retourner vivre auprès de ma famille, de mes amis, retrouver la joyeuse agitation de ma ville d'enfance, dans le pays qui est le mien.

De profondes rides se creusent entre les sourcils de Wren qui dépose un bisou sur le petit nez de notre innocente fille de dix-sept mois avant de la poser par terre. La petite trottine cahin-caha autour de nous, son petit corps trapu enveloppé dans une épaisse doudoune rose bonbon qui la préserve de la rudesse du froid.

– Tu n'es pas obligée de partir, Susan. Tu le sais.

Je me cabre à nouveau, aussi vite que je m'étais attendrie.

– Ah oui ? Et puis quoi ? Je reste ici à me morfondre ? À la maison avec Calla, en bonne femme au foyer, pendant que tu risques ta vie dehors pour des gens que tu ne connais même pas ? Je n'en peux plus, Wren. Chaque jour, c'est pire.

Au début, j'ai pensé que c'était le baby-blues. Mais après des mois d'allers-retours à Anchorage pour consulter un psy et obtenir un renouvellement d'antidépresseurs qui n'ont fait que m'abrutir, j'ai fini par accepter le fait que mes hormones n'avaient rien à voir. J'avais été si naïve de me croire capable d'encaisser les hivers de l'Alaska sous prétexte que j'étais née à Toronto, pensant qu'être mariée à l'homme de ma vie pouvait compenser la dureté du quotidien et surmonter la peur permanente qu'il puisse se tuer en faisant son métier. Que mon adoration pour cet homme, et l'attirance qui nous lie, seraient suffisantes pour supporter tout ce que ce maudit pays allait me faire endurer.

Les mains glissées dans les poches de sa longue veste à carreaux, Wren s'abîme dans la contemplation du gros pompon vert du bonnet de notre fille.

– T'es-tu au moins renseigné sur les vols disponibles pour Noël ? dis-je, dans une ultime tentative pour le convaincre.

– Je ne peux pas m'absenter aussi longtemps, ça aussi tu le sais.

– Wren, enfin, c'est toi le boss de cette compagnie !

Je désigne l'avion qu'il avait affrété pour Anchorage, dont la carlingue est flanquée du logo « Alaska Wild ». Ce logo figure sur bien d'autres appareils, tous appartenant à la compagnie aérienne

Fletcher, l'entreprise familiale que le père de Wren lui a léguée à sa mort cinq ans plus tôt. J'ajoute :

– Tu peux prendre autant de congés que tu veux !

– On a besoin que je sois là, on compte sur moi.

– Je suis ta femme ! *Je* compte sur toi ! *On* compte sur toi, Wren !

Ma voix se brise dans un sanglot. Wren soupire et se masse entre les sourcils :

– On ne peut pas continuer comme ça. En m'épousant, tu savais que l'Alaska, c'est chez moi. C'est trop tard pour me faire changer d'avis. Tu ne peux pas t'attendre à ce que j'abandonne ce qui est toute ma vie.

Les larmes me brûlent les joues et je les essuie d'un geste furieux.

– Ta vie ? Et la mienne, alors ? Devrais-je être la seule de nous deux à tout sacrifier ?

J'avais rencontré Wren à un enterrement de vie de jeune fille à Vancouver. Jamais je n'aurais imaginé tomber follement amoureuse d'un pilote. Ce n'était pas prévu mais c'était arrivé et depuis, j'ai fait tout ce qui était en mon pouvoir pour maintenir notre relation, et je l'ai fait avec toute la passion dont sont capables les femmes éperdument amoureuses. J'ai déménagé à l'autre bout du pays, en Colombie britannique et je me suis inscrite à une formation d'horticulture, afin d'être plus proche de l'Alaska. Puis, lorsque je suis tombée enceinte, j'ai lâché les études et emménagé à Bangor où nous pourrions nous marier et élever notre fille. Mais la plupart du temps, je me sens comme une mère célibataire. Wren passe sa vie dans ce fichu aéroport, soit pour piloter, soit pour planifier de nouveaux décollages.

Et pendant ce temps, à quoi ai-je droit ? Aux dîners qui refroidissent, à la petite qui réclame sans arrêt son « *ba-ba* » et une terre subarctique inhospitalière sur laquelle j'aurais de la chance de voir pousser ne serait-ce qu'une mauvaise herbe. Au fur et à mesure, j'ai abandonné à cet homme des parties de moi et, ce faisant, je me suis perdue, corps et âme.

Par-dessus mon épaule, Wren suit du regard un vol commercial s'envoler à destination de l'aéroport international le plus proche. Il ne rêve lui aussi que de s'envoler, loin de nos incessantes disputes.

– Je ne souhaite que ton bonheur, déclare-t-il. S'il faut pour ça que tu retournes vivre à Toronto, je ne t'en empêcherai pas.

Il a raison : nous ne pouvons pas continuer ainsi, surtout s'il n'est pas disposé à faire le moindre sacrifice pour me garder auprès de lui. Mais comment peut-il renoncer aussi facilement ? Lorsque je lui ai annoncé que je n'avais pris qu'un aller simple, c'est tout juste s'il a bronché. Non pas que j'en sois vraiment surprise – dévoiler ses sentiments n'a jamais été son fort. Mais au point de nous amener ici, dans le froid, et de nous planter là avec nos valises sur le sol gelé… Peut-être ne nous aime-t-il pas assez ?

Je me mets à espérer que maman ait raison. Quelques mois sans sa femme pour lui préparer ses repas et réchauffer son lit le soir lui donneront des pistes de réflexion. Il comprendra alors qu'il peut voler partout, même à partir de Toronto. Il comprendra qu'il ne peut pas vivre sans nous.

Je prends une grande inspiration.

– Il faut que j'y aille.

Wren me dévisage de son regard gris acéré, le même qui m'a pris au piège il y a quatre ans de cela. Si j'avais su à l'époque dans ce bar que l'homme si beau et bien bâti qui s'était assis à côté de moi pour commander une Budweiser allait finir par me briser le cœur…

– Bon, dit-il. Je suppose qu'on se reverra quand tu seras prête à revenir à la maison.

Le léger enrouement dans sa voix a presque raison de ma ferme résolution. Mais un seul mot me donne de la force et je m'y accroche : maison. L'Alaska n'est pas ma maison. C'est ainsi et si Wren ne le voit pas, c'est qu'il s'y refuse. Une boule se forme dans ma gorge et je peine à déglutir.

– Calla, chérie ? Dis au revoir à papa.

– Au 'voir, ba-ba ! dit-elle, agitant sa petite moufle avec un grand sourire.

Inconsciente du cœur brisé de sa maman.

CHAPITRE 1

26 juillet 2018

Cette calculatrice n'est pas à moi.

Je souris amèrement tandis que j'examine le contenu du carton – brosse à dents, dentifrice, tenue de sport, une boîte de mouchoirs, un maxi flacon d'Advil, un sac de produits de beauté avec quatre tubes de rouge à lèvres entamés, de la laque, une brosse à cheveux et six paires de chaussures que je gardais autrefois sous mon bureau. C'est là que je remarque le coûteux engin de calcul. Le mois dernier, j'avais réussi à convaincre mon supérieur que j'allais en avoir besoin. De toute évidence, l'agent de sécurité chargé de nettoyer mon bureau de tous mes effets personnels pendant que je me faisais crûment virer de mon job avait dû penser qu'elle m'appartenait. Probablement à cause du nom « Calla Fletcher » marqué au feutre indélébile dessus, un avertissement à l'attention de mes collègues qui auraient eu l'idée de me la piquer. Qu'ils aillent se faire voir, c'est la mienne, maintenant !

Je m'accroche bec et ongles à ce petit bout de satisfaction que cela m'octroie tandis que le métro déboule du tunnel de la station Yonge. Dans le wagon plongé dans le noir, je fixe mon reflet dans la vitre, ignorant de mon mieux le picotement dans ma gorge.

Le métro de Toronto est tellement calme et désert à cette heure de la journée que j'ai pu m'asseoir où je voulais. Je peine à me rappeler de la dernière fois que j'ai eu ce luxe. Pendant presque quatre ans, pour aller et revenir du travail, j'ai dû m'entasser dans des wagons bondés, asphyxiée par les odeurs corporelles et ballottée dans les incessantes et infernales bousculades de l'heure de pointe. Mais cette fois-ci, le trajet pour rentrer chez moi est bien différent.

Aujourd'hui, j'avais tout juste fini de savourer les dernières gouttes de mon latte acheté chez Starbucks – taille venti – et sauvegardé mes derniers fichiers Excel lorsqu'un message est arrivé sur ma boîte mail, m'informant que le patron voulait que je descende le voir dans la salle Algonquin au deuxième étage. Sans trop y réfléchir, je m'étais emparée d'une banane et de mon carnet de notes avant de traîner les pieds jusqu'à la petite salle de conférence.

Je l'y ai retrouvé, accompagné de son supérieur et de Sonja Fuentes, des ressources humaines. Cette dernière tenait entre ses mains enflées une épaisse enveloppe kraft marquée à mon nom. Je me suis assise face à eux et les ai bêtement écoutés me déblatérer chacun leur tour un discours maintes fois répété : la banque avait récemment fait installer un nouveau système prenant en charge bon nombre de mes tâches d'analyste des risques, et mon poste avait été de fait éliminé ; j'étais une employée modèle et cette décision n'était en rien le reflet de mes capacités professionnelles ; évidemment, la société m'assurerait un important soutien financier durant cette période « transitoire ».

Je crois bien être la seule personne de toute l'histoire de l'humanité à avoir mangé une banane entière pendant qu'on la licenciait. La « transition » s'appliquait à effet immédiat. Autrement dit, pas la peine de retourner à mon bureau pour saluer mes collègues ou prendre mes affaires. J'allais être raccompagnée jusqu'au service de sécurité comme une vulgaire criminelle, on allait me remettre un carton contenant mes affaires et m'escorter vers le trottoir. Apparemment, c'est la procédure standard de la banque quand on se sépare d'un employé.

Quatre ans à m'aveugler sur des tableurs, à lécher les bottes de traders égoïstes dans l'espoir qu'on me recommande pour une promotion, à veiller tard pour couvrir les bourdes d'autres analystes, à organiser des activités pour « renforcer l'esprit d'équipe », m'assurant qu'on n'aurait ni chaussures de bowling usées, ni buffets pleins de glutamate, tout ça pour ça ! Quinze minutes d'entretien et me voilà sans emploi.

Je savais que cette machine finirait par être installée, que les postes d'analystes seraient réduits et le travail redistribué. Mais j'ai été assez stupide pour me croire indispensable et penser que je serais épargnée. D'ailleurs, combien d'autres têtes étaient tombées, aujourd'hui ? Suis-je la seule à avoir perdu la mienne ? Mon Dieu ! Et si j'étais la seule de l'équipe à avoir été virée ?

Les larmes menacent et je cligne des yeux pour les chasser, mais quelques-unes parviennent à s'échapper. D'un geste rapide, je sors mouchoir et miroir de poche du carton et entreprends de me tamponner délicatement les yeux pour ne pas ruiner mon maquillage.

Le train tressaute en s'arrêtant en gare et des usagers grimpent à bord, s'éparpillant dans la rame tels des chats errants à la recherche d'une place suffisamment éloignée de celle des autres. Tous à l'exception d'un grand costaud en uniforme bleu qui s'affale sur la banquette rouge pile en face de moi. Je serre les genoux pour ne pas entrer en contact avec sa cuisse. Le voyageur s'empare d'un exemplaire froissé de *Now* sur le siège d'à côté et commence à s'éventer avec, ce qui m'envoie son haleine chargée de pastrami dans le visage.

– Il fait frais, je devrais peut-être rester là, marmonne-t-il pour lui-même en essuyant la pellicule de sueur de son front, visiblement inconscient de l'immense gêne qu'il m'occasionne. Avec l'humidité qu'il fait dehors, je vais sentir la mort.

Je fais comme si je n'avais rien entendu – aucune personne sensée ne fait la causette dans les transports – et dégaine mon téléphone pour relire les textos que Corey et moi nous sommes envoyés pendant que j'étais restée abasourdie sur Front Street, essayant de comprendre ce qu'il venait de m'arriver.

Je viens d'être virée.

Merde, alors ! Désolé pour toi.

On peut boire un café ?

Impossible. Désolé. Débordé.
Des clients par-dessus la tête.

Et ce soir ?

Possible. On s'appelle plus tard ?

L'usage d'un point d'interrogation en fin de phrase indique que même un petit coup de fil à sa copine pour la réconforter, c'est peut-être trop demandé. C'est vrai qu'il est submergé par le stress ces derniers temps. L'agence de publicité pour laquelle il travaille lui fait faire des heures à n'en plus finir, comme un esclave, pour apaiser leur plus gros client, qui est aussi le plus désordonné. S'il veut avoir la moindre chance d'obtenir la promotion sur laquelle il lorgne depuis deux ans, il a tout intérêt à assurer cette campagne à fond. Ces trois dernières semaines, je n'ai pu le voir que deux fois. Je ne devrais pas être surprise qu'il n'ait pas le temps pour un café.

Pourtant, je suis déçue.

– Vous savez, quand il fait ce temps-là, j'aimerais parfois pouvoir être une femme. Vous avez l'avantage de pouvoir être moins habillées.

Ce coup-ci, c'est bien à moi que le voyageur sudoripare s'adresse. En plus, il me dévisage et baisse discrètement les yeux vers mes jambes nues, révélées par ma jupe crayon noire. Je lui adresse un regard sans expression, serre les cuisses et me détourne le plus loin possible, le visage à moitié dissimulé derrière le rideau de ma longue chevelure cannelle.

Semblant percevoir ma mauvaise humeur, il ajoute :

– Oh, vous vivez une sale journée, conclut-il en désignant le carton sur mes genoux. Ne vous en faites pas, vous n'êtes pas la seule. Avec les années, j'en ai vu des gens quitter des bureaux.

Je lui donne la cinquantaine, sa chevelure rêche est plus sel que poivre et il a une calvitie sur le haut du crâne. Sur sa chemise, j'aperçois brièvement une étiquette marquée « Williamson Custodians Co ». Probablement un employé d'une de ces compagnies de ménage engagées par des entreprises comme la mienne. Quand je travaillais tard, je les voyais pousser leur chariot d'entretien avec nonchalance le long des bureaux à cloison, tâchant de vider les corbeilles des employés sans les déranger.

– J'ai démissionné, mentis-je en replaçant le couvercle du carton, dissimulant son contenu à l'abri de ses regards indiscrets.

Ma fierté est trop blessée pour évoquer ce qui vient de se produire à haute voix avec de parfaits étrangers. Son sourire indique qu'il n'en croit rien :

– Qu'est-ce que vous faites dans la vie ?

– Analyse des risques, pour une banque.

Mais pourquoi est-ce que je continue à lui répondre ?

L'homme hoche la tête, comme s'il connaissait parfaitement le sujet. Si quatre ans plus tôt, avec mon diplôme de l'université de Toronto tout juste obtenu, on m'avait demandé ce qu'était un analyste, je n'aurais pas su quoi répondre. Mais quand on m'a offert le poste, j'ai été plutôt extatique. Ce travail a été ma première expérience de jeune travailleuse. Un salaire presque convenable, avec mutuelle et retraite, le tout pour une grande banque. Des points à cumuler sur le chemin d'une « bonne carrière », surtout quand on est une jeune femme de 22 ans, fraîchement diplômée et bonne en maths.

Il ne m'a pas fallu longtemps pour comprendre que le travail d'un analyste consistait surtout à remplir des tableurs et à faire en sorte que les résultats de formules coïncident pile avec ce que vous voulez. Un singe savant pourrait presque le faire à votre place. Pour être franche, la plupart du temps, je m'ennuie à mourir à mon poste.

– Pourquoi avoir démissionné ?

Un trémolo dans la voix, j'avoue la vérité :

– Je n'ai pas démissionné. Appelez ça une restructuration des équipes.

– Oh, je sais ce que c’est.

Il marque une pause et m’observe intensément.

– Mais vous aimiez votre travail ?

– Il existe vraiment des gens qui aiment leur travail ?

Il ricane.

– Voyons, vous êtes trop jeune pour être cynique. Appréciez-vous vos collègues, au moins ?

Je repense à mon équipe. À Mark, chargé de micro gestion, avec sa constante haleine de café, qui organise des réunions uniquement pour valider ses objectifs et qui note à la minute près les pauses déjeuner, du départ jusqu’au retour au bureau ; à Tara, l’éternelle employée de type A, dénuée de toute vie sociale, qui passe ses week-ends à envoyer des notes de service par mail du genre « Urgent » ou « Priorité Absolue » et qui sature les boîtes de réception dès le lundi. Raj et Adna sont sympathiques, bien qu’ils ne sortent jamais boire des pots avec les autres après le boulot et que je n’ai jamais pu leur dire « salut, comment ça va aujourd’hui ? » sans les faire rougir comme des pivoines. Il y a aussi May, qui travaille dans le box juste à côté du mien, toujours en retard sur ses rendus et qui empeste les locaux avec l’éternel chou fermenté qu’elle mange à son bureau, alors que la convention collective interdit fermement les aliments trop odorants. Je dois à chaque fois quitter mon bureau ou passer dix minutes à me retenir de vomir. Tous. Les. Jours.

– Pas vraiment, admets-je.

Pour être honnête, je ne me rappelle pas de la dernière fois où je me suis levée de bon cœur, ou d'un jour où je n'aurais pas regardé l'heure défiler. En revanche, j'adorais la sensation que me procurait chaque soir le fait d'éteindre mon ordinateur et de prendre mon manteau pour partir.

Le voyageur m'adresse un sourire malicieux.

– Dans ce cas, votre renvoi est peut-être une bonne chose.

– Oui. Peut-être.

Nous approchons de la station Davidsville. Je soupire d'aise et me lève de mon siège, soulagée de pouvoir mettre fin à cette conversation sans paraître grossière. Le carton de travers sous le bras, j'agrippe fermement la barre et attend que le train s'arrête.

– À votre place, je ne m'en ferais pas trop, dit le voyageur en se soulevant de son siège au moment où le wagon s'immobilise. Vous aurez sûrement trouvé un autre boulot dans une autre banque en un rien de temps.

Il essaye juste de se montrer rassurant. Je lui adresse un sourire tendu mais poli.

Les portes du métro s'ouvrent et je m'engage sur le quai.

Le voyageur s'engage pesamment à ma suite :

– J'étais comme vous, vous savez ? Moi aussi, j'ai quitté un bureau du centre-ville avec mon carton sous le bras. Bien sûr, ça a flanqué un coup à mon estime, mais ça m'en a aussi flanqué un aux fesses.

J'ai décidé de me servir de mes indemnités et j'ai fondé une entreprise de nettoyage avec mes frères. Je n'aurais pas cru que ça serait mon destin, mais il n'aurait rien pu m'arriver de mieux. Même quand les temps sont durs, je ne souhaiterais pour rien au monde faire autre chose.

Puis, il m'adresse un clin d'œil et lève en l'air son magazine roulé.

– C'est le destin. Croyez-moi, jolie dame, de grandes et meilleures choses vous attendent. Je le sens d'ici !

Plantée sur le quai, j'enserre mon carton contre moi et regarde l'enthousiaste agent d'entretien déambuler vers la sortie. Il jette son magazine à la poubelle en sifflotant, comme si récurer des toilettes et passer la serpillière le rendait vraiment heureux. Après tout, peut-être a-t-il raison ? Peut-être qu'avoir perdu mon job va s'avérer être la meilleure chose qui me soit jamais arrivée.

Je secoue la tête et me dirige vers la sortie. Trois pas plus loin, le fond de mon carton cède et mes affaires se répandent partout sur le sol crasseux du métro.

***

Lorsque je m'engage dans l'allée en pierre, mon front est couvert d'une fine pellicule de sueur – la maison est à dix minutes de marche de la station. Cela va faire quinze ans que ma mère et moi vivons dans cette maison avec Simon, mon beau-père, qui l'a rachetée il y a plusieurs années à ses parents retraités à un prix bien inférieur à celui du marché. Un bon investissement, d'autant que le prix des maisons à Toronto ne cesse d'augmenter. Les coups de fil de la part de prospecteurs immobiliers sont monnaie courante. Nombreuses sont les agences désireuses de tirer profit de cette maison de type victorien s'élevant sur trois étages, en briques brunes, bien située et construite dans un large coin de rue. Après des années de travaux, elle est entièrement rénovée. Aux dernières nouvelles, l'expertise l'évaluait à plus de deux millions.

Il est presque midi. Je n'ai qu'une envie, aller pleurer sous une bonne douche chaude, puis me mettre au lit sans voir personne jusqu'au lendemain. J'ai presque atteint les marches du perron lorsque surgit de la porte menant au cabinet de psychanalyse de Simon une petite femme discrète, d'âge moyen, en pantalon noir mal ajusté et en train de sangloter. Nos regards se croisent brièvement, puis elle rentre la tête dans les épaules et file droit vers une vieille voiture verte – du genre ringard. Probablement une patiente. On dirait bien que son rendez-vous s'est mal passé. Ou pas. D'après Simon, les vrais progrès ne sont pas faciles à atteindre. Je me sens réconfortée. Au moins, je ne suis pas la seule à avoir eu une sale journée.

Une fois à l'intérieur, je dégage mes talons hauts et laisse tomber le carton défectueux sur le plancher, trop contente d'en être enfin débarrassée. Sur le quai, deux de mes rouges à lèvres à quarante dollars pièce avaient explosé en morceaux et ma tennis gauche – d'une paire toute neuve et hors de prix – repose encore sur la voie ferrée à l'heure qu'il est. Pendant un instant, j'ai songé à descendre la récupérer mais j'imaginais déjà les gros titres. « Au fond du trou, une analyste fait le grand saut. » Quitte à être dans le journal, j'aime autant que ça ne soit pas à cette occasion.

Maman appelle depuis la cuisine :

– Il y a quelqu'un ?

Je bascule la tête en arrière et pousse un grognement étouffé. J'avais oublié qu'on était mardi. Maman ne va pas travailler à la boutique de fleurs avant quatorze heures.

– Ce n'est que moi, maman.

Le parquet craque sous ses pas et tandis qu'elle s'approche, sa longue jupe rose ondule autour de ses chevilles. Elle est suivie de près par Simon, portant l'un de ses éternels gilets à boutons et pantalon beige. Qu'importe qu'il fasse grand soleil dehors, sa présence refroidit toujours les lieux. Nouveau grognement étouffé. Je m'attendais à ce qu'il soit là – il est presque toujours là – mais je l'espérais déjà auprès de son prochain patient ou qu'il ne m'ait pas entendue arriver.

Maman fronce les sourcils.

– Mais qu'est-ce que tu fais là ? demande-t-elle, passant de mon visage au carton qui gît à mes pieds. Qu'est-ce que c'est que ça ?

Derrière elle, Simon affiche une inquiétude similaire.

Contrainte et forcée, je rejoue la scène pour eux et leur montre l'enveloppe contenant les détails de mon indemnisation. Tout le long de mon récit, ma gorge est nouée. Jusque-là, j'avais réussi à garder la face mais les larmes deviennent de plus en plus difficiles à contenir.

– Oh, ma chérie, je suis navrée !

Maman adresse un regard noir à Simon et je sais pourquoi. Mike, son meilleur ami, est vice-président de la banque. C'est lui qui m'a dégotté ce boulot. D'ailleurs, savait-il qu'on m'avait réservé la guillotine ? En avait-il parlé à Simon ? Mon beau-père était-il au courant ce qui m'attendait ce matin quand j'ai posé mon assiette dans l'évier avant de leur dire au revoir ?

Ce dernier a déjà enfilé ses lunettes pour se plonger dans ma paperasse alors que maman, elle, me prend dans ses bras et me caresse tendrement les cheveux, comme quand j'étais petite et que j'avais besoin d'être consolée. Le tableau est plutôt comique, étant donné que je fais dix bons centimètres de plus qu'elle.

– Ne t'en fais pas, ça arrive à tout le monde.

– C'est faux ! Vous, ça ne vous est pas arrivé !

Simon se plaint à longueur de journée que son carnet de rendez-vous est surbooké. Quant à maman, elle est l'heureuse propriétaire de sa propre boutique de fleurs sur Yonge Street depuis onze ans. Elle bafouille des exemples qu'elle peine à trouver :

– Nous, peut-être pas, mais... c'est arrivé à ton grand-père, et à Norman, le frère de Simon. Et à deux de nos voisins, aussi, souviens-toi !

– Ils avaient tous la quarantaine quand c'est arrivé. Je n'ai que vingt-six ans, bon sang !

Maman me jette un regard exaspéré, puis son front délicat se creuse.

– Qui d'autre a été renvoyé ?

– Je ne sais pas, je n'ai vu personne d'autre à la sécurité.

Et si l'équipe était en train de médire sur moi à cette heure ? Est-ce qu'ils étaient au courant que cela allait arriver ? De ses mains délicates, maman me masse affectueusement les épaules.

– Eh bien, s'ils laissent filer comme ça une de leurs meilleures employées, c'est que cette boîte est très certainement gérée par une bande d'imbéciles.

Nouveau regard noir vers Simon, à l'intention de Mike.

Même si je m'attendais à ce qu'elle dise quelque chose de ce genre – c'est ce que font les mères – je me sens légèrement mieux.

Je repose ma tête contre son épaule, réconfortée par son léger parfum de fleurs et la douceur de ses cheveux brun doré coupés au carré, tandis que nous attendons le verdict de Simon, toujours en train de consulter les papiers.

– Quatre mois de salaire, plus les indemnités... et un plan de reconversion dans une agence. Un arrangement très standard, déclare Simon avec son charmant accent *so british* à la Hugh Grant qu'il conserve, malgré trente ans de vie au Canada. Ce n'est pas si mal. Tu n'as ni loyer, ni emprunt à rembourser. Et tu as peu de frais, ajoute-t-il en remontant ses lunettes sur le haut de son crâne pour me fixer avec son regard bleu plein d'astuce. Mais comment ressens-tu tout cela ?

Simon adore me poser cette question, surtout quand il sait pertinemment que je ne veux pas y répondre. Il est psychiatre et, en tant que tel, il ne peut s'empêcher d'analyser tout et tout le monde. Maman dit qu'il souhaite que je puisse exprimer mes émotions sans être mal à l'aise. Depuis que je l'ai rencontré à l'âge de huit ans, il a toujours agi ainsi, m'ayant même demandé de but en blanc ce que je ressentais à l'idée que maman ait un nouveau copain.

– Je ressens le besoin d'être seule, répondis-je.

Compréhensif, Simon hoche la tête.

– C'est bien normal.

Je récupère mon enveloppe et pars vers les escaliers. Dans mon dos, j'entends Simon parler à voix basse.

– Susan ? Y a-t-il un autre sujet que tu souhaiterais aborder ?

Maman siffle entre ses dents.

– Pas maintenant !

Je me retourne vers eux. Maman et Simon se lancent des regards appuyés, jouent des sourcils et écarquillent les yeux. J'ai toujours trouvé très amusant cette manière qu'ils ont de communiquer... sauf quand c'est moi le sujet de la discussion.

– Qu'est-ce qui se passe ?

Maman m'adresse un sourire crispé et parle d'une voix légère :

– Rien d'important. Nous en parlerons plus tard, quand tu te seras un peu remise de tes émotions.

Je soupire.

– Dis-moi ce qu'il y a.

Maman finit par céder.

– Nous avons reçu un coup de fil, dit-elle, avant de marquer une pause. D'Alaska.

L'inquiétude me parcourt l'échine. Je ne connais qu'une seule personne qui vit en Alaska et je ne lui ai pas parlé depuis douze ans.

– Qu'est-ce qu'il veut ?

– Je n'en sais rien. Je n'ai pas pu décrocher le téléphone à temps et il n'a pas laissé de message.

– Rien d'important, alors.

Le froncement de sourcils de ma mère indique qu'elle pense le contraire. Même quand on se parlait encore, mon père n'a jamais été celui qui faisait des efforts pour se rendre disponible, ne serait-ce que passer un coup de fil pour dire bonjour.

– Tu devrais peut-être le rappeler, dit maman.

Je m'engage dans l'escalier.

– Demain. J'ai eu ma dose de déception pour la journée.

Et mon père m'a suffisamment déçue pour une vie entière.

CHAPITRE 2

– Tu sors ?

Simon consulte sa montre. L'idée que l'on puisse sortir voir des amis à vingt-trois heures le laisse perplexe. À moins que maman ne l'y oblige, à quarante-six ans, mon beau-père ne quitte jamais la maison, ou très peu. Pour lui, le summum du fun consiste à se servir un verre de cherry et de s'installer devant le dernier documentaire diffusé sur la BBC.

– Ça ne peut pas me faire de mal.

Par-dessus ses lunettes, il jette un rapide coup d'œil paternel à la tenue que je porte et retourne à sa lecture. Ce soir, j'ai jeté mon dévolu sur des talons hauts et sur la robe noire la plus courte et près du corps possible. Tenue qui, en n'importe quelle autre occasion, aurait pu me faire passer pour une escort girl, mais en juillet, un mardi soir sur Richmond Street ? C'est presque le strict minimum.

Simon ne fait presque jamais de commentaire sur ce que je porte et je lui en sais gré. Dieu sait quelle conclusion psychologique il tire de cet accoutrement. Une soudaine poussée d'égocentrisme pour pallier ma fierté blessée ? Un appel à l'attention générale, probablement ? Un sacré complexe d'œdipe ?

– Tu retrouves tout ton petit gang ?

– Non, ils ne sont pas en ville. Juste Diana.

Et Aaron sera là aussi, c'est presque certain. En boîte, on ne voit jamais l'un sans que l'autre finisse par débarquer. C'est classique de ma meilleure amie : prétendre vouloir passer une soirée entre filles et tout à coup, comme par hasard, son petit ami débarque – alors que j'ai surpris Diana lui signaler notre position par texto moins d'une demi-heure plus tôt.

– Pas de Corey, ce soir ?

– Il travaille tard.

Mon marmonnement peine à dissimuler mon agacement. En revanche, il veut que l'on se voie samedi soir, pour « déstresser » m'a-t-il écrit dans son dernier texto, ce qui pour lui est une autre façon de dire « s'envoyer en l'air ». D'ordinaire, je ne m'offusque pas de ce type de message, mais aujourd'hui, c'est différent. Aujourd'hui, ça m'agace. J'ai été virée et le fait qu'il ne prenne même pas dix minutes pour s'assurer que j'aille bien me triture l'esprit. Depuis quand est-il si obsédé par sa carrière et ses envies de promotion que j'en suis devenue à ce point négligeable ? Et comment cela a-t-il pu m'échapper jusque-là ?

Simon se met à faire à la moue :

– J'ai vu une photo de vous dans le bazar que tu as ramené. Tu sais, celle que vous avez prise l'été dernier ?

– Elle s'est toute abîmée quand le carton a cédé.

– Elle est sympa.

– Ouais.

Nous l'avions prise en juin dernier à Lake Joe, dans le chalet de ma copine Talia – le même chalet où Corey et moi nous sommes rencontrés à l'occasion d'un week-end prolongé de mai, alors qu'il rendait visite à un ami trois maisons plus loin. C'était un samedi matin et nous nous étions croisés en kayak sur une partie du lac normalement très fréquentée. À hauteur l'un de l'autre, nous avons ralenti et commencé à échanger des banalités du type « quelle belle journée, n'est-ce pas ? » D'abord, ce sont ses cheveux blonds bouclés qui ont attiré mon attention, puis son regard hypnotisant et son rire décontracté m'ont définitivement touchée. Je ne vous dit pas mon état quand j'ai appris qu'il vivait à High Park et que son lieu de travail était à seulement huit minutes.

Le temps de rejoindre côte à côte nos rivages respectifs, lui et moi étions convenu de déjeuner ensemble le jour même. Le soir, devant l'âtre de la maison de Talia, Corey et moi nous badigeonnions respectivement les lèvres de marshmallow fondu.

Sur la photo, nous sommes assis sur un monticule de rochers escarpés qui s'étendaient jusque dans le lac. En arrière-plan, des pins centenaires dominent la scène. Corey m'enserre les épaules de ses longs bras et nous sourions, fous amoureux l'un de l'autre. À cette époque, nous nous voyions au moins quatre fois par semaine, nos agendas respectifs étaient calqués l'un sur l'autre et il répondait à tous mes textos en seulement trente secondes avec d'adorables petits traits d'esprit. Chaque semaine, il commandait des fleurs à la boutique de maman et les disposait sur ma table de nuit – une attention qui avait consolidé chez elle une adoration quasi immédiate. C'était le temps où, gloussant bêtement, je devais repousser ses baisers insistants, même en public.

Mais en cours de route, les choses ont changé. Sur ma table de nuit, les fleurs se sont raréfiées, les réponses à mes textos prennent des heures et les baisers ne sont plus réservés qu'aux préliminaires.

Nous sommes devenus un couple posé. Peut-être trop. Il est peut-être temps que Corey et moi ayons une conversation. Gardons cette pensée pour plus tard.

– Je peux toujours la réimprimer.

Simon me regarde à nouveau, une expression inquiète sur son visage étroit. Il adore Corey, probablement encore plus que maman. Ils ont toujours été très prévenants avec mes petits copains et cette maison en a vu défiler quelques-uns au fil des ans. Mais il faut reconnaître que Corey est particulièrement attachant. Il est intelligent, calme et accessible. Le coin de ses yeux turquoise se creuse quand il sourit, il est attentif, pose mille questions pour mieux vous connaître et est complètement à votre écoute quand vous lui parlez. Il a un don pour ça. L'opinion des autres lui importe, mais dans le bon sens. Même énervé, il tournera sept fois sa langue dans sa bouche pour éviter de dire une chose qu'il finira par regretter.

C'est un type bien, travailleur et il m'a toujours traité avec respect. Un parfait gentleman. Et beau gosse ! Quels parents ne souhaiteraient pas pour leur fille qu'elle rencontre un Corey ?

Et pourquoi, alors que je viens d'établir la liste mentale de ses meilleures qualités, ai-je l'impression que j'essaye de m'en convaincre ?

Simon marmonne :

– Bon, et bien... surveillez vos verres et ne vous séparez pas, surtout.

– C'est promis. Dis bonsoir à maman pour moi.

Elle dort déjà à poings fermés. C'est la pleine saison des mariages et elle doit se lever tôt pour terminer ses commandes de bouquets de mariée à temps pour le week-end. Je suis sur le point de franchir la porte quand Simon appelle :

– N'oublie pas de mettre les containers sur le trottoir !

Je bascule la tête en arrière et gronde :

– Je le ferai en rentrant !

– Tu vas descendre les ordures à trois heures du matin ? demande-t-il d'un ton neutre.

Il sait pertinemment que ce n'est pas en rentrant de soirée en titubant sur les marches que je vais me motiver à m'occuper des poubelles, du recyclage et du compost. J'ouvre la bouche, prête à demander à mon beau-père de s'en occuper, juste pour cette fois-ci, quand :

– Descendre les poubelles une fois par semaine en échange du loyer et des charges, c'est un compromis plutôt raisonnable, tu ne crois pas ?

– Si.

Il a raison. Deux fois par semaine, une femme de ménage passe nettoyer la maison et s'occuper du linge. Maman nous fait livrer les courses et des plats préparés bio, naturels, sans gluten ni hormones, ni produits laitiers. Il est donc rare que j'aie à cuisiner ou à sortir faire les emplettes. En plus, je profite toujours que Simon porte ses gilets et pantalons au pressing pour incruster mes jupes et mes chemisiers sur sa note.

J'ai vingt-six ans, aucune traite à payer et malgré un salaire décent, maman et Simon m'ont logée et entretenue pendant quatre ans, sans jamais s'en plaindre. Ils aiment m'avoir chez eux et j'apprécie grandement le train de vie que cela m'autorise. Donc, la moindre des choses est de sortir les « containers » une fois par semaine.

Ce qui ne freine pas ma répartie :

– Tu m'obliges à le faire juste parce que tu détestes ça !

– Pourquoi crois-tu qu'on te garde depuis si longtemps ? lance-t-il, juste avant que la porte ne se referme dans mon dos.

***

– Je te retrouve là-bas, Diana.

Les roulettes du bac de compost vibrent sur la chaussée tandis que je dépasse l'Audi de maman et la Mercedes de Simon, en direction du trottoir. Je le tire d'une main et garde mon téléphone contre mon oreille de l'autre. La maison est une des seules du coin dotée d'une allée, assez large pour y mettre au moins trois voitures. Dans le quartier, c'est la guerre pour se garer, un souci d'autant plus épineux en hiver quand, en plus de la voiture du voisin, il faut se démener avec quinze centimètres de neige.

Paniquée, Diana crie dans le téléphone par-dessus la foule pour se faire entendre :

– Si tu ne te dépêches pas, on va se fairc refouler partout !

– Relax, on entrera quelque part, comme chaque semaine.

Il suffira de faire du charme aux videurs ou, au pire des cas, de leur glisser un ou deux billets en douce pour passer devant la file d'attente conçue exprès pour faire croire que l'endroit est plein à craquer, alors qu'en réalité, c'est toujours désert.

Il y a bien des avantages à être deux jolies jeunes femmes et ce soir, je compte bien en tirer un maximum de profit. J'ai beau être ravagée de l'intérieur, j'ai mis le paquet à l'extérieur pour que ce soit insoupçonnable.

– Mon Uber est en chemin, dis-je. Choisis où tu veux aller et envoie-moi un texto quand tu y es. J'y serai dans un quart d'heure.

En fait, j'en ai plutôt pour vingt-cinq minutes mais si je lui dis ça, Diana va me poser un lapin. Après avoir déposé sac et portable sur le capot de la voiture de Simon, je tire les trois bacs bleus du recyclage sur le trottoir en prenant garde à ne pas me casser un ongle. Puis, je fais demi-tour pour m'occuper des deux grandes poubelles vertes.

Soudain, du coin de l'œil je capte un mouvement, une demi-seconde avant que quelque chose ne me frôle la jambe. Avec un cri de surprise, je bondis en arrière, perds l'équilibre et mes fesses viennent atterrir sur un rosier qui ne manque pas de piquant. Un gros raton laveur passe devant moi à vive allure, suivi de près par un autre qui prend le temps de me babiller son indignation au visage.

– Bordel !

La chute a été rude et je m'en tirerai avec un beau bleu en fin de soirée. En revanche, ce qui me fait vraiment mal, c'est le talon haut brisé net, juste à côté de mon pied. J'enlève la Louboutin ruinée et la balance rageusement en direction des ratons laveurs. Mais ils sont déjà bien à l'abri sous une voiture d'où ils m'observent, la lumière du porche se reflétant dans leurs petits yeux de fouines.

La porte de la maison s'ouvre sur Simon.

– Calla, tu es là ?

Il me trouve assise dans l'herbe, en train de bouder. Je marmonne :

– Tim et Sid sont de retour.

Nous n'avions pas revu les deux ratons depuis un mois, alors qu'ils profitaient de la meilleure période de l'année pour visiter notre quartier chaque mardi soir. J'avais fini par me dire qu'ils avaient trouvé une autre famille à martyriser ou qu'une voiture les avait écrasés.

– Mon intuition me disait qu'ils finiraient par revenir, dit Simon, avant de me tendre le téléphone. L'Alaska à l'appareil.

Je secoue la tête et épelle en silence :

– Dis que je ne suis pas là !

Mais c'est trop tard. Simon garde patiemment le bras tendu vers moi, ses sourcils broussailleux arqués vers le haut. De toute façon, il ne m'a jamais couvert. C'est son côté psy : on ne fuit pas les problèmes, on y fait face.

Et si on en croit ce que dit Simon, mon plus gros problème, c'est ma relation avec Wren Fletcher. Ou plutôt le manque de relation, car c'est un quasi inconnu pour moi. Autrefois, j'ai cru le connaître, quand je l'appelais, m'imaginant sa chambre, sa maison, l'homme à l'autre bout du fil. Bien sûr, je savais de quoi avait l'air mon vrai père. Maman m'avait déjà montré une photo : une chevelure hirsute couleur beurre de cacahuètes, un doux regard gris, un jean et une épaisse veste bleu marine de la navy qu'il portait même en plein mois d'août, posant fièrement près d'une rangée d'avions. Une beauté brute, disait maman et même toute jeune, alors que je n'aurais pas dû, je comprenais ce qu'elle entendait par là.

Il arrivait qu'il ne réponde pas au téléphone, ce qui me laissait déçue pour la journée. Mais parfois, quand j'avais de la chance, je pouvais lui parler entre deux trajets. Nous parlions rarement plus d'un quart d'heure, de l'école, de mes copines ou de mon hobby du moment. C'était surtout moi qui parlais mais j'étais si contente que je ne m'en rendais pas compte. D'après maman, papa n'a jamais été un grand bavard.

Elle disait aussi que ne nous serions jamais une famille unie. Papa avait sa vie en Alaska et nous la nôtre à Toronto. C'était ainsi, et j'ai appris très tôt à accepter cette réalité. Après tout, je ne connaissais rien d'autre. Pourtant, je lui avais souvent demandé de venir me rendre visite. Il avait tant d'avions à disposition. Il lui suffisait de monter dans l'un d'eux et de voler jusqu'à nous.

Il avait toujours une bonne excuse et maman ne lui avait jamais forcé la main. Elle ne le connaissait que trop bien. Moi ? Je ne l'ai jamais vu autrement qu'avec le regard d'une petite fille émerveillée qui souhaitait plus que tout pouvoir rencontrer l'homme discret à l'autre bout du fil.

Je me dresse sur mes pieds et balaye la saleté de mon postérieur. Puis je remonte vers la maison en boitant dans mon unique chaussure, sans jamais quitter mon patient et compréhensif beau-père du regard.

Finalement, je lui prends le téléphone des mains.

– Allô ?

Une voix de femme me répond :

– Allô, Calla ?

Incrédule, je regarde Simon.

– Oui. Qui est-ce ?

– Je m'appelle Agnès. Je suis une amie de votre père.J'ai trouvé votre numéro dans les affaires de Wren.

– D'accord.

Une étincelle de peur inattendue prend vie en moi. Pourquoi cette femme a-t-elle fouillé dans les affaires de mon père ?

– Est-ce qui lui est arrivé quelque chose ?

– On peut dire ça, oui.

Elle marque une pause et je retiens ma respiration, craignant la suite.

– Votre père a un cancer du poumon.

– Oh…

Je prends place sur la dernière marche en haut de l'escalier, les jambes soudain flageolantes, imitée par Simon qui s'assoit une marche plus bas.

– Je sais que votre relation a été plutôt compliquée, poursuit Agnès. Mais j'ai pensé que vous voudriez savoir.

Compliquée ? Carrément inexistante, oui. Il y a une longue pause et mon interlocutrice reprend :

– J'ai trouvé une copie de ses résultats médicaux en faisant sa lessive, dans l'une de ses poches. Il ne m'a rien dit et il ignore tout de cet appel.

Je comprends ce qu'elle sous-entend : mon père n'a aucunement l'intention de m'en parler.

– Et… à quel stade est-il ?

– Je ne suis pas très sûre mais les médecins ont recommandé un traitement.

Sa voix est aiguë, avec un léger accent qui me rappelle celui de mon père, du moins, dans les vagues souvenirs que j'en ai.

– Eh bien, d'accord, dis-je, sans savoir trop quoi ajouter. Je pense que les médecins savent ce qu'ils font. Merci pour votre appel et pour m'avoir…

– Pourquoi ne viendriez-vous pas lui rendre visite ?

J'en reste bouche bée.

– Lui rendre visite ? En Alaska, vous voulez dire ?

– Oui. Bientôt, avant qu'il ne débute son traitement. S'il le faut, nous paierons votre billet d'avion. C'est la haute saison en ce moment, mais j'ai pu vous trouver un vol pour Anchorage qui part ce dimanche.

– Ce dimanche ?

Dans trois jours ?

– Jonah viendra vous récupérer pour effectuer le reste du trajet.

La tête me tourne.

– Pardon, mais qui est Jonah ?

Son rire est à la fois doux et mélodieux.

– Oh, mes excuses. C'est notre meilleur pilote. Vous voyagerez en toute sécurité avec lui.

J'ai bien entendu : *notre* meilleur pilote ; *nous* paierons votre billet d'avion. Cette Agnès s'est présentée comme une amie de mon père. Elle semble être bien plus que ça.

– Et Wren adorerait vous voir.

J'hésite avant de prendre la parole.

– C'est ce qu'il vous a dit ?

Elle soupire.

– Il n'a pas besoin de le dire. Vous savez, votre père est… un homme compliqué. Mais il vous aime et il a beaucoup de remords.

Peut-être que les silences et la passivité de papa lui conviennent, mais ce n'est pas mon cas.

– Je suis désolée, dis-je. Je nc peux pas juste bondir dans un avion pour l'Alaska, comme ça…

J'en perds mes mots. Concrètement, je suis au chômage et je n'ai rien de prévu dans les prochains jours. Quant à Corey, je pourrais faire l'aller-retour qu'il ne se rendrait probablement même pas compte que je suis partie. Dans les faits, je peux bondir dans un avion, mais ce n'est pas la question.

– Je sais que c'est beaucoup à encaisser d'un coup, dit Agnès. Mais faites-moi une faveur et pensez-y. Ce serait l'occasion pour vous de le connaître. Je pense vraiment que vous l'aimeriez beaucoup.

Sa voix devient rauque. Elle l'éclaircit et ajoute :

– Avez-vous de quoi écrire ?

– Euh… oui.

Je pioche un stylo dans la poche de chemise de Simon – je peux toujours compter sur lui pour en être équipé – et prends note du numéro d'Agnès au dos de sa main, bien qu'il soit probablement affiché sur le combiné. Elle me dicte également son adresse e-mail.

Lorsque je raccroche, je me sens comme nimbée de brouillard.

– Il a un cancer.

– C'est ce que j'ai cru comprendre, dit Simon qui passe un bras autour de mon épaule et m'attire contre lui. Et cette femme à qui tu as parlé veut que tu viennes lui rendre visite.

– Agnès, oui. Et c'est bien le souci : elle veut que je vienne, pas lui. Il n'a même pas l'intention de m'en parler lui-même ! Il compte juste mourir, comme ça, sans même m'avertir !

Un sanglot bloque ma voix. Je ne connais même pas cet homme et, pourtant, il continue à me faire du mal.

– Qu'est-ce que cela te fait ressentir ?

– Que crois-tu que cela me fasse ressentir ? dis-je sèchement, au bord des larmes.

Simon conserve un calme olympien. Que cela soit avec moi, maman ou ses patients, il est habitué à ce qu'on lui hurle dessus quand il pose des questions indiscrètes.

– Souhaites-tu te rendre en Alaska pour mieux connaître ton père ?

– Non.

Il arque un sourcil circonspect et je pousse un soupir exaspéré.

– Je n'en sais rien !

Vraiment, comment-suis je supposée réagir à cette nouvelle ? Un homme qui ne m'a jamais fait que du mal va mourir. Que dois-je ressentir ?

Nous restons assis sur le perron tandis que Tim et Sid glissent de sous la voiture et sautillent en direction des déchets recyclables sur le trottoir. Quelques minutes plus tard, il y a des conserves vides et du carton un peu partout alors que les deux animaux jacassent entre eux, ne s'interrompant qu'occasionnellement pour toiser leur public.

Je pousse un soupir las.

– Il n'a jamais fait le moindre effort pour me connaître. En vertu de quoi devrais-je faire cet effort pour lui maintenant ?

– Vois-tu un meilleur moment ?

C'est du Simon tout craché, toujours à répondre à une question par une autre.

– Permets-moi une question : crois-tu avoir quoi que ce soit à gagner en te rendant en Alaska ?

– Tu veux dire à part un selfie avec le type qui a signé un don de sperme pour maman ?

Simon fait la grimace. Ma vanne toute pourrie ne lui a pas plu.

– Désolée, dis-je à mi-voix. Je ne peux pas attendre quoi que ce soit de la part d'un homme qui n'a pas voulu voir une seule fois sa propre en fille en vingt-quatre années.

Une fois, pour fêter mon passage en seconde, il était supposé venir à Toronto. Il me l'avait dit quatre mois en avance. J'avais à peine raccroché que j'avais fondu en larmes. Toutes ces années de colère et d'amertume, toutes les vacances et les anniversaires manqués année après année, tout ça s'évanouissait d'un coup. J'ai cru dur comme fer qu'il viendrait, jusqu'à ce que, deux jours avant la cérémonie de remise des diplômes, il appelle pour me dire que « quelque chose » lui était tombé dessus. Le travail, une urgence ou je ne sais quoi. Il ne s'est pas encombré de détails.

Maman l'avait rappelé. Je l'avais entendue à travers les murs, en pleurs, proférer un ultimatum : soit il changeait ses priorités pour me voir, soit il sortait de nos vies une fois pour toute. Il n'est jamais venu. Quand je m'étais présentée sur l'estrade pour recevoir mon prix, j'avais les yeux gonflés et un sourire forcé, me faisant la promesse de ne plus jamais lui faire confiance.

Simon hésite, son regard de sage scrutant les ténèbres du soir.

– Savais-tu qu'à l'époque, ta mère l'aimait encore ?

– Quoi ?

– Pas qu'un peu.

Je fronce les sourcils.

– Mais elle était déjà mariée avec toi !

– Ce qui ne signifie pas qu'elle ne l'aimait plus, réplique-t-il, l'air pensif. Te souviens-tu de cette période où ta mère a changé de coiffure et travaillait presque tous les jours ? Elle était très irascible à l'époque.

– C'est un peu flou, mais je crois que oui.

Je me souviens qu'elle s'était teint les cheveux en blond et allait au yoga tous les jours, cherchant à limiter les effets de l'âge pour se sentir plus forte. C'était devenu une véritable obsession. Au petit déjeuner, elle lançait des piques à Simon ; au déjeuner, elle faisait l'inventaire de ses défauts ; au dîner, elle le blâmait pour ce qu'il n'était pas.

J'en garde un drôle de souvenir, car avant cela, je ne les avais jamais vu se disputer et ces escarmouches étaient devenues très fréquentes.

– Tout a commencé après que Wren ait appelé pour dire qu'il venait.

– Mais non !

J'avais répliqué sans pouvoir m'en empêcher. Les souvenirs de Simon devaient être bien plus précis que les miens à ce sujet.

– Quand ta mère l'a quitté, elle espérait qu'il changerait d'avis par rapport à l'Alaska, continue-t-il. Ça n'a pas été le cas mais elle a continué de l'aimer, malgré tout. Au bout d'un temps, elle a fini par comprendre qu'elle devait passer à autre chose. Nous nous sommes rencontrés et nous nous sommes mariés. Puis voilà que tout à coup, il a refait irruption dans sa vie. Après tant d'années sans le voir, elle n'a pas su comment réagir, elle était… déchirée par ses sentiments pour nous deux.

Si Simon en ressent une quelconque rancœur, il se garde bien d'en faire l'étalage.

– Cela a dû être difficile pour toi.

Je ressens un pincement au cœur pour cet homme que j'ai appris à connaître et aimer au fil des ans et qui est devenu pour moi bien plus qu'un beau-père.

Simon a un sourire triste.

– Ça l'a été, reconnaît-il. Mais après que tu aies eu ton diplôme, les choses ont changé. Elle s'est assagie et elle ne pleurait plus.

– Maman pleurait ?

– La nuit, quand elle me croyait endormi. Pas souvent, mais bien trop. Je suppose qu'elle s'est sentie coupable d'avoir nourri des sentiments pour lui aussi longtemps. Elle devait aussi appréhender de le revoir, surtout après m'avoir épousé.

Que sous-entend-t-il ? Ses lèvres se crispent tandis qu'il essuie les verres de ses lunettes sur les poignets de sa chemise.

– Je pense qu'elle a fini par accepter que jamais vous ne connaîtriez la vie dont vous aviez rêvé avec lui, poursuit-il. Qu'on a beau souhaiter qu'une personne soit comme nous le voulons, cela n'arrivera pas pour autant.

Il hésite un instant.

– Je dois égoïstement reconnaître ne pas avoir été mécontent qu'il ne se montre pas. Pour moi, il a toujours été clair que si Wren décidait de renoncer à l'Alaska, mon mariage avec ta mère prendrait fin.

Il triture l'alliance en or qu'il porte au doigt.

– Je sais qu'à côté de cet homme, je ne suis qu'un second choix. Je le savais même lors de ma demande en mariage.

– Mais alors, pourquoi l'avoir épousée ?

Aussi bien pour le bien de maman que pour le mien, je suis très heureuse qu'il l'ait fait, mais ses propos sont plutôt étranges.

– Aussi amoureuse de Wren qu'elle ait pu être, je l'aimais au moins aussi fort. Et c'est toujours le cas.

C'est évident, cela se voit dans chaque regard qui s'attarde et chaque baiser volé. Simon aime profondément maman. Pour leur cérémonie de mariage, mon grand-père a livré un discours plutôt inapproprié, les qualifiant de couple improbable – que ma mère était une femme dynamique et impulsive, là où Simon était une vieille âme calme et pragmatique. « C'est un parti inattendu, c'est certain mais ce qui est sûr, c'est qu'il la rendra bien plus heureuse que son prédécesseur. » C'étaient ses mots exacts et il les avait prononcés devant une centaine de convives. Pas moins.

Mais papy avait vu juste. Car Simon s'était avéré complètement fou de maman et il comble le moindre de ses désirs. Il leur réserve des vacances dans des stations balnéaires de luxe alors qu'il préfèrerait passer son temps à visiter de vieilles églises et des bibliothèques poussiéreuses ; il est toujours prêt à porter des montagnes de sacs pendant ses séances shopping ; il la chambre sur sa passiondes brocantes du dimanche, mais rentre en éternuant après l'avoir accompagnée sur les chemins de campagne en dépit de sa douzaine d'allergies. Quand maman a décidé de suivre un régime sans gluten et de ne plus manger de viande rouge, il a fait de même, juste pour elle. Au moment de redécorer la maison, maman a décidé de tout repeindre en gris et mauve. Plus tard, Simon m'a confié qu'il y avait peu de choses qu'il détestait cordialement, mais que la couleur mauve en faisait partie.

Pendant des années, j'ai reproché à ce gentil Anglais guindé de ne pas se montrer assez ferme avec maman, de ne pas s'imposer. Mais tandis que j'observe son visage anguleux et doux, avec les tempes dégarnies depuis longtemps, je ne peux m'empêcher d'admirer tout ce qu'il a fait pour elle uniquement par amour.

J'ose lui poser une question qui me brûle les lèvres :

– T'a-t-elle déjà confessé ses sentiments ?

Simon rit d'un air moqueur et fronce les sourcils.

– Non, certainement pas. Jamais elle ne se confiera à ce sujet et ce n'est pas la peine d'envisager la confronter à ça. Cela ne ferait que raviver sa culpabilité et ne rendrait service à aucun d'entre nous.

– C'est vrai, dis-je, avant de pousser un soupir. Alors ? À ton avis, je devrais aller en Alaska ?

– Aucune idée. Tu crois que tu devrais ?

Je lève les yeux au ciel.

– Pourquoi n'es-tu pas comme tous les autres parents ? Dis-moi quoi faire, pour une fois !

Le sourire de Simon indique qu'il se sent heureux que je l'aie désigné comme un parent. Il dit souvent que je suis comme sa propre fille mais, si ma mère avait accepté, je pense qu'il aurait été heureux d'avoir ses propres enfants.

– Laisse-moi te poser une question : quand Agnès t'a annoncé que ton père avait un cancer, quelle est la première chose qui t'est passée par la tête ?

– Qu'il allait mourir.

– Et maintenant, comment te sens-tu ?

Je commence à voir où Simon veut en venir.

– Effrayée. J'ai peur de rater ma chance et de ne pas pouvoir le connaître.

Peu importe toutes les fois où, seule dans mon lit, je me suis demandé pourquoi mon père ne m'aimait pas. Au fond, la petite fille que j'étais est toujours impatiente de faire sa connaissance.

– Dans ce cas, je pense que tu devrais y aller. Si tu as des questions pour Wren, pose-les-lui et apprends à le connaître. Fais-le pour toi, pas pour lui. Ainsi, plus tard, tu n'auras pas à te morfondre dans tes regrets. En plus, tu n'as rien de mieux à faire en ce moment, ajoute-t-il avec une petite bourrade de l'épaule.

– Les choses prennent parfois une drôle de tournure, dis-je en repensant à l'homme du métro. C'est sûrement ça, le destin.

Simon m'adresse un regard sans expression et se met à rire. Il ne croit pas au destin, pas plus qu'en l'astrologie. Selon lui, ceux qui font confiance à leur horoscope refoulent gravement leurs problèmes.

Je pousse un nouveau soupir.

– Il ne vit pas dans le coin le plus agréable de l'Alaska.

Non pas que je me souvienne d'un quelconque coin de l'Alaska, agréable ou pas. Je n'y ai pas vécu assez longtemps pour ça. Mais maman l'a souvent décrit comme une « terre à l'abandon », ce qui justifiait bien assez que je m'en désintéresse. Mais elle a aussi une fâcheuse tendance à l'exagération. Qui plus est, c'est une citadine née. Elle ne peut décemment pas rester plus d'une nuit à Muskoka, et encore, pas sans se tartiner d'anti-moustique tous les quarts d'heure en rappelant sans cesse tous les risques qu'on encourt à attraper le virus du Nil.

– Je vais y penser.

Je fais mentalement défiler mon agenda. Et je peste. Si je pars dimanche, je vais louper mon rendez-vous chez le coiffeur. Peut-être que si j'insiste, Fausto acceptera de me prendre samedi matin ? C'est très improbable, son salon est toujours pris d'assaut des semaines à l'avance. Par chance, ma manucure est à heure fixe tous les samedi après-midi et j'ai eu mon soin des cils la semaine dernière.

– Mais j'ai déjà payé d'avance les dix prochains cours de Bikram yoga. Et le squash ? Maman va devoir se trouver une autre partenaire.

– Quand tu es partie pour Cancun l'an dernier, tu as su régler ces choses-là, il me semble.

J'admets à contrecœur :

– Ouais… c'est pas faux. Mais l'Alaska, c'est à des millions d'heures d'ici !

– Juste cinq cent mille heures, raille Simon.

– Peux-tu au moins me prescrire des somni…

– Non. me coupe-t-il.

Je soupire avec emphase.

– À quoi bon avoir un beau-père psychiatre si on ne peut pas profiter de ses ordonnances ? C'est pas drôle !

Soudain, mon portable se met à vibrer contre la carrosserie de sa voiture.

– Merde, Diana ! Elle doit être en train de faire la queue quelque part en me maudissant.

Pile à cet instant, une Nissan Maxima noire vient se garer devant la maison.

– Et voilà mon Uber, dis-je, avant de jeter un œil à mon pied nu et ma robe toute froissée. Il faut que je me change.

Simon se lève péniblement et commence à marcher vers l'une des deux poubelles.

– Ce coup-ci, je veux bien faire ton travail à ta place. Mais juste pour cette fois. Tu as eu une rude journée.

Il s'élance avec une drôle de démarche, faisant fuir Tim et Sid vers la haie la plus proche, puis revient pousser comme il peut la seconde poubelle. Simon a beau être très attachant, il n'a jamais été ni très agile, ni bien costaud. Maman a bien essayé de le convaincre d'aller faire gonfler ses bras rachitiques à la salle de sport, peine perdue.

Une pensée me vient soudain :

– Si je vais en Alaska, qui s'occupera des poubelles ?

– Ta mère, bien évidemment.

Il attend un peu et se tourne pour me voir faire la moue. Puis, il ajoute d'un ton pince sans rire anglais typique :

– Quand ça arrivera, les poules auront des dents, pas vrai ?

CHAPITRE 3

– Il faut absolument que tu y ailles !

Diana crie pour se faire entendre par-dessus les basses de la sono et s'interrompt un bref instant pour adresser un sourire éclatant au barman qui nous sert nos verres sur le comptoir.

– L'Alaska, c'est magnifique ! insiste-t-elle.

– Arrête, tu n'y as jamais mis les pieds !

– C'est vrai, mais j'ai vu *Into The Wild* ! La nature sauvage, les montagnes… Évite juste de manger des baies.

Dans un geste appuyé, elle glisse un billet de cinq dollars sur le bar à l'attention du barman, astuce qui nous vaudra d'être servies en priorité pour le verre suivant. Toute l'attention de ce dernier est accaparée par le décolleté plongeant de ma robe bleu cobalt, première fringue qui me soit tombée sous la main avant de partir de chez moi en catastrophe. Le type est mignon mais trapu, il a le crâne rasé et un tatouage sur tout le bras. Il est loin d'être mon genre d'homme : grand, mince, bien coiffé et sans encre sous la peau. De toute façon, je ne suis pas d'humeur à draguer pour des shots gratuits.

Je lui fais tout de même un sourire puis recentre mon attention sur ma conversation avec Diana.

– Ce sera sur la côte ouest de l'Alaska, ce n'est pas pareil.

– Santé ! dit-elle avant que nous ne vidions nos shots cul sec. C'est comment, alors ?

Le cocktail sucré et sirupeux m'arrache une légère grimace.

– C'est plat.

– Plat ? Genre, comme les Prairies ?

– Non. Enfin, si, sûrement comme les Prairies, mais il fait aussi méga froid. C'est l'Arctique !

Contrairement au Midwest, qui est la région la plus rurale du pays, rien ne pousse en Alaska. La saison des semis est bien trop courte. Du moins, c'est ce que m'a dit maman et elle est détentrice d'un diplôme en botanique. Je pense donc pouvoir lui faire confiance sur ce point.

Les yeux bleus de Diana s'écarquillent d'exaltation.

– L'Arctique ? C'est le plan rêvé pour Calla & Dee ! C'est toi qui as dit qu'il nous faudrait une destination originale !

– Je songeais plutôt à Sandbanks ou le lac des Baies.

D'adorables et bucoliques destinations situées à seulement quelques heures de voiture.

– Mais quoi de plus original et dépaysant qu'une virée façon blogueur dans les neiges de l'Arctique ?

Ses lèvres maquillées d'un mauve à effet mat s'étirent en un large sourire plein d'espoir. Les plans doivent être en train de se tisser sous son crâne comme une toile d'araignée.

L'an dernier, Diana et moi avons lancé un site Internet, Calla & Dee, où nous partageons nos coups de cœur sur les dernières tendances en matière de rouges à lèvres et chaussures. C'était juste pour nous amuser, mais connaissant Diana, j'aurais dû savoir que ce passe-temps finirait par prendre de l'importance. Lorsqu'elle m'a demandé de partager la facture d'un graphiste, j'ai tout de suite compris qu'elle nourrissait pour le site de plus hautes ambitions.

Depuis, nous échangeons par texto à longueur de journée des idées de futurs articles sur ce qui fonctionne le plus. Plus qu'un simple blog, le site possède plusieurs catégories – mode, cuisine, beauté, loisirs – et chaque semaine, les publications sont régies par un planning très strict. Je passe mes pauses déjeuner et mes trajets en métro à faire défiler des newsletters et des blogs, m'informant sur le sujet et son actualité la plus brûlante – soldes chez les détaillants, dernières tendances de la mode édictées par les pontes du style et réseautage avec d'autres blogueurs lifestyle. Mes soirées sont consacrées à la mise à jour de liens, au téléchargement de contenus et au peaufinage de la mise en page – le genre de choses que Diana abhorre au plus haut point, mais comme je gère bien le sujet, ça ne me dérange pas de m'en occuper.

Chaque jeudi soir, Diana et moi nous retrouvons dans un restaurant différent afin de goûter des tapas pour notre chronique « Où grignoter en ville ». Un samedi par mois, nous ratissons les friperies pour nous dénicher des tenues branchées et nous consacrons les dimanches après-midi à la découverte des plus beaux endroits du centre-ville de Toronto – les ruelles les mieux taguées, High Park et ses cerisiers en fleurs ou le pittoresque petit marché de Noël dans Distillery District. Pour chaque excursion, nous embarquons le coûteux appareil Canon de Simon, nous essayons nos diverses tenues à l'arrière de la Chevrolet Tahoe de Diana et nous nous relayons pour nous photographier, en faisant semblant de ne pas poser. J'en ai appris bien plus sur la ligne de visibilité, les temps de pose et la règle de trois que je ne l'aurais imaginé de prime abord, et tout ça rien qu'en posant pour Instagram. Le cliché idéal ? Bien habillée, assise sur le banc d'un parc ou en ville, un fond flouté et des tags *feelgood* prônant l'amour, le bonheur et la spiritualité.

Diana et moi passons notre temps à refaire le monde avec des « et si ». Et si on atteignait les cent mille abonnés ? Et si on commençait à nous envoyer des fringues et dumaquillage pour ne plus avoir à y dépenser la moitié de nos salaires ? Et si on devenait des célébrités sur Instagram ? Pour moi, c'est un doux rêve. Pour Diana, c'est un but.

Mais il nous reste un très long chemin à parcourir avant d'atteindre ces sommets et chaque jour, je crains de plus en plus que tous nos efforts ne soient vains. Après un an à nous décarcasser, nous n'accusons guère plus de quatre mille followers réguliers. Il y en a bien plus sur nos profils Instagram respectifs. D'ailleurs Diana a trois fois plus d'abonnés que moi et ce n'est pas surprenant tant elle est obsédée par les dernières méthodes de construction d'audience, de référencement photos, d'utilisation de tags, et de rédaction des légendes les plus accrocheuses. Elle répond jusqu'au plus petit commentaire laissé sur ses posts et passe ses pauses déjeuner à discuter avec de parfaits étrangers dans l'espoir d'attirer leur attention et leurs likes.

Malgré tous les efforts de Diana, nous n'attirons pas grand monde. Au stade où nous en sommes, le site n'est plus qu'un hobby qui nous occupe à plein temps, histoire de trouver des sujets de tutoriels et des Top Ten auxquels personne n'aurait encore songé.

Je sens au fond de moi qu'il nous manque un ingrédient essentiel : l'originalité. Pour l'heure, nous ne sommes que deux citadines branchées qui aiment se prendre en photo et parler chiffons et make-up. Les filles comme nous sont légion.

– L'Alaska, ce n'est pas vraiment l'Arctique, lui dis-je. C'est quelque part entre l'Arctique et la civilisation normale. En quelque sorte, c'est… l'ultime frontière.

Je répète ce terme d'après un article que j'ai lu sur l'Alaska. Intérieurement, je me fais la remarque que je ne connais presque rien de ma région natale.

– C'est encore mieux ! Pense à tous ces avions qui seront à ton entière disposition !

– Je doute qu'ils soient à ma disposition, comme tu dis. Et je vais être toute seule là-bas ! Qui va m'accompagner pour prendre de bonnes photos ?

L'idée d'une perche à selfie nous fait grincer des dents à l'unisson. Diana ne se laisse pas démonter.

– Il y aura sûrement quelqu'un là-bas qui ne dira pas non pour photographier une jolie petite Canadienne. Peut-être un beau pilote américain ?

Je pousse un soupir.

– Tu ne serais pas en train d'oublier la raison pour laquelle je dois m'y rendre à la base ?

– Pas du tout. J'essaye juste…

Elle s'interrompt et ses sourcils blonds parfaitement épilés se froncent avec sérieux.

– Je veux juste que ça soit moins déprimant pour toi.

Martinis en main, nous nous éloignons du comptoir. En moins de deux, nos places laissées vacantes sont prises d'assaut par d'autres clients. Diana n'exagérait pas : pas moyen de se poser quelque part sans se faire bousculer de tous les côtés.

Une paille entre les lèvres, je me fraye un chemin à travers la foule remuante, repoussant les mains parfois baladeuses de clients, le tout en espérant ne pas renverser mon verre au passage. Enfin, nous dénichons une petite place libre près d'un pilier. Diana demande :

– Que fait Corey ce soir ?

– Il bosse.

– Humm…

Elle plisse le nez très discrètement, comme s'il y avait une légère puanteur dans l'air et qu'elle faisait tout son possible pour ne pas la respirer.

Diana est la seule personne de ma connaissance à ne pas aimer Corey. Elle ne l'a admis qu'au bout de cinq mois de relation et après cinq margaritas, un soir où nous dînions dans l'arrière-salle d'un restaurant mexicain. *Il veut trop qu'on l'aime*, avait-elle dit. *Il est trop tactile et quand on parle, on dirait qu'il drague*, avait-elle ajouté. Corey la met mal à l'aise. Selon elle, il n'est pas digne de confiance et il finira par me briser le cœur.

Je n'avais pas aimé son petit speech, c'est rien de le dire. Je lui avais rétorqué qu'elle était jalouse, parce que j'avais un copain et pas elle. Nous nous étions quittées en mauvais terme cette nuit-là. Le lendemain, je m'étais réveillée avec une gueule de bois carabinée et la peur au ventre d'avoir définitivement brisé une amitié.

Encore une fois, Simon m'avait sauvée du désespoir, comme lui seul sait le faire. Il m'avait rappelé que pendant des années, malgré tous les petits amis que j'avais eus et alors qu'elle-même restait célibataire, Diana avait toujours été là pour moi et, que si elle ressentait de la jalousie, c'était parce qu'elle craignait que je la délaisse, une peur on ne peut plus naturelle, que ressentent souvent les amies à cet âge.

Cet après-midi-là, Diana et moi nous étions réconciliées, à grand renfort de larmes et d'excuses. Elle avait même promis de redonner sa chance à Corey. Et puis, coup de bol, quelques mois plus tard, Aaron était entré dans sa vie et je suis à mon tour passée au second plan. Mais je ne me plains pas. Je ne l'ai jamais vue aussi heureuse et amoureuse. Il y a deux semaines, elle m'a même confié qu'ils voulaient acheter un appartement l'an prochain. Au moins, elle cessera de me harceler pour qu'on s'installe en colocation. Je l'adore, c'est ma meilleure amie, mais ses douches interminables pompent toute l'eau chaude, elle utilise tellement de détergent en faisant le ménage que j'en ai la peau qui pèle et elle se coupe les ongles dans le salon, devant la télé. Et si elle n'arrive pas à dormir ? Alors, personne ne dort non plus. *Je te souhaite bien du courage, Aaron.*

– Du coup, quand partirais-tu ? demande-t-elle, tout en scannant la foule.

Si mon père doit subir une chimio ou que sais-je, le plus tôt sera le mieux. Je n'ai connu qu'une seule autre personne ayant souffert d'un cancer du poumon, madame Hagler, notre vieille voisine. C'était une amie des parents de Simon et comme elle n'avait plus de famille, il l'accompagnait de temps en temps à l'hôpital. Elle avait finalement succombé après des années de souffrance. Vers la fin, elle passait le plus clair de son temps assise dans son jardin, un bonnet sur la tête pour protéger ses cheveux dégarnis, fumant une cigarette à côté de sa bouteille d'oxygène. En paix avec ce qui l'attendait.

– L'amie de mon père m'a dit qu'il y avait un vol ce dimanche… j'imagine que je vais le prendre. Sauf s'il n'est plus disponible demain. Elle a dit qu'ils prendraient le billet pour moi, mais ça me gêne de leur devoir quelque chose. Et si ça se passe mal et que je doive repartir presque aussitôt ?

– Tu te sentiras obligée de rester, souligne Diana.

Elle boit une gorgée et l'alcool lui arrache une grimace. Il faut dire que le barman n'y est pas allé de main morte.

– Papa Warbucks pourrait payer ton billet, suggère-t-elle. Il doit avoir ce qu'il faut dans son coffre-fort. On sait tous qu'un psy, ça gagne bien.

Diana est persuadée que Simon a une crypte secrète pleine d'argent dans les sous-sols de notre grande maison et qu'il y passe ses nuits à compter ses pièces d'or.

Bien qu'il gagne très bien sa vie en s'occupant d'esprits fragiles, je doute que les goûts de luxe de maman lui aient permis d'amasser une telle fortune. Sans rire, sur ce point, elle est pire que moi.

– Plus sérieusement, Calla, Simon a raison. Si tu n'y vas pas et que ton père ne s'en tire pas, tu finiras par le regretter. Je te connais par cœur.

C'est vrai, elle me connaît mieux que quiconque. Elle et moi nous sommes rencontrées à l'école privée à quelques rues de la maison, et nous sommes les meilleures amies du monde depuis. À l'heure de la récré, elle me peignait les ongles en bleu coquille d'œuf. Encore aujourd'hui, c'est ma couleur favorite. Elle sait tout de mon histoire avec mon père et combien j'en ai souffert, tout comme elle sait que je brûle de questions auxquelles il me faut des réponses. La moindre n'étant pas : pourquoi sa compagnie Alaska Wild revêt-elle plus d'importance à ses yeux que sa propre fille ?

Toutefois, cette démarche comporte un risque et je ne suis pas encore sûre de vouloir le prendre.

– Et si c'était un père indigne ?

– Eh bien, comme ça, tu sauras enfin à quoi t'en tenir, dit-elle, avant de marquer une pause. Mais c'est peut-être aussi un type génial, aux qualités insoupçonnées et dont tu vas adorer faire la connaissance.

– Oui, peut-être, dis-je, sans trop y croire, soudain frappée par une nouvelle inquiétude. Et s'il ne guérit pas ?

Ce serait comme le perdre encore, sauf que cette fois-ci, il y aura plus à perdre que des illusions.

– Au moins, tu pourras t'accrocher à quelque chose de vrai. Écoute, Calla, avec des si, on mettrait Paris en bouteille. Mais tu as l'occasion d'obtenir des réponses. Oh ! Hé !

Diana fait signe à quelqu'un qui se trouve derrière moi et un instant plus tard, qui s'installe avec nous ? Aaron. Surprise ! Agacée au plus au point, je détourne le regard tandis qu'ils échangent un langoureux et interminable baiser de cinéma. D'ordinaire, ça ne me ferait rien mais après la journée que je viens de passer, j'aurais bien aimé, pour une fois, avoir droit à l'attention complète de ma meilleure amie.

– J'ai appris pour ton boulot, Callie. Ça craint.

Même en stilettos, j'ai l'air d'une naine à côté d'Aaron et de son mètre quatre-vingt-quinze. Je dois lever la tête pour pouvoir rencontrer son regard d'encre.

– Je ne te le fais pas dire, mais ce n'est qu'un boulot, pas vrai ?

Amusant. Depuis que cette situation avec mon père requiert toute mon attention, ces mots me viennent un peu plus facilement.

– Moi aussi, j'aimerais qu'on me fiche à la porte avec quatre mois de salaire en poche, se lamente Diana.

Elle travaille comme standardiste dans un modeste cabinet d'avocat, un job qu'elle déteste. À mon avis, c'est la raison pour laquelle elle se donne à fond dans notre projet de site, histoire de compenser.

– J'ai un pote qui est chasseur de tête pour des banques, m'informe Aaron. Il te retrouvera un emploi en moins de deux !

– Merci, dis-je, avant de dissimuler ma mine renfrognée. J'aime bien ta barbe, au fait.

Aaron passe la main sur la belle toison noir ébène de sa mâchoire.

– Ça prend forme, hein ?

J'en admire les contours bien taillés.

– Pas mal du tout. Il a l'air sacrément doué, ton barbier. Mais où as-tu bien pu le dénicher, ma parole ?

Aaron fait un rictus.

– C'est une barbière, en fait. Très canon d'ailleurs, et très…

– Arrête de draguer ma meilleure amie, l'interrompt Diana. Et d'inventer des mots, aussi.

Elle lui lance un regard assassin, puis finit par lui adresser un clin d'œil. Deux mois plus tôt, Diana a décidé que nous devions lancer une nouvelle chronique : « Comment transformer notre homme des bois en dandy urbain ? » Pour le bien de toutes les femmes, avait-elle ajouté. En réalité, c'était plutôt pour le bien de la copine du serveur velu et négligé du restaurant grec sur Danforth, celui qui nous servait de copieuses rations de vin et de tzatziki.

C'est donc tout naturellement qu'Aaron avait fait office de cobaye pour une démo live. En bon petit-ami qu'il est, Aaron avait cessé de raser son visage lisse comme celui d'un bébé, ne se plaignant qu'environ mille fois. À notre surprise – et à la sienne – il était finalement parvenu à se laisser pousser un très respectable collier de hipster.

Ni Diana, ni moi n'avions rasé de barbe avant cela. Toutefois, j'avais été bénévole dans un refuge animalier pendant un trimestre pour valider des UE au lycée, et après avoir embelli plus d'un toutou hirsute, j'avais fini par acquérir une certaine expérience à la tondeuse. J'avais donc été désignée d'office. Pour me préparer à la tâche, j'avais dévoré des dizaines de tutoriels sur YouTube. Puis, le week-end dernier, éclairée par la lampe torche de l'iPhone de Diana, j'avais transformé le menton broussailleux d'Aaron en une belle barbe digne d'une première page de magazine. Il avait enfin l'air d'un homme de vingt-huit ans et non plus d'un adolescent.

Diana porte délicatement les doigts à la barbe de son homme et les fait courir le long de sa mâchoire.

– C'est notre article le plus vu, dit-elle. C'est grâce à toutes ces femmes en chaleur…

Grâce à elles, mais aussi à la société à laquelle Diana avait acheté son nécessaire. Nous les avions tagués et ils avaient relayé la vidéo sur leurs réseaux. Quand elle a appelé pour m'apprendre la nouvelle, Diana était si hystérique que mes oreilles ont sifflé pendant une demi-heure.

Nouveau rictus d'Aaron. Sa chérie lève des yeux excédés. Il a lu tous les commentaires et son ego en a été flatté.

– Je me disais que Calla pourrait me la rafraîchir un…

– Non, coupe Diana.

Son regard lance des éclairs.

– Mais elle l'a déjà fait !

– C'était pour Calla & Dee ! C'est tout. Le rasage, c'est trop intime. Pas vrai, Calla ?

Aaron et moi échangeons un regard circonspect.

– J'imagine. Enfin, je ne l'ai pas ressenti comme ça, mais...

– De toute façon, Calla part en Alaska dimanche.

– Ce n'est pas encore acté...

Mais je n'ai pas le temps d'argumenter que Diana est déjà penchée à l'oreille d'Aaron pour tout lui rapporter du coup de fil d'Agnès. Son visage s'assombrit.

– Je suis désolé, Calla. La vache, c'est ce qui s'appelle une journée de merde !

Je lève mon martini :

– Je trinque à ces événements.

– Eh bien... j'ai un pote qui est allé en Alaska, il y a quelques années et il n'arrête pas de me dire que ça déchire. Même si les circonstances craignent un peu, je suis sûr que ça sera une sacrée expérience.

– Savais-tu que Calla était née là-bas ? fit Diana. Eh oui, son père a même sa propre compagnie aérienne !

– En fait, c'est plutôt une entreprise d'affrètement.

En vérité, je n'en savais rien. La dernière fois que j'ai tapé le nom de mon père sur Google, je ne suis tombée que sur l'annuaire et sur un site en construction au nom d'Alaska Wild.

Diana reprend :

– Elle va mettre tous les pilotes de son père à contribution. Ils vont l'emmener partout pour qu'elle puisse prendre des photos d'enfer pour le site.

– Mortel, dit Aaron, avant de désigner mon verre à moitié vide. La prochaine tournée est pour moi, mesdames.

Aaron n'a pas relevé mais je sais qu'il serait heureux que pour une fois Diana parle d'autre chose que de Calla & Dee. Il se lève, lui vole un baiser – ce qu'il fait à chaque fois qu'il doit s'éloigner d'elle, comme Corey le faisait autrefois avec moi – et se fraye un chemin jusqu'au bar à travers la foule.

Diana se met à bouger les épaules en rythme avec la musique et se met à beugler :

– Putain, j'adore cette boîte !

Chez elle, le nombre de « putain » prononcé est proportionnel au nombre de verres qu'elle a éclusés. Elle doit commencer à être pompette. Moi aussi.

– Sérieux ? J'étais justement en train de me dire que je la trouve un peu has been.

Je bois une gorgée et mon regard se porte à nouveau sur l'assistance, combien de personnes sont entassées ici ce soir ? Cinq cents ? Mille ? Difficile à dire. Avant, chaque fois que je passais ces portes, je sentais une certaine frénésie s'emparer de moi. La musique engourdissait mes pensées, vibrant dans mes membres et tout autour de moi, entourée par les fêtards qui dansaient, buvaient, riaient et s'embrassaient.

Je ne ressens pas cette frénésie. Probablement à cause de ma journée, mais il faut dire que le DJ est mauvais ce soir. Il joue exactement la même playlist que la semaine dernière. Et que la semaine d'avant. Et la précédente. Je doute d'être assez motivée pour danser.

Tout à coup, Diana me donne un petit coup de coude et fait jouer ses sourcils.

– Hé ! Admirateur en vue à trois heures !

Je tourne la tête vers la droite et repère un grand type aux cheveux de jais, à deux mètres de nous, entouré par un groupe d'amis. Il me fixe de ses yeux noirs, un sourire charmeur au coin des lèvres.

Les miennes forment un « waouh » silencieux tandis que des papillons s'ébattent dans mon ventre. Très beau et bien bâti. Pas vraiment mon genre, mais aucune fille ne saurait être insensible à son charme. Dieu sait depuis combien de temps il m'observe, attendant d'attirer mon attention et que je lui réponde d'un sourire engageant, d'un battement de cils, d'un clin d'œil ou n'importe quel type de feu vert. Je suis prête à parier qu'il a une voix suave, que sa peau sent le citron et l'eau de Cologne et qu'il se rase jusqu'à deux fois par jour pour conserver sa mâchoire carrée parfaitement imberbe. Je suis aussi certaine que c'est le genre de type à occuper votre espace pour vous parler, pas invasif, mais juste assez pour créer une forme d'intimité, une envie de contact. Il ne doit probablement jamais quitter cette boîte seul, tout comme il doit certainement – pour son grand plaisir – se réveiller seul.

Que j'aie un copain n'éveillerait chez lui aucun scrupule. Mais j'ai un copain, je me force à me le rappeler. *Calla, enfin !* Cela fait trois fois en quelques semaines que je bave devant un beau gosse : deux fois en boîte et une fois dans un parc, pendant que je déjeunais sur un banc – un blond dans un superbe costume rayé sur mesure qui m'est passé devant, beau à s'en décrocher la mâchoire.

Je me force à endurcir mon expression et lui tourne ostensiblement le dos, espérant qu'il ne me prenne pas pour une fille timide, et passe à autre chose. Pour les gars de ce genre, draguer en boîte, c'est comme du baseball : on swingue plus qu'on ne touche la balle.

Les yeux rivés vers le bar, Diana fronce les sourcils.

– Hé, ce ne serait pas Corey là-bas ?

Je suis son regard vers une silhouette à la chevelure ondoyante et familière.

– Peut-être.

De dos, il pourrait tout à fait s'agir de Corey, dégingandé et les épaules légèrement voûtées. En plus, il porte une tenue qui lui ressemble : un pantalon chic et une belle chemise noire cintrée. Le type se retourne, révélant un visage juvénile et rasé de frais qui confirme nos doutes. Tâchant d'ignorer la douleur qui me prend à l'estomac, je dégaine mon portable de mon sac. Peut-être m'a-t-il laissé un message ? Mais rien. Pas même un texto.

Diana lui jette un regard noir.

– C'est qui avec lui ?

Je scrute attentivement les visages qui l'accompagnent.

– Des collègues. On ne doit pas avoir la même définition de ce que signifie travailler tard.

– On devrait aller le rejoindre au bar pour…

Diana suspend ses mots. Le groupe s'éclaircit et révèle une fille de petit gabarit installée juste à côté de Corey. La main de mon « copain » est posée sur sa chute de rein d'une manière presque tendre. Pas comme on le fait avec sa petite amie, mais avec quelqu'un dont on rêverait qu'elle le soit.

Corey se penche, murmure quelque chose à son oreille et se recule. Certainement un trait d'humour. J'ai toujours adoré son sens de l'humour. Hilare, la fille bascule la tête en arrière, faisant se balancer ses longs cheveux châtains, provoquant un grand sourire chez Corey. Je peux presque apercevoir son regard pétillant, le même qui m'avait charmée il y a si longtemps, à une époque où nous sortions ensemble en boîte avec nos amis et où il posait sa main dans mon dos.

Je sens mon cœur se serrer dans ma poitrine. Tout devient clair. Cette fille, c'est Stéphanie Dupont. Elle est entrée à l'agence de pub il y a trois mois de cela. Je l'ai rencontrée à une fête, une fois. Elle était en couple à l'époque. Est-ce toujours le cas ? Car sinon, Corey a tout l'air d'être en train de vouloir marquer son territoire.

Diana siffle entre ses dents.

– Dis-moi que tu vas aller là-bas et lui jeter le contenu de ton verre à la tronche. Non, attends ! Ne gâche pas ta conso. Prend celle-là plutôt.

Elle s'empare d'un verre abandonné sur un rebord de fenêtre, à moitié rempli de glaçons fondus et de morceaux de citron.

Je ne le fixe qu'une fraction de seconde.

– À quoi bon ?

Les sourcils de Diana se soulèvent en un geste furieux.

– Parce qu'il t'a menti en prétendant travailler tard ? Il est juste à côté de toi et il n'est qu'à un verre de te tromper. Et avec une poule de seconde main, en plus ! Sérieux, tu l'as vue comparée à toi ?

Son visage est caché mais je me souviens d'elle comme d'une fille jolie, saine, avec de jolies fossettes et un sourire amical. Je garde le silence et Diana devient véhémente.

– Pourquoi tu pètes pas les plombs ?

– J'en sais rien.

Et c'est vrai. Certes, ça fait mal. Mais pour être honnête, je pense que c'est surtout ma fierté qui est blessée. Je devrais avoir le cœur en vrac. Cette trahison devrait me tordre l'estomac, les larmes devraient être en train de me piquer les yeux. Mais au mieux, la seule chose que je ressens est une sorte de mélange de déception et de… soulagement ?

Diana soupire d'un air désapprobateur.

– Que comptes-tu faire ?

Je secoue la tête et cherche un sens à cette situation. Je suis sortie pendant un an avec un homme en apparence parfait en tous points, tout se délite sous mon nez en ce moment-même et je ne veux même pas me battre pour le garder ?

– Attends, intervient Diana. Je sais quoi faire ! Où est-il ?

– Où est qui ?

– Le gars de tout à l'heure. Le beau gosse qui te dévorait des yeux…

– Oh, que non !

Je l'attrape vivement par le poignet et la stoppe dans son élan. Quand Diana a une idée en tête…

– Je ne draguerai pas un inconnu pour rendre Corey jaloux !

Diana se met à balbutier.

– Oui, mais… il faut que tu fasses quelque chose !

– Tu as raison. Il le faut.

Je trinque avec elle, descend cul sec le reste de mon verre. J'ai tellement envie de quitter cet endroit sans que Corey me voie que j'en ai les jambes qui me démangent.

– Je rentre chez moi.

Finalement, il faut croire que je pars en Alaska.

CHAPITRE 4

– Elles sont jolies.

Maman tient une paire de bottes de pluie rouges Hunter.

– N'est-ce pas ? Mais elles prennent beaucoup de place, j'hésite à les emporter.

– Fais-moi confiance, prends-les.

Elle les dépose dans la valise spéciale chaussures et cosmétiques – déjà prête à déborder – et s'assoit sur mon lit où elle passe en revue une pile d'étiquettes de prix, vestige de ma séance de shopping spéciale Alaska de la veille.

– Tu es certaine de ne partir qu'une semaine ?

– « La clé, c'est de partir surchargée », c'est ce que tu m'as appris.

– Tu as raison. C'est d'autant plus vrai là où tu te rends. Il faudra en permanence avoir sur toi de quoi affronter chaque situation. Si tu oublies quelque chose, il n'y aura pas de boutiques à disposition. Ils n'ont même pas de centre commercial là-bas.

Cette seule idée la fait grincer des dents.

– Il n'y a rien là-bas, reprend-t-elle. Ce n'est qu'un…

– Un grand terrain à l'abandon, je sais, dis-je en fourrant dans une autre valise une grosse paire de chaussettes de laine, miraculeusement retrouvée dans mes affaires d'hiver. Mais peut-être que ça a changé. Après tout, tu n'y es pas allée depuis vingt-quatre ans. Ils ont un cinéma, maintenant.

Je le sais, je l'ai appris en faisant une recherche sur Google : *Sorties à Bangor, Alaska.* En dehors des cours de couture et du club de lecture, deux activités pour lesquelles je n'ai pas le moindre intérêt, le cinéma est littéralement la seule distraction disponible en intérieur.

J'ajoute :

– Va savoir, Bangor est peut-être deux fois plus grande. Voire trois fois plus.

Maman sourit, mais c'est un sourire condescendant.

– En Alaska, la démographie des villes n'évolue pas aussi vite, souligne-t-elle. La plupart du temps, elle n'évolue même pas du tout.

Maman s'empare d'un de mes pulls d'automne favoris – un superbe cache-cœur rose pâle à deux cents dollars qu'elle et Simon m'ont offert à Noël dernier – et le plie avec soin.

– Connaissant ton père, la maison n'a pas dû bouger d'un iota.

– Ça réveillera peut-être de vieux souvenirs d'enfance.

– Ou ça te flanquera des cauchemars, ricane-t-elle en secouant la tête. Le papier peint que Roseanne avait fait poser aux murs était d'une ringardise absolue.

Roseanne, c'était la mère de mon père, ma grand-mère. J'étais trop petite, je ne me souviens pas d'elle. Nous nous parlions de temps en temps au téléphone et elle m'envoyait chaque année des cartes pour mon anniversaire et pour les fêtes de Noël. Elle est morte quand j'avais huit ans.

– Agnès l'aura probablement retiré.

Maman renifle. Détourne le regard.

– Peut-être.

Est-ce que tu l'aimes encore, même après tout ce temps ? Je dois me mordre la langue pour ne pas lui parler de ce que Simon m'a confié. Elle n'assumerait jamais et j'aime autant qu'elle ne fasse pas de sa vie un enfer pendant mon absence. Les choses sont déjà assez tendues comme ça dans cette maison ces derniers temps. En se couchant mardi soir, maman n'avait en tête que des arrangements floraux pour bouquets et des décorations de tables rose bonbon, mais lorsqu'elle s'est réveillée le lendemain, elle a dû encaisser Agnès, le diagnostic de papa et mon départ en Alaska.

Je ne saurais dire ce qui l'affecte le plus : la maladie ou le fait qu'il y ait une nouvelle femme dans sa vie. Ces nouvelles l'ont perturbée. Je l'ai surprise au moins une dizaine de fois, tasse à la main, en train de fixer le néant à travers la grande baie vitrée de la cuisine. Un immobilisme inhabituel pour une femme d'ordinaire si vive.

Toutefois, je ne peux pas m'empêcher de poser la question en partie :

– Tu ne quitterais jamais Simon pour retourner avec papa, n'est-ce pas ?

– Quoi ? Bien sûr que non.

L'espace entre ses sourcils se creuse, comme si elle réfléchissait à sa propre réponse.

– Pourquoi tu me demandes ça ?

– Pour rien, dis-je, hésitante. Est-ce que tu lui as parlé durant toutes ces années ?

– Non.

Elle secoue la tête et marque une pause.

– Mais je lui ai envoyé un mail, il y a quelques années, avec la photo de ta remise de diplômes. Histoire qu'il sache à quoi sa fille ressemble.

Elle parle d'une voix traînante et elle fixe un défaut dans son vernis couleur corail.

– Et il a répondu ?

S'était-il au moins donné cette peine ? Maman confirme.

– Il a répondu. Il a dit qu'il n'en revenait pas de te voir si grande. Que tu étais mon portrait craché, ajoute-t-elle, avec un sourire triste. Je n'ai pas poursuivi la conversation. C'était plus sage. Range ça, tu n'en auras pas besoin, dit-elle en changeant de sujet, désignant le petit haut à rayures qui est posé au-dessus de la pile de vêtements.

– Je croyais qu'il fallait être toujours parée ?

– La météo prévoit des températures maximales de 14 degrés dans la journée. Seulement 4 degrés la nuit.

– Je mettrais un pull par-dessus.

Sa main caresse le dessus de lit.

– Wren vient te chercher à Anchorage, alors ?

Je secoue la tête en buvant une gorgée d'eau. La vague de chaleur qui s'est abattue sur le sud de l'Ontario ne s'est toujours pas dissipée et malgré la climatisation, le troisième étage de la maison reste étouffant.

– Non, un certain Jonah va s'en charger.

– Pourquoi pas ton père ?

– Je n'en sais rien. Il n'est peut-être pas assez en forme pour piloter.

Dans quel état vais-je le trouver ? Dans nos conversations par e-mails, Agnès et moi avons beaucoup parlé des détails du voyage mais pas de son état de santé.

– Mais il est bien au courant de ta visite, n'est-ce pas ?

– Bien évidemment.

Après tout, Agnès avait bien dit qu'*ils* seraient ravis de me recevoir et qu'*ils* me prépareraient une chambre.

Sa bouche forme une moue inquiète.

– Quel type d'avion ?

– Avec un peu de chance, un qui ne s'écrasera pas.

Elle me transperce du regard.

– Ce n'est pas drôle, Calla. Certains des avions de ton père sont des coucous minuscules. Tu vas passer entre des montagnes et des…

– Tout ira bien, maman. C'est toi qui as peur de l'avion, pas moi.

– Tu aurais dû attendre d'avoir un vol commercial, marmonne-t-elle. Il y a des Dash 8 en partance pour Bangor tous les jours, maintenant.

– Aucun n'était disponible avant mardi.

C'est fou, je pars en Alaska et maman devient tout à coup une experte en avions.

– Tu en fais des caisses, maman. Relax !

– Tu verras si j'en fais des caisses.

Son ironie ne dure pas.

– Quand débute-t-il son traitement ?

– Aucune idée. Je le saurai en arrivant.

Maman soupire en grognant.

– Où prends-tu tes correspondances, déjà ?

– Dans le Minnesota, à Seattle, puis Anchorage.

Un voyage qui s'annonce éprouvant et même pas pour une destination de rêve, comme Hawaï ou les Fidji. Mais en contrepartie, après vingt-quatre heures de vol, je serai enfin face à Wren Fletcher, après vingt-quatre ans de séparation. J'en ai l'estomac qui flanche.

Les doigts de maman pianotent sur son genou.

– Tu es sûre que tu ne veux pas que je te dépose à l'aéroport ? On peut encore me remplacer à la boutique.

Je peine à rester patiente.

– Je dois y être à quatre heures du matin, maman. Je prendrai un taxi. Sérieusement, cesse un peu de flipper. Je te dis que tout ira bien.

– Je voulais juste…

Elle s'interrompt et rabat une mèche de ses cheveux derrière son oreille. Nous avions la même couleur de cheveux avant, mais quand ils ont blanchi, elle a commencé à les teindre en un brun plus foncé, avec une touche cuivrée.

Je commence à comprendre le fond du problème et cela n'a rien à voir avec la longueur du trajet, l'étroitesse des avions, ni même le fait que je m'en aille une semaine.

Je la rassure d'une voix douce.

– Il m'a déjà trop blessée, je ne tomberai pas plus bas.

Le silence qui s'ensuit est assourdissant.

– Ce n'est pas un mauvais homme, Calla.

– Probablement que non. Mais c'est un père à chier, conclus-je, luttant pour refermer ma valise.

Maman s'abîme dans la contemplation d'une blessure sur son pouce, probablement due à l'épine d'une rose.

– Toutes ces années à fumer, déplore-t-elle. Je l'ai plusieurs fois exhorté d'arrêter. Après avoir vu ton grand-père succomber à ces foutues cigarettes, j'ai vraiment pensé qu'il renoncerait au tabac.

Maman secoua la tête et son front – rendu plus lisse par la grâce de traitements lasers et d'injections de botox – se creuse de profondes rides d'inquiétude.

– Il ne fume peut-être plus, mais le mal était sûrement déjà fait. Et s'il fume encore, sois certaine que les médecins l'ont forcé à arrêter.

Je redresse la valise sur ses roulettes et m'époussette les mains.

– Et d'une.

Les yeux noisette de maman me toisent de haut en bas.

– J'aime bien tes mèches.

– Merci. Fausto les a faites hier soir. J'ai dû le supplier de me recevoir.

Je regarde dans la glace la plus proche et relève une mèche blonde de devant mon visage. J'ajoute :

– Elles sont plus claires que d'habitude. Mais pas le temps de corriger ça avant de partir.

J'ai de tels cernes sous les yeux que même une épaisse couche de fond de teint ne les dissimulerait pas. Ces deux derniers jours ont été bouillonnants d'activité, entre shopping, soins esthétiques, préparation des valises et du voyage. Sans oublier la rupture avec mon copain.

– Alors, entre Corey et toi, c'est bel et bien fini ?

À croire qu'elle lit dans mes pensées.

– J'ai repris ma liberté.

– Est-ce que ça va ?

Je pousse un soupir las.

– Franchement, je ne sais plus où j'en suis. Toute ma vie semble chamboulée et j'attends encore que la poussière retombe.

L'autre soir, en quittant la boîte, Diana a insisté pour bousculer « accidentellement » Corey – si elle ne l'avait pas fait, elle serait morte d'indignation. Au passage, elle l'avait informé qu'il venait de « rater sa copine ». Je suis prête à parier qu'elle lui a réservé son sourire le plus sournois, probablement très heureuse de lui avoir fichu la honte.

Le lendemain, Corey m'avait laissé un message vocal. Il m'y informait d'un ton désinvolte qu'il s'était laissé entraîner dans cette boîte, sans savoir comment exactement. Une excuse complètement bidon. Il ne mentionnait ni Stéphanie Dupont, ni la raison pour laquelle il s'était retrouvé à moitié vautré sur elle.

Je l'ai d'abord laissé mariner, histoire de lui rendre la monnaie de sa pièce. Puéril ? Peut-être. Mais j'avais besoin de temps pour mettre les choses en ordre dans ma tête, temps que j'ai mis à profit pour fixer le plafond incliné de ma chambre tandis que s'égrenaient les heures jusqu'à l'aube. Je n'étais pas encore prête à affronter la vérité.

Fut un temps, Corey m'avait aimée – ou du moins le croyait-il. Et au summum de notre relation, dans ce laps de temps où la nouveauté est encore là et que l'habitude ne s'est pas encore immiscée dans le quotidien, je l'avais cru aussi. Nous avons eu de bons moments. Jamais de disputes, pas de jalousie ou de violence et nous avons toujours respecté les sentiments l'un de l'autre. Si je devais définir notre couple en un mot, je dirais « doux ». Une relation sans accrocs.

Il n'y avait aucune raison pour que ça ne fonctionne pas. Sur le papier, nous étions faits l'un pour l'autre. Mais nous nous sommes lassés. La magie des débuts s'était peu à peu évaporée, comme un pneu qui se dégonfle après avoir roulé sur un clou. Vous pouvez rester comme ça des mois entiers, sans vous rendre compte que quelque chose cloche, jusqu'au jour où vous vous retrouvez dans le décor, un pneu en moins.

Je n'ai jamais crevé moi-même, je n'ai pas le permis de conduire. Mais il me semble bien que c'est comme ça que ça se passe. Et je suis certaine d'une chose, c'est que le charmant petit couple « Corey + Calla » qui posait sur les rochers au bord du lac il y a un an de cela avait roulé sur un clou bien avant que Stéphanie Dupont ne fasse son apparition.

Autrement, je ne vois aucune autre raison qui puisse expliquer mon calme ce soir-là, ou mon manque de réaction quand il ne s'est pas rué à mon secours après cette horrible journée. Cela expliquerait aussi qu'après avoir appris pour mon père, je n'ai même pas songé à l'appeler dans le vain espoir que le simple son de sa voix me réconforte.

Je crois qu'au fond de moi, je savais déjà que notre couple prenait l'eau. Je m'étais juste voilé la face – ou j'espérais secrètement que ça ne soit pas vrai. Plus probable encore : une fois qu'on voit les choses, on est obligé d'agir et j'avais probablement fui cette responsabilité. Et si, de son côté, Corey n'avait pas ressenti tout ça ? Qu'il avait cru que tout allait pour le mieux et qu'il me supplie de ne pas le plaquer ? Et s'il souffrait à cause de moi ?

Tant d'inquiétudes se bousculaient dans mon subconscient. J'avais toutes les raisons de ne pas vouloir affronter Corey. J'ai toujours fui les conflits comme la peste. « C'est bien la seule chose que tu tiennes de Wren », disait toujours maman. Pour ce qui est de fuir les conflits, papa est une sorte de ninja et, comme on dit, la pomme ne tombe jamais bien loin de l'arbre. Même si, dans le cas présent, je suis tombée à environ cinq mille cinq-cents kilomètresde la branche la plus proche. Bien sûr, si on me provoque, j'ai autant de repartie que n'importe qui. Mais mettez-moi face à une personne ou une chose néfaste et je fuirai jusqu'à mon ombre.

Mais je n'avais plus d'endroits où me cacher désormais, la vérité était trop flagrante. Dès lors, impossible pour moi de partir pour l'Alaska avec ça en tête. C'est ainsi que, vendredi soir, j'avais envoyé un texto à Corey : je l'informais de mon départ pour l'Alaska et qu'il valait peut-être mieux que nous prenions nos distances, qu'avec son travail « et le reste », ça allait être compliqué.

Et qu'avait-il répondu ?

Ouais, je me disais pareil.
Prends soin de toi et bon vol.

À croire qu'il n'attendait que ce prétexte pour rompre. Mais je n'aurais pas dû être surprise. Il a toujours été du genre à tourner autour du pot. En l'occurrence, ce coup-ci, c'était moi, le pot. Et ainsi ont pris fin quatorze mois de relation. Par texto, en plus. Degré de confrontation zéro.

– Il est tard, Calla, déclare maman en se levant du lit. Tu devrais dormir.

– Je sais, je vais juste prendre une douche avant.

– D'accord. On se voit demain avant ton départ.

Elle se rapproche et me prend dans ses bras un peu trop fort et trop longuement à mon goût.

– Enfin maman, je rentre dimanche prochain ! Je ris en l'étreignant à mon tour avec force. Qu'est-ce que ça sera quand j'irai vivre ailleurs ?

Elle rompt son étreinte et, les yeux brillants, arrange mes cheveux.

– Nous en avons discuté avec Simon, et jamais nous ne te laisserons déménager d'ici. Nous t'avons construit une geôle au sous-sol.

– Près de la crypte où il entasse son or, j'espère !

– Juste en face et je viendrai te détacher pour qu'on regarde nos séries préférées.

– Tu peux aussi installer une télé dans ma geôle.

Elle éclate d'un rire moqueur.

– Pourquoi n'y ai-je pas pensé ? Comme ça, nous n'aurions pas à entendre Simon se plaindre.

Simon exècre notre passion commune pour la téléréalité et la série *Vikings*. Au cours de nos séances devant le petit écran, il ne peut s'empêcher de passer une tête dans le salon et envoyer en plaisantant un commentaire désobligeant.

Maman me lâche enfin et se dirige lentement vers la porte. Elle prend son temps, et m'observe, tandis que, agenouillée sur la valise, je tente de tirer la fermeture éclair.

– Tu devrais emmener un livre ou deux, suggère-t-elle.

– Je vais surtout prendre mon Macbook.

Elle sait pertinemment que je pique du nez dès que j'ouvre un livre.

– Je n'en attendais pas moins de toi, fait-elle, marquant une pause. J'espère seulement qu'ils ont Internet.

– Oh bon Dieu, tu te fiches de moi, là ?

Cette seule possibilité me flanque le tournis. J'étais allée passer un long week-end à Algonquin Park, et il m'avait fallu au moins quinze minutes de marche juste pour pouvoir consulter mes textos. Un enfer !

– Agnès a toujours répondu très rapidement aux mails, dis-je, sûre de mon coup. Ils ont Internet, c'est certain.

Maman hausse les épaules.

– Bien… Tiens-toi prête, d'accord ? La vie là-bas est très différente. C'est plus simple et plus dur à la fois. Je ne sais pas si je suis claire.

Ses lèvres esquissent un sourire nostalgique.

– Tu sais, ton père a essayé de m'apprendre à jouer aux dames. Il proposait de jouer tous les soirs, juste pour m'embêter ! Il savait combien j'avais horreur des jeux de société.

Ses sourcils se froncent d'un air interrogatif.

– Je me demande s'il y joue encore.

– J'espère que non.

– Tu t'ennuieras tellement au bout d'une journée que tu chercheras à t'occuper, m'avertit-elle.

– Je pense passer du temps à l'aéroport, dis-je en redressant la valise sur ses roulettes. Tu sais ? Histoire de voir des avions se crasher.

– Calla !

– Je plaisante !

Elle soupire avec emphase.

– Ne va pas faire la même erreur que moi : ne tombe pas amoureuse d'un pilote !

Je ricane.

– Je ferai de mon mieux.

– Je parle sérieusement, Calla !

– Maman, je ne suis pas en manque à ce point !

Elle hausse les mains, comme pour se rendre.

– Très bien. Mais sache qu'il y a quelque chose chez les types qui travaillent là-bas. C'est inexplicable. Je veux dire… ils sont tarés ! Ils se posent sur des glaciers, au bord des précipices, ils volent en plein blizzard. Ils sont comme…

Elle s'interrompt et semble chercher les mots justes en scannant les murs.

– Comme… des cow-boys célestes.

Le terme me fait hurler de rire.

– Oh mon Dieu ! Maman, ai-je vraiment l'air de quelqu'un qui craque pour les *cow-boys célestes* de l'Alaska ?

Maman m'adresse un regard vide d'expression.

– Et moi, alors, en avais-je l'air ?

Touché. Maman a toujours été très glamour. Ses boucles d'oreille ont toujours l'éclat d'un diamant et elle a le chic pour transformer un legging et un T-shirt en une tenue hautement sophistiquée. Elle s'immolerait par le feu plutôt que d'enfiler un vieux jean. Avec des gestes calculés, je tire les deux valises jusqu'au palier et j'essaye de ne pas renverser le mobilier.

Maman se met à marmonner.

– On dirait que tu vas te casser le dos.

– Je me le casse déjà !

Du haut des escaliers en chêne, nous contemplons la longue volée de marches récemment teintées d'un vernis foncé, avec les contremarches et les broches en blanc écru. La descente va être raide.

Nous appelons d'une seule voix :

– Simon !

CHAPITRE 5

– Il n'y a que deux opérateurs qui fonctionnent par ici.

Le chauffeur de taxi, un homme d'âge mûr m'adresse un sourire moqueur par-dessus son épaule, amusé de m'entendre pester contre le manque de réseau.

Je râle et range mon portable.

– Il faut croire que le mien n'en fait pas partie.

À cinq heures ce matin, avant de prendre mon premier vol, j'avais acheté une carte prépayée pour l'international. Pas de chance ! Pourvu qu'il y ait le Wi-Fi chez mon père ou cette semaine risque de mettre ma patience à rude épreuve.

Le chauffeur conduit doucement en direction du petit aéroport régional d'où décollera mon quatrième et dernier vol. Un chauffeur m'attend près du tapis roulant à bagages avec une pancarte sur laquelle on peut lire « Calla Fletcher » en lettres capitales. Après quinze heures de vol, dont l'un a été retardé à Seattle, cela fait plaisir d'être accueillie ainsi.

Mon attention se porte vers un petit avion à skis qui vient de décoller dans les airs, sa carlingue rouge détonnant contre le bleu du ciel. Allais-je voyager dans un coucou de ce genre ?

– Première fois à Anchorage ?

– Oui.

– Qu'est-ce qui vous amène ?

– Je rends visite à quelqu'un.

L'homme essaye simplement de faire la conversation mais j'ai l'estomac qui fait du yo-yo. Je me concentre sur ma respiration et tâche de me calmer en observant le paysage – l'eau est bleue comme du cobalt, une végétation luxuriante nous entoure de toute part et la blancheur immaculée d'une chaîne de montagne point à l'horizon. Tout à fait le type de paysage qu'a décrit Diana lorsque je lui ai parlé de l'Alaska. Dans l'avion précédent, j'étais restée le nez collé contre le hublot, fascinée par cette vaste mosaïque d'arbres et de lacs.

Ma destination sera-t-elle différente ?

– Est-ce que Bangor est loin par avion ?

Nous sommes en plein milieu de l'après-midi et le soleil est encore haut dans le ciel. Pas un seul nuage à l'horizon. Arriverai-je avant la nuit ?

– À quatre cents kilomètres environ, répond le type. Une heure de vol. À peu de choses près.

J'expire en tremblant. Encore une heure et je serai face à mon père. Je me sens à la fois impatiente, terrifiée et intimidée.

– J'en déduis que c'est à Bangor que vous allez ?

– En effet. Vous avez déjà été là-bas ?

– Pas depuis des années. Mais plusieurs Dash 8 s'y rendent pendant la journée. Quelle compagnie empruntez-vous ?

– Alaska Wild.

Le type hoche la tête.

– Les avions Fletcher, dit-il. De bons appareils. Ça fait un bout de temps qu'ils sont dans le circuit.

Entendre mon nom de famille met tous mes sens en alertes.

– Vous connaissez le propriétaire ? Wren Fletcher ?

Le chauffeur hoche la tête avec emphase.

– Oui m'dame ! Je fais ce boulot depuis vingt ans maintenant. Avec le temps, on connaît les gens et Wren passe assez souvent à Anchorage pour que j'aie pu faire sa connaissance. Il n'y a pas si longtemps, je l'ai emmené à l'hôpital. Il avait une vilaine toux qu'il devait faire examiner. Un genre de microbe.

Un nœud se forme dans mon ventre. Un microbe, oui. Du genre mortel.

– Attendez, fit-il, jetant un œil à sa pancarte. Vous êtes de sa famille ?

J'hésite à répondre.

– C'est mon père, admets-je.

Pourquoi ai-je l'impression d'être une sorte d'imposteur ? Dit comme ça, c'est comme si mon père et moi nous connaissions bien, comme si je venais souvent le voir. Mais la vérité, c'est que même ce chauffeur le connaît mieux que moi.

Ses ombrageux yeux verts m'observent depuis le rétroviseur.

– Vous êtes la fille de Wren Fletcher ? dit-il d'un air surpris avant de revenir à la route. J'ignorais qu'il avait une fille.

Il a marmonné ça dans sa barbe mais je l'ai parfaitement entendu. Je retiens un soupir las.

Je crois que lui-même l'a oublié.

***

– Va-t-on décoller sur l'eau ?

Je secoue ma botte et le caillou qui y était coincé se décolle.

– Nan, on a une piste de gravier, répond Billy qui traîne péniblement des bottes en tirant mes deux valises derrière lui.

Billy, la vingtaine et pas très grand, est membre du personnel au sol du centre aéronautique de Lake Hood. Il était venu me chercher directement à l'entrée principale.

– Jonah est venu avec son Cub, précise-t-il.

Ne parlent-ils tous qu'en modèle d'avion par ici ? Je demande prudemment :

– C'est un petit avion, c'est ça ?

Pour la septième fois depuis notre rencontre, Billy me regarde des pieds à la tête par-dessus son épaule, un rictus au coin des lèvres.

– Pourquoi ? Vous avez peur ?

– Du tout, c'est juste par curiosité.

Sur notre gauche se trouve une rangée d'avions et des gens s'affairent activement autour d'eux.

– Ne vous en faites pas, tout ira bien, assure Billy. Jonah est l'un des meilleurs pilotes du coin. Il doit probablement avoir fini de faire le plein à cette heure. Vous aurez décollé sous peu.

– Chouette.

J'inspire à fond. Après des heures de vol enfermée à inhaler je ne sais quels germes, l'air frais du dehors fait un bien fou. Ça change du brouillard de Toronto !

Un autre caillou vient se ficher sous ma chaussure mais il se montre plus récalcitrant. Prenant appui d'une main sur la poignée de ma valise Brixton, je me penche pour l'expulser à la main. Vraiment, le chapeau à large bord n'était peut-être pas le choix idéal pour un aussi long voyage. Mais je n'avais plus de place dans mes valises. Je devrais peut-être enfiler mes converses ? Mais il faut reconnaître que ces chaussures à talons compensés sont étonnement confortables et, plus important encore, elles vont à merveille avec mon jean troué !

Billy parle d'une voix forte.

– C'est celui-là !

Je lève les yeux et vois Billy à hauteur d'un avion au nez bleu et avec des fenêtres coulissantes de chaque côté. Je jette un œil à l'intérieur et compte les sièges. Il y a de la place pour au moins six personnes. Maman en a vraiment fait tout un plat ! Je dégaine mon téléphone, prend l'avion en photo et un des baraquements derrière moi, capturant au passage la surface ondoyante du lac et le paysage montagneux.

Ce n'est qu'en faisant le tour de l'appareil que je réalise que Billy a continué son chemin en direction d'un autre avion situé plus loin derrière.

– Oh mon Dieu, vous n'êtes pas sérieux ?

L'avion en question est une petite chose jaune et orange avec plus d'ailes que de carlingue. On dirait un jouet. Billy se retourne, tout sourire.

– Quel est le problème ?

– Le problème, c'est qu'il n'y a même pas un siège passager !

– Mais si, il y en a un juste derrière celui du pilote. Hé, Jonah ! appelle Billy, hilare, en direction du pilote qui nous tourne le dos, tout affairé sur son hélice. Ta passagère est très nerveuse !

– Formidable, grogne le pilote à la profonde voix de baryton.

Il lance un outil dans le sac à côté de lui et fait volte-face à contrecœur.

Une épaisse barbe blond cendré mal entretenue lui couvre la moitié du visage. Diana en aurait pour la journée à la rendre présentable. Le reste de son visage est dissimulé derrière ses lunettes d'aviateur et une vieille casquette de l'United Air Force vissée sur sa tête. Il m'est même impossible de deviner son âge. Mais qu'est-ce qu'il est grand ! Il me toise d'au moins une tête malgré mes talons. Difficile de définir à quel point il est baraqué sous son épais manteau noir et vert mais à en juger par la largeur de ses épaules, il doit être digne de Hulk.

– Jonah, voici Calla Fletcher.

Billy n'est pas dans mon champ de vision mais le ton de sa voix en dit long. Il répond à une question posée lors d'une conversation passée avec Jonah. Le genre qui m'aurait fait rougir si je l'avais entendu. Mais entre la taille de l'avion qui va m'amener à destination et l'espèce de yéti qui va le piloter, j'ai l'esprit trop occupé pour me soucier d'éventuelles blagues salaces. Sérieusement, comment Jonah fait-il ne serait-ce que pour rentrer là-dedans ?

J'inspire à fond et réduis la distance qui nous sépare, tâchant de me relaxer. Il n'y a aucune raison de s'en faire. Si ce géant est venu à bord de ce coucou, il peut repartir sans problème.

– Salut, dis-je au pilote. Merci d'être venu.

– Aggie ne m'a pas tellement laissé le choix.

– Oh… eh bien, je…

Je balbutie, incapable de trouver les mots appropriés. Et, *Aggie* ? Qu'est-ce que c'est que ce surnom ? Pendant un moment interminable, Jonah m'observe de derrière les verres opaques de ses lunettes. J'ai même la très nette impression qu'il me reluque des pieds à la tête.

– Vous pesez combien ? demande-t-il à brûle-pourpoint. Quarante-cinq ? Cinquante kilos max ?

Je sens mes yeux s'écarquiller en grand.

– Je vous demande pardon ?

Agacé, il reprend d'une voix plus lente, énonçant chaque mot distinctement.

– Vous pesez combien ?

– Qui êtes-vous pour me poser ce genre de question ?

– Celui qui veut que l'avion décolle, rétorque-t-il. Si nous avons trop de poids à bord, je ne pourrais pas le faire voler et je dois donc m'arranger. C'est mathématique.

– Oh…

J'ai les joues qui s'empourprent de gêne. Quelle idiote, je fais ! Pour quelle autre raison m'aurait-il demandé combien je pèse ?

Jonah s'impatiente.

– Alors ?

Je suis fine, mais plutôt musclée. Je réponds à mi-voix.

– 61 kilos.

Jonah tend le bras à l'intérieur de l'avion et en sort un énorme sac de randonnée noir qu'il me lance. Je l'attrape par réflexe, faisant tomber mon sac à main au passage.

– Vous pourrez mettre vos affaires là-dedans, déclare-t-il.

Sans comprendre, je regarde le sac, puis Jonah.

– Comment ça ? Mes affaires sont dans les valises.

– Il n'y pas la place là-dedans pour ces valises. Billy, tu ne lui as rien dit ?

Billy hausse négligemment les épaules et Jonah secoue la tête d'un air mécontent. Je m'emporte.

– Je ne peux pas abandonner mes affaires ! Il y a des milliers de dollars de fringues et de chaussures dedans ! J'ai même dû payer deux cents dollars de suppléments bagage pour pouvoir les amener jusqu'ici !

– Si vous volez avec moi, il faudra bien.

Jonah croise les bras par-dessus son torse massif. Il n'est visiblement pas pressé de bouger. De plus en plus paniquée, je regarde mes deux valises. Rassurant, Billy intervient :

– Je suis sûr qu'il y a un avion-cargo qui part pour Bangor demain. Je mettrai les valises dans le premier qui pourra s'en charger.

Je regarde les deux hommes à tour de rôle, scandalisée. Ai-je bien le choix ? Si je ne pars pas avec Jonah, il va falloir trouver un hôtel à Anchorage et attendre le prochain vol commercial à destination de Bangor. Agnès m'a dit que c'était la haute saison en Alaska. Qui sait combien de temps il faudra attendre ? Sans vraiment m'attendre à une réponse, je demande en grognant :

– Pourquoi Agnès ne vous a pas envoyé avec un avion plus gros ?

– Les gros avions nous servent à faire des bénéfices. J'ajoute que nous ignorions que vous viendriez accompagnée du mobilier, précise Jonah sans dissimuler son ironie.

J'ai comme la soudaine impression qu'il n'a pas très envie de m'emmener. Et que c'est aussi un connard fini. Je lui tourne ostensiblement le dos et fait face à Billy.

– Puis-je vous confier mes affaires ? Elles ne risqueront rien ?

– Elles seront sous ma protection personnelle, promet-il, la main sur le cœur pour faire bonne mesure.

J'abandonne et laisse choir le sac sur le gravier.

– Alors c'est d'accord.

Si seulement j'avais pu avoir Billy comme pilote. J'aurais préféré, même s'il ne savait pas piloter.

– Et ne traînez pas, ajoute Jonah. On attend un sacré brouillard d'ici ce soir et je n'ai pas l'intention de me retrouver coincé.

Là-dessus, le pilote s'en va et disparaît derrière la queue de l'avion. Je marmonne une réplique pour moi-même.

– Et ne m'attendez pas surtout.

Faire le trajet seule à pied jusqu'à Bangor me semble une idée de plus en plus séduisante. Grattant son crâne rasé, Billy suit du regard la direction empruntée par ce pilote acariâtre.

– Il n'est pas aussi grincheux d'habitude, se désole-t-il à voix basse.

– Je dois avoir de la chance, alors.

À moins que ce ne soit moi qui le mette en rogne. Qu'ai-je bien pu faire pour mériter une hostilité pareille ? À part avoir abusé sur les bagages, je ne vois pas. Genoux à terre, j'entreprends de faire le tri, consciente que Billy m'observe pendant que je tâche de n'emporter que l'essentiel. Le sac de randonnée n'est pas très grand, le genre de modèle qu'on emmène pour un week-end. Je n'arrive à y mettre que de quoi m'habiller pendant trois jours, une fois inclus les bijoux, les sacs de toilettes et tout le nécessaire à maquillage. Hors de question de m'en passer !

Mes yeux se lèvent vers Billy, absorbé par ma collection de dessous. Pris sur le vif, Il détourne vivement le regard.

– Oh, ne vous en faites pas pour Jonah, se rattrape-t-il. Il doit avoir un truc dans le cul, aujourd'hui.

Il marque une pause et ajoute :

– Un truc énorme.

– Eh bien, qu'il se l'enlève, dis-je à mi-voix en empaquetant mes chaussures de running. Ça lâchera du lest.

L'éclat de rire de Billy est emporté par un coup de vent frais.

CHAPITRE 6

De son siège, Jonah m'avertit via son micro-casque, sa voix grave en compétition avec le hurlement des moteurs.

– Ça va secouer vers la fin !

– Encore plus qu'avant ?

Cela fait une heure que nous encaissons des turbulences et j'ai l'impression d'avoir le cerveau qui ballotte. Jonah ricane méchamment.

– Vous trouvez vraiment que ça a secoué jusque-là ?

L'avion traverse un nuage menaçant. Au décollage, il faisait grand soleil, mais dans cette partie du pays, la grisaille est épaisse et s'étend jusqu'à l'horizon.

Je resserre contre moi mon gros pull côtelé, aussi bien pour me rassurer que me réchauffer. Il y a sans arrêt des bruits de taule froissée autour de nous, comme si l'avion menaçait de partir en lambeau à chaque instant.

J'ai sorti un sac plastique et le tiens face à moi, grand ouvert depuis un quart d'heure. Jonah ferait probablement moins le malin s'il savait ça. Que je n'ai pas encore rendu l'intégralité de mon tacos au poulet tient du miracle pur et simple. Pourtant, je le sens qui se rebelle dans mon estomac.

Tout à coup, l'avion pique du nez et je m'accroche, étreignant ma ceinture de sécurité pour m'assurer qu'elle est bien attachée. Puis, je prends de longues inspirations pour me calmer. J'ai les nerfs en pelote et l'estomac révulsé. Mais à quoi pouvait bien penser Agnès en m'envoyant ce pilote ? Dans quel guêpier m'entraîne-t-il ? Je n'ai qu'une hâte, appeler maman et faire amende honorable. Elle avait raison. Être trimballée en tous sens entre les montagnes dans une boîte à sardines, ça n'a rien de drôle. Aucune personne au monde ne pourrait trouver ça drôle !

Ces pilotes d'Alaska sont complètement timbrés !

L'avion continue à tanguer. La voix aussi assurée que possible, j'interroge le pilote :

– C'est encore loin ?

– À dix minutes de moins que la dernière fois que vous l'avez demandé, râle-t-il, s'emparant du micro de sa radio avant de déblatérer du code, parler de la visibilité et aussi de nœuds.

Je fixe sa large silhouette, enfoncée dans le siège de pilotage. S'il se sent à l'étroit, il ne s'en est pas plaint une seule fois. En fait, c'est à peine s'il m'a adressé la parole depuis le décollage, même alors que j'essayais de faire la conversation – juste des *ouep,* des *nan* et des phrases sans répliques possibles. J'en suis restée là et me suis mise à fixer les quelques cheveux blond cendré qui dépassaient de sa casquette et lui tombaient légèrement sur le col, faisant totalement abstraction du fait que nous n'étions séparés d'une chute mortelle que par une fine cloison de métal et de verre. Une réalité de plus en plus palpable au fur et à mesure des tremblements de l'appareil.

L'avion fait une embardée sur la droite, m'arrachant un hoquet de surprise. Les yeux fermés, je prends de longues inspirations, espérant calmer cette infernale nausée… *Ça va aller... tu peux y arriver... C'est un avion comme un autre... Jonah sait ce qu'il fait. On ne va pas mourir.*

– Bangor, droit devant !

J'ose jeter un œil par le hublot. Peut-être qu'apercevoir le plancher des vaches va adoucir un peu mes craintes. Rien que de la verdure à perte de vue, une vaste étendue de terre plate et régulière où l'homme ne semble avoir jamais mis le pied. Elle est ponctuée de lacs et de ruisseaux, ainsi que d'une large et longue rivière qui serpente tout le long du territoire.

– C'est ça, Bangor ?

Je ne peux cacher ma surprise tandis que j'aperçois des bâtiments bas rectangulaires blottis en ligne tout le long de la rivière.

– Ouep, dit Jonah, avant de marquer une pause. Vous vous attendiez à quoi ?

– À rien… je voyais ça plus… grand.

– C'est la plus grande commune de l'ouest du pays.

– Je sais, merci ! C'est pour ça que je m'attendais à ce que les bâtiments soient, je ne sais pas, moi… plus hauts !

Avec tout ce qu'il s'est passé ces derniers jours, je n'ai pas vraiment eu le temps de faire de recherches sur ma destination. J'ai profité du temps d'attente entre chaque vol pour glaner sur mon téléphone le peu d'infos en ma possession. Ainsi, j'ai appris qu'en raison de son terrain très plat, l'Alaska est considérée comme une « toundra » ; en été, il n'y a presque pas de nuit et pendant les longs hivers arctiques, le soleil ne se lève pratiquement jamais. Et aussi que les noms des villes et villages sont dans la langue locale et sont donc quasiment imprononçables.

Jonah renifle d'un air dédaigneux et je regrette immédiatement d'avoir dit le fond de ma pensée.

– Vous n'êtes pas très observatrice, on dirait. Vous n'êtes pas censée être née ici ?

– Si, mais je suis partie quand j'avais deux ans. Je ne vois pas comment je pourrais me souvenir de quoi que ce soit.

– Eh bien, si vous vous étiez donné la peine de revenir plus souvent, vous sauriez à quoi vous en tenir.

Son ton est accusateur. Sérieux, c'est quoi son problème ?

Soudain, l'avion rencontre une poche d'air et tangue violemment. Je me stabilise d'une main contre le hublot tandis qu'une sensation d'écœurement s'empare de moi. Quelque chose commence à remonter dans mon œsophage.

– Seigneur, gémis-je. Je me sens mal…

– Détendez-vous. C'est rien.

Mon corps entier est en sueur.

– Non, c'est pas ça… je vais être malade…

Il jure furtivement mais je l'entends tout de même.

– Retenez-vous, on sera à terre dans cinq minutes.

– J'essaye, mais…

– Vous n'allez pas vomir ici !

– Parce que vous croyez que j'en ai envie, peut-être ?

Je lutte pour maintenir le sac plastique en place. De toutes les choses que je crains, vomir est la pire. Et en plus, il va falloir que ça soit assise derrière cet espèce de salopard.

Jonah jure dans sa barbe.

– Bordel, six pilotes de dispo pour venir vous chercher et il a fallu que ça tombe sur moi !

Je ferme les yeux et colle le front contre le hublot. Même avec les remous dans l'air, la froideur du verre me calme un peu.

– « Ne vous en faites pas, Calla », « C'est pas bien grave », récité-je en râlant. Si vous étiez un type bien élevé, c'est ce que vous me diriez.

– On m'a chargé d'amener vos fesses de petite princesse jusqu'à Bangor, pas de cajoler votre ego.

Mon ego ? Une petite princesse ? Mes yeux lui fusillent l'arrière du crâne. Bas les masques, fini la politesse.

– Est-ce que mon père sait que vous êtes une belle enflure ?

Il ne dit rien et c'est tant mieux. Parler me flanque encore plus la nausée. Je dégage le micro-casque de mes oreilles et recommence mon rituel : longue inspiration par le nez, lente expiration par la bouche. L'avion amorce sa descente vers la piste. Nous tanguons de plus belle et mon déjeuner menace de sortir à tout moment. L'appareil a un mouvement de bascule de chaque côté, comme un jouet pour enfant. Le train d'atterrissage touche enfin le sol et nous faisons plusieurs bonds avant d'enfin nous stabiliser. Miracle. Mes tacos sont encore en lieu sûr.

Je soupire d'aise alors que l'appareil remonte la piste. Sur la droite se trouvent plusieurs grands bâtiments rectangulaires de diverses couleurs – vert bois, rouge pompier, bleu marine – ainsi que deux avions de ligne, tels que ceux dans lesquels j'ai voyagé pour venir. Toutefois, c'est vers la gauche que nous nous dirigeons, en direction d'un groupe de bâtiments plus modestes à l'éclat métallique, le plus grand d'entre eux flanqué d'une gigantesque enseigne blanc et cyan sur lequel on peut lire « Alaska Wild ».

Mon cœur commence à battre la chamade. J'étais ici, il y a vingt-quatre ans de cela. Je ne m'en souviens plus car j'étais trop petite, mais je le sais. J'ai imaginé ce moment un nombre incalculable de fois.

Un petit type trapu en gilet phosphorescent, un bâton orange dans chaque main, indique nonchalamment à Jonah d'aller garer son appareil au bout d'une rangée de six autres. Il y en a quatre devant nous. Deux autres derrière. Tous plus grands que le nôtre. J'en prends bonne note.

J'ai tant de questions : est-ce que tous ces avions sont à mon père ? Dans quelle partie de l'aéroport nous trouvons-nous ? Et les bâtiments de toutes les couleurs, de l'autre côté, est-ce l'aéroport de la ville ? Combien y a-t-il d'employés ? Mais étant donné que Jonah n'a clairement pas l'intention de parler avec moi de quelque sujet que ce soit, je me mords la langue. Agnès me renseignera. Elle ne pourra qu'être plus agréable. Je pourrais aussi demander à papa, vu que je suis à deux doigts de le rencontrer.

Tout à coup, j'ai une folle envie de faire pipi. Aussitôt les moteurs éteints, Jonah ôte son microcasque, ouvre sa portière et bondit à terre avec une grâce surprenante. Pour ma part, je profite de la fraîcheur du vent qui me souffle sur le visage, luttant comme une damnée contre mon estomac en rébellion.

Jonah se met à m'aboyer dessus.

– Allez, on y va !

Tu seras bientôt débarrassée de lui, me dis-je en m'arrachant au siège.

Au bord de la portière, je jauge la distance qui me sépare du sol et réfléchit à une manière de sauter en chaussures compensées – tout en gardant mon sac sur l'épaule et mon chapeau sur la tête – sans finir le nez dans la neige ou une cheville tordue. J'aurais dû profiter du tri de mes affaires pour changer de chaussures.

Tout à coup, sans crier gare, Jonah me prend par la taille avec ses mains comme des battoirs et me dépose à terre comme si je ne pesais absolument rien, ce qui me vaut un cri de surprise. Puis, il tend le bras à l'intérieur de l'avion et en tire le sac de nylon calé derrière le siège passager. Sans cérémonie, comme on sort ses ordures, il le lâche à mes pieds où il va atterrir dans une flaque.

– Tenez, fait-il en mettant le sac plastique entre mes mains vides. Maintenant, vous pouvez gerber tant qu'il vous plaira.

Je lève les yeux sur son visage – dissimulé par sa barbe clairsemée, ses lunettes fumées et cette casquette qu'il porte visière baissée alors qu'il n'y a pas le moindre rayon de soleil. Depuis combien de temps ne se rase-t-il pas ? Des années ? Il y a des mèches et des poils hirsutes qui lui poussent de partout. Je suis prête à parier qu'il n'a pas touché un rasoir ou un peigne depuis un bout de temps. Peut-être même jamais.

Le reflet dans ses lunettes me renvoie mon expression dégoûtée et soudain, je pense à maman, qui me dit de ne pas tomber amoureuse des pilotes. J'explose de rire. C'est ça qu'elle appelle un cow-boy céleste ? Jamais de la vie je ne craquerai pour ce type !

La peau entre ses lunettes d'aviateur et le haut de sa barbe commence à virer au rouge.

– Qu'est-ce qu'il y a de si drôle ? demande-t-il d'un ton méfiant.

– Rien.

Une rafale de vent se lève, fait voleter des mèches de cheveux autour de mon menton et mon chapeau menace de s'envoler. Je balaye les cheveux de mon visage et m'éclaircis la voix.

– Merci de m'avoir emmenée, dis-je d'un ton poli mais ferme.

Il hésite. Son regard pèse sur moi, ce qui me met mal à l'aise.

– Ne me remerciez pas. Ce n'était pas mon idée, dit-il, m'adressant un bref sourire hypocrite qui révèle une rangée de belles dents blanches éclatantes.

Moi qui le croyais dépourvu de la moindre notion d'hygiène élémentaire.

Une voix de femme retentit, m'arrachant à mon envie folle de lui refaire le clavier de devant.

– Bonjour !

Je tourne les talons avec joie et tombe sur une petite femme qui marche vers nous. C'est certainement Agnès. Pendant les trois derniers jours, je me suis demandé à quoi pouvait bien ressembler cette femme à la voix si posée au téléphone. Cette amie qui n'en était pas une. J'ai pensé qu'elle devait ressembler à maman. Mais la femme qui me fait face est son parfait opposé.

D'abord, elle est petite, on dirait presque une enfant, surtout dans sa tenue : elle porte d'énormes chaussures de chantier et un gilet de sécurité orange trois fois trop grand, un pantalon baggy – impossible de faire porter ça à maman. Et contrairement aux cheveux brun cuivré délicatement coupés au carré de maman, ceux d'Agnès sont noir corbeau – légèrement poivre et sel – et coiffés à la garçonne, sans imagination. On dirait presque qu'elle les a coupés elle-même, et sans miroir.

Autre chose qui diffère de ma mère : Agnès est une native d'Alaska.

– Vous voilà arrivée !

Elle s'arrête à ma hauteur, m'offrant un meilleur aperçu de ses traits. Son visage est rond et charmant, avec des rides d'expression sur le front et des pattes d'oie au coin de ses petits yeux aux paupières tombantes. Je dirais qu'elle a la quarantaine.

– En effet.

Son sourire s'élargit, ce qui rehausse ses pommettes prononcées et découvre des dents légèrement de travers, blanches comme de la porcelaine.

Enfin quelqu'un qui semble content de ma visite.

– Est-il…

Je m'arrête net et mon regard se détourne de la grande porte par laquelle Agnès est arrivée vers les bâtiments alentours, où une demi-douzaine de membres du personnel en gilet de sécurité s'affaire à charger des marchandises dans les avions. Le souffle contenu, je scanne leurs visages, partagée entre nausée et les sensations causées par une nuée de papillons dans mon ventre.

– Wren a dû se rendre à Russian Mission pour déposer des provisions, me dit-elle, comme si je savais de quoi il s'agissait. Il sera bientôt de retour.

– Oh.

J'en perds mes mots. Il n'est même pas venu m'accueillir ?

– Mais il sait bien que je suis ici, n'est-ce pas ?

– Bien sûr et il est même très impatient de vous voir ! assure Agnès d'un sourire qui ne me dit rien qui vaille.

Il savait que sa fille, qu'il n'a pas vue depuis vingt-quatre ans et qui ne lui a pas adressé la parole une seule fois en douze ans, arrivait ce soir. Ne pouvait-il pas trouver quelqu'un d'autre pour aller livrer ses provisions à sa place et ainsi venir m'accueillir en personne ? Jonah, par exemple ? Ou un de ces six autres pilotes disponibles que ce dernier avait mentionnés en râlant ? Ou mieux : vu qu'il a l'air en état de voler, il aurait pu venir me chercher lui-même à Anchorage, tout de même !

Ne serait-il pas en train de m'éviter ? Vais-je avoir affaire à un autre Jonah, du genre hostile à ma présence ?

En lutte avec mes émotions, je tâche de garder le contrôle et de ne rien manifester. La déception est grande. Depuis des jours, je compte les heures, les minutes qui me séparent de mes retrouvailles avec l'homme de la photo dont je me languissais d'entendre la voix douce et apaisante de mes souvenirs. Une déception qui s'accompagne d'une très douloureuse et familière vague de rancœur, la même qui m'avait engloutie des années auparavant et m'avait confortée dans cette difficile vérité que papa ne ferait jamais de moi une priorité.

Et là, quelque part au milieu de toute cette tourmente, dans les terres de l'Alaska, je me sens soulagée, car ce sursis va me permettre de trouver assez de force et de courage pour lui faire face le moment venu.

– Votre voyage s'est bien passé ? demande Agnès d'un ton enjoué comme si elle avait perçu que j'en avais gros sur le cœur et tenait à me garder de bonne humeur.

– On va dire que oui.

Par-dessus mon épaule, j'envoie un regard cinglant en direction de Jonah. Il rafistole quelque chose sur son avion, visiblement peu soucieux de notre présence. Agnès suit mon regard vers le robuste pilote, fronce très brièvement les sourcils, puis se focalise presque immédiatement sur moi et se met à étudier mon visage.

– Vous avez tellement grandi.

Ma confusion doit être manifeste car elle s'empresse d'ajouter :

– Votre maman envoyait vos photos de classe à Wren tous les ans. Il les gardait encadrées sur sa table de nuit et les changeait à chaque fois qu'il recevait la nouvelle.

En dehors de la remise de diplômes de la fac, la dernière photo de classe que maman a prise c'était en troisième. Ce qui signifie qu'Agnès et papa se connaissent depuis un bout de temps. Je ne connais cette femme que depuis quelques instants mais une question me brûle les lèvres.

– Vous êtes mariés, tous les deux ?

Pour autant que je puisse voir, aucune alliance à l'horizon mais Agnès n'a pas l'air d'être du style à porter des bijoux.

– Moi et Wren ? Non. C'est un peu compliqué.

Elle baisse les yeux et observe mes chaussures compensées, puis son attention se porte sur le sac de randonnée usé par le temps.

– C'est le vôtre ? demande-t-elle d'un ton incertain.

Manifestement, ce n'est pas aujourd'hui que j'en saurai plus sur leur relation.

– Non, mes valises sont restées à Anchorage. Trop grosses pour l'avion. Honnêtement, j'ai même cru que je ne tiendrais pas dedans moi-même.

Je lui explique l'arrangement proposé par Billy.

– Je suis désolée, fait-elle. Je lui avais pourtant dit de prendre le Cessna.

Attendez une minute…

– Jonah m'a pourtant affirmé qu'il n'y avait qu'un seul avion disponible !

– Je ne vois pas du tout de quoi elle parle, intervient Jonah, tout occupé à écrire ses observations techniques sur un bloc-notes, un stylo enserré dans sa main de géant.

J'en reste bouche bée. Quel salopard de menteur ! Agnès pousse un long soupir.

– Venez, Calla.

Elle se penche, ramasse le grand sac en nylon et le balance sur son épaule comme s'il ne pesait rien – il doit faire au moins la moitié de sa taille.

– On va vous installer avant que votre père ne rentre, dit-elle. Votre mère voudra sûrement que vous la préveniez de votre arrivée.

– La maison est bien équipée du Wi-Fi, n'est-ce pas ? dis-je en agitant mon portable. Je n'ai plus de réseau depuis Seattle.

– Vous devez être à l'agonie, marmonne Jonah, juste assez fort pour que je l'entende.

Je lève les yeux au ciel.

– Le réseau ne passe pas par ici, explique Agnès. Seul GCI fonctionne, c'est l'opérateur local. Mais oui, vous pourrez vous connecter à la maison. Jonah ? Prends ma place pendant que je m'absente, je te prie.

Il grogne, ce qui doit vouloir dire oui. En tout cas, Agnès semble l'interpréter ainsi. D'un geste de la tête, elle m'indique de la suivre en direction d'un petit parking situé un peu à l'écart des bâtiments administratifs.

– Attendez, dis-je. Ça vous dérangerait de me prendre en photo avec l'avion ?

Cette requête semble la surprendre.

– Oh… Bien sûr, accepte-t-elle.

Je lui tends mon portable et enjambe avec précaution les flaques de neige fondue jusqu'à la portière de l'appareil, prenant une pose que je sais être toute à mon avantage, la main gauche plaquée sur le haut de mon chapeau à large bord.

– Souriez ! lance Agnès, prête à prendre la photo.

– Oh, non, ça ira.

Mon regard se porte sur le lointain, vers un avion qui amorce sa descente. Consciente du regard de Jonah, je me prépare à encaisser le moindre sarcasme qu'il envisage de m'adresser.

Mais par chance, pour une fois, il garde ses remarques désobligeantes pour lui.

– J'en ai pris trois, dit Agnès. Ça ira ?

– Parfait, merci.

Évitant de croiser le regard du pilote, je récupère mon téléphone et la suis.

– Vous travaillez ici ?

Elle m'adresse un sourire chaleureux.

– Depuis bientôt seize ans !

– Waouh.

Donc mon père et elle se connaissent depuis mes dix ans. Jusqu'à mes quatorze ans, nous nous parlions encore et il ne l'a jamais mentionnée lors de nos conversations. Je me demande si leur relation a toujours été « compliquée » ou si c'est tout récent ?

Je reprends :

– Et qu'est-ce que vous faites ?

– Ça irait plus vite de vous dire ce que je ne fais pas ! Piloter, par exemple. Mais je m'occupe de tout un tas d'autres choses : les plannings, les salaires, les contrats de réservation et les envois. Bref, tout ce qui est ennuyeux ! Et bien sûr, je gère l'équipe. Nous avons, quoi, trente-cinq pilotes salariés.

J'ouvre des yeux grands comme des soucoupes.

– Quoi ? Autant que ça ?

– Bien sûr, ils ne sont pas tous à temps plein et ils sont dispatchés un peu partout. Par exemple, nous avons un pilote installé à Unakaleet, deux à Kotzebue… à Barrow aussi, pour la saison estivale. Il y en a quelques-uns en faction à Fairbanks. Bref, un peu partout. C'est comme avoir une douzaine de fils à gérer. Certains sont de fortes têtes et d'autres disparaissent des mois entiers, surtout ceux qui vivent au nord. Mais je les aime tous comme mes propres enfants !

– J'imagine.

À part sa propre mère, je vois difficilement quelqu'un qui puisse être capable de supporter les humeurs de Jonah. Je suis tellement perdue dans mes pensées que je ne regarde même pas où je marche :

mon pied gauche atterrit dans une flaque de cinq centimètres d'eau boueuse. Le choc provoqué par le froid et la crasse me hérisse le poil, sans parler des dégâts sur mes talons en daim.

– On dirait qu'il a plu…

– Il pleut tout le temps dans la région, prévient Agnès, qui balance mon sac d'affaires à l'arrière d'un pick-up ayant connu des jours meilleurs – la carrosserie est cabossée, rayée et l'aile au-dessus des roues est rongée par la rouille. J'espère que vous avez pris des bottes de pluie, ajoute-t-elle.

– Absolument. Des bottes Hunter rouges, très chics et hors de prix, dis-je, avant de marquer une pause dramatique. Elles sont restées à Anchorage avec le gros de mes affaires.

– Je vais m'assurer qu'on nous les envoie au plus tôt.

Le regard d'Agnès se porte sur une rangée d'avions. Elle ouvre la bouche, comme pour dire quelque chose, mais finit par se raviser.

– Allons à la maison.

Je risque un œil vers Jonah. Ce dernier se rend au parking face au hangar d'un pas assuré et désinvolte. Il regarde brièvement dans ma direction et détourne aussitôt le visage, sans même me saluer.

Bon débarras ! Si je peux passer la semaine sans croiser sa route, ce sera le bonheur intégral.

***

Le trajet vers la maison n'est pas long – tout juste un quart d'heure – mais entre les routes désertiques, et les chemins de terre ponctués de nids de poule, il n'est pas de tout repos. Les quelques rares habitations que nous voyons sont de tristes et fonctionnelles petites bicoques, leurs voies de garage peintes dans des couleurs vives. La plupart sont des maisons modulaires montées sur de courts pilotis – c'est à cause du permafrost, d'après Agnès.

Note pour plus tard : quand j'aurais accès à Internet, taper « permafrost » dans un moteur de recherche.

Agnès a avancé son siège au maximum et redressé bien droit le dossier de telle sorte à voir par-dessus le capot. Sa petite taille est un handicap dans un véhicule aussi grand. Dans d'autres circonstances, j'aurais probablement trouvé ça plutôt cocasse.

Mais Agnès m'aide beaucoup. Comme au téléphone, c'est une femme très calme et sa voix est comme une berceuse lorsqu'elle me fait un topo sur les environs. La « ville » de Bangor est à environ huit kilomètres vers l'est et derrière se trouve le fleuve Kuskokwim – la longue et large rivière que j'ai aperçue depuis le ciel. Agnès m'explique qu'il s'agit d'une des artères principales de la mer de Béring, qu'en été on la remonte en barge ou en bateau pour aller d'un village à un autre, et qu'en hiver, on profite qu'il soit gelé pour faire le trajet en voiture. C'est d'ailleurs le seul moyen de se rendre dans un autre village, car aucune route ne relie Bangor au reste de l'État.

Agnès m'assure que, quand il fait beau, on peut voir Three Step Mountain au loin. Mais pour l'heure, tout ce que je vois du pays, ce sont des kilomètres et des kilomètres de terrain plat, ponctué d'arbustes, et un ciel nuageux. Jusqu'à ce que s'y ajoute, au bout d'une longue et tortueuse allée, une maison modulaire couleur mousse des bois, flanquée d'un garage et de deux petites remises.

Agnès coupe le moteur.

– Voilà, murmure-t-elle. Nous y sommes.

La maison de mon père. C'est ici que j'ai habité jusqu'à mes deux ans. Ça me paraît complètement irréel. J'inspire à fond, descends de voiture et pars à la suite d'Agnès sur des marches de bois vermoulu vers une porte d'entrée, qu'Agnès n'a pas à déverrouiller.

À peine entrée, je m'arrête net et écarquille les yeux, choquée. Il y a des canards partout sur les murs. Ce papier peint immonde recouvre jusqu'au moindre centimètre de la cuisine. En plus, elle n'est pas très grande, ce qui la rend d'autant plus étouffante. Malgré une telle atteinte au bon goût, je ressens le besoin impérieux d'en rire. Maman avait raison. Les choses n'ont pas changé. J'ai tellement hâte de l'appeler pour lui en parler. Elle connaît vraiment papa par cœur.

Agnès dépose les clés du pick-up.

– Wren oublie toujours d'ouvrir les rideaux en partant le matin.

Sur la pointe des pieds, elle attrape les cordons des rideaux au-dessus de l'évier et tire dessus. La faible lumière du dehors illumine des placards en chêne doré, un comptoir blanc crème stratifié et un plancher en vinyle assorti – des motifs carrés avec des triangles bordeaux à chaque coin. Mes grands-parents maternels avaient à peu près le même dans leur sous-sol. Entre la porte d'entrée, la fenêtre de l'évier et la petite ampoule qui pend du plafond, l'endroit reste plutôt sombre. En hiver, cela doit être particulièrement oppressant.

Je croise les bras, plus par réconfort que pour me réchauffer.

– Au fait, à quelle heure la nuit tombe-t-elle ?

– À cette époque de l'année, le soleil se couche un peu avant minuit et se lève vers six heures du matin. Mais les nuits ne sont pas très sombres. Pas comme en hiver.

J'ouvre grand les yeux. Je savais que les nuits étaient courtes par ici, mais minuit ?

– J'ai remplacé les rideaux occultants dans votre chambre, me dit-elle. Les anciens étaient en lambeaux. Vous en aurez l'usage, croyez-moi. Sauf si, comme votre père, la lumière du jour ne vous empêche pas de dormir ? Pour ma part, je n'arrive à dormir que dans le noir complet.

Agnès s'avance vers le frigo.

– Vous devez avoir faim. Servez-vous ! Voyons ce qu'il y…

Elle ouvre la porte et fronce des sourcils mécontents. En dehors de condiments et de quelques boissons, le frigo est complètement vide.

– Il avait promis de faire les courses, marmonne-t-elle dans sa barbe.

Bien que je l'aie entendu, je ne pense pas que la remarque m'ait été destinée. Agnès ouvre un carton de lait, renifle son contenu et fait une grimace de dégoût.

– Je ne boirais pas ça à votre place, dit-elle.

– Aucun risque, je ne bois pas de lait. Je suis allergique aux produits laitiers.

On m'avait diagnostiqué cette allergie quand j'avais cinq ans. Papa ne devait pas s'en souvenir.

– Je suis certaine qu'il a attendu votre arrivée exprès, pour ne prendre que ce que vous aimez, conclut Agnès avec un sourire gêné. Meyers ouvre à huit heures et demie. Il vous y emmènera demain.

Une chance que je n'aie pas faim. Toutefois, je continue à penser que mon père ne veut pas de moi dans les parages. Sinon, il aurait au moins pris la peine d'acheter quelques aliments de base pour que je puisse me nourrir. Enfin, s'il s'en inquiétait un tant soit peu.

– Quand exactement l'avez-vous prévenu de mon arrivée ?

Hésitante, Agnès pioche le courrier sur le comptoir et fait défiler les enveloppes une à une en regardant fixement leurs expéditeurs.

– Hier soir.

Je lui avais envoyé un e-mail vendredi, l'informant que j'avais réservé mes billets d'avion – grâce à Simon qui avait réglé la note. Agnès avait répondu du tac au tac et m'avait assuré que papa était ravi de ma venue. Mensonge éhonté.

Pourquoi ne pas lui en avoir parlé directement ? Pourquoi avoir attendu un jour de plus ? S'attendait-elle à ce qu'il ne soit pas si ravi que ça ? Et quand il l'a su, comment a-t-il réagi ? Quels mots ont été prononcés entre ses murs et sur quel ton ?

Agnès abandonne son courrier sans l'ouvrir et se rapproche d'une petite étagère près de la porte sur laquelle est posé un plan de basilic en pot. Elle en retire quelques feuilles et se renfrogne comme sous l'effet d'une intense concentration.

– Faites comme chez vous, Calla. Votre père ne va plus tarder.

– Très bien.

Je scanne les lieux. Je ne me sens vraiment pas chez moi. La cuisine est équipée de tout le nécessaire – une cuisinière blanche, un frigo, une table de bois circulaire couverte de bosses et d'éraflures à force d'avoir servi et un évier en métal au-dessus duquel la fenêtre offre une vue imprenable sur un vaste paysage plat et tentaculaire. Mais rien de très accueillant. C'est tout le contraire de notre cuisine, lumineuse et spacieuse, avec sa grande baie vitrée et le petit rebord de fenêtre avec ses coussins où l'on pouvait s'installer pour feuilleter un magazine et boire un chocolat chaud lors des rudes journées l'hiver.

Mais peut-être que mon malaise n'a rien à voir avec le décor. J'étais si impatiente de voir papa et je redoute de plus en plus de ne pas être la bienvenue. J'inspire. Les lieux sont imprégnés d'une légère odeur de feu de bois, comme le parfum âcre d'un vieux poêle. Aucune odeur de tabac dans l'air.

– Il a bien arrêté de fumer, n'est-ce pas ?

– Il y travaille. Venez, je vais vous montrer votre chambre.

Je suis Agnès hors de la cuisine et dans une salle à manger longue et exiguë. Plus de canards à l'horizon, mais les lieux restent désespérément ternes et obscurs, malgré la lumière du plafonnier. Aux murs se trouvent plusieurs tableaux de paysages enneigés assez peu remarquables. Le tapis aux tons d'avoine est complètement miteux et forme un chemin usé partant du seuil et s'étendant jusqu'à un poêle noir tout simple, posé sur une dalle beige dans le recoin le plus éloigné de la pièce.

– Quand votre père n'est pas au travail, c'est ici que vous le trouverez. Ou là-bas.

Elle désigne une véranda que l'on peut apercevoir par une fenêtre sur le mur du fond, plus grande que celle de la cuisine mais toujours trop petite pour éclairer une pièce de cette taille.

Sur une table basse en bois sont empilés plusieurs journaux mais à part ça, le salon semble plutôt vide. Alaska Wild reste très clairement sa priorité. Et là, à l'autre bout d'un grand canapé vert et noir, posé sur une petite table basse, se trouve le redouté plateau de dames. Je me demande s'il s'agit du même qu'à l'époque.

Je sens le regard d'Agnès posé sur moi.

– C'est… douillet, finis-je par dire.

Agnès sourit.

– Vous mentez aussi mal que votre père ! Je n'arrête pas de lui dire qu'on pourrait redécorer un peu. J'ai même laissé la télé allumée pendant qu'ils diffusaient des émissions de déco.

Dans un coin, face au poêle et à un fauteuil Lazy Boy en cuir, se trouve un petit écran plat.

– Mais il n'arrête pas de dire qu'il n'est pas assez souvent là pour que ça vaille le coup.

Le son de sa voix s'affaisse et son sourire s'efface tandis qu'elle fixe le grand fauteuil vide. Elle pourrait s'en occuper elle-même. Ne lui en donne-t-il pas le droit ?

– Il sera davantage à la maison durant les prochaines semaines, non ?

– J'imagine que oui.

Marre de tourner autour du pot. Mon père a un cancer, j'ai besoin de réponses.

– Dites-moi à quel stade il se trouve.

Agnès secoue la tête.

– Je n'ai rien compris à ce qu'il y avait écrit sur la feuille, ce n'était que du charabia médical.

– Il vous a bien rapporté le diagnostic des médecins ?

– Wren ? fait-elle, avec un rire nasal. Il toussait depuis des semaines quand j'ai finalement réussi à le convaincre de consulter. Les médecins lui ont fait passer des radios, c'est comme ça qu'ils ont décelé la tumeur. Il n'a prévenu personne et il s'est contenté de prendre ses antibiotiques. J'ai pensé qu'il allait mieux, puis il s'est sournoisement envolé pour Anchorage pour y faire une biopsie et d'autres examens.

Je peux entendre au ton de sa voix à quel point elle se sent impuissante.

– Tout ce que j'ai pu savoir, c'est qu'il avait un cancer du poumon et que les médecins avaient recommandé une chimiothérapie et de la radiothérapie.

– Alors, ils ont un plan, c'est une bonne chose.

J'ai profité du temps d'attente entre deux vols pour consulter le site de la société canadienne du cancer, avec les types de tumeur, les divers stades de la maladie et les traitements possibles. Il y avait beaucoup à lire et c'était dur de tout comprendre. De ce que j'ai pu en retenir, les traitements sont essentiels à la guérison et le taux de survie est parmi les plus bas, tous cancers confondus.

– Si vous me donniez ces papiers, alors une recherche sur Google pourrait…

– J'ignore où ils sont, m'interrompt-elle. Quand je l'ai confronté, il les a pris et m'a fait promettre de ne rien dire à personne.

Une promesse qu'elle a brisée en m'appelant. À mon tour, je me sens gagnée par l'impuissance.

– Quand les médecins veulent-ils commencer le traitement ?

– La semaine prochaine. Il y a un service d'oncologie à la clinique d'Anchorage, c'est la plus proche. Jonah s'est proposé de l'emmener et de le ramener.

Jonah semble plus volontiers vouloir faire la navette pour papa que pour moi. Dans ce cas précis, c'est une bonne chose. Mon regard glisse sur les murs de ce salon inhospitalier.

– Vous devriez profiter de son absence pour refaire la décoration. Un petit coup de peinture, de nouveaux tableaux, quelques lampes… À ce stade, peu de choses suffiraient à rendre les lieux plus plaisants.

Les yeux d'Agnès pétillent d'amusement.

– Vous voulez dire débarquer ici sans prévenir et arracher cet atroce papier peint des murs ?

Ces mots me prennent par surprise.

– Vous n'habitez donc pas ici ?

– Moi ? Non. Je vis dans la petite maison blanche, de l'autre côté de la route. Nous l'avons croisée sur le chemin.

– Oh…

Les pièces du puzzle que j'avais assemblées jusque là – et qui représentaient la vie de mon père – semblent tout à coup ne pas s'emboîter correctement.

– Alors, vous êtes sa voisine ?

– Depuis treize ans ! Votre père est aussi mon propriétaire. Je lui loue la maison.

Voisins, collègues, amis. Et les choses sont « compliquées » entre eux. L'information fait son chemin tandis que je suis Agnès dans un couloir étroit. J'insiste :

– Je pense que vous devriez quand même redécorer. Une fois, ma mère a profité que Simon soit parti tout un week-end en congrès pour repeindre sa bibliothèque.

Cette bibliothèque sur mesure en chêne doré datait d'avant leur rencontre et Simon l'avait payée une petite fortune. Mais maman déteste le chêne doré. Je me rappelle encore lorsqu'il est rentré à la maison pour la découvrir toute blanche. Son visage avait perdu toutes ses couleurs. Il a fini par s'y faire… après un certain temps.

– Oui, eh bien… Je ne suis pas comme Susan.

Le long soupir d'Agnès indique qu'elle en pense plus qu'elle ne dit. Nous arrivons dans une petite chambre aux murs crayeux, avec un lustre de cristal rose suspendu au plafond.

– Vous auriez vu tous les cartons qu'il avait entassés ici, dit-elle. Il m'a fallu toute la journée d'hier pour les retirer.

Agnès seule, donc. Mon père ne l'a pas aidée.

Le seul mobilier restant se réduit à un lit double avec un sommier en métal juste sous la fenêtre dans un coin, une simple chaise en bois posée juste à côté et à l'opposé une commode blanche à trois tiroirs. Contre le mur juste à côté de moi se trouve une penderie étroite avec portes persiennes. Nous avions le même genre de porte à la maison, avant les travaux.

Ce n'est qu'en progressant de quelques pas dans la chambre que je réalise que les murs ne sont pas complètement blancs, mais mouchetés de callas roses pales de diverses tailles. Tout s'éclaire.

– C'était ma chambre.

Une fois, maman m'a raconté qu'en attendant ma naissance, elle avait passé les longs mois d'hiver à peindre des callas sur les murs – la fleur à laquelle je dois mon prénom. C'était un passe-temps né de l'ennui profond qu'elle ressentait et de sa frustration de ne pas pouvoir faire pousser de plantes. Cela lui avait permis de tenir le coup jusqu'à son départ pour Anchorage où elle était restée chez des amis de la famille jusqu'à son accouchement. À l'époque, c'était le seul moyen d'avoir un docteur à proximité.

Avec les années, elle a fait beaucoup de progrès en dessin. Il lui arrive encore occasionnellement de peindre, surtout en hiver, quand les jardins autour de la maison sont endormis et qu'elle a besoin de souffler un peu de son quotidien à la boutique de fleurs. Son « studio » est juste en face de ma chambre et occupe la moitié du troisième étage. C'est une pièce éclairée et spacieuse, décorée de canevas de tulipes rouge rubis et de pivoines éclatantes aux pétales roses, tous peints à la main. Certaines de ses toiles ornent maintenant les murs de restaurants et boutiques des environs, avec leur prix indiqué en dessous. Elle n'est plus beaucoup dans son studio ces derniers temps, prétextant qu'elle passe bien assez de temps le nez dans les fleurs pour ne plus avoir envie d'en peindre.

Mais il y a vingt-six ans de cela, dans ce pays souvent sans pitié, cette chambre a été son jardin. Et mon père l'avait préservé tout ce temps. Agnès me regarde pensivement.

– Je me doutais que vous aimeriez.

– J'adore, dis-je en laissant tomber mon sac à main. C'est parfait, merci beaucoup.

– Les nuits sont froides, je vous ai donc laissé quelques couvertures.

Au pied du lit, elle m'indique une pile éclectique de couettes bien pliées, puis observe la pièce comme pour chercher quelque chose.

– Je crois qu'il ne manque rien, conclut-elle. À moins que vous n'ayez besoin de quelque chose ?

Je lève mon téléphone.

– Le code Wi-Fi ?

– Oui, je vous trouve ça. La salle de bains est à gauche, si vous souhaitez vous rafraîchir un peu. Votre père a sa propre salle de bains dans sa chambre, alors elle est toute à vous.

Avec un soupir épuisé – si je n'étais pas chargée d'adrénaline à l'idée de rencontrer mon père, j'irais au lit immédiatement – je commence à défaire mon sac, bouillant de constater à nouveau le peu de vêtements que j'ai eu le loisir d'emporter. Et qu'une bonne partie d'entre eux ont pris l'eau.

– Bordel !

Mon jean noir est froid et trempé sous mes doigts, tout comme mon pull, mon jogging et les deux T-shirts que j'avais fourrés à la hâte dans le coin droit du sac, qui a atterri directement dans la flaque où Jonah l'avait lâché. Je serre les dents pour ne pas hurler, fouille la penderie dans laquelle je déniche un panier à linge et balance le tout dedans.

– J'ai trouvé le code !

Agnès entre dans la chambre, un morceau de papier à la main. Elle a de petits doigts menus, pas de vernis et ses ongles presque rongés à vif.

– Génial. Merci. Où puis-je faire une lessive ? Mes fringues sont trempées. Merci Jonah, ponctué-je sans cacher mon amertume.

Elle soupire doucement et soulève le panier à linge.

– Le père de Jonah est mort d'un cancer du poumon il y a quelques années, m'explique-t-elle. Je crois qu'il a du mal à accepter que cela arrive aussi à Wren. Vous en avez malheureusement fait les frais aujourd'hui.

– Il est au courant ?

Elle acquiesce.

– Wren ne voulait pas lui dire mais Jonah est très perspicace. Il m'a soutiré l'info plus tôt dans la journée. Je suis navrée s'il a été impossible avec vous.

C'est donc ça ? Enfin son comportement n'en est pas acceptable pour autant. Mais pas besoin de chercher bien loin pour comprendre ce qu'il ressent.

– Le lave-linge est dans la cuisine, dit Agnès. Venez, je vous montre.

Elle ralentit et ses yeux noirs s'écarquillent en découvrant la myriade de produits pour cheveux, de brosses et de cosmétiques qu'il y avait dans le sac et qui trône désormais sur la commode.

– Vous utilisez vraiment tout ça tous les jours ?

– En quelque sorte.

Je n'ai emmené que les produits de base. Il y en a encore deux fois plus dans ma chambre à la maison.

Elle secoue la tête.

– Je ne saurais même pas par où commencer, murmure-t-elle.

Dehors, on entend une portière claquer. Agnès se tourne en direction du bruit et tend l'oreille. Quelques instants plus tard, des pas lourds résonnent sur les marches de bois. Agnès s'emplit largement les poumons. Pour la première fois depuis que nous nous sommes parlé au téléphone, je sens qu'elle est nerveuse. Pourtant, elle sourit.

– Votre père est rentré.

CHAPITRE 7

Je garde mes distances tandis que la frêle silhouette d'Agnès remonte posément le couloir d'une démarche désinvolte, le panier à linge calé contre sa hanche droite. Mais il n'y a aucune raison d'être calme ou désinvolte.

Dans mon ventre, les papillons s'écrasent, une étrange sensation de terreur et d'anticipation mêlée. Wren Fletcher allait-il être à l'image de mes rêves d'enfants, époque où j'étreignais sa photo entre mes petites mains ? Serait-il cet homme calme et gentil qui me faisait voler dans ses bras en rentrant d'une longue journée de pilotage ? Ou allais-je me trouver face à une autre version de lui, celui qu'il était devenu après m'avoir brisé le cœur ? Le vrai Wren, qui n'avait jamais fait l'effort de me connaître.

Dans le couloir menant à la cuisine, Agnès me tourne le dos, appuyée contre le mur.

– Alors ? Comment ça s'est passé ? demande-t-elle, comme s'il s'agissait d'un jour comme un autre.

– Ils ont leurs provisions, répond une voix grave d'homme, un brin rauque.

Une étrange impression de déjà-vu remonte à la surface. Ces mots, je les ai déjà entendus, des années auparavant, pendant un coup de fil passé depuis le bout du monde et occasionnellement entrecoupé de parasites et d'échos. Je lui avais probablement demandé ce qu'il avait fait de sa journée.

Agnès reprend.

– Et les Wapitis ?

Papa ricane faiblement et ce son me provoque un frisson le long de l'échine. Encore quelque chose de familier.

– Ils ont finalement réussi à les chasser de l'autre côté du bras de rivière, en direction de l'est. Mais ça leur a pris du temps, j'ai presque dû faire un détour.

Un ange passe… un battement… puis deux, puis trois… Et là…

– Alors ? fait-il.

Un seul mot et pourtant il sous-entend tellement de choses.

– Elle est dans sa chambre, répond Agnès. Elle s'installe. Jonah a été une vraie saloperie.

Nouveau ricanement.

– Comme d'habitude, quoi.

Si papa en veut à Agnès de m'avoir fait venir, il se garde bien de le manifester. Cette dernière disparaît dans la cuisine.

– Bon… je vais te laisser aller lui dire bonjour.

Mon cœur bat la chamade et je retiens mon souffle, tandis que le plancher craque sous l'impact d'énormes bottes qui se rapprochent. Tout à coup, je me retrouve face à face avec mon père.

Il est bien plus vieux que sur la photo abîmée que j'avais pour habitude de garder sous mon pull et pourtant, c'est comme s'il en avait surgit en chair et en os. Ses cheveux ondulés sont toujours un peu trop longs, comme on les coiffait dans les années soixante-dix, mais ils sont désormais plus gris que bruns. Son visage autrefois si soigné et doux s'était creusé de profondes rides d'expression et de crevasses. Il porte exactement la même tenue : un jean, des bottes de marche et une chemise à carreaux.

Et il a l'air… en bonne santé. Je réalise que je m'étais attendue à trouver une version masculine de madame Hagler – une personne fragile, recroquevillée, au visage de cendres et pris d'une toux bruyante. À le voir, on ne pourrait absolument pas soupçonner qu'il a un cancer.

Trois mètres seulement nous séparent et aucun de nous ne semble prêt à faire le premier pas.

– Salut…

Ma voix s'affaisse. Je ne l'ai pas appelé « papa » depuis mes quatorze ans. Un malaise s'est installé. Je déglutis avec force et répète :

– Salut.

– Salut, Calla, dit-il, sa poitrine se soulevant avant de retomber. Mince, comme tu as grandi ! C'est fou.

On ne s'est pas vu depuis vingt-quatre ans. Ce serait dommage que je n'aie pas grandi.

Pourtant je ne me sens pas comme une jeune femme de vingt-six ans en ce moment même, mais plutôt comme une adolescente de quatorze ans, blessée et en colère, débordante de doutes et d'incertitudes, car l'homme qui est en face de moi – qui ne prend même pas la peine de bouger le moindre muscle pour réduire la distance qui nous sépare – a autrefois délibérément pris la décision de ne pas m'inclure dans sa vie.

Je ressens le besoin urgent de faire quelque chose de mes mains. Je les fourre dans mes poches, puis les enlève à moitié, pour finalement les sortir complètement et serrer les poings. De là, elles viennent se ficher sous mes aisselles et mes bras se resserrent autour de moi.

Papa s'éclaircit la voix.

– Comment se sont passés les vols ?

– Ça allait.

– C'est bien, ça.

Un claquement de porte métallique suivi d'un bruit de cadran qu'on remonte me rappelle qu'Agnès est toujours dans la cuisine.

– Tu as faim ? demande papa. Je n'ai pas eu le temps de faire des courses, alors…

– Non, ça va. J'ai déjà mangé à Seattle.

Il acquiesce lentement, son regard fixé sur la moquette usée sous nos pieds.

– Comment va ta mère ?

– Très bien.

À cette heure, elle en est probablement à son troisième verre de vin, à faire les cent pas autour d'un Simon excédé dans son fauteuil, à attendre de mes nouvelles. J'hésite un moment et ajoute.

– Elle est sous le choc de la nouvelle.

Nul besoin de donner plus de détails.

– Oui, eh bien… c'est la vie, dit-il, piochant dans la poche de son manteau un paquet de cigarettes. Je vais te laisser t'installer. On se voit demain matin.

Là-dessus, il tourne les talons et s'en va, arrachant un long grincement à la porte de la cuisine qui claque dans son dos. Comme si de rien n'était.

Mon regard fixe le vide qu'il vient de laisser. *On se voit demain matin ?* Quatre avions, cinq mille cinq cents kilomètres parcourus, ainsi que vingt-quatre ans d'absence et tout ce que mon père me réserve, c'est deux minutes de conversation polie et *on se voit demain matin* ? La déception ne vas pas tarder à avoir raison de moi.

Me sentant observée, je relève la tête. Agnès me regarde intensément, ses yeux noirs chargés d'inquiétude.

– Est-ce que vous allez bien ?

Je ravale mes émotions.

– Ça va.

Le sanglot dans ma voix me trahit.

– Wren n'est pas très doué pour communiquer avec les autres, dit-elle. C'est très dur pour lui.

Un souffle rieur m'échappe, mais je ne ressens que l'envie de pleurer.

– Ah oui ? Et pour moi, alors ?

Au moins m'adresse-t-elle un sourire compatissant.

– Je vais faire sécher vos vêtements. Allez dormir, ça ira mieux demain.

Je ne demandais pas mieux. Je pars me terrer dans ma chambre et claque la porte tandis qu'un sentiment désagréable grandit en moi. Je n'aurais pas dû venir ici, j'ai commis une erreur.

Mon téléphone se met à piailler sans discontinuer. Le Wi-Fi fonctionne et tous les messages de maman sont arrivés en une seule fois.

Tu es arrivée à Anchorage ?
Dis-moi quand tu es arrivée
chez ton père. Bien arrivée ?
J'ai consulté tes vols,
il paraît qu'il y a eu du retard à Seattle.
Rappelle-moi dès que possible !
J'ai passé un coup de fil à Alaska Wild
et on m'a dit que tu avais atterri
il y a environ un quart d'heure.
Arrivée chez ton père ?

Mes pouces se figent sur l'écran, je ne sais quoi répondre.Si je lui dis ce qu'il s'est passé, elle va insister pour m'appeler et je n'ai pas la force de leur faire un compte-rendu détaillé du désastre.

Bien arrivée. Tu avais raison, les petits
avions, c'est pas de la tarte. Je suis
crevée, je t'appelle demain.

Dès que tu te lèves, d'accord ? On t'aime !
Et n'oublie pas de prendre des photos !

Je troque en vitesse mes vêtements pour mon pyjama – une des seules choses qui n'a pas pris l'eau – et fonce à la salle de bains pour me laver. Pas de trace d'Agnès ou de mon père. Ils doivent être en train de discuter dehors.

De retour dans ma chambre, je tire les rideaux et me glisse sous les couvertures, armée de mon portable, dans l'espoir de me changer les idées. J'examine la photo de moi avec l'avion. Voyager dans ce truc a été une torture mais je dois reconnaître que nous allons bien ensemble. Les couleurs criardes de l'engin jurent avec la morosité du paysage.

Seul problème : un connard s'est incrusté dans le cadre. Bloc-notes dans les mains, Jonah tourne le dos à l'objectif mais son visage est tourné, la toison sur son visage exposée. Aucun doute possible, il me regarde. Si ça n'avait pas été lui, la photo raconterait probablement une belle histoire, celle d'un conte romantique et d'un homme attiré par une femme. On en est très loin.

Grâce à mon application de retouche photo, je fais joujou avec le cliché, le rognant, l'ajustant et une fois un filtre choisi, j'obtiens un instantané idéal à poster sur Instagram, sans pilote grincheux dans le champ.

Mais au moment de poster, mes pouces s'immobilisent. Aucune idée de phrase d'accroche ne me vient. Les conseils de Diana me trottent dans la tête. *Sois optimiste, inspirée ! Et drôle, c'est du bonus !* Je ne suis absolument pas dans cet état d'esprit, en ce moment.

Je galère toujours avec les légendes. C'est plutôt le truc de Diana. Mais les siennes sont toujours exagérément optimistes, très loin d'être à l'image de ma meilleure amie. La Diana que je connais est plutôt du genre à s'empiffrer de frites de patate douce tout en pestant sur les avocats du cabinet où elle travaille. Vraiment, je ne pourrais jamais prendre son côté « je kiffe la vie » au sérieux.

Qu'est-ce que cette journée peut m'inspirer d'optimiste ? Comment rendre le mensonge présentable ? Facile : en restant superficielle. Garder un ton simple, léger et heureux. Je tape la première chose qui me vient à l'esprit : « Une citadine dans la nature de l'Alaska. Je kiffe ma vie ! » J'ajoute tout un tas de hashtags – consigne de Diana – et j'appuie sur Publier.

Je me mords la lèvre, inquiète tandis que la dure réalité s'impose peu à peu à moi : si Agnès ne m'avait pas appelée, nous n'en serions tous que plus heureux.

***

Je m'éveille au son des vagues roulant calmement sur le rivage, une des nombreuses ambiances issues de l'application que j'utilise pour m'endormir.

Pendant un très court instant, j'oublie que je suis célibataire, au chômage, et en Alaska où mon père ne veut pas me voir, même s'il est gravement malade.

Relevant mon masque de sommeil, je laisse mes yeux s'habituer à la lumière du jour en me concentrant sur les rayons qui filtrent par les bords du rideau. Mes muscles sont encore endoloris par la longueur du voyage de la veille, à moins que ça ne soit à cause du lit ? Le mien est un king-size avec un matelas à mémoire de forme. En comparaison, celui dans lequel je viens de dormir a tous les charmes d'un lit de camp de l'armée. Niveau oreiller, je ne suis pas mieux servie. Il est tout dur et plein de bosses. Je lui ai flanqué une bonne douzaine de coups de poing avant de renoncer à l'aplanir.

Mes doigts tâtonnent en direction de la chaise jusqu'à trouver mon portable. Je pousse un grognement. Il n'est que six heures du matin. Je ne devrais pas être surprise, mon corps croit qu'il est dix heures. Pas plus que je ne devrais l'être de constater trois nouveaux textos de maman.

Réveillée ?
Comment va ton père ?
Quelle mine a-t-il ?
Appelle-moi à ton réveil.

J'ai aussi plusieurs appels en absence d'elle. Il est trop tôt pour me faire cuisiner façon Susan Barlow. Que veut-elle que je lui dise ? « Papa a l'air en bonne santé, notre rencontre a été aussi brève que tendue. » Et aussi : « Je n'aurais jamais dû foutre les pieds ici. » Il y a aussi deux textos de Simon.

Sois patiente avec ta mère.
Souviens-toi : tu es autant une étrangère
pour lui qu'il l'est pour toi.

– Quelle perspicacité…

Je suis certaine qu'il y a un sens caché à son message, c'est toujours le cas. Il faut que je parle avec Simon. Discuter avec lui est exactement ce dont j'ai besoin. Mais il s'apprête probablement à enchaîner les patients toute la matinée, mon analyse devra attendre. Il y a au moins un avantage à être debout si tôt : j'ai quelques heures devant moi avant d'appeler la maison.

J'ouvre ma page Instagram et pousse un soupir satisfait. La photo avec l'avion me vaut plus de likes que d'ordinaire et j'ai au moins une douzaine de nouveaux followers. Parmi les commentaires se trouve un post de Diana, comme d'habitude bardé d'émojis et de points d'exclamation, ainsi que quelques mots laissés par mes amis et abonnés réguliers. « Belle tenue ! », « Belle photo ! », « T'es trop belle, miss ! », « Faut que je fasse pareil ! » Et il y a les autres commentaires, ceux qui me disent combien j'ai de la chance d'être en Alaska, que j'ai le sens de l'aventure et combien certains rêveraient d'y aller.

Ces gens sont des étrangers et ils ne voient en moi qu'une fille bien habillée qui profite de la vie. Ils ne connaissent pas la vraie histoire, ils ignorent ce qui m'a amenée ici, ni à quel point j'ai envie de rentrer. Ils ne ressentent ni ma solitude, ni les nœuds qui me tordent le ventre. Appelez ça la magie des réseaux sociaux. Cela dit, ce voile d'illusions est étrangement rassurant. Si j'observe ce cliché assez longtemps et que je me répète en boucle cette phrase d'accroche vide de sens, je finirai peut-être par croire au mensonge que je leur vends.

Je réponds aux commentaires pendant quelques minutes jusqu'à ce qu'un besoin naturel se fasse sentir. Repoussant la lourde masse des couvertures, je m'extrais du lit et renfile en vitesse ma tenue de la veille, l'épiderme perclus de chair de poule à cause du froid. Ça change agréablement de la touffeur estivale et de l'air brassé de la climatisation.

Aussitôt la porte ouverte, un parfum de café frais vient me titiller les narines. À ma grande surprise, le panier à linge est devant la porte – mes vêtements secs et pliés sont posés sur le couvercle. Je le pousse sur le côté et remonte le couloir sur la pointe des pieds, le ventre toujours noué par ce sentiment d'anxiété et d'impatience qui me tenaillait déjà la veille.

Personne au salon. Pas plus qu'à la cuisine.

– Bonjour ? dis-je avant de tendre l'oreille.

Rien. Pas le moindre bruissement ou craquement du plancher, pas même un robinet qui coule. Il règne un silence presque surnaturel et il n'y a aucun bruit en dehors du tic-tac d'une horloge sur le mur.

Mais il était ici. La cafetière n'est pas tout à fait pleine et il y a une tasse vide juste à côté, avec une petite cuillère dedans. Il fume peut-être une cigarette. Je risque un œil à l'extérieur et découvre une vieille camionnette Ford noire garée devant la maison, en à peine meilleur état que le pick-up d'Agnès. Mais pas de trace de lui et il n'y a pas la moindre senteur de tabac dans l'air.

Ce n'est qu'une fois rentrée que je remarque sur le comptoir juste à côté du frigo une feuille de papier à carreaux, avec mon nom écrit en lettres capitales d'imprimerie au-dessus. À côté se trouve un billet de vingt dollars.

Je ne savais pas ce que tu aimais manger. Les clés sont sur la camionnette. Meyers n'est qu'à huit kilomètres, en ville. Prends vers l'est jusqu'au bout de la route, puis tourne à droite et ça sera la seconde à gauche. Il ne devrait pas pleuvoir avant la fin de la matinée, si tu veux aller te promener.

C'est signé « W », plus un genre de gribouillis, comme s'il avait hésité à écrire son nom en entier. Mais pas de « papa ». Il a dû aller au travail. Part-il toujours aussi tôt ? Ou c'est juste pour m'éviter ?

Par réflexe, mon doigt vient courir sur le rebord de sa tasse en céramique. Elle est encore chaude. Preuve qu'il était encore là il n'y a pas si longtemps. Consternée, je me dis qu'il a probablement filé au premier mouvement qu'il a perçu dans ma chambre.

Mais comment s'est-il rendu à l'aéroport sans son camion ? Agnès l'a déposé ? Quoi qu'il en soit, il n'a pas pris le temps de se demander si j'avais le permis de conduire.

Je me mets à marmonner pour repousser la douleur qui me prend le cœur.

– Mais voyons, papa. Va donc travailler. Hein ? On ne s'est pas vu depuis vingt-quatre ans ? Mais c'est pas grave ! Ce n'est pas comme si tu allais prendre une heure ou deux pour moi, n'est-ce pas ? Je peux me débrouiller seule.

Je m'accorde quelques minutes pour faire le tour du contenu des placards mal rangés et du frigo vide. Visiblement, papa ne se sustente que de café, de beurre de cacahuètes bon marché plein de sucre et de macaronis au fromage surgelés.

Une chance que je n'aie pas faim. Mais je tuerais pour un des latte frappés au lait de soja de Simon ! Dans la vie, je n'ai pas beaucoup de vices, mais avoir ma dose de caféine le matin, c'est obligatoire. Si je ne peux pas assouvir ce besoin – et ce n'est arrivé qu'une poignée de fois – j'ai la tête comme une pastèque dès le début de l'après-midi.

Il y a cinq ans, pour Noël, Simon nous avait surprises, maman et moi, en nous offrant une machine à café digne d'un Starbucks. Chaque matin, armé de son exemplaire du *Globe & Mail* et d'une tasse de Earl Grey, Simon se cale au comptoir de la cuisine et n'attend que les premiers signes de vie au troisième étage pour presser le bouton. Lorsque je déboule encore à moitié endormie dans la cuisine, il a toujours une tasse de café fumant pour moi. Pour ne pas réveiller le kraken, dit-il, mais je sais qu'il nourrit une fascination secrète pour la mousse.

J'ai tout à coup le mal du pays, mais j'ai d'autres soucis plus urgents. Meyers ne va pas ouvrir avant deux heures et demi. Un temps que je vais mettre à profit pour trouver un moyen de m'y rendre, car il faut que je puisse survivre un jour de plus.

***

Le front ruisselant, je m'arrête pour boire une gorgée d'eau et reprendre mon souffle. Au loin, j'aperçois encore la maison vert mousse de papa. Seule avec mes pensées et mon ordinateur, je n'étais pas parvenue à tenir plus de vingt minutes dans ce silence irréel.

L'inquiétude a fini par me faire déguerpir. J'ai enfilé un jogging et suis sortie courir, prétexte idéal pour explorer les lieux et fuir cet endroit. J'ai pu voir la maison d'Agnès, parfait reflet de celle de mon père – mêmes proportions, même distance avec la route, même porche en bois – sauf qu'elle est blanche et qu'il n'y a pas de véhicule garé devant. Le pick-up n'était déjà plus là quand je suis sortie. Agnès est probablement allée travailler, elle aussi.

Mon application de running indique que j'ai couru six kilomètres et à un aucun moment je n'ai perdu les deux maisons de vue. À part des champs de buissons bas et quelques maisons éparses, absolument rien n'obstrue le paysage et je n'ai croisé âme qui vive pour me distraire dans ma course.

Aucune voiture, ni tracteur, ni passant qui promène son chien. Pas même un aboiement dans le lointain pour venir rompre la monotonie ambiante. C'est perturbant pour quelqu'un comme moi, qui suis habituée à la foule urbaine, à la frénésie des klaxons, aux rugissements des voitures et au boucan des travaux publics. Pour moi, c'est un bruit blanc, aussi essentiel que le remous régulier des vagues de mon appli pour m'endormir. En plus, mon portable ne capte pas en dehors du Wi-Fi et je me sens donc complètement coupée du monde extérieur.

Comment peut-on trouver ça apaisant ?

– Aouch !

Ma paume vient de frapper ma cuisse pour y écraser un petit corps désormais sans vie. Depuis ce matin, les moustiques ne me laissent aucun répit, dévorant le moindre carré de peau à découvert. Deux claques de plus sur le bras, et mes mollets se remettent en branle. Manifestement, je n'aurais la paix qu'en courant.

Ma cadence est solide, régulière, et le bruit de mes chaussures de sport sur la route poussiéreuse est mon seul compagnon jusqu'à ce qu'un bourdonnement, bas et familier, attire mon attention. Au-dessus de moi, un avion de fret jaune s'envole vers une couche de nuages cotonneux comme des moutons qui m'informent de l'arrivée imminente de la pluie. Je ne parviens pas à voir le logo, mais il pourrait tout à faire s'agir d'un avion d'Alaska Wild.

Peut-être même que c'est mon père qui pilote. Pour s'envoler le plus loin possible de sa fille. Peut-il me voir de là-haut, en train de suer dans mon jogging rose avec tennis assorties ? Enfin, elles étaient rose avant. Mais les routes sont si boueuses par ici qu'elles sont toutes crottées maintenant. À ce stade, à la fin de la semaine, elles pourront partir rejoindre les autres sur les rails de la station Davisville.

L'avion finit par disparaître à l'horizon et je me retrouve seule, avec pour unique compagnie un million de moustiques assoiffés de sang.

Plus haut sur la route se trouvent des sortes de cabanons entourés d'une haie chétive et basse. Il y en a de toutes les tailles, toutes les formes et leurs toits sont rouge rubis. Certains ont l'air de maisons et d'autres de simples granges. Des fermes ? À quoi bon. Maman m'a dit que rien ne poussait par ici. En m'approchant, j'aperçois des structures derrière les bâtiments. Aucun doute possible, ce sont des serres. Il y a des aussi des remorques, des tracteurs et une multitude de jardinets et de rangées de plantes. Certains sont recouverts d'une bâche en plastique, d'autres d'un grand cerceau blanc en demi-cercle qui les maintiennent en ligne.

Au-delà encore se trouvent d'immenses potagers. Des rangs entiers de salades, des hauts plans d'oignons verts, des pousses de carottes et d'autres que je ne parviens pas à distinguer. Deux personnes s'affairent, tuyau à la main, autour d'un grand conteneur jaune citron. Il y a de la vie dans le coin, finalement. Et des choses qui poussent !

Soit la qualité des sols a bien évolué en vingt-quatre ans, soit maman s'est emballée avec ses histoires de terrain désertique. Ou alors, elle s'est découragée avant même d'avoir essayé de faire pousser quoi que ce soit.

Je sens une piqûre vive au creux de mon cou et j'y assène une gifle vive comme l'éclair. Je grimace : trois moustiques morts sont accrochés à ma paume. Je reprends promptement mon jogging. Il me faut un abri et une longue douche chaude.

Puis, j'imagine qu'il va me falloir attendre que quelqu'un daigne s'intéresser un peu à moi.

***

Quelles sont mes chances de me faire arrêter ? C'est ce que je me demande tandis que j'observe la camionnette de papa par la fenêtre. La douleur sourde que me provoque le manque de caféine se mue peu à peu en migraine dévorante. Les premières douleurs se sont manifestées il y une demi-heure. Aux abois, je me suis versé une tasse de café noir et ai renoncé après seulement trois gorgées. Incapable d'en avaler davantage, je me suis brossé les dents pendant dix minutes pour m'enlever ce goût amer de la bouche.

Pour couronner le tout, voilà que mon estomac commence à gargouiller. La dure réalité adresse à mon cœur un défi : la civilisation n'est qu'à quelques encablures – première à droite, deuxième à gauche, huit kilomètres tout au plus si j'en crois le mot que m'a laissé mon père avant de lâchement m'abandonner. Agnès a eu tort : les choses ne vont pas mieux aujourd'hui.

Je lance mon appli Uber : aucune voiture disponible dans le secteur. La mâchoire serrée, je tape Alaska Wild sur Google et obtiens leur ligne directe. Bien évidemment, papa n'a pas non plus pensé à me laisser son numéro.

Agnès répond au bout de trois tonalités.

– C'est Calla à l'appareil.

– Oh, bonjour Calla ! Vous avez bien dormi ?

– Ça va. Dites, mon père est dans le coin ?

– Euh, non, il a décollé il y a quelques minutes, il est en route pour Barrow, des choses à faire. Il ne sera pas de retour avant cet après-midi, précise-t-elle avant de marquer une pause. Il m'a dit qu'il vous avait laissé sa camionnette pour que vous puissiez aller en ville.

– Je n'ai pas le permis de conduire.

– Oh, je vois, dit-elle, son froncement de sourcils presque perceptible à l'autre bout du fil. Alors vous êtes coincée.

– Plutôt oui, et il n'y a rien à manger.

Je n'essaie même plus de cacher mon agacement.

– D'accord. Voyons voir…

On peut entendre des froissements de papier en fond sonore.

– Sharon peut me remplacer le temps que je vous conduise, finit-elle par dire.

– Génial.

–Elle sera là vers midi.

– Midi ?

J'ignore qui est cette Sharon mais je sais encore compter : midi ici, c'est 16h à Toronto. Je serai morte de faim d'ici là !

– Attendez, vous savez quoi ? Jonah débute sa journée plus tard, aujourd'hui. Il peut vous emmener.

– Jonah ?

Mon visage se renfrogne d'écœurement. C'est une blague ?

– Sa voiture est-elle encore dans l'allée ?

L'écœurement cède la place à la méfiance.

– Comment ça « dans l'allée ? »

– Celle de la maison d'à côté.

Je m'élance vers la fenêtre pour observer la maison d'à côté, située à environ quinze mètres. C'est une autre maison modulaire dont la façade jaune-beurre mériterait bien un petit coup de karcher. Mes sourcils se dressent sur mon front.

– Vous voulez dire que Jonah vit juste à côté ?

– Est-il chez lui ?

– Je vois un SUV vert bouteille garé dans l'allée.

Autrement, pas le moindre signe de vie.

– Bien. Allez-y et demandez-lui de vous emmener chez Meyers.

De mieux en mieux.

– Il refusera de m'emmener où que ce soit, dis-je d'un air grincheux.

La dernière chose au monde dont j'ai envie, c'est demander un service à ce type-là. Agnès parle d'une voix confiante, sans relever sa possible hostilité.

– Il acceptera.

– Et ensuite ? Il va me laisser sur place ? Vous savez qu'hier, il a fait exprès de prendre un petit avion, n'est-ce pas ?

Il y a une longue pause.

– Jonah peut être taquin parfois. Il fait ça pour ne pas s'ennuyer, dit-elle et son léger ricanement m'emplit l'oreille. Mais en réalité c'est un vrai nounours ! Et ne vous en faites pas pour vos affaires. J'ai parlé à Billy, il les fait affréter dans le prochain Cessna qui part cet après-midi.

J'expire mon soulagement. Enfin, une bonne nouvelle !

– Demandez-lui de vous emmener en ville, insiste Agnès. Ce serait bien que vous fassiez connaissance. Ils sont très proches avec votre père, vous savez ? Surtout n'hésitez pas à le remettre à sa place. S'il a de la repartie, il peut aussi encaisser.

Je glisse un nouveau regard inquiet vers la pelouse voisine. Agnès poursuit :

– Ou bien vous pouvez attendre midi pour que je vienne moi-même. C'est vous qui voyez.

Déranger le yéti dans sa tanière ou mourir de faim ? La seconde option m'apparaît moins pénible.

– J'oubliais, vous et Wren êtes invités à dîner à la maison ce soir. Si vous êtes d'accord, bien sûr.

– Bien sûr.

Si je survis jusque-là.

Sans trop réfléchir, je fourre les vingt dollars dans mon sac à main, enfile mes sandales compensées, mes lunettes de soleil et me rend à la porte. Malgré mon astucieuse tenue jean et pull marin bleu cintré, les moustiques me fondent dessus. Je cours comme une dératée, dépasse la camionnette et traverse la pelouse en trombe, mes chaussures s'enfonçant à chaque pas dans le gazon marécageux. En arrivant sur le porche de la maison voisine, j'ai les orteils souillés de boue et mes semelles sont toutes spongieuses. Les chaussures sont probablement foutues ! Dire que si je n'ai pas mes bottes de pluie, c'est à cause de ce débile et que je m'apprête à lui demander de l'aide !

Je frappe à la porte et me prépare à avoir l'air aimable. Dix secondes passent et je frappe plus fort. J'entends des pas lourds derrière la porte et un grognement mécontent.

– Une seconde !

Tout à coup, la porte s'ouvre d'un coup sec, révélant un Jonah en train de boutonner sa chemise. Je patauge sur place, frappée de surprise. Son visage est à découvert, sans lunettes, ni casquette. Il doit avoir à peu près mon âge. La trentaine maximum et son front n'est marqué que de très légères rides d'expression. Ses cheveux sont longs, humides, en bataille et au vu de l'état des pointes, ils n'ont pas vu une paire de ciseaux depuis un moment.

Sans son manteau, il paraît également moins massif que je l'avais cru hier. Il reste costaud mais ses muscles sont bien sculptés, du moins si j'en juge par le bien trop court aperçu que j'ai eu de ses pectoraux avant qu'il ne les cache derrière sa chemise, me privant d'un agréable spectacle. Mais ce sont ses yeux qui me laissent coite. Son regard est perçant et sévère mais son iris est d'un magnifique bleu clair comme de la glace. Jamais je n'avais vu d'aussi beaux yeux chez un homme.

En dehors de son aspect hirsute, Jonah est plutôt bel homme.

– Calla ?

Je bondis sur place.

– Besoin de quelque chose ?

Il détache ses mots, agacé, le genre de ton qu'on a quand on doit répéter quelque chose. Je devais probablement être trop absorbée pour l'avoir entendu.

Dommage. Beaux yeux, mais langue de vipère. Je m'éclaircis la voix.

– J'ai besoin que vous m'emmeniez en ville.

Son regard bifurque vers la maison de papa.

– Un souci avec la voiture de Wren ?

– Aucun, je n'ai juste pas le permis.

Ses sourcils broussailleux se dressent de surprise.

– Vous vous foutez de moi ? À votre âge, vous n'avez toujours pas passé votre permis de conduire ?

– Je n'en ai jamais eu besoin, dis-je sur la défensive.

Un sourire perspicace s'étire lentement sur son visage.

– Vous faites faire le taxi à tout le monde, n'est-ce pas ?

– Non, je vis en ville où j'utilise les transports en commun ! Vous connaissez, j'imagine ? répliqué-je au quart de tour, d'un ton cinglant.

D'ordinaire, je ne suis pas aussi désagréable avec les étrangers. Il est vrai que lorsque je dois partir de Toronto, je dépends beaucoup des autres : Simon, maman, Diana ou de mes amis qui sont véhiculés. Mais il n'y a rien de mal à cela et en plus, ce n'est pas le sujet.

J'en étais sûre. Faire appel à Jonah était une mauvaise idée.

– Vous savez quoi ? Laissez tomber ! J'irai par mes propres moyens. Merci beaucoup !

Je tourne les talons, redescends les marches et traverse la pelouse en direction de la camionnette. Je grimpe derrière le volant et claque la portière. Dévorée par une envie de meurtre et par les moustiques qui m'ont suivie, je bats l'air dans tous les sens, frappant les vitres, le tableau de bord et moi-même. Une fois tous les insectes éliminés, je m'enfonce dans le siège avec un sourire satisfait, enserrant le bas du volant entre mes doigts.

L'intérieur pue le tabac. Aucune preuve en vue – ni mégots, ni cendrier, pas même un paquet qui traîne – mais l'odeur de cigarette imprègne largement les sièges et la banquette.

Comme l'a dit papa dans son mot, les clés sont sur le contact, prêtes à être enclenchées.

D'après le mot, la ville n'est qu'à deux rues d'ici. Je pourrais tout à fait m'y conduire moi-même. Le chemin de terre va probablement débouler sur une route pavée. Des panneaux stops, quelques feux de signalisation, je passe au vert, je m'arrête au rouge. Ce n'est pas sorcier et j'ai passé assez de temps en voiture pour comprendre le reste. Mes yeux se posent sur le boîtier de vitesse.

– Merde.

C'est une boîte manuelle. Tous mes trajets à la place du mort ne m'auront pas appris comment on s'en sert, tout le monde a une automatique à Toronto. Ma tête part en arrière et je pousse un râle frustré. Tant de choses à voir et je suis bloquée ici. C'est alors que la portière côté passager s'ouvre et Jonah s'accoude au toit.

– Vous avez dit avoir « besoin » de moi pour aller en ville. Pour y faire quoi ?

Il est toujours grincheux mais bien moins agressif.

– Il n'y a rien à manger dans la maison.

– Rien ? répète-t-il, avec un sourire narquois.

– Rien du tout, insisté-je, plus agacée qu'autre chose. Juste du lait qui a tourné et une bouteille de ketchup. Mon père est parti aux aurores en me laissant un mot et vingt dollars pour les courses. Agnès ne peut pas se libérer avant midi. J'ai la tête en vrac parce que je n'ai pas eu mon café et je crève de faim !

On pourrait aussi y ajouter que je suis d'une humeur massacrante.

– C'est pas la fin du monde.

Jonah consulte sa montre et lève les yeux vers l'est où un avion est en train d'amorcer sa descente. Il ajoute :

– La prochaine fois, apprenez à demander les choses.

– Mais j'ai demandé !

– Non, ça ressemblait plus à une exigence et je n'apprécie pas ça.

Je le dévisage et me rejoue la scène. J'ai pourtant été polie, non ? Quoique peut-être pas…

Jonah écarquille ses yeux bleu glacier.

– Alors, on y va ? Je n'ai pas que ça à faire et vous feriez mieux de vous grouiller de faire vos courses. Si la météo le permet, j'ai un plan de vol très chargé à honorer.

Là-dessus, il claque la portière et rebrousse chemin vers son allée.

Soulagée mais anxieuse, je bondis du véhicule et le suis jusqu'à son SUV – une vieille Ford Escape vert bouteille toute carrée dont il manque le hayon arrière mais qui, à part ça, est plutôt en bon état. Puis, avec la même surprenante agilité que j'avais notée la veille, il récupère sur la banquette arrière sa casquette noire de la veille, où les lettres « USAF » s'étalent en blanc. Il maintient sa tignasse en arrière d'une main, la pose sur sa tête de l'autre et grimpe derrière le volant.

En prenant place sur le siège passager, je remarque qu'il règne à l'intérieur une vague odeur de chewing-gum à la menthe. Jonah règle les ventilateurs et lance le chauffage qui envoie une légère bouffée de chaleur dans ce véhicule d'un autre temps. De quand peut bien dater cette bagnole ? La portière a une manivelle pour baisser la vitre. Je ne me souviens même pas à quand remonte la dernière fois que j'en ai vu une.

Soudain, un moustique me vole sous le nez et je l'écrase entre mes mains.

– Est-ce qu'ils sont toujours aussi affamés ?

– Ils ne me dérangent pas.

– Je me suis fait dévorer ce matin !

– La prochaine fois que vous irez courir, tâchez de vous habiller un peu plus.

J'en ai la mâchoire qui tombe.

– Il n'y a rien à redire sur ma tenue !

Je m'habille en short court parce que c'est confortable. Pareil pour mon haut. Mais je vois où il veut en venir : c'est le genre de tenue de jogging qui se prête mieux à la ville, là où on ne se fait pas dévorer par les moustiques. Mais pas question que je lui cède du terrain. *Hé, une minute…*

– Vous m'espionniez ?

Il rit par le nez.

– J'ai jeté un œil par la fenêtre au moment où vous passiez devant chez moi, dans une tenue qui ne laisse aucune place à l'imagination, et en train de battre l'air comme une folle à lier. Nuance.

Le véhicule s'élance dans l'allée et sur le chemin cahoteux. Le silence est pesant et la gêne me brûle les joues. Je me lance :

– Merci de m'emmener.

Certes, ce n'est peut-être pas de bon cœur mais au moins, il m'apporte son aide. Jonah grogne en guise de réponse et enchaîne :

– Pourquoi n'avez-vous pas bu un café, au moins ? Je connais Wren, il s'en prépare toujours une pleine cafetière avant de partir bosser. Faut-il qu'on vous serve, en plus ?

Pourquoi on dirait qu'il vous agresse chaque fois qu'il vous parle ?

– Il me faut du lait de soja.

Il grogne dans sa barbe.

– Évidemment…

Je ne sais pas ce qu'il sous-entend, mais mon petit doigt me dit que ce n'est pas sympa. Le reste du trajet se déroule dans un silence de mort.

***

Bangor, soixante-cinq mille habitants et principale ville d'Alaska, est un vrai trou perdu. Du moins, c'est ma première impression.

Je me mords la langue pour éviter de le dire à voix haute. La route principale serpente en tous sens, croisant des intersections bordées de panneaux qui indiquent des routes de campagnes ; certaines sont en graviers, d'autres tellement défoncées qu'on aurait plus vite fait de ne pas les bétonner. Tout du long, des bâtiments rectangulaires à deux étages bordent la route, collés les uns aux autres, avec des toitures métalliques. Leurs façades sont d'un blanc terne et marron, d'autres bleu paon et vert émeraude. Les rares fenêtres que j'aperçois sont minuscules, quand il y en a. Chaque propriété est reliée par une tuyauteriegris argenté courant le long de petits jardins ronds et herbeux.

Je demande :

– Est-ce une zone industrielle ?

– Nan.

J'ai envie de lever les yeux au ciel mais je me retiens. « Nan » est son autre mot favori après « ouep ».

Nous passons devant une propriété équipée d'un terrain de jeu. Deux enfants grimpent sur une cage à écureuils sous la surveillance d'un husky assis sur son derrière. Pas de parent en vue. Je comprends alors que la plupart de ces habitations sont des propriétés familiales, notant des vélos couchés dans l'herbe, des battes de baseball posées contre un mur et même un trampoline monté de travers. On est loin du charme de la banlieue typique. Pas de petite allée, pas de jardin entretenu, pas de porche accueillant. Il n'y a là que des buissons clairsemés, des tout-terrain crasseux et des réservoirs à eau cylindriques disgracieux.

J'essaye de me convaincre que nous ne sommes probablement encore qu'en périphérie. Alors que Jonah s'enfonce davantage dans cette ville au milieu de nulle part – sans aucune route qui la relie au reste du pays – j'espère trouver un environnement plus familier. Des maisons en briques, avec des allées bordées de lilas et de rosiers, une rue principale présentant un effort d'urbanisme, avec des magasins dignes de ce nom, des jolis réverbères et des passants habillés autrement qu'avec les éternels jeans et chemises à carreaux typiques du coin.

Mais non. Ici toutes les poubelles sont taguées avec des arc-en-ciel, des soleils et le slogan « Bangor, meilleure ville du pays », alors que les pelouses sont mal entretenues et recouvertes de déchets traînés là par les animaux. Plus nous progressons, plus je perds espoir. *Merci maman de nous avoir tirées de ce trou !*

Il n'y a pas le moindre trottoir. Partout, les gens marchent dans le caniveau, sans se presser le moins du monde. J'en vois qui portent leurs courses dans des sacs en papier marron, la plupart d'entre eux ont des bottes en caoutchouc ou des espèces de Pataugas et la boue séchée sur le bas de leur pantalon semble être le cadet de leurs soucis.

Les habitants sont de tous âges : des enfants de dix ou onze ans jusqu'à un vieil autochtone boiteux qui ferait bien de se dégotter une canne.

– Il va finir par tomber, celui-là.

J'avais parlé à mi-voix, sans attendre de réaction de Jonah, à part peut-être un de ses éternels grognements.

– Les Yupiks sont des coriaces, dit-il. Cet homme marche probablement cinq kilomètres par jour.

Je fronce les sourcils.

– Les quoi, vous dites ?

– Les Yupiks. C'est l'ethnie la plus répandue chez les indigènes. Certains sont Athapascans ou Aléoutes, précise-t-il en tournant à gauche. Les villages que nous traversons en ce moment sont majoritairement des communautés yupiks.

– Agnès est donc yupik ?

– Ouep. Elle vient d'un village situé en amont de la rivière. Sa mère et ses frères y vivent toujours, en culture autonome.

Devant mon incompréhension, il s'empresse d'ajouter :

– Ils vivent de leur terre.

– Oh, je vois ! De la ferme à la table, donc ?

Contrairement à nos précédentes conversations, celle-ci m'apprend des choses utiles sur l'Alaska occidentale.

– Mouais, on peut voir ça comme ça, grogne-t-il sèchement. Si vous tenez à comparer toute une culture au dernier truc culinaire à la mode…

J'étudie les visages des passants. Il y a une bonne moitié de natifs, l'autre caucasienne, sauf un type d'origine indienne en train de retaper une vielle Tahoma dont le capot ouvert laisse s'échapper des volutes de vapeurs.

– Et eux, qu'est-ce qu'ils font ?

Je lui désigne un groupe de trois jeunes d'environ la vingtaine, deux portant un matelas de chaque côté et le dernier une sorte de boîte à l'aspect étrange. Quelques mètres devant eux se trouve une femme avec une lampe à la main et un bébé perché contre la hanche.

– On dirait qu'ils déménagent, répond simplement Jonah.

– À pieds ?

– Ce n'est probablement situé qu'à une ou deux rues. À sept dollars le gallon d'essence, ils ne vont pas utiliser leur voiture.

– Dois-je comprendre que c'est cher ? avancé-je avant d'enchaîner. Nous payons l'essence au litre à Toronto.

Je ne peux pas prétendre y connaître quoi que ce soit en dosage de carburant mais j'en ai plus qu'assez d'avoir l'air d'une cruche. Jonah salue nonchalamment une connaissance au volant d'un tout-terrain.

– C'est deux fois plus cher qu'à Anchorage. Et trois fois plus que dans les 48 contigus.

Les 48 contigus ? J'ose à peine poser la question. Cela risquerait de me valoir une autre réplique bien cinglante, qui sous-entendrait encore : « Vous ne savez donc rien de rien. »

Je vais pour chercher la réponse sur Google mais j'oubliais que mon portable ne fonctionne pas ici. Comme s'il lisait mes pensées, Jonah répond à ma question :

– C'est comme ça qu'on appelle le reste de l'Amérique. Ici, on nous livre le fuel par la mer, puis il est stocké dans un parc pétrolier ou livré directement aux villages par bateau en remontant la rivière. Le transport et le stockage entraînent des coûts très élevés et dites-vous que c'est juste pour faire rouler les voitures. Faire venir un seul de ces véhicules ici coûte des milliers de dollars. La plupart des habitants n'en ont pas et ceux qui en ont une en prennent grand soin, pour qu'elle tienne longtemps.

Ceci explique la camionnette vieille d'au moins quinze ans que conduit papa. Partout ailleurs, il pourrait s'en payer une bien meilleure. J'observe chaque véhicule que nous croisons et plus j'en vois, plus les mots de Jonah font sens. Les voitures d'ici sont de vieux modèles, cabossés et usés – des Ford, des GMC, des Honda. Surtout des pick-up. Pas de BMW dans les parages.

À ma grande surprise, une vielle berline blanche passe à côté de nous. Sur sa portière, on peut lire peint en lettres orange le mot « TAXI », ainsi qu'un numéro de téléphone.

– Vous avez des taxis ici ?

Nouveau rire nasal.

– Plein. Plus par habitant que dans n'importe quelle ville des États-Unis. Pour cinq balles, on vous emmène où vous voulez en ville. Pour l'aéroport, c'est sept.

Si j'avais su, j'aurais fait appel à eux. Cela m'aurait évité de me coltiner Jonah. Mais je dois reconnaître que ce dernier commence à se montrer de plus en plus courtois. Il forme même des phrases complètes maintenant !

Ce qui m'encourage à poser la question :

– Vous avez toujours vécu ici ?

Un ange passe. Peut-être ai-je été trop prompte à le qualifier de courtois. J'aurais dû me taire, je ne sais jamais la fermer quand il faut.

– Je suis né à Anchorage. Quand j'avais douze ans, nous avons déménagé à Vegas et je suis revenu vivre dans le coin il y a une dizaine d'années.

– Vegas ? Ah oui…

Ses yeux bleus m'adressent un regard bref et cinglant.

– Pourquoi dites-vous ça sur ce ton ?

– Pour rien. Je n'avais juste jamais rencontré quelqu'un qui ait vécu à Vegas.

Je n'étais allée qu'une seule fois à Vegas, avec Diana et deux amis pour fêter nos vingt-et-un ans. Trois jours de cuite non-stop qui nous avaient coûtés une fortune. Sur le vol retour, roulée en boule sur mon siège, j'étais pressée de rentrer chez moi.

– Oui, et bien, c'est plus que des night-clubs. La plupart des locaux ne s'y rendraient pour rien au monde.

– Ça vous manque ?

– Oh que non ! J'avais même hâte de foutre le camp.

– Pourquoi ?

Jonah soupire d'un air las, comme si la question le fatiguait.

– Pour plein de raisons : trop de bruit, trop vivant, trop matérialiste.

Tout le contraire de Bangor, en somme.

– Mais pourquoi être venu ici ? Vous auriez pu retourner à Anchorage, là où vous avez grandi. C'est plutôt joli et calme, on dirait. Enfin, de ce que j'ai pu en voir depuis l'avion.

En plus, d'après mes quelques lectures, c'est une ville, une vraie !

– Je me plais plus ici.

Je perçois un sens caché à ses paroles mais il n'a pas l'air de vouloir en dire plus. Mais je suis curieuse et j'ai d'autres questions :

– Comment avez-vous commencé à travailler pour mon père ?

– Un de ses pilotes était un bon ami de mon père. Il m'a branché sur le job.

L'entendre parler de son père me rappelle ce que Agnès m'a confié la veille. C'est un sujet sensible, j'hésite à le mentionner. Mais c'est au moins une chose que nous partageons.

– J'ai entendu dire que votre père a eu un cancer, lui aussi.

Je bloque ma respiration et attend qu'il dise quelque chose à ce sujet – comment il est mort, de quel type de cancer, s'il a souffert, s'il s'est beaucoup battu. J'aimerais lui demander s'il était proche de lui, s'il souffre encore de cette perte. Peut-être que ces quelques informations lui donneront un semblant d'humanité, qu'il s'adoucira en comprenant que nous avons au moins une chose en commun.

– Ouep.

Ses mains se resserrent sur le volant. Je regrette aussitôt d'avoir abordé le sujet. Au moins, j'ai obtenu une de mes réponses : il en souffre encore. Je me creuse les méninges en quête d'un sujet moins sensible. Nous croisons une enseigne jaune familière. Le sujet est tout trouvé :

– Vous avez un Subway ici !

Je n'aime pas manger chez Subway, mais au moins, c'est quelque chose que je connais et qui me rassure.

Ses mains se relâchent un peu.

– C’est la seule chaîne de fast-food que vous trouverez ici.

Je risque un sourie jovial :

– Ah… donc, pas de Starbucks, j’imagine ?

Il me jette un rapide coup d’œil et se concentre à nouveau sur la route.

– Nan.

– Est-ce qu’il y un endroit où prendre du café à emporter ?

Nous nous arrêtons – le premier feu depuis notre départ. Jonah conserve une main sur le volant et pointe un index tout rongé vers un bâtiment couleur forêt.

– Juste là.

Au-dessus d’une porte d’entrée plongée dans l’obscurité, on peut voir une enseigne en carton blanc que je lis, sans y croire :

– Chez Bertha… café et articles de pêche ?

– Ouais. Vous savez ? Caviar, sangsues, harengs, aloses, têtes de poissons…

– J’ai saisi, dis-je en grinçant des dents. Et ils vendent aussi du café ?

– Par ici, les gens doivent se diversifier s’ils veulent maintenir leur commerce à flot.

– J’imagine.

Je continue de grincer des dents. Juste à côté se trouve un autre bâtiment, tout délabré, mélange de planches en contre-plaqué, de taule et de peinture écaillée avec une enseigne en bois marquée

« Szechuan » clouée sur le devant et qu'on dirait peinte à la main.

– Oh mon Dieu… c'est un restaurant chinois, ça ?

On dirait une de ces espèces de cabanes que les enfants de dix ans se construisent sur les terrains vagues. Jonah confirme :

– Il est là depuis une éternité.

Partout ailleurs en Amérique, ce genre d'endroit serait fermé en un moins d'une heure pour insalubrité.

– Mais où est-ce que j'ai atterri !?

Je pioche mon téléphone pour prendre une photo. Quand Diana verra ça, elle va halluciner. Jonah m'observe intensément.

– Vous voulez que je me gare vite fait pour aller voir s'ils ont du café à…

– Non, merci, interromps-je. J'attendrai.

Plutôt endurer la migraine que de consommer ce café-là. Je suis certaine que les tenanciers ne se lavent pas les mains après avoir farfouillé dans leurs boîtes à vers.

C'est difficile à dire, mais j'ai l'impression que tapi derrière sa barbe, Jonah est en train de sourire. La possibilité m'effleure que ce « nounours » – comme l'a défini Agnès – ne me soit peut-être pas aussi hostile que je l'avais initialement pensé.

Nous tournons à gauche – soit mon père m'a donné de mauvaises indications, soit Jonah a fait un sacré détour – et déboulons sur Main Street, une rue large bordée par le même type de bâtiments à la façade dépouillée, sauf que les pancartes indiquent un quartier d'affaires. Bangor semble doté de tout les services de base – cabinet d'avocats, dentiste, chambre de commerce, banque et même une agence immobilière. Sans oublier des sandwicheries, des pizzerias et autres restaurants familiaux plutôt sommaires d'apparence mais qui ont au moins le mérite de ne pas avoir l'air de servir la listeria à leurs clients.

En passant devant « Gigi's Pizza & Pastas », un petit restaurant à façade jaune et avec plus de fenêtres que les autres, mon ventre se met à crier famine. Mais le néon « ouvert » est éteint. Dans le cas contraire, j'aurais demandé à Jonah de m'y laisser et j'aurais commandé un taxi pour rentrer.

Ce dernier s'engage alors sur un parking et se gare près d'un véhicule tout-terrain. Face à nous se dresse une sorte d'entrepôt de couleur terreuse et un toit de tôle légèrement incliné. Au-dessus de l'entrée, on peut lire une pancarte : « Meyers : épicerie, vêtements & quincaillerie ».

– Vous pouvez m'attendre dans la voiture, si vous…

Mais Jonah ouvre sa portière, sort de voiture avec des gestes graciles et vient se poster devant le capot, où il s'immobilise, bras croisés sur son torse massif, attendant que je sorte.

– Bon, dis-je pour moi-même. On dirait bien que je vais faire les courses avec Jonah.

Au moins, je suis sûre qu'il ne partira pas sans moi. Enfin, j'espère.

Je me glisse hors du véhicule et réajuste mon pull sur mes hanches et ma taille. Jonah remarque le mouvement puis détourne ostensiblement le regard, avec un désintérêt total. Tant mieux, ce n'était absolument pas pour l'allumer. D'ailleurs, je me demande bien quel peut-être son genre de fille. « Rustique » est le seul mot qui me vient à l'esprit.

Jonah gravit les marches de bois menant vers l'entrée de la boutique. Tandis que je le suis, je ne peux m'empêcher d'admirer la forme de ses épaules et de ses bras. Il est plutôt bien foutu pour un connard ! Le haut de son corps est celui d'un homme qui fait souvent de la muscu. Pour l'autre moitié ? Difficile à dire. Son jean est bien trop large pour se faire une idée. Il pourrait au moins resserrer un peu sa ceinture, on est à deux doigts du sourire du plombier.

Je relève les yeux mais Jonah m'a prise sur le vif. Il doit croire que j'étais en train de le reluquer.

Les joues empourprées, je lui indique d'avancer du bout du menton.

– Et alors ? Je vous croyais pressé !

Il s'approche d'une rangée de caddies et en tire un.

– Par quoi on commence ?

Bonne question. Un des avantages à encore vivre chez ses parents, c'est qu'on n'a pas à se préoccuper des courses. Quand je pars avec des amis en week-end, nous passons toujours à l'épicerie pour nous charger de hamburgers et autres cochonneries, mais la semaine, c'est maman qui décide ce qu'on mange. À quand remonte la dernière fois que j'ai eu à m'en soucier ? M'en suis-je même déjà souciée ?

La boutique est un véritable chaos. Une marée de produits en tout genre occupe le moindre centimètre disponible. Je n'ai pas l'habitude de ce genre d'endroit. Les rares fois où il nous manque quelque chose à la maison, je passe chez Loblaw, une épicerie fine aux rayons spacieux, aux sols bien briqués et avec un large choix de produits bien présentés.

D'un point de vue purement esthétique, cet endroit jure grandement en comparaison. L'éclairage est glauque et vacillant, les sols gris et éraflés et les rayons sont étroits, leurs étagères croulant sous le poids de diverses marchandises. Des stocks de sodas et de papier toilette sont entassés sur des palettes, obstacles à la bonne circulation du caddie. Où que je pose les yeux, je vois des pancartes « Soldes » mais il doit s'agir d'erreurs d'étiquetage. Dix dollars pour un paquet de Cheerios ? Treize dollars le pack de douze bouteilles d'eau ? Trente-deux dollars pour du papier toilette ?

En revanche, il y a bien une chose chez Meyers qui vaut la peine : un bar à café, avec une vitrine à pâtisserie pleine de tartes à la crème et de cupcakes couverts de glaçage. Derrière le comptoir en métal qui m'arrive à mi-hauteur se trouve un grand tableau blanc où sont écrites au feutre les diverses boissons chaudes disponibles.

Je trace immédiatement vers la vendeuse, cachée derrière une pile de gobelets en papier et l'interpelle :

– Je tuerais pour un café !

La jeune femme braque brièvement son regard quasi noir sur moi.

– Quelle taille ?

– Le plus grand ! Un latte, avec du lait de soja, s'il vous plaît.

– On ne fait pas ce genre de choses.

Je consulte à nouveau le tableau, histoire d'être certaine de ne pas avoir halluciné.

– Il y a bien écrit « latte » là-dessus ?

– Oui, on fait du café latte, mais normal.

Six dollars cinquante – américains – pour un café latte, c'est loin d'être normal. Voilà ce que j'ai envie de répliquer mais je me mords la langue.

– C'est la même chose, dis-je. Mais avec du lait de soja.

– Je n'ai pas de lait de soja, dit-elle en détachant bien ses mots, comme pour que je comprenne bien.

J'inspire à fond, le plus calmement possible.

– D'accord. Auriez-vous du lait d'amande, de cajou ou de…

Mes mots s'évanouissent tandis que la jeune femme fait non de la tête avant de parler d'une voix un brin énervée :

– Donc, pas de latte, du coup ?

– Il faut croire que non.

Je ne me souviens pas m'être déjà retrouvée en face d'une barista – si on peut la qualifier ainsi – sans qu'on me propose la moindre option. Je crois même que ça ne m'est jamais arrivé.

Jonah surgit dans mon dos :

– Elle te fait des misères, Kayley ?

– Salut, Jonah !

La fille sourit de toutes ses dents, m'ignorant complètement.

Je l'observe plus attentivement. C'est plus une femme qu'une fille. La vingtaine, à vue de nez. Elle a des pommettes hautes et des yeux en amande. Son visage ne porte pas la moindre petite trace de blush ou même de mascara. La vendeuse est naturellement jolie et même la charlotte en résille qui couvre sa chevelure brune coiffée en queue de cheval ne saurait l'enlaidir.

J'en ai porté une, une fois. J'avais seize ans et par pure rébellion, j'avais dit à maman que je ne voulais plus travailler avec elle les week-ends à la boutique de fleurs. J'ai donc été engagée à la boutique de cupcakes, trois numéros plus loin. J'ai tenu un dimanche avant de retourner dans ses jupons. Maman est peut-être exigeante au travail, mais au moins, elle ne fait pas porter de filet ridicule à ses employées.

Avec des gestes mécaniques, Kayley commence à entasser des gobelets.

– Tu ne voles pas aujourd'hui ? demande-t-elle, son regard de faucon fixé sur Jonah.

– Je décolle dans une heure, juste après ma corvée de garderie, répond-t-il, avant d'incliner la tête dans ma direction. Voici la fille de Wren et elle n'a pas encore bien compris où elle se trouve.

– En enfer, on dirait, répliqué-je d'un ton cinglant qui ne me ressemble pas.

Je meurs de faim, j'ai la tête comme un melon et il se fout ouvertement de moi ! Jonah m'adresse un regard inexpressif et appuie ses gros bras noueux sur le comptoir.

– Dis-moi Kayley, dit-il d'une voix calme et grave. Tu pourrais lui sortir une brique de son truc, là et lui faire son café, histoire qu'elle soit plus vivable ?

Kayley fait une moue réticente.

– Yvette n'aime pas qu'on fasse ça. Ce qui est entamé finit toujours à la poubelle.

– Ne t'en fais pas, on te l'achète en entier. Ça ne te coûtera rien. Allez, Kayley ! Tu me rendrais un fier service !

Je ne vois Jonah que de profil mais vu comment ses yeux pétillent, je devine largement le regard qu'elle lui rend. Il la drague ou quoi ? Depuis quand est-ce que les yétis s'y connaissent en drague ? Kayley lève d'abord les yeux au ciel, puis elle incline la tête sur le côté, un sourire malicieux sur les lèvres.

– D'accord, Jonah. Donne-moi une seconde.

Je ne peux refréner un bref regard noir que je dissimule très vite avec un grand sourire faux-cul.

– Merci infiniment, Kayley. J'espère vraiment ne pas vous causer trop de problèmes !

Elle m'ignore et disparaît avec un léger balancement des hanches. Elle a clairement un faible pour Jonah et il est évident qu'elle espère quelque chose avec lui. À moins qu'il n'y ait déjà eu quelque chose entre eux, sentimental ou sexuel ? Que ce soit l'un ou l'autre, elle doit être complètement maso. Voire psychopathe !

Je sens que Jonah m'observe à nouveau.

– Quoi ?

Il secoue la tête.

– Vous avez vraiment envie de rentrer, pas vrai ? Vous savez quoi ? Merci de m'avoir déposée. Je vais me débrouiller pour rentrer. Vous pouvez retourner à vos petits avions ou que sais-je.

Je m'attends à ce qu'il profite de l'aubaine pour me planter là, mais Jonah se penche nonchalamment contre le caddie, le regard amusé.

– Et comment comptez-vous transporter toutes vos courses ? La maison est à huit kilomètres.

Je le fusille du regard et prend l'air moqueur :

– Je n'aurais qu'à prendre l'essentiel dans un sac de toile et je ferai affréter le reste par avion ! je lève les yeux au ciel. Je mettrai tout dans un taxi.

Jonah adresse un salut de la main à un vieux monsieur qui passe.

– Relax, vos affaires arriveront dans l'après-midi, demain au plus tard.

– Aujourd'hui, grâce à Agnès et Billy.

Et certainement pas grâce à vous !

– Billy ?

Il arque les sourcils vers le ciel et bascule la tête en arrière. Sans crier gare, un rire gras et tapageur quitte sa gorge, attirant les regards des clients.

– Billy s'est roulé dans vos affaires toute la nuit !

Je m'étrange d'indignation.

– N'importe quoi !

– Il a ramené les valises chez lui, les a vidées sur son lit, s'est mis à poil et s'y est frotté le…

– Mais arrêtez ! Vous êtes répugnant !

Je ne sais plus si je dois rire ou pleurer. Il plaisante, n'est- ce pas ? C'est sûrement une blague ! L'expression de son visage indique le contraire.

– Suivez mon conseil : lavez vos petites culottes avant de les mettre.

Mon visage se renfrogne d'indignation tandis qu'une vieille indigène aux cheveux courts et gris, habillée d'un pull trop large des Knicks de New York et d'un fichu à fleurs bleues et orange se faufile avec son caddie près de Jonah et lui touche le bras.

– On entend ton rire de Tuluqaruk à des kilomètres à la ronde, déclare-t-elle.

Comment vient-elle de l'appeler ? Son rire de quoi ?

Son visage me fait penser à celui d'Agnès, sauf que ses joues sont alourdies par l'âge et la prise de poids, et que ses rides d'expression sont encore plus prononcées. Comme Agnès, elle est toute petite, un mètre cinquante-cinq à tout casser, ce qui rend la différence de taille avec Jonah presque comique à voir. Ce dernier baisse les yeux vers elle. Sa barbe n'est pas assez épaisse pour cacher son large sourire ravi.

– Ethel ! Qu'est-ce qui t'amène de ce côté-ci de la rivière ?

– Des provisions, dit-elle, désignant d'une vieille main calleuse le contenu de son caddie – paquets de riz, nécessaire à pancakes et du Coca.

– Comment vont Joséphine et le bébé ?

À la mention du bébé, le visage de la vieille femme se fend d'un grand sourire.

– Il va bien, il commence à bien se remplumer ! Et Joséphine est forte !

– Comme tous les gens du village.

Ethel grogne, balayant ce qui dans la bouche de Jonah résonne comme un sacré compliment, puis elle se tourne vers moi.

– Qui est-ce ?

– La fille de Wren. Elle est en visite.

Ethel acquiesce et examine ma personne avec attention. Son regard est sage et indéchiffrable.

– Bonjour, dis-je timidement, rougissant d'être ainsi scrutée.

Ethel hoche à nouveau la tête.

– Elle est jolie, approuve-t-elle à haute voix, comme si je n'étais pas là.

Ni une, ni deux, Jonah change de sujet :

– Albert t'a déposée ?

– Oui, il est à l'hôpital pour faire examiner sa main.

– Qu'est-ce qu'elle a, sa main ?

– Il s'est fait une sale estafilade au parc de pêche, en juin dernier.

Jonah fronce les sourcils.

– S'il a pris sur lui de venir jusqu'ici, ça doit être vilain.

– Infâme, confirme-t-elle. Le guérisseur dit que sans médecin, ça va empirer.

La vieille femme éclate soudain de rire et reprend :

– Je l'ai menacé de l'amputer pendant son sommeil pour endiguer l'infection. Je crois qu'il m'a crue !

Jonah secoue la tête.

– C'est parce qu'il te connaît par cœur !

Malgré son sourire, Jonah semble croire que la vieille femme pourrait tout à fait mettre sa menace à exécution.

– Quand reviens-tu nous voir au village ? demande-t-elle.

Il hausse évasivement les épaules.

– On verra.

– Bientôt, alors ? On a de la viande pour toi !

Ethel me regarde à nouveau et s'adresse à moi :

– Jonah a sauvé la vie de ma Joséphine et de son bébé. Il était prématuré et ça se présentait mal, mais il s'est précipité en avion pour les emmener à l'hôpital. C'était dangereux et il a accompli l'impossible. À la naissance, le bébé était tout bleu et Joséphine avait perdu beaucoup de sang…

– Je n'ai fait que mon boulot, l'interrompt Jonah, comme s'il se sentait mal à l'aise. Passe le bonjour à Albert et dis-lui d'apprendre à évider un poisson !

Ethel ricane et lui tape amicalement le bras.

– On se revoit de l'autre côté de la rivière !

Là-dessus, elle s'en va en traînant les pieds.

– C'est vrai ? dis-je à Jonah, en la regardant partir. Vous êtes vraiment allé la chercher ?

– Elle exagère, dit-il dans sa barbe. Il neigeait un peu, c'est tout.

Puis, il s'éloigne de moi et parcourt les rayons, peut-être pour chercher Kayley, ou tout simplement pour mettre un terme à cette conversation qu'il ne veut manifestement pas avoir.

Serait-il si modeste ? À entendre la vieille femme, je ne trouve pas qu'elle ait l'air d'exagérer tant que ça.

Derrière le comptoir, Kayley réapparaît, me tirant de mes pensées. Dans sa main, elle tient une brique de lait de soja d'une marque que je connais.

– Vous vouliez un grand latte, c'est ça ?

– Oui, mais… à tout hasard, vous n'auriez pas du lait Silk plutôt ?

C'est la seule marque de ma connaissance qui n'ait pas un goût de craie. Son visage prend une expression des plus acerbes.

– C'est la seule marque que nous ayons. Vous le voulez ce café ou pas ?

Je pousse un soupir las et abandonne.

– Oui. Avec supplément mousse, s'il vous plaît.

Le front de Kayley se creuse de rides d'incompréhension. Jonah intervient et s'adresse à Kayley d'un ton exagérément patient :

– Notre petite princesse se contentera que tu fasses de ton mieux et elle te remercie beaucoup d'avoir fait une exception pour elle. N'est-ce pas, Calla ?

– Bien sûr.

Mes joues cuisent. Je ne fais que commander mon café comme je l'aime et cet homme me fait me sentir honteuse. Jonah pointe son menton en direction des rayonnages et flanque une petite poussée au caddie.

– Que diriez-vous de prendre un peu d'avance ? Je vous ramène votre café.

Veut-il être seul avec Kayley ? Ou loin de moi ? Quelques minutes pour pouvoir se moquer de la « petite princesse ». Peu m'importe. Caddie en main, je m'éloigne et lui présente un grand sourire satisfait.

– C'est une merveilleuse idée !

Le café dégueulasse à six dollars cinquante, c'est pour sa pomme !

***

– C'est bon, on en a terminé ici ?

Jonah pousse le caddie en direction des caisses, jetant un rapide coup d'œil à sa montre.

Aussitôt m'avait-il remis mon gobelet fumant – qui m'a brûlé les doigts car ils n'ont pas de bandeau protecteur – qu'il s'était emparé du caddie. J'aurais aimé dire que c'était désintéressé, mais vu comment j'avais dû lui courir après dans les rayons, Jonah faisait avant tout cela pour qu'on presse le pas. Au moins, il ne m'a pas encore plantée là.

– Je crois bien.

Je me force à avaler la dernière gorgée de ce qui est probablement le café le plus immonde de toute la création et balance le gobelet dans la première poubelle qui se présente. Au moins, ma migraine commence à diminuer. Mais je ne sais pas comment je vais réussir à survivre une semaine entière en buvant cette daube… Je me demande si Amazon livre dans le coin ?

Jonah me prévient :

– Dernière chance.

Je fais un rapide inventaire du caddie : smoothies aux fruits pour le petit-déjeuner, salades au poulet pour déjeuner et dîner, mais aussi un paquet d'amandes, une douzaine d'œufs et des bananes pour mes en-cas. En gros, le même menu qu'à la maison. Sans oublier le spray de répulsif anti-moustique à vingt dollars avec lequel je vais probablement m'intoxiquer grâce à Jonah. Nous redescendions le rayon quincaillerie – dans lequel on pouvait trouver un quad et un moteur de bateau à vendre, car visiblement c'est normal en Alaska dans les épiceries – quand il l'avait balancé dans le caddie sans mon accord, hurlant à qui voulait l'entendre que si je comptais encore faire mon jogging à poil, ce serait le seul qui serait efficace.

Malgré tout, j'ai la désagréable impression qu'il manque quelque chose. Jonah s'impatiente :

– Allez, on se dépêche ! Vous demanderez à Wren de vous ramener s'il vous manque un truc !

J'émets un grognement sarcastique.

– Genre. Il est trop occupé pour daigner s'occuper de sa fille. Il s'en fiche bien que je sois venue.

Une ride se creuse entre ses sourcils.

– Qui vous a dit ça ?

– Pas besoin de me le dire, c'est clair comme du cristal.

Si ça n'avait été pour Agnès, je n'aurais même jamais su pour son cancer. *Agnès. Dîner, ce soir.* Voilà ce qu'il me manquait.

– Rouge ou blanc ?

– Hein ?

Il fronce les sourcils, surpris par ma question.

– Agnès nous a invités, mon père et moi, à dîner, ce soir, je ne peux pas y aller les mains vides.

De plus, je crois entendre au loin l'appel d'une bouteille de vodka qui m'aidera à supporter cette longue semaine.

– Alors, rouge ou blanc ?

Il balaye ma question.

– Ne vous tracassez pas, elle s'en fiche sûrement.

– Je ne vais pas venir les mains vides alors qu'on m'a invitée, dis-je, cherchant partout le rayon alcool que nous avons probablement dépassé. Ça ne se fait pas !

– Je le fais tout le temps, moi, rétorque-t-il, comme s'il fallait en être fier.

– Mouais, eh bien…

Ma remarque était purement rhétorique, mais je ne devrais pas être surprise que ce yéti n'ait pas le sens des convenances. Quand j'avais seulement huit ans et qu'on m'invitait à des goûters chez les autres enfants, maman m'obligeait toujours à apporter des cookies et des cupcakes.

Je reprends :

– Il est de bon ton d'apporter quelque chose à son hôtesse. Du vin, par exemple.

J'avais parlé calmement, avec tout juste ce qu'il faut de jugement dans la voix. Son regard bleu comme la glace soutient le mien pendant trois longs battements de cœur.

– Aggie ne boit pas, dit-il. Quant à votre père, une bière de base fera son bonheur.

Peut-être qu'en débarquant avec un pack de six, il se sentira obligé de parler avec moi plus d'une minute montre en main.

– Parfait ! Dans quel rayon est…

– Vous n'en trouverez pas. Bangor est une communauté sobre, on ne vend pas d'alcool ici.

– Quoi ? dis-je, subjuguée. Vous mentez, j'en suis sûre !

Il arque les sourcils.

– Vous tenez vraiment à aller sur ce terrain-là avec moi ?

– Mais on est où là ? Dans les années vingt ? La prohibition a encore court ou quoi ?

Sa voix se fait condescendante :

– Non, c'est l'Alaska. Où l'alcoolisme est un vrai problème. Les gens ici boivent tellement qu'ils s'écroulent soûls dans la neige et y meurent de froid.

– Alors personne ne peut acheter d'alcool ? C'est un peu drastique.

– Non. Pas même vous, ajoute-t-il avec un peu trop de plaisir.

Je réplique :

– Et mon père, où trouve-t-il sa bière ? Vous avez dit qu'il en buvait.

– Il la ramène de ses voyages à Anchorage ou Seward. Et je vous arrête tout de suite, pas question que je vous ramène un foutu pack de bière !

Jonah se tient droit comme un I, un sourire méchant étiré sur le visage. Il ajoute :

– J'imagine que vous devrez oublier les bonnes manières pour ce soir !

– Tant pis, je lui achèterai des fleurs.

Je jette un œil près de la caisse enregistreuse où reposent trois pauvres bouquets de pâquerettes jaune-citron dont les pétales commencent à virer au marron. J'en prends un, songeant que ma mère mourrait si elle voyait ça, et suis Jonah jusqu'à la caisse du fond en foudroyant son dos.

Une communauté sobre ? Que boivent les gens au bar du coin le vendredi soir ? Du cacao et des sodas crème ? À bien y repenser, je n'ai pas vu le moindre néon « bar » sur le chemin.

Bordel, comment s'amusent les gens par ici ?

– Tu ne devrais pas être au travail, Jonah ? demande la caissière.

C'est une femme blanche d'environ cinquante ans, aux cheveux blonds et aux yeux bleus apaisants, avec un très léger accent du Sud qui semble s'être effacé avec le temps. Elle adresse un grand sourire à Jonah et me jette à la dérobée quelques regards curieux. Ça ne sera jamais que l'énième personne à m'observer de la sorte depuis mon arrivée. Dans le magasin, des vieilles femmes, penchées sur des grandes boîtes contenant des conserves de légumes, me toisent de leurs yeux atteints de cataractes ; sur mon passage, le personnel se fige, des provisions dans les mains, leurs regards fixés sur moi – mon visage, ma poitrine, mes chaussures ; des clientes entre deux âges, habillées de jeans larges et de grosses chaussures, leurs queues de cheval mal coiffées, interrompent leurs conversation et me dévisagent comme un monstre de foire. Ou plutôt comme une étrangère, se demandant ce qui a bien pu l'amener à Bangor, en Alaska.

Il m'apparaît bien vite que tout le monde ici se connaît, directement ou indirectement. Ainsi, faire ses courses chez Meyers, c'est à la fois un moyen de se ravitailler, mais aussi de sociabiliser. Les clients traînent la patte dans les rayons, bloquant le passage pour commenter avec le voisin les dernières promotions sur les salades et le bœuf en conserve, sur la pluie attendue ou sur qui va prochainement revenir d'Anchorage. Bref, ils ne sont pas pressés.

Sauf Jonah.

– Salut Bobby, dit-il en commençant à entasser les courses sur le tapis roulant. Si, je devrais mais je me suis retrouvé dans un traquenard.

Je lève les yeux au ciel. De baby-sitter, le voilà passé au rang d'otage. Lorsqu'il s'empare du poivron vert, je le lui arrache des mains, de peur qu'il ne l'abîme avec ses gestes brusques.

– Je gère ça, merci. Allez donc réceptionner les courses. Là-bas, vous voyez ?

Le plus loin possible de moi. J'appuie ma demande en poussant gentiment contre son biceps dur comme la pierre sous ma paume.

La caissière, Bobby, continue de scanner les articles, ses doigts pianotant rapidement sur les touches préenregistrées pour les légumes.

– D'après George, on va avoir droit à un peu de beau temps cette semaine, dit-elle. Mais je n'ose plus trop y croire. Ça nous changerait un peu de la pluie.

– Depuis le temps, tu devrais t'y être habituée, réplique Jonah, en enfournant mes courses dans un sac en papier.

– S'y habitue-t-on vraiment jamais ?

Elle marque une pause

– C'est ta sœur ? ajoute-t-elle à l'attention de Jonah, ses yeux fixés sur moi. Une cousine, peut-être ?

– C'est Calla, la fille de Wren.

Les doigts de Bobby se figent.

– Oh mais oui ! George m'a dit que tu devais aller la chercher à l'aéroport. George est mon mari, précise-t-elle, s'adressant enfin à moi. Lui et le père de Jonah ont piloté ensemble dans l'Air Force. Il travaille pour Wren maintenant.

Ce George est probablement l'homme dont Jonah m'a parlé tout à l'heure, celui qui l'a pistonné pour entrer chez Alaska Wild. Mais Bobby vient de m'apprendre autre chose : le père de Jonah a été dans l'US Air Force. Il semble que le fils ait suivi les traces du père, du moins pour ce qui est de l'aviation. Cette casquette qu'il porte, ça doit être la sienne.

Bobby secoue la tête :

– J'avais complètement oublié que Wren avait une fille. Mince, ça fait si longtemps ! Avec votre maman, vous êtes parties à…

Elle laisse sa phrase en suspens, attendant que je la complète.

– Toronto.

Elle opine du chef, comme si cela répondait à une question sans réponse.

– Et c'est la première fois que vous venez ?

– Depuis notre départ, oui, la première.

– Et la période vous a semblée propice à une visite ?

Jonah répond à ma place, son regard est chargé d'un avertissement muet :

– C'est une bonne période pour des vacances, n'est-ce pas ?

Agnès m'a bien précisé que papa tient à garder sa maladie pour lui. Cela semble inclure ses employés. Je confirme le mensonge :

– Absolument, j'avais du temps à tuer et j'ai toujours rêvé de voir l'Alaska.

Bobby me décoche un sourire poli – indiquant qu'elle aurait préféré entendre une réponse plus croustillante que celle-là – et continue à scanner les articles. Lorsque le prix final s'affiche, j'ouvre des yeux grands comme des soucoupes. Comment deux sacs seulement peuvent coûter aussi cher ?

Bobby rigole :

– L'addition est salée, hein ? En tout cas Calla, profitez-bien de votre séjour en Alaska. Et méfiez-vous, ajoute-t-elle avec un mouvement du menton vers Jonah. Vous risquez de tomber sous le charme de celui-là et de ne plus jamais vouloir partir !

Je lui retourne une réplique pleine de sarcasme.

– Oh oui, je lutte vraiment de toutes mes forces pour ne pas succomber.

Bobby incline la tête, l'air de ne pas saisir. Ma mâchoire se décroche :

– Oh mon Dieu… mais vous êtes sérieuse, en plus ?

Un étrange gloussement quitte ses lèvres fines.

– Jonah, renvoie-moi mon mari dès qu'il a fini son service, tu veux ? C'est une vraie pipelette quand il s'y met et il va encore rentrer à pas d'heure !

Jonah lui adresse un clin d'œil sans enthousiasme et soulève les courses. Les muscles de son bras sont visibles sous sa chemise.

– Sans faute, Bobby.

Mon bouquet de fleurs quasi fanées à la main, je m'élance derrière lui, sentant les regards des clients dans mon dos. Je ne peux réfréner plus longtemps ma question :

– Si pour Bobby vous êtes un charmeur, je me demande ce qu'elle considère être un trouduc ?

– Tournez la tête et vous verrez.

Je suis le mouvement de son menton : une fenêtre avec mon reflet dedans. Il faut bien l'admettre, il a le sens de la repartie.

Jonah lève la tête et plisse les yeux, scrutant le ciel, manifestement en quête d'un quelconque signe de pluie.

– Vous êtes obsédés par la météo dans le coin, ma parole !

– Normal. La météo contrôle absolument tout. Il suffit d'un vent trop fort, d'un brouillard trop épais ou d'un peu trop de pluie ou de neige pour qu'on soit tous bloqués à terre. Ça peut durer des heures, des jours… plus longtemps, parfois.

Il gratte le sol poussiéreux avec sa botte et il reprend :

– Tout le monde ici dépend des avions. On affrète la nourriture, les médicaments, des médecins, du courrier. Bref, tout transite par voie aérienne.

Je tâche d'ignorer deux adolescents d'environ seize ans qui me matent en buvant leurs sodas. Je râle dans ma barbe :

– En tout cas, s'il y a un truc que vous aimez plus que la météo par ici, c'est dévisager les gens…

– Il faut les comprendre, ils n'avaient encore jamais vu de Barbie en chair et en os.

Je fronce les sourcils, outrée. *Pardon ?*

– Je ne suis pas une Barbie, d'accord ?

– Vraiment ? fait-il, en me décochant un regard amusé. Faux cheveux, faux sourire, faux ongles…

Puis, après un rapide coup d'œil en direction de ma poitrine, il ajoute :

– Y a-t-il quoi que ce soit d'authentique chez vous ?

J'en reste bouche bée. On ne m'avait encore jamais fait une remarque pareille. Mes seins sont tout juste dans la moyenne. Je m'emporte :

– Ils sont vrais !

Jonah prend l'air détaché.

– Personnellement, je m'en fiche totalement. Vous vouliez savoir pourquoi on vous dévisage ? Je vous réponds.

Il ouvre son coffre et y fourre les courses. Je reste plantée là, sidérée. Dans le magasin, il avait été salué par au moins vingt-cinq personnes et toutes semblaient authentiquement heureuses de le voir. Bobby le trouve charmant. Agnès le qualifie de nounours. Et à en croire Ethel, il est du genre à marcher sur l'eau. Serais-je tombée dans une sorte de dimension parallèle ? Un monde où tout le monde adore ce mec et où je suis la seule à le voir tel qu'il est vraiment ? Je n'y tiens plus :

– Qu'ai-je fait pour que vous me méprisiez à ce point ?

Il ricane d'un air sinistre :

– Rien de particulier. Je connais les gens de votre espèce et vous usez ma patience.

– Mon espèce ?

– Ouep.

Jonah ferme violemment le coffre et me fixe de son visage de marbre, bras fièrement croisés sur son torse.

– Nombrilistes, superficiels, suffisants… tous les mêmes.

Ma mâchoire reste décrochée pendant trois secondes.

– Vous ne savez rien de moi !

– Ah oui ? fait-il, avant de se mordre pensivement la lèvre. Voyons voir : vous débarquez à Anchorage avec toute votre garde-robe pour un séjour de seulement une semaine et en plus vous espériez qu'on vienne vous chercher en jet privé ? Vous avez pris la piste d'atterrissage pour un podium de Milan, peut-être ?

Passé le choc initial que ce yéti ait des références en industrie de la mode, je me défends :

– Il me fallait de quoi affronter cette météo…

– Et tout ce maquillage, m'interrompt-il. Difficile de savoir si vous allez courir ou si vous sortez en boîte. Je serais prêt à parier ma couille gauche qu'on n'a pas vu votre vrai visage depuis des années. Vous êtes là, à dépenser tout votre fric pour être jolie et perdez votre temps à poster des photos de vous sur Internet pour que le monde entier vous applaudisse.

Un frisson glacé me parcourt l'échine. Serait-il en train de parler de mon compte Instagram ? Comment peut-il savoir que j'en ai un ? Et – mon Dieu – sa *couille gauche* ?

Mes yeux lancent des poignards et je sens que mes joues brûlent d'humiliation.

– Et alors ? Certaines personnes sont très fières de leur physique.

Jonah poursuit, m'ignorant complètement :

– Vous êtes prétentieuse, prompte à juger et vous vous donnez en spectacle. Vous êtes habituée à être le centre d'attention, inconsciente du monde en dehors de votre cocon. Dire que vous ne vous êtes même pas un peu renseignée sur le pays d'origine de votre père. Sur *votre* pays d'origine !

– C'est que je n'en ai pas vraiment eu le temps…

– En vingt-six ans, vous n'avez pas eu le temps ? s'indigne-t-il, arquant un sourcil incrédule. Vous aviez déjà décidé que vous détesteriez l'Alaska avant même d'y poser le pied et depuis, vous n'avez cessé de prendre les gens de haut.

– C'est faux !

– Agnès se doutait que ce serait dur pour vous, mais une semaine, c'est trop demander ? Vous n'avez pour ainsi dire jamais vu votre père et vous nous chiez une pendule parce que le frigo est vide ?

Vous ne vous êtes pas dit que les choses étaient aussi difficiles pour Wren ? Qu'il n'avait aucune idée de comment parler avec vous ? Vous n'avez aucune idée de ce qu'il…

Sa voix s'affaisse et il reprend :

– De ce qu'il traverse en ce moment ? Mais non, vous, ce qui vous intéresse, c'est votre putain de latte au lait de soja et d'avoir l'air bien éduquée à un dîner !

Il m'adresse un sourire suffisant :

– Alors ? Est-ce que j'ai vu juste jusque-là ?

– Vous avez tout faux, au contraire, dis-je, la voix peu assurée face au choc, incapable d'en encaisser davantage.

Je suis habituée au flegme de Simon, à ce qu'il me sonde avec ses questions ; aux pauses qu'il prend tout en essayant d'évaluer le sens caché de mes mots ; la manière qu'il a de me faire me voir comme je suis. Être calme fait partie de la nature même de son métier. Je me suis parfois énervée et je l'ai plusieurs fois exhorté d'arrêter sa psychanalyse sur moi. Mais Simon ne s'est jamais montré ni vindicatif, ni méchant.

Et voilà que débarque ce type que je connais depuis moins de douze heures, qui me couvre de ses accusations infondées et qui liste mes défauts comme on remplit une feuille vide. La jubilation glaciale s'évanouit de son regard et il apparaît presque abattu.

– J'aimerais me tromper. Car si c'était le cas, vous vous reprendriez en main, vous lâcheriez un peu Wren et vous useriez de votre temps ici pour le connaître.

Je réponds entre mes dents :

– Vous ne savez rien de ce qu'il s'est passé entre lui et moi.

N'est-ce pas ?

– Ça n'a pas d'importance. C'est du passé. Tournez la page.

Jonah consulte à nouveau sa montre – je ne l'ai pas vu une seule fois dégainer un portable, à croire qu'il n'en a pas – et fait le tour du véhicule. Il grimpe derrière le volant et me plante là. Je me sens comme une enfant qu'on vient de réprimander et je ne sais pas vraiment pourquoi. Autour, certains clients du magasin se sont figés, témoins de l'humiliante dissection que je viens de subir.

Soudain, le moteur se met à rugir et Jonah m'aboie impatiemment dessus :

– En voiture ! On n'a pas tous la chance d'être en vacances !

Je confirme : un charme fou, ce garçon. Il me ferait presque mouiller ma culotte.

J'aimerais mieux marcher huit kilomètres avec pour seul vêtement une nuée de moustiques plutôt que de faire le trajet avec lui. À quelques mètres se trouve un taxi. Derrière le volant, le chauffeur, un type aux cheveux noirs en bataille en train de fumer une cigarette, semble s'ennuyer ferme derrière sa vitre ouverte. Il n'a pas raté une miette de la scène.

Je l'interpelle en agitant mon triste bouquet de fleurs en l'air :

– Vous êtes libre pour une course ?

Il hoche la tête une fois et tire une nouvelle bouffée. Est-ce que tous les taxis du coin sont fumeurs ? Le visage bien haut – pas question de laisser entrevoir à Jonah que ses mots m'ont atteint – je m'élance vers le taxi et bondit sur la banquette arrière, occultant au mieux l'odeur de tabac froid qui empeste les sièges.

Un moteur s'emballe et j'aperçois la camionnette de Jonah qui nous passe devant en reculant. Il me lance un regard noir à travers son pare-brise. Nous nous toisons pendant quelques secondes, puis il démarre en trombe, envoyant du gravier et un grand nuage de poussière dans son sillage. *Bon débarras !*

– Où va-t-on ? demande le chauffeur en m'observant dans le rétroviseur.

Merde. Comment on rentre, déjà ? Quel chemin a pris Jonah ? Fallait-il tourner avant ou après le boui-boui ?

– Vous ne sauriez pas vous rendre à la maison de Wren Fletcher, par hasard ?

Il fait non de la tête. Je commence à paniquer, mais je me souviens qu'Agnès avait précisé l'adresse dans l'un des e-mails qu'elle m'avait envoyés. Je la retrouve en un rien de temps et la transmets au chauffeur. Puis, avec un soupir de soulagement, je m'effondre contre la banquette de cuir défoncée empestant le tabac. Pas besoin de Jonah.

– Et si on prenait cette petite route champêtre, juste là ?

CHAPITRE 8

– J'y crois pas. Six enfants ?

– Sept en décembre, précise Michael, le chauffeur de taxi.

Il s'engage dans l'allée de la maison et ricane.

– Je te rappelle que je n'avais que dix-huit ans quand j'ai eu le premier !

– Oui, mais quand même !

Un sourire malicieux aux dents tachées de tabac et légèrement écartées s'étire sur son visage.

– Que veux-tu ? J'ai de la chance que ma femme aime les bébés !

D'ordinaire, je ne fais pas la conversation dans les taxis et les Uber. J'attends d'arriver chez moi, le nez rivé à mon portable. Sans mentir, si j'avais eu un téléphone en état de marche et si je n'avais pas essayé à tout prix d'éviter Jonah, je n'aurais même probablement jamais demandé son nom au chauffeur.

Mais après seulement trois quarts d'heure passés dans son taxi, je connais mieux Michael que toute autre personne que j'ai croisée jusque-là en Alaska. Dire qu'il n'a que trois ans de plus que moi ! La plupart du temps, il vit avec ses frères avec qui il a fondé une compagnie de taxis à Bangor. Sa femme et ses enfants vivent en haut de la rivière avec ses parents et sa sœur, dans un petit village d'à peine trois cents habitants. Elle refuse de vivre à Bangor – trop de bruit, trop frénétique. Ironique de la part d'une femme qui n'est pas dérangée par sept enfants. Elle enchaîne les grossesses si vite, on dirait un distributeur de bonbons Pez.

Michael s'est proposé de me faire faire le tour des environs, s'arrêtant devant un bras de rivière très animé, grouillant de petits bateaux, ainsi que devant une église classée – le premier bâtiment à avoir été construit ici. Il s'était même proposé d'être mon photographe et avait pris plusieurs clichés vraiment sympas.

– Tes enfants doivent te manquer, dis-je.

Il hausse les épaules.

– Je les vois quand je rentre.

– Et tu rentres souvent ?

– Tout dépend de la saison et si la rivière gèle ou dégèle vite. En bateau, la navigation devient difficile et en voiture, c'est beaucoup trop dangereux. Parfois, il faut attendre des semaines entières avant de pouvoir remonter la rivière.

Il parle d'une voix posée, sans précipitation. Un peu comme Agnès.

– Ça doit être dur.

Est-ce aussi dur que de ne pas voir sa fille pendant vingt-quatre ans ? Je me le demande.

– Je gagne ma vie et c'est mieux pour ma famille, dit-il avant de me tendre sa carte de visite. Tiens. Si tu as besoin d'un taxi, appelle-moi. Je travaille tout le temps, même en dormant !

– Cool, merci !

Je regarde la carte et ne comprends pas ce qui y est écrit.

– Tu ne t'appelles pas Michael ?

– Michael, c'est mon nom kassaq.

– Ka-quoi ?

Mon ignorance le fait ricaner.

– Kassaq. C'est le nom qu'on donne aux blancs.

– Je vois. Donc, ton vrai nom, c'est…

Je m'interromps et plisse les yeux, lisant chaque lettre avec précaution :

– Yakulpak ?

– Ya-gush-buck, corrige-t-il en détachant chaque syllabe.

Je répète lentement.

– Ya-gush-buck.

Toronto est une ville très cosmopolite et ce n'est pas la première ni la dernière fois que j'écorche le nom de quelqu'un.

– Donc… ça ne s'écrit pas du tout comme ça se prononce, en fait ?

– Pas pour les Kassaq, ricane-t-il. Michael, c'est très bien.

– Ça me va !

Je ramasse mes fleurs et lui tends les trente dollars dont nous avions convenu, plus un pourboire bien mérité.

– Merci d'avoir été mon guide !

Je glisse sur la banquette et à mon grand soulagement, je constate que la Ford Escape de Jonah n'est nulle part en vue.

– Avec plaisir, dit Michael avec un salut de la main.

Les freins de son taxi grincent et la voiture quitte l'allée en marche arrière. Il ne m'a rien demandé à propos de la dispute sur le parking et je lui en suis reconnaissante.

À peine ai-je mis le pied dans la maison calme et sombre que mon portable capte le signal Wi-Fi. Les notifications fusent et m'indiquent plusieurs messages en absence de Diana et de maman. Lasse, je pousse un soupir. Je ne vais plus pouvoir repousser l'inévitable coup de fil à la maison. Manger, d'abord !

Sur le comptoir de la cuisine se trouvent deux sacs en papier, vidés et proprement pliés. Lorsque j'ouvre le frigo, j'ai l'immense surprise d'y trouver mes courses, consciencieusement rangées. Surprenant de la part d'un type qui manquait d'écraser les légumes sur son siège arrière il n'y a pas une heure de ça. Moi qui croyais trouver mes salades pulvérisées sur la pelouse !

Serait-ce une manière de s'excuser ?

– Bon, c'est déjà ça, dis-je pour moi-même.

Toutefois, s'il veut se faire pardonner, il va devoir mettre le paquet !

***

– Vous êtes deux étrangers l'un pour l'autre, Calla.

Simon s'interrompt pour siroter son thé, probablement servi dans son service favori en porcelaine de chez Wedgwood. Cet homme est si prévisible. J'entends le bruit que fait son bureau métallique quand il pose la tasse dessus. Il poursuit :

– Il va falloir du temps pour que vous vous apprivoisiez, tous les deux.

La chaise émet un craquement tandis que je me penche pour tremper une mouillette dans le dernier jaune d'œuf.

– Je n'ai qu'une semaine, dis-je la bouche pleine.

Pourrais-je déchiffrer mon père en si peu de temps ?

– C'est un délai que tu t'es imposé toute seule, déclare Simon. Tu peux tout à fait rester plus longtemps et repousser ton départ. Nous avons justement payé ce billet une fortune pour que tu aies cette option.

– J'ai cru que c'était pour rentrer plus tôt, au contraire. Au cas où ça se passerait mal.

Bien sûr, Simon ne le voyait pas de cet œil-là. Je poursuis :

– Au train où vont les choses, je t'assure qu'une semaine, c'est déjà la mort.

– Tu savais que ce ne serait pas facile.

– Eh bien s'il passe son temps à fuir chaque fois que j'entre quelque part, on n'est pas rendus !

– Est-ce que c'est lui qui s'enfuit ou toi qui le chasses ?

Je plisse le font.

– Hein ? Je ne comprends pas.

– Tu as nourri beaucoup de rancœur, Calla. Pendant des années, tu t'es même cachée derrière, comme avec un bouclier. Tu dissimules mal ta colère et Wren n'est pas du genre à faire face à ce genre de sentiment. Si vous devez accorder vos violons, qui plus est en si peu de temps, il va falloir prendre sur vous et laisser les choses se faire. Trouve un moyen de communiquer avec lui, même si tu dois mettre les pieds dans le plat. Du moins, pour le moment.

– J'essaye, mais… c'est dur.

– Souviens-toi d'une chose : tu ne peux pas le contrôler, mais tu peux contrôler tes réactions face à lui.

Je râle intérieurement. Pourquoi est-ce que la voix d'ordinaire si calme de Simon me fait le même effet traumatique que les remontrances de Jonah ?

Comme venue de loin, la voix de maman s'élève dans le haut-parleur :

– A-t-il mentionné son pronostic vital ou son traitement ? Ou n'importe quoi d'autre ?

Elle est en train de faire les cent pas dans le bureau de Simon – un de ses passe-temps favori. Simon se plaint sans cesse qu'à force, elle va finir par creuser une tranchée dans son tapis persan.

– On n'a pas parlé plus de deux minutes hier soir, maman. Mais d'après Agnès il va suivre une chimio et une radiothérapie dès la semaine prochaine à Anchorage. Et il n'a pas du tout l'air malade.

– C'est bon signe. Ça veut dire que ça a été décelé tôt.

Même à l'autre bout du fil, je perçois combien elle est soulagée. Simon doit le percevoir aussi. Qu'est-ce que ça lui fait ressentir ? Oh bon Dieu, voilà que je me mets à raisonner comme lui maintenant !

J'entends une clochette tinter chez eux, signal que la porte du cabinet vient d'être ouverte.

– C'est mon patient, dit Simon. Rappelle-moi ce soir, nous rediscuterons de tout ça.

– Merci Simon.

– Mais si possible pas entre vingt-deux heures et vingt-trois heures, heure de Toronto. Il y a un documentaire sur la BBC que je tiens à voir et…

Je n'écoute pas la fin de sa phrase, trop préoccupée. Comment tuer le temps en attendant d'aller chez Agnès ? Je pourrais me rendre à Alaska Wild et voir qui sont ces gens si importants que mon père préfère rester avec eux plutôt qu'avec moi. Mais je risquerais de tomber sur lui, ce qui me coûterait une nouvelle conversation gênante. Pire, je risquerais de tomber sur Jonah.

Une chance que j'aie emporté mon ordinateur ! Ma mère m'interpelle :

– Calla, ne raccroche pas !

Il y a des bruits sourds et des cliquetis à l'autre bout du fil, indiquant que maman s'est emparé du téléphone et quitte le bureau de Simon. Sa douce et mélodieuse voix se déverse dans mes oreilles :

– Hé !

– Tu as reçu mes photos ? Elles ont dû arriver, entre temps.

– Voyons voir… oui ! Je les ai ! Oh mon Dieu ! Tu as vraiment voyagé là-dedans ? Jusqu'à Bangor ?

– J'ai failli gerber.

– Il n'y a même pas assez de place pour tes valises !

– Raison pour laquelle mes bagages n'arrivent qu'aujourd'hui par avion depuis Anchorage.

– Mais quelle idée de t'avoir fait voyager là-dedans !

– Parce que Jonah, le pilote, est un sale connard et que ça le rend fou que je respire son précieux oxygène d'Alaska.

Je lui raconte toute l'histoire et tout ce qu'il y a à savoir sur Jonah. Mon récit déclenche chez maman autant de surprise que d'indignation.

– Tu es allergique aux produits laitiers ! Ça n'a rien d'un caprice de diva, c'est médical !

– On est d'accord !

Confortée, je me laisse retomber dans ma chaise qui craque sous mon poids. Enfin quelqu'un que ce comportement hérisse un tant soit peu ! Je peux toujours compter sur maman dans ces cas-là.

– C'est le plus gros con que j'aie vu de ma vie !

– Pourquoi est-ce que Wren le garde ?

Même si elle ne peut pas le voir, je lève les yeux au ciel.

– Parce que je suis de l'autre côté du miroir, un monde magique où tout le monde pense que c'est un brave gars !

– Surtout, évite-le. C'est déjà bien assez difficile pour toi, pas la peine d'en rajouter.

– Mais j'ai essayé. Seulement, il semble qu'il soit là, à m'attendre à chaque coin de rue, lui et cette barbe infernale ! Et c'est le voisin de papa en plus ! Impossible de lui échapper !

– Je suis navrée pour toi, ma chérie.

Je soupire avec emphase.

– Parlons d'autre chose. Je ne veux plus qu'on mentionne ce type.

– Ça se comprend. Que m'as-tu envoyé d'autre ?

Elle marque une pause et examine les photos sur son portable.

– Des laitues ? fait-elle, manifestement incrédule.

– Oui, des centaines, peut-être plus. Il y a une exploitation agricole en haut de la route.

– Voyez-vous cela. Eh bien, il y a eu du changement en vingt-quatre ans, on dirait.

– Pas pour tout.

Je songe à la photo suivante et souris d'avance. Maman s'exclame :

– C'est pas vrai, les canards ! Ils sont encore là !

– Toujours aussi kitsch !

Son rire est à la fois chantant et mortifié.

– Toujours aussi horribles !

Je glisse un regard en direction du fameux papier peint. Elle s'exclame à nouveau, plus calmement cette fois, et je devine qu'elle vient de découvrir la photo des callas dans ma chambre.

– Comment ai-je pu oublier ça ? Tu sais que je suis restée des semaines debout la nuit, grosse comme une baleine, pour peindre jusqu'au dernier pétale avant que tu n'arrives.

– Oui, tu me l'avais dit.

– C'était il y a si longtemps, dit-elle avec nostalgie.

Un ange passe. Maman est probablement plongée dans ses souvenirs.

– Alors, finit-elle par dire. Que vas-tu faire du reste de ta journée ?

– En dehors de gratter mes piqûres de moustiques, tu veux dire ?

L'arrière de mon mollet me gratte. Il a rougi et commence à enfler.

– Je ferais aussi bien de m'occuper du site, dis-je. Diana m'a donné de nouvelles idées.

Elle m'a envoyé au moins une dizaine de textos, aujourd'hui.

– Elle déborde toujours d'idées, dit maman. J'aimerais avoir son énergie… Oh ! Je n'ai pas vu l'heure. Il faut que je file, j'ai du travail qui m'attend à la boutique. J'ai reçu une cliente ce matin, tu ne me croiras pas ! Elle m'a demandé un bouquet avec de la gypsophile. Je lui ai pourtant bien dit que je n'en utilisais pas car ça appauvrit le bouquet, mais elle a eu le culot de…

Je perds le fil quand quelque chose attire mon attention sur le papier peint. Je sens une moue déformer mes traits :

– Maman, est-ce que les canards ont des tétons ?

Un ange passe.

– Pardon ?

Me penchant en avant, je remarque que sous le ventre d'un canard sont dessinés six points bien espacés. Ils sont tous de tailles différentes, ce qui me laisse croire qu'ils ont bien été tracés à la main, au feutre noir. Et il y a le même motif sur chaque canard.

– C'est toi qui a fait ça, maman ?

– Mais bon sang, Calla, de quoi parles-tu ?

Je lui décris ce que je vois et nous partons toutes les deux d'un grand éclat de rire.

– Ça a dû prendre des heures entières, dit-elle. Il y a des centaines de canards et ce n'est qu'un seul mur ! Ce n'est pas moi qui ai fait ça, mais j'avoue que j'aurais aimé.

Je me rassois sur ma chaise, complètement en nage :

– Peut-être que c'est Agnès. Je crois qu'elle n'aime pas beaucoup ce papier peint, elle non plus.

Le rire de ma mère s'affaisse :

– À ce propos, que se passe-t-il entre eux ?

– Aucune idée. Tout ce que je sais, c'est que c'est « compliqué ». On est invités à dîner chez elle ce soir. Elle habite juste en face.

– Parfait. Tu pourras discuter plus de deux minutes avec lui ce coup-ci. Wren a toujours mangé lentement.

– Pour être honnête, je suis terrifiée.

J'appréhende de me retrouver face à papa. Aura-t-on une conversation polie ou m'ignorera-t-il complètement ? Au moins Agnès sera là pour faire le tampon entre nous. Maman se veut rassurante :

– Tout ira bien. Sois toi-même. Et surtout, ne tiens pas compte de ce que ce pilote a dit ! Il ne te connaît pas !

Elle dit vrai et pourtant, les mots de Jonah me hantent encore.

– Merci maman. Je t'aime.

Le cœur lourd, je raccroche en soupirant, pose le téléphone sur la table et ouvre mon MacBook.

CHAPITRE 9

L’allée menant chez Agnès étant aussi longue que celle de papa, je peux étudier sa maison à loisir, à l’abri sous ma capuche pour lutter contre la vague de froid qui s’est abattue sur la région durant l’après-midi.

C’est une petite maison blanche rectangulaire, très sommaire et presque similaire à celle de mon père, à l’exception d’encadrements bleu clair et d’une porte d’entrée rouge cramoisi qui aurait bien besoin d’un coup de peinture. Pas de garage adjacent, mais une sorte de petite remise rouge sur la gauche, avec une grande poubelle verte posée sur le côté. Le pick-up d’Agnès est garé juste devant.

Mon bouquet pathétique à la main, je frappe à la porte et quelques instants après, la voix fluette d’Agnès s’élève de l’autre côté :

– Entrez, c’est ouvert !

Aussitôt entrée dans la maison chauffée, une délicieuse odeur de poulet rôti aux herbes me monte aux narines et je constate combien c’est différent de l'intérieur sombre et triste d'où je viens. Déjà, la cuisine, le salon et la salle à manger sont des pièces communicantes qui s'étendent à travers toute la maison. Au fond, un petit couloir marque un embranchement qui doit probablement mener aux chambres à coucher.

En plus, il règne ici une vraie atmosphère familiale. Les meubles sont beiges et gris, plutôt neutres mais propres et très bien entretenus. Contrairement à la maison impersonnelle de papa, celle-ci est décorée avec goût : les murs sont peints en superbes nuances de rouge et d'orange braisé ; le canapé est recouvert de petits cousins aux motifs d'oiseaux cousus main, des masques tribaux et des peintures que j'imagine hérités de ses origines sont accrochés au mur, et sur celui du fond sont exposés tout un tas de photographies, représentant des gens portant des tiares de perles et des peaux de bêtes. Sûrement des membres de sa famille.

– Alors, vous avez survécu à votre premier jour ? demande Agnès, le dos tourné et penchée sur le poêle en train d'examiner un poulet qui semble tout droit sorti du four.

– C'était limite-limite au début, mais oui, je m'habitue.

Je plaisante. J'ai passé l'après-midi sur le site à mettre des liens à jour et à poster des articles qui n'attendent plus que Diana y ajoute ses bons mots. Puis j'ai erré comme une âme en peine entre la cuisine aux murs infestés de canards et le salon insipide, puis dans la véranda – qui serait plutôt confortable s'il n'y avait pas tout ce fouillis et autre chose pour s'asseoir que des vieilles chaises en aluminium – avant de retourner glander dans ma chambre pendant une heure.

L'un dans l'autre, comparé à ce matin, l'après-midi avait été calme et sans histoire.

– J'espère que vous avez faim ! Nous passerons à table aussitôt que les garçons seront là.

Les garçons ?

– Quels garçons ?

Agnès répond :

– Wren et Jonah. Il y a eu du brouillard près de Nomme, Jonah a été retenu. Mais il commençait à se dissiper quand j'ai quitté le travail. Il m'a dit qu'il serait rentré à l'heure.

– Jonah vient ? dis-je, tâchant de dissimuler mon mécontentement.

Agnès sourit.

– Tout ira bien, je vous le promets.

Je soupire avec emphase. Bien sûr, pour elle, tout ira « bien ». Putain de merde, impossible de me débarrasser de ce type !

Agnès reprend :

– Jonah travaille pour votre père depuis dix ans. C'est en quelque sorte son bras droit. Il prend des risques pour livrer les pêcheurs et les chasseurs. Il gère tous les soucis mécaniques, et maintenant que nos clients sont plus nombreux, il s'occupe même de leurs soucis à eux. Il aide Wren à prendre les décisions les plus difficiles. Une fois sa coquille percée, on se rend compte que c'est un homme bien.

Elle tourne le visage vers moi par-dessus son épaule et écarquille les yeux en découvrant les fleurs que j'ai apportées. Je m'explique :

– C'est juste un petit quelque chose pour vous remercier de votre invitation et… pour tout le reste.

Elle m'adresse un sourire nostalgique :

– Cela fait bien longtemps qu'on ne m'avait pas offert de fleurs.

C'est sûr, ce n'est pas Jonah qui l'aurait fait. Mais est-ce que papa lui en aurait déjà offert ? Est-ce son genre ? Ont-ils déjà été assez proches pour se manifester ce genre d'attention ?

– Auriez-vous un vase ?

– Je dois avoir une sorte de grand bocal, mais il faut que je le retrouve. Laissez-les sur le comptoir en attendant !

Après avoir posé les fleurs, je retrousse mes manches et m'avance vers l'évier pour me laver les mains. Le couvert a déjà été dressé.

– Puis-je vous aider à faire quelque chose ?

Le regard d'Agnès glisse vers un grand bol posé sur un dessous de plat et prend l'air songeuse.

– Il faudrait écraser les pommes de terre en purée, dit-elle.

– Pas de problème.

Je ne me souviens pas de la dernière fois où j'ai fait de la purée. Maman a banni à jamais les patates de la maison – les « hydrates de carbone » font des ravages sur sa ligne. Mais parfois, la nuit quand je descends en cuisine, il m'arrive d'y découvrir Simon en train de déguster une purée minute avec un sourire de petit garçon espiègle. Je n'ai jamais su où il les cachait.

Agnès désigne un tiroir avec le menton :

– Le presse-purée est là-dedans et vous trouverez le lait et le beurre au frigo. Oh, au fait, vous buvez du lait ? Sinon, on peut la faire sans.

Je souris. Agnès s'est souvenue de mes allergies, ce dont je lui suis reconnaissante.

– Ne vous en faites pas, je ne mangerai pas de purée, dis-je avant de me mettre à l'ouvrage. Est-ce que papa vous a donné des nouvelles de mes valises ?

– Non pas encore, mais il devrait en avoir. L'avion devrait avoir atterri il y a environ une heure.

– Dieu merci ! Mes chaussures sont bousillées.

J'avais passé un moment à briquer mes semelles compensées à l'aide d'une vieille brosse à récurer trouvée sous l'évier. Mais en vain. La boue est tenace.

Au dehors, on entend des pas sur les six marches de bois menant au perron et quelques instants après, la porte d'entrée s'ouvre. Je me retourne, l'estomac noué, prête à faire face à l'un des deux hommes qui m'angoissent autant l'un que l'autre pour des raisons différentes.

Mais à ma grande surprise, je me retrouve face à une adolescente, avec une longue et chatoyante chevelure couleur expresso ramenée en queue de cheval approximative. Ses yeux noirs comme de l'encre se posent sur moi, brillants de curiosité tandis qu'elle ôte ses bottes pleines de boue.

– Calla ! Vous êtes arrivée !

– En effet, dis-je avec méfiance.

Cette fille semble me connaître mais je ne l'ai jamais vue.

– J'allais venir vous rendre visite hier soir, mais maman a dit que vous étiez fatiguée, dit-elle. Je suis passée aujourd'hui en revenant de la ferme mais Jonah m'a prévenu que vous étiez encore en ville.

Sa mère ? Mon regard glisse vers Agnès, puis vers la table autour de laquelle se trouvent cinq chaises – je n'avais même pas remarqué. Mon attention se porte ensuite sur le mur du fond et reconnais le visage enfantin qui orne la plupart des portraits, ce que je n'avais pas remarqué non plus. Tout s'éclaire.

– C'est votre fille ?

Agnès est donc maman ? L'avait-elle mentionné hier soir ? Si c'était le cas, je devais encore une fois être trop préoccupée pour l'avoir retenu.

– Je vous présente Mabel, dit Agnès en souriant. Je vous préviens, c'est une boule d'énergie !

Le visage de Mabel se fend alors d'un sourire aussi grand que celui de sa mère. Elle n'a pas un visage aussi rond que celui d'Agnès mais ses yeux sont aussi profonds que les siens, en moins bridés.

– Vous êtes de Toronto, c'est ça ? C'est trop cool ! J'adorerais y aller un jour ! George y a été une fois et il dit que c'est incroyable, comme ville ! J'ai vu toutes vos photos sur Instagram, vous êtes trop jolie ! Vous devriez être mannequin !

Il me faut un peu de temps pour digérer le flot de paroles incessant de la jeune fille. Elle n'est pas timide, celle-là ! Elle débite mille mots à la minute. Pour une fille, sa voix est plutôt grave et son accent diffère légèrement de celui d'Agnès.

Cela dit, ce qui me chiffonne le plus, c'est comment cette adolescente d'Alaska peut avoir eu connaissance de mon Instagram ?

Mon trouble doit se voir, car Agnès s'empresse de le dissiper.

– Il y a un lien en bas de vos e-mails. Par curiosité, je l'ai ouvert et je suis tombée sur votre site. Je vous jure, Mabel en a consulté le moindre article !

– Ah, c'est donc ça.

J'avais complètement oublié ma signature automatique.

– Alors, vous êtes allée en taxi à la rivière, aujourd'hui ? demande Mabel.

– Euh, en effet.

Ça ne fait pas tilt tout de suite dans ma tête. J'avais effectivement posté plusieurs photos de ma visite du jour sur Instagram. Ignorant les conseils de Diana, j'avais plutôt parlé de ma journée à Bangor, du gentil chauffeur de taxi que j'avais rencontré, qui ne s'appelait pas vraiment Michael, de ses six enfants et des trajets qu'il devait faire par la rivière pour les voir. Cela m'avait paru bien plus honnête et intéressant qu'un texte basique.

J'ai posté ce texte il y a moins d'une heure. On dirait que même au milieu de nulle part, les ados sont quand même vissés à leur portable. Avec des gestes experts, Agnès commence à découper le poulet et dispose les morceaux dans un petit plat blanc.

– Mabel, dit-elle. Pourquoi n'irais-tu pas te laver avant de passer à table ? Au passage, ramène donc la chaise qui est dans mon bureau, veux-tu ?

La jeune fille s'avance vers sa mère et inspecte le poulet fraîchement découpé par-dessus son épaule. Elle fait dix centimètres de plus qu'Agnès et porte le même type de jean bon marché.

– J'ai bien choisi ? demande-t-elle.

Agnès saisit une cuisse et tire dessus. Le bout de viande se sépare du reste et un jus clair et appétissant dégouline sur la peau doré et croustillante.

– Très bien choisi, confirme Agnès. Mais il aurait pu avoir les cuisses plus épaisses.

– C'était le plus lent, j'ai à peine eu à courir pour l'attraper.

Je m'exclame :

– Tu l'as chassé toi-même ?

Sourire ravi de Mabel.

– J'ai bien travaillé à la ferme, alors Barry m'a laissé en prendre un.

– Tu parles de la ferme plus haut sur la route ? Je suis passée devant en faisant mon jogging.

– C'est la ferme des Whittamore, explique Agnès. C'est très connu. Barry et Dora sont les meilleurs fermiers qu'on n'ait jamais eus. Ils ont produit pas loin de vingt-deux mille kilos de légumes l'an dernier et qui sait combien d'œufs sont pondus dans leur poulailler souterrain. Leurs produits sont expédiés par avion dans la plupart des villages de la région.

– Je dois admettre que j'ai été surprise de découvrir cette ferme. Ma mère adore faire pousser des trucs mais elle n'y est jamais parvenue ici.

– L'été est plus long et plus chaud qu'il y a vingt-quatre ans, explique Agnès. Mais faire pousser des choses demande tout de même d'énormes efforts. Comme le font les Whittamore, ajoute-t-elle en murmurant. Avant de planter la moindre graine, Barry passe au moins deux ans à dégeler, labourer et préparer sa terre.

– C'est vrai, confirme Mabel. Il installe d'immenses serres pour être prêt à livrer en février. C'est à l'abri du vent et de la neige, et il y fait bien plus chaud.

Agnès ricane.

– C'est là que je la retrouve le plus souvent fourrée après l'école. Ou dans leur cave à légumes.

– Oh, mais c'est vrai, s'exclame Mabel comme si elle venait de se souvenir d'un détail important.

Barry m'a dit qu'il vous avait vue ce matin ! Habillée tout en rose, à tracer la route, il a dit !

Au moins, il n'a pas dit que je me baladais à poil, lui.

– C'était bien moi ! En train de me faire dévorer par les moustiques.

Je gratte une des piqûres sur mon bras. Rien que d'en parler, ça me démange. L'expression joyeuse de Mabel se renfrogne.

– Entre ça et les cératopogonidés, c'est pas la fête.

– Les cératopogonidés ?

– Ouais, ils sont horribles cette année ! Si vous sortez, mettez toujours un jean et une capuche. Vous aurez la paix !

– Je ferai ça.

Du moins, je le ferai quand mon sweat à capuche débarquera d'Anchorage avec le reste de mes affaires.

– Comment ça s'est passé à la ferme ? demande Agnès.

– Toujours pareil, dit Mabel. On s'ennuie un peu.

– Souviens-toi de la chance que tu as, souligne sa mère. Beaucoup de gens aimeraient être à ta place et n'avoir qu'à ramasser des œufs et des légumes en échange de produits frais ou d'un poulet de temps de temps.

Mabel se met à ronchonner.

– Je te parie qu'ils préféreraient qu'on les paye.

– Je suis certaine que Barry te paiera quand tu seras plus vieille. Sauf si tu continues à ne venir à la ferme que quand ça te chante ; dans ce cas, peut-être qu'il ne t'engagera pas, conclut Agnès avec son habituelle douceur.

Quel âge peut avoir Mabel pour que le fermier l'estime trop jeune pour être payée ? Une ride agacée entre les deux yeux, la jeune fille balaye la remarque de sa mère d'un geste de la main.

– Barry s'en fiche de quand je viens ! En plus, ses poules pondent deux fois plus quand je suis là. Je murmure à l'oreille des poulets, ajoute-t-elle en m'adressant un sourire plein de malice avant de se dresser sur la pointe des pieds pour prendre un paquet de chips dans le placard. Agnès le lui reprend aussitôt et le remet à sa place.

– Pas avant le dîner, dit-elle. Allez, la fille qui murmurait à l'oreille des poulets, va te laver maintenant.

Je suis Mabel du regard tandis qu'elle s'engage dans le couloir en rouspétant.

– C'est vraiment une boule d'énergie !

– Et ça en demande beaucoup de la garder occupée, surtout pendant les vacances d'été, dit Agnès. Barry est adorable de la prendre à son service, ça l'occupe.

Elle marque une pause et reprend d'une voix plus calme :

– Elle n'est pas au courant pour Wren. Je dois bientôt lui annoncer. Il… il m'a demandé d'attendre.

Il ne voulait pas non plus que Jonah et moi sachions et ça ne l'a pas empêché de nous prévenir. De nouveaux bruits de pas se font entendre sur les marches. Plus lourds et plus lents.

Lorsque je tourne la tête, une paire d'yeux couleur glace m'observe intensément par la fenêtre. Je sens mon cœur se serrer dans ma poitrine, mais je ne peux pas m'empêcher de lui rendre son regard.

On frappe une fois à la porte qui grince alors sur ses gonds en s'ouvrant. La voix de papa éveille en moi un sentiment familier.

– Ça sent pas le muktuk, ici, dit-il en se penchant pour enlever ses bottes.

– La graisse de baleine dès le premier soir ? C'était peut-être trop pour Calla.

Agnès ricane de me voir contenir une grimace écœurée.

– Elle en a attrapé un gros, cette fois ?

– Un gros et lent, paraît-il. Mais pas aussi lent que vous deux, apparemment ! Je commençais à croire que vous ne viendriez plus, les réprimande-t-elle avec un sourire.

– Tu sais ce que c'est.

Je le suis du regard tandis qu'il s'approche d'un pas nonchalant du plat de volaille. Enveloppée dans une brume irréelle, mes gestes deviennent mécaniques, écrasant les pommes de terre d'un air absent.

Je suis là, en Alaska, près de mon père qui traîne avec lui une vague odeur de cigarette. Entourée de ses amis, je suis la spectatrice de son quotidien en direct.

– Mabel est rentrée ? demande-t-il à Agnès.

– Elle se lave, elle sera là dans une minute.

Puis, à demi-voix, elle ajoute :

– Elle déboulera à la seconde où Jonah sera entré.

Papa grogne son mécontentement.

– Je ne serai pas fâché quand elle en aura fini avec ce béguin.

Mabel a le béguin pour Jonah ? J'écarquille les yeux et observe par-dessus mon épaule tandis que l'objet de son affection fait irruption, dépouillé de sa casquette et de ses vêtements contre le froid. Il faut reconnaître que malgré son allure hirsute, il est loin d'être vilain. Si seulement j'avais une paire de ciseaux… rien que d'y songer, j'ai les doigts qui me démangent !

Soudain, ses mots me reviennent en mémoire – surtout le moment où il disait que j'avais pris les gens de haut – et la culpabilité a raison de mon envie de jouer les toiletteuses. Je tourne la tête et découvre que papa m'observe avec son regard gris et doux.

– Alors, Calla, comment s'est passée ta journée ?

Cette fois, ce sont les mots de Simon qui me reviennent. *Est-ce que c'est lui qui s'enfuit ou bien toi qui le chasses ? Tu ne peux pas le contrôler, mais tu peux contrôler tes réactions face à lui.*

– Bien, répondis-je.

Si on exempt le bashing de la part de son bras droit. En continuant d'écraser les patates, j'ajoute :

– Très calme.

Il opine lentement du chef.

– Ça doit te paraître très différent de ce dont tu as l'habitude.

– Oui, un peu, dis-je, souriant mon assentiment.

– Tu t'en es sortie avec la camionnette ? J'ai du mal à passer la seconde ces derniers temps.

– Euh…

J'interroge Agnès du regard qui secoue la tête de façon presque imperceptible. Elle n'a pas dit à papa que je n'avais pas le permis. Manifestement, Jonah s'est aussi abstenu. Devrais-je dire la vérité ? Les choses sont déjà assez tendues entre nous, mieux vaut de pas envenimer les choses et ne pas lui rappeler tout ce qu'il ne sait pas à mon sujet.

– Aucun souci de mon côté.

– Bien… bien, bien…

Sa tête s'agite lentement et la gêne commence à s'étirer. Agnès intervient.

– Est-ce que les bagages de Calla sont arrivés ?

– Ah oui, à ce propos…

Papa hésite à répondre et gratte sa chevelure poivre et sel d'un air gêné.

– Ils n'avaient pas de place pour les prendre aujourd'hui, finit-il par dire.

– Tu te fiches de moi ? dis-je, extrêmement déçue de cette nouvelle. J'ai besoin de mes vêtements, moi ! Et de mes bottes !

– On pourra vous refaire une lessive ce soir, si vous voulez, propose Agnès.

C’est gentil de sa part, mais ce n’est pas le sujet.

– J’imagine que oui. Mais comment se fait-il qu’ils n’aient pas de place, tout à coup ?

– Il y a eu un arrivage de dernière minute à destination des villages de la région, explique papa, avec un air compatissant. C’est souvent comme ça.

– De la nourriture, des médicaments, ajoute Jonah, que la situation semble beaucoup amuser. Vous savez ? Des choses essentielles.

– Nous ferons venir vos affaires demain, dit Agnès d’une voix rassurante. Probablement, ajoute-t-elle.

– Pas d’inquiétude à avoir, fait Jonah. Je suis certain que Billy prend particulièrement soin de vos affaires.

Je serre les dents et retourne à ma purée, inspirant à fond avant d’expirer ma frustration. S’énerver ne fera pas revenir mes valises plus vite et transformer Jonah en purée jetterait probablement une sale ambiance sur la soirée.

– Hé, Aggie, lance Jonah pendant que j’ai le dos tourné. J’ai ramené ça.

– Oh, d’abord Calla qui m’offre des fleurs et maintenant ça ?

Un bruit métallique attire mon attention vers le comptoir. C’est bien ce que je pensais, Jonah a ramené un pack de bières Budweiser. Bouchée bée, je délaisse les pommes de terre – qui sont pulvérisées – et fait face à ce faux-jeton.

– Vous m'avez dit qu'on ne pouvait pas acheter d'alcool à Bangor ! Je croyais que c'était une communauté sobre.

– J'ai dit que vous ne pourriez pas. Nuance.

Il détache deux canettes et en lance une à papa qui la rattrape sans effort. Mes yeux lui lancent des poignards. Il s'est encore bien foutu de moi ! Il aura probablement acheté la bière dans mon dos après m'avoir envoyé dans les rayons seule.

Papa fait siffler sa bière en craquant la languette et commence une explication :

– Techniquement, Bangor est moins une communauté sèche qu'humide maintenant qu'ils ont fait passer une loi qui autorise la vente d'alcool. Mais la ville s'inquiète pour les habitants et n'a pas encore délivré les licences nécessaires. Donc on ne peut obtenir de l'alcool qu'en prenant l'avion ou en l'achetant au marché noir, mais ça Calla, je ne te le recommande pas. Certains revendeurs peuvent te fourguer des liqueurs qui te rendraient aveugle.

Le front légèrement plissé, son regard passe de Jonah à moi :

– Dis-moi ce dont tu as envie et la prochaine fois que l'un d'entre nous ira en ville, on t'en ramènera.

Je soupire pour ne pas m'emporter.

– Merci.

Puis, pointant du menton les canettes rouge et blanche, j'ajoute :

– Et la prochaine fois que vous m'inviterez à dîner, je ferai en sorte d'apporter autre chose que de la pisse de chat.

Bien sûr, cette pique est à l'attention de Jonah qui renifle avec dédain.

– Votre père adore cette pisse de chat. Mais comment auriez-vous pu savoir ça, n'est-ce pas ?

Nous nous regardons bien en face et je serre les dents à la recherche d'une réplique appropriée. Jonah connaît mieux mon père, c'est un fait et il se sert de ce savoir contre moi pour m'humilier à la moindre occasion.

Tout à coup, notre petit duel est interrompu par des rires. Papa et Agnès sont pliés, hilares. Des grosses larmes coulent sur les joues bien pleines de notre hôte. J'interroge Jonah du regard. Il est aussi médusé que moi.

– Je crois qu'il va falloir affiner ton palais, Wren, dit Agnès en transférant de généreux et appétissant blancs de poulet dans le plat.

Papa boit une lampée de bière et se fait un devoir d'embrasser la canette.

– Je n'aime même pas les chats !

Jonah reste pantois quelques instants, puis ses épaules sont prises de spasme et il se met à éructer un rire profond et sincère qui envahit toute la pièce, se réverbérant jusque dans ma cage thoracique.

– Voyez-vous ça, dis-je à demi-mot. Satan en personne est capable de rire.

Je ne peux moi-même pas réprimer un sourire et la tension en cuisine retombe comme un soufflé. Papa secoue la tête en continuant de ricaner.

– Dis-moi, Jonah, quel genre de torture as-tu fait subir à ma fille, exactement ?

Ma fille. Des mots si simples et pourtant, l'entendre les prononcer me fait rougir. Une gêne bien temporaire. Jonah m'entoure l'épaule de son bras massif et m'attire contre lui. À côté de Corey, ce type a la carrure d'un mur de briques.

– Moi ? Voyons, qui voudrait faire subir des tortures à une fille si adorable, charmante ? Qui a les pieds sur terre.

J'ai beau tenter de me dégager, Jonah conserve son étreinte, m'écrasant la joue contre ses pectoraux. La forme de mon corps pourrait presque être imprimée contre sa hanche et son torse. Le parfum légèrement boisé qu'il avait en début de journée s'est dissipé pendant sa journée de travail, mais il dégage encore une senteur aussi agréable qu'indescriptible.

Pourtant, la dernière chose au monde dont j'ai envie, c'est de renifler ce type.

– On s'entend comme larrons en foire, déclare Jonah. Comme des petits pois-carottes, Wren ! Des putains de petits pois-carottes !

Avec la main pour faire levier, je lui enfonce mes ongles entre les côtes afin d'opérer la séparation la plus douce possible. Mais ce type est tout en muscles. Je n'ai plus qu'une solution : à tâtons, je me mets en quête d'un téton. Je tire et tortille en tout sens. Étouffant un grognement de douleur, Jonah me relâche enfin.

– Plutôt vinaigre et lait, on dirait, dit Agnès, l'air amusée.

Un pas léger remonte du couloir et Mabel entre dans la cuisine.

– Qu'est-ce qui se passe ici ? Pourquoi vous riez tous ?

Elle a troqué sa tenue contre un legging noir et un T-shirt blanc simple mais très près du corps, révélant des hanches étroites et une poitrine naissante. Ses longs cheveux fins bien brossés lui tombent au milieu du dos. Elle nous regarde tour à tour et son regard s'attarde finalement sur Jonah.

Agnès n'avait pas exagéré. Mabel est complètement énamourée. Seigneur, pourquoi ? Papa passe un bras autour des épaules de la jeune fille et l'attire contre lui.

– Hé, ma grande. Comment ça s'est passé à la ferme ?

Mon estomac se noue. Ma grande, il m'appelait comme ça, autrefois. C'était mon surnom !

– Bien. Un peu ennuyeux, précise-t-elle avant de faire semblant de bouder. Pourquoi je ne peux pas venir à Wild, plutôt ?

Papa glousse.

– Parce que ça va être encore plus ennuyeux que la ferme. Quelle enfant de douze ans voudrait passer l'été dans un aéroport ?

Elle n'a que douze ans ? Elle fait tellement plus âgée ! Il est vrai que je n'ai pas traîné avec un enfant de douze ans depuis mes… douze ans, en fait. Mabel lève des yeux excédés.

– Douze ans et presque un mois, précise-t-elle. Et si tu voulais bien m'apprendre à piloter, je ne resterais pas à l'aéroport.

– Et c'est reparti, marmonne Agnès.

– Quoi ? Il l'a promis !

– Quand tu auras quatorze ans, lui rappelle sa mère.

– Bah c'est jamais que dans un an et onze mois.

Mabel flanque son index dans le ventre de papa qui se recroqueville légèrement sous l'impact.

– T'oublie pas, hein ?

– Comment pourrais-je l'oublier ? dit-il en lui ébouriffant les cheveux. Tu me le rappelles sans arrêt depuis tes six ans !

Je me sens submergée par une vague de jalousie. Il y a bien des années, c'était à moi que papa promettait d'apprendre à voler. Et voilà qu'il prend une autre gamine sous son aile, à qui il promet exactement les mêmes choses. Il agit avec elle en tout point comme le père que je m'étais imaginé. Quelque part, du fond de mon esprit, je commence à suspecter une chose très désagréable.

D'après Agnès, elle et papa ont une relation « compliquée ». Toujours d'après elle, ils se connaissent depuis environ seize ans. Et il suffit d'un coup d'œil à Mabel pour comprendre que son père n'est pas un Yupik, pas plus qu'il n'est d'aucune origine indigène. Le sang me monte aux oreilles.

Douze ans et presque un mois. Mabel serait donc née vers la fin du mois de juin. Ce même mois où papa était supposé venir assister à la remise de diplôme de fin d'année. Coïncidence ? Ou alors… Ou alors Mabel ferait partie de ce qui « complique » la relation entre Agnès et papa ? Aurais-je une demi-sœur, dont personne n'aurait daigné me parler ?

Quand maman et Simon s'étaient mariés, je mourrais d'envie d'avoir un petit frère ou une petite sœur. Au lycée, je me souviens même avoir voulu qu'elle tombe enceinte par accident, histoire qu'elle arrête d'être tout le temps sur mon dos. Mais de là à ce qu'on m'ait caché une sœur pendant toutes ces années ? Jamais je n'aurais pu être préparée à ça.

Est-ce pour ça que papa n'était pas venu à l'époque ? À cause de Mabel ? Alaska Wild n'aurait donc rien à y voir. Il m'aurait laissé tomber car il avait une autre fille ? L'aurait-il choisie elle au lieu de moi ?

– Calla ? fait ce dernier en me regardant attentivement. Tout va bien ? Tu es toute pâle.

Je m'éclaircis la voix avant qu'elle ne vacille.

– Oui, je… en fait, non. Je ne me sens pas très bien.

Je dois reprendre mes esprits. Sourire et faire comme si tout allait bien. Papa et Agnès échangent un regard inquiet.

– Allez donc vous allonger un peu, suggère Agnès. Ma chambre est à gauche en…

– Non, l'interromps-je. Je ferai mieux de rentrer à la maison.

Puis, si mes doutes se confirment, je saute dans le premier avion pour Toronto. Je sens le regard scrutateur de Jonah sur moi au moment où je passe devant lui, que j'enfile à la va-vite mes chaussures encore humides et passe la porte d'un pas peu assuré.

– Calla !

Dans l'allée, je me retourne brièvement. Jonah est sur mes talons, ses bottes non lacées aux pieds. C'est bien la dernière personne que j'ai envie de voir en ce moment. Je reprends ma marche, trébuchant dans un nid-de-poule. Les larmes menacent et me brûlent les yeux. La terrible vérité est telle un épais brouillard tourbillonnant autour de moi. Jonah est rapide et m'attrape par le bras au moment où je m'engage sur les marches du perron de la maison. Sa prise est ferme et m'empêche de fuir.

– Qu'est-ce que vous nous faites, Calla ?

– Je ne me sens pas bien…

– Conneries, vous alliez très bien jusqu'à ce que Wren prenne Mabel sous son bras. Rassurez-moi, vous n'êtes pas jalouse d'une gamine de douze ans quand même ?

Agnès avait raison, Jonah est perspicace. De toute façon, ça devait sauter aux yeux, vu mon attitude. J'inspire à fond et lui fais face. Sur la seconde marche, je suis presque à sa hauteur. Mon regard plonge dans l'insondable mer de ses yeux de glace. Ma voix se brise.

– C'est ma demi-sœur, n'est-ce pas ?

Pensaient-il tous que je ne finirais pas par comprendre ? Que c'était normal de m'avoir caché une chose pareille ? Je suis non seulement blessée et choquée, je suis aussi dans une colère noire.

Jonah ouvre la bouche pour parler, puis il s'interrompt et fronce les sourcils.

– Que vous ont-ils dit sur Mabel, exactement ?

– Vous voulez parler de cette fille dont j'ignorais l'existence il n'y a pas dix minutes ?

Qu'il pose la question confirme ce que j'ai besoin de savoir. Une larme coule sur ma joue et je la balaye avec ma main libre. Quand je suis en colère, j'ai la larme facile et je déteste ça !

– Vous voulez dire que Wren ne vous a jamais parlé d'elle ?

Jonah se doute-t-il d'à quel point nous sommes des étrangers l'un pour l'autre, papa et moi ?

– Pas un mot. Encore moins depuis qu'il a renoncé à être « mon père ».

Mais il n'a pas renoncé à Mabel. Une nouvelle larme s'échappe et cette fois, je la laisse couler.

– J'ai passé douze ans à me faire à l'idée qu'il s'était toujours plus intéressé aux avions et à l'Alaska qu'à moi, dis-je, reniflant mon amertume. Et je découvre aujourd'hui que c'est parce qu'il avait une autre fille.

Jonah relâche mon bras.

– Bordel, Wren…

Il ajoute quelque chose que je ne saisis pas mais qui ressemble fortement à un chapelet de jurons. Je commence à me retourner vers les marches, prête à rentrer m'isoler avec mes pensées.

– Le père de Mabel travaillait pour Wren, lance Jonah dans mon dos. Il était pilote pour Wild.

Cette révélation me coupe dans mon élan.

– Mais alors, il n'est pas son père ?

– Non, dit-il avec calme. Wren n'est pas le père de Mabel.

Mes épaules s'affaissent sous une étrange sensation de soulagement.

– Où est son père, alors ?

– Il est mort dans un accident d'avion, juste quelques mois avant la naissance de la petite.

– Oh… ça craint.

Pensif, Jonah marque une pause.

– Pourquoi êtes-vous venue ici, Calla ?

– Que voulez-vous dire ? Je suis venue pour faire sa connaissance, avant de… vous savez, au cas où.

Je regrette les mots aussitôt après les avoir prononcés.

– Vous devriez apprendre à le connaître quoi qu'il en soit, réplique-t-il. Et arrêtez de vous chercher des raisons de le haïr.

– Je ne cherche rien, je… vous ne comprendriez pas.

Jonah soupire avec emphase.

– Écoutez, ce qu'il y a entre vous, c'est pas mes oignons. C'est vos embrouilles et c'est à vous de vous en dépêtrer. Mais je sais ce que c'est que d'attendre trop longtemps pour pardonner à quelqu'un et de le regretter une fois que c'est trop tard.

Son regard se fixe sur le sol, puis revient vers moi.

– Croyez-moi, vous ne voulez pas vivre avec ce genre de regret.

Même sous l'épaisse barbe, je devine la mâchoire contractée de Jonah. Est-ce de son père dont il parle ? Qu'a-t-il bien pu se passer entre eux ? Je soutiens son regard dur comme l'acier pendant trois longues secondes.

Jonah cède le premier et son regard se porte derrière lui, vers la maison d'Agnès. Papa est appuyé sur la rampe, la main devant la bouche. Quand il la baisse, je comprends qu'il est en train de fumer.

Je me sens si embarrassée que j'en ai mal au ventre. En partant en trombe, rongée par une jalousie purement spéculative, j'ai probablement gâché le dîner qu'Agnès avait prévu, mais aussi rendu les choses entre nous plus tendues encore qu'elles ne l'étaient. Contrôler mes émotions, tu parles ! C'est ce qui s'appelle un échec cuisant.

– Vous savez, marmonne Jonah, vous êtes bien la fille de votre père.

– Pourquoi dites-vous ça ?

Je me méfie. Ai-je bien envie d'entendre sa réponse ?

– L'un comme l'autre, vous ne trouvez jamais le cran nécessaire pour vous exprimer quand il le faut.

Jonah se détourne et s'éloigne, faisant crisser le gravier sous ses pas.

CHAPITRE 10

Je suis en train de gratter une piqûre de moustique derrière mon mollet quand la porte coulissante reliant la véranda au salon s'ouvre sur papa.

– Te voilà, dit-il en passant sa tête par l'entrebâillement.

Son regard glisse sur le couvre-lit en patchwork dont je me suis couverte pour lutter contre le froid, recroquevillée sur une chaise branlante.

Papa demande :

– Tu as faim ?

– Un peu, dis-je, l'air penaud, les joues encore empourprées d'avoir fait un tel drame pour rien.

Papa s'avance, une assiette en équilibre dans chaque main.

– Agnès t'a fait une assiette. Comme tu ne manges pas de purée, elle t'a donné un peu plus de tout.

Il dépose une assiette sur la table basse usée en face de moi. Elle contient une généreuse portion de viande blanche et noire – plus que je ne pourrais en avaler – et, détail amusant, un mélange petits pois-carottes.

Papa désigne du menton la chaise à côté de moi, une vieillerie tissée orange et rouge, prête à s'effondrer.

– Je peux m'asseoir ? demande-t-il.

– Bien sûr, je t'en prie.

Il prend place avec un grognement et dépose son assiette sur un empilement de boîtes en plastique juste à côté de lui.

– Agnès sait rôtir un poulet comme personne, dit-il. Je n'ai jamais vu quelqu'un qui ne demande pas du rab.

Je tends la main vers mon assiette.

– Je lui rapporterai les assiettes, dis-je. Ce sera l'occasion de m'excuser.

Il va pour dire quelque chose, mais se ravise avant de sortir une cannette de bière de la poche de sa veste.

– Soif ?

D'ordinaire, je refuserais, mais quelque chose en moi m'ordonne d'accepter. Il en sort une autre de sa veste. Le craquement de l'opercule de métal résonne dans le silence de cette fin de soirée.

Je l'observe intensément pendant qu'il sirote sa bière, absorbé par les champs qui s'étendent derrière nous. Dois-je rompre le silence et parler du fiasco de tout à l'heure ? Où dois-je attendre qu'il mette le sujet sur le tapis ? Compte-t-il ne serait-ce qu'en parler ? Peut-être serait-il plus prudent de ne pas parler de Mabel pour l'instant et privilégier une conversation plus légère, histoire de ne pas rendre les choses plus bizarres qu'elles ne le sont déjà.

– Je suis désolée, dis-je sans même y penser.

– Ce n'est rien, Calla, m'assure-t-il à mi-voix, la main levée. Jonah m'a tout expliqué.

Il ricane dans sa barbe et reprend :

– Après quoi, il m'a dit mes quatre vérités et m'a fait savoir sa façon de penser sur comment je gérais les choses avec toi. Ah là là, ce type n'y va pas avec le dos de la cuillère ! Il a le pouvoir de vous faire vous sentir tout petit.

Pour appuyer son propos, il rapproche le bout de son index et de son pouce à l'horizontal. Je plisse le front.

– Ouais, j'ai remarqué.

– Il ne veut pas se mêler, je le cite, de nos « embrouilles ».Toutefois, il a raison, ajoute-t-il. Je te dois bien une explication. Même si je sais que ça ne changera rien. Je m'y prends douze ans trop tard.

Son regard se fixe sur une pile de vieilles godasses balancées au petit bonheur la chance dans un coin. Il garde si longtemps le silence que je désespère de l'entendre. Il finit par prendre la parole :

– Au mois de janvier, juste avant que je ne sois supposé venir te voir à Toronto, Derek, un de mes pilotes, volait au-dessus de la chaîne de l'Alaska. Les nuages ont chuté très vite. On pense que ça l'a déstabilisé et qu'il a tourné quand il ne fallait pas. Il s'est crashé sur le flanc de la montagne.

– Le père de Mabel ?

Il acquiesce.

– C'est moi qui devais me charger de cette course. Mais j'étais débordé par les problèmes – soucis d'approvisionnement en carburant, deux avions cloués au sol et un tas de paperasses qui ne pouvait plus attendre. Les impôts, ce genre de conneries. J'ai donc demandé à Derek de me remplacer alors que c'était son jour de congé.

J'assimile ce qu'il est en train de dire.

– Tu aurais pu te crasher ce jour-là.

– Je ne sais pas, dit-il. Derek ne pilotait que depuis cinq ans et il connaissait mal ces montagnes. Je ne compte plus les fois où j'ai emprunté cet itinéraire. Je connais ces montagnes par cœur.

Il sirote sa bière et reprend :

– Jamais je n'aurais dû l'envoyer à ma place.

J'ai beau chercher les mots justes, rien ne me vient à part :

– Ça a dû être dur à encaisser.

– En effet. Et pas que pour moi, tout Wild a été sous le choc. Surtout Agnès. L'accouchement était prévu pour août mais il y a eu des complications et Mabel est arrivée en juin avec deux mois d'avance, quelques jours avant ma venue prévue à Toronto. Mabel a eu un problème cardiaque et il a fallu l'opérer sur-le-champ. Elle et Agnès ont été emmenées en avion médicalisé jusqu'à Anchorage. J'ai sauté dans mon avion pour les rejoindre.

Le souvenir lui arracha un long soupir. Il reprend :

– Après ce qui était arrivé à Derek, je ne pouvais pas laisser Agnès seule. Surtout si Mabel n'y survivait pas. J'ai donc annulé ma venue à Toronto.

Son coup de fil d'il y a dix ans se rejoue partiellement dans mes pensées. Un coup de fil qui a entériné ma relation avec lui. Dire que toutes ces années, j'ai cru qu'il avait préféré son travail plutôt que moi.

– Pourquoi tu ne m'as jamais rien dit ? Si tu m'avais expliqué, j'aurais compris.

– Tu avais quatorze ans, Calla. Cela faisait des années que tu me suppliais de venir te voir. Je t'ai déçue, comme j'ai déçu beaucoup de gens. J'ai pensé que la raison importait peu, d'autant qu'ici, il était question d'une autre petite fille que toi. Je n'avais aucune idée de comment te présenter la chose, alors j'ai tout mis sur le dos du travail. Tu avais déjà l'habitude que je te sorte cette excuse.

Cette révélation me réduit au silence. Oui, j'avais quatorze ans et j'avais besoin de mon père, de savoir que je comptais pour lui. Mais aussi solide soit son raisonnement, aurais-je pu comprendre à l'époque ?

Je ne suis même pas sûre de bien comprendre aujourd'hui.

– Tu l'as dit à maman ?

Je jure devant Dieu que si elle savait et qu'elle ne m'a jamais rien dit… Papa fait non de la tête.

– Ta mère était… enfin, les choses étaient compliquées entre nous. Elles l'ont toujours été, en fait.

Compliqué. Le mot qui semble revenir le plus souvent quand on en vient à parler de papa.

– Parce qu'elle était encore amoureuse de toi ? dis-je calmement.

Son rire est étrange. Grattant l'arrière de sa tignasse, son regard gris se plonge dans le mien, comme pour y déceler quelque chose – je ne saurais dire quoi – avant de se tourner à nouveau vers le tas de chaussures.

– Que sais-tu à ce sujet ?

– Juste ce que Simon m'a dit. Qu'à l'époque elle était encore amoureuse et que s'il y avait eu une chance que vous vous remettiez ensemble, elle l'aurait quitté à la seconde.

J'hésite avant de poursuivre.

– C'est vrai ?

Papa se masse entre les sourcils.

– Calla, je ne veux pas être la cause d'un conflit entre toi et ta mère.

– Pourquoi voudrais-tu qu'il y ait conflit ?

On dirait qu'il peine à mettre de l'ordre dans ses pensées.

– Ta mère et moi, ça n'aurait jamais tenu. Je l'ai su au moment même où je l'ai rencontrée mais elle est parvenue à me convaincre du contraire. On ne discute pas avec elle ! Pourtant, je savais qu'un jour elle se réveillerait en comprenant qu'elle était trop bien pour moi. Mais d'ici à ce que ça arrive, je comptais bien profiter de ce que j'avais. Une femme pareille…

Il s'interrompt et secoue la tête, un petit rictus discret au coin des lèvres, comme pour lui-même.

– Quand elle est partie en t'emmenant, je n'ai pas été surpris, poursuit-il. C'était déjà assez surprenant qu'elle soit restée aussi longtemps. Même si j'en avais envie, je n'allais pas la supplier de rester. Ç'aurait été injuste de ma part. Jamais elle n'aurait pu être heureuse avec moi.

– Ce n'est pas toi qu'elle quittait.

Si papa avait accepté un compromis à l'époque, peut-être que je ne serais pas en train de deviser avec un parfait étranger.

– L'Alaska n'est pas qu'un endroit où je vis, c'est aussi une partie de moi. C'est difficile à expliquer. La vie ici… Je l'ai dans le sang, conclut-il. Quand je t'ai appelée pour t'annoncer ma venue à Toronto, ta mère m'a rappelé juste après.

Je n'en ai aucun souvenir. Peut-être me l'avait-elle dit mais que j'ai oublié.

– Ah oui ?

– Le premier coup de fil a été rapide. Elle voulait savoir où j'allais dormir et combien de temps je comptais rester.

Un sentiment de malaise me parcourt l'échine. *Le premier coup de fil ?*

– Combien de coups de fil est-ce qu'il y a eu ?

Il hésite avant de répondre.

– Quelques-uns, admet-il, d'un ton qui sous-entend qu'il y en avait eu beaucoup plus. C'est fou ce qu'entendre sa voix à nouveau m'avait fait comme bien.

Il s'abîme dans la contemplation de ses mains.

– L'ennui, c'est que ça a réveillé de vieux sentiments, chez nous deux. Les choses se sont un peu compliquées.

Un nœud se forme dans mon ventre et je m'enfonce dans mon siège. Qu'essaye-t-il de me dire ?

– Qu'est-ce que tu insinues ? Que vous avez entretenu une relation par téléphone ?

Était-ce une des raisons pour lesquelles tout était parti à vau-l'eau ?

– Attends que j'ai fini, Calla, dit-il en levant la main, sur la défensive. Ne va pas tirer de conclusion trop hâtive.

Il s'accorde un moment et poursuit.

– Vous sembliez vous être trouvé un bon endroit pour vivre à Toronto. Pour rien au monde je ne voulais gâcher tout ça, ni pour toi, ni pour Susan. D'autant que les choses n'avaient pas changé. Je n'allais pas pouvoir vous apporter ce dont vous aviez envie toutes les deux. Elle le savait et moi aussi, dit-il, soupirant avec peine. Après ce qu'il s'est passé avec Mabel, j'ai pensé qu'il était peut-être temps de battre en retraite et de vous laisser vivre votre vie. Peut-être que c'était une mauvaise décision et Dieu sait combien je suis coutumier de la chose. Mais c'est trop tard pour revenir dessus.

Il s'interrompt encore et après un moment, il se tourne vers moi, un sourire triste sur le visage.

– Mais peut-être pas, après tout. Tu sembles avoir grandi dans de bonnes conditions.

C'est grâce à Simon et maman, j'ai envie de dire. Et même si j'ai perdu le compte de toutes les fois où j'ai pleuré jusqu'à m'endormir, en me demandant pourquoi je lui importais si peu.

Je ne comprends pas bien le raisonnement qui est le sien. Pourquoi s'engager auprès d'une personne si on sait que la relation est vouée à l'échec ? Pourquoi se marier et faire un enfant avec quelqu'un qui nous quittera un jour ? Quitte à faire ça, pourquoi ne pas essayer de construire quelque chose, pour de vrai ?

Papa pose sa canette de bière, prend son assiette qu'il pose sur ses genoux et commence à entamer son poulet.

– Alors, comment ça se passe à la maison ?

– Euh. Bien… Pas mal.

Je trébuche sur mes mots. On est complètement passés du coq à l'âne. Des tranches de la vie passée, papa redirige la conversation vers le territoire plus sûr du présent.

– Ta mère, ton beau-père, tout ça. Comment s'appelle-t-il déjà ?

– Simon.

Il hoche la tête pour lui-même.

– Il fait quoi, déjà ? Médecin ?

– Psychiatre.

Je repousse un bout de poulet dans le coin de mon assiette. Finalement, même si l'appétit m'a quittée, je me force à manger, et savoure la viande tendre et juteuse ; une vraie merveille.

– Je me rappelais d'un truc du genre, oui. Un type brillant.

Je confirme.

– Vraiment brillant. Et patient, avec ça. Il en est même crevant, parfois !

Son visage se fend d'un sourire qui ne dure pas.

– Mais il est gentil, pas vrai ? Avec toi et ta mère ?

– C'est le meilleur.

Le meilleur père qu'on puisse imaginer. Le genre qui me dirait de réduire au silence l'amertume dans ma voix et qui me demanderait de me rappeler la raison de ma venue ici.

Toutefois, je me demande si Simon a jamais eu connaissance de ces échanges téléphoniques. Après tout, il payait les factures. Je l'ai vu plus d'une voix éplucher les registres d'appels. S'était-il douté que c'était maman qui appelait et pas moi ? Soudain, je me sens en colère après elle. Se rend-elle seulement compte à quel point Simon est gentil avec elle et qu'elle ne le mérite peut-être pas ?

Papa mâche consciencieusement sa viande. Maman m'a dit qu'il mangeait lentement. Fait-il comme d'habitude ou bien est-ce sa façon à lui de gagner du temps pour ne pas avoir à faire la conversation ?

Au bout d'un temps interminable, il finit par déglutir.

– Quoi de neuf depuis la dernière fois qu'on s'est parlé ?

– Tu veux dire, depuis douze ans ? dis-je avec un ton un peu trop mordant.

Il hausse les épaules.

– Sauf si tu as mieux à faire ce soir, bien sûr.

– Non, on ne peut pas dire ça.

Rien de prévu à part me faire un soin du visage et m'abrutir devant les réseaux sociaux jusqu'à m'endormir.

– Bon, alors j'imagine qu'on a du temps.

Puis, avec un clin d'œil, il lève sa canette.

– Et la bière de Jonah !

***

– Qu'est-ce qui te fait rire comme ça ?

Papa secoue la tête tandis que son sourire s'épanouit. Son assiette est vide depuis longtemps et il s'est appuyé contre l'un des poteaux de la véranda, à environ trois mètres de moi. Une cigarette se consume entre ses doigts.

– Rien, dit-il. Parler avec toi me rappelle toutes ces conversations qu'on avait au téléphone.

Je souris, l'air penaude.

– J'étais un vrai moulin à paroles !

Ce souvenir le fait ricaner.

– Par moment, tu ne pouvais tellement pas t'arrêter de parler que je déposais discrètement le téléphone pour pouvoir aller au petit coin. En revenant après une minute, tu parlais toujours, sans t'être doutée de rien.

– Est-ce que c'est un message pour me faire comprendre que tu veux aller aux toilettes ?

Il ouvre la porte moustiquaire et vide les dernières gouttes de sa bière sur le gazon. Nous avons bu deux bières chacun, dernières survivantes du pack que Jonah avait ramené.

– En fait, je crois que je vais aller au lit, dit-il. Je suis crevé.

La tension revient au galop dans mon dos. Je n'ai pas vu l'heure passer, trop occupée à mettre papa au parfum de mes études, mon boulot, mon récent licenciement, Diana, le blog et même Corey, pour qui je n'ai pas eu la moindre pensée depuis mon arrivée ici. J'en suis venue à oublier le monde réel et il revient au pas de charge réclamer vengeance.

Est-ce que c'est sa journée de travail qui le fatigue ? Ou est-ce le cancer qui lui pompe lentement son énergie ? Malgré l'amertume que j'éprouve encore, je redoute de le voir mourir.

J'hésite avant d'aborder le sujet.

– Agnès m'a dit que tu allais suivre un traitement la semaine prochaine ?

Il hoche pensivement la tête. Sa bonne humeur de tout à l'heure l'a quitté. Je reprends.

– Alors… C'en est à quel stade ?

– C'est le cancer du poumon, Calla, dit-il d'une voix calme. De base, ce n'est pas bon. Mais j'ai attendu vingt-quatre ans pour te revoir, alors je ne penserai pas à ça avant la semaine prochaine. Tu es là et je ne veux penser à rien d'autre. D'accord ?

Un sourire spontané s'étire sur mes lèvres. C'est la première fois que mon père montre qu'il est content que je sois là.

– D'accord.

Une portière de voiture claque, attirant notre attention en direction de chez Jonah. Le moteur de sa voiture gronde et démarre, ses pneus envoyant valser du gravier dans son sillage.

– Il doit avoir un vol, explique papa.

Je dégaine mon téléphone et consulte l'heure.

– Maintenant ? Mais il est vingt et une heures !

– Il faut savoir profiter du jour tant qu'il dure. En été, ces gars ont de rudes journées de boulot. Ils décollent à six heures du matin et sont parfois encore là-haut quand minuit sonne.

Cette annonce m'arrache une grimace.

– Où va-t-il ?

– Je ne crois pas qu'il ait mentionné un vol prévu ce soir. Mais la plupart du temps, Jonah gère lui-même son emploi du temps.

Il renifle et ajoute.

– Va savoir, il est peut-être parti à la recherche d'un autre pack de bières.

– Parfait, dis-je, chassant momentanément de mon esprit l'état de santé de papa. On pourra les boire comme ça !

Nouveau ricanement. Son rire est aussi agréable à entendre que lors de nos conversations téléphoniques. Une douce chaleur m'emplit le cœur. Je me sens chanceuse de pouvoir enfin l'entendre de vive voix.

– Comment fais-tu pour le supporter ? dis-je. Il est *insupportable* !

C'est le mot favori de Simon. La tête qu'il fera quand je lui dirais que j'en ai eu l'usage !

– Qui ? Jonah ?

Son attention se porte vers la maison jaune comme du beurre de l'autre côté du jardin, hors de mon champ de vision. Il reprend.

– Je me souviens encore du jour où il est arrivé chez Wild, il y a dix ans. Vingt-et-un ans, tout gringalet, fraîchement débarqué de Vegas plein d'énergie et qu'une envie en tête, piloter des avions. Et il était doué en plus !

Après un rapide calcul, j'en déduis que Jonah a trente-et-un ans, cinq ans de plus que moi.

– Il m'a dit qu'il avait grandi à Anchorage.

– C'est le cas. Il en a beaucoup voulu à son père de les avoir fait déménager. Il est revenu vivre ici à la première occasion et je doute qu'il en parte un jour.

Comme lui, j'imagine. Mais pourquoi ? Quel genre de sort l'Alaska a-t-elle pu leur jeter ? Qu'y a-t-il ici qui vaille qu'on plaque tout le reste ?

Papa reprend.

– C'est vrai qu'il peut être pénible, mais c'est le meilleur pilote de brousse de la région. Un des plus fous aussi. Mais on est tous un peu comme ça, dans le métier. Certains le sont plus que d'autres.

– En tout cas, vu son allure, il a pris l'expression pilote de brousse à la lettre ! Quant à dire que c'est un bon pilote, je ne te rejoins pas sur ce point.

Papa hoche la tête, comme si l'histoire lui était déjà parvenue aux oreilles.

– Le Cub était trop petit pour toi, reconnaît-il.

– Il a choisi cet avion exprès pour me faire peur ! J'ai cru que j'allais mourir !

– Pas avec Jonah aux commandes, assure-t-il. Certes, il prend parfois des risques que même moi je n'oserais pas prendre, mais c'est toujours très réfléchi.

Comme la fois où il a emmené la famille d'Ethel à l'hôpital. J'insiste.

– J’ai failli gerber ! J’avais même un sac prévu, au cas où !

Il esquisse un sourire moqueur.

– Si tu avais vomi, tu aurais été bien vengée ! Une fois, il a ramené en avion tout un groupe d’écoliers après une compétition de lutte et deux ont été malades pendant le trajet. À l’atterrissage, j’ai vu Jonah sortir et je n’aurais jamais cru qu’on puisse être aussi vert ! Il ne supporte pas d’entendre quelqu’un vomir !

– Mince, tu vas me faire regretter de ne pas avoir vomi ! dis-je avant de siroter une gorgée de bière, pensant que l’atterrissage aurait tout de même été plus compliqué pour lui.

Le gloussement de papa me chatouille les oreilles au moment où il jette son mégot dans sa bière vide.

– Je lui parlerai, dit-il. Je vais lui dire d’y aller mollo avec toi. Mais tu sais, il n’est pas si méchant quand on le connaît bien. Il se pourrait bien que tu finisses par l’apprécier.

– Ne nous emballons pas !

Papa se dirige vers la porte et ramasse la vaisselle sale au passage.

– Il y a un paquet de films dans le meuble à côté de la télé, me dit-il. Des fois que tu aurais envie de regarder quelque chose.

– Merci, mais je suis encore en plein jetlag. Je vais rester un peu ici avant d’aller me coucher.

Il observe le porche.

– En été, Susan venait toutes les nuits ici. Bien sûr, c’était plus sympa à l’époque. Elle avait mis des fleurs en pots un peu partout et ce grand truc en osier.

Ses lèvres s'étirent sur un sourire nostalgique et il ajoute :

– Elle se roulait en boule dans un plaid, exactement comme toi. Une chenille dans son cocon !

– Elle fait aussi ça à la maison. On a une petite véranda à l'arrière. Elle fait le quart de celle-ci, mais c'est sympa… douillet, quoi.

– Est-ce qu'elle continue à faire pousser des fleurs et tous ses trucs ?

– La maison est une jungle ! Il y a des pétales et des épines partout ! Elle est propriétaire d'une boutique de fleurs. Ça marche bien pour elle.

– Je dois dire que ça lui va bien.

Il pince les lèvres et opine du chef d'un air satisfait.

– Je suis content de le savoir, dit-il. Bon… dors bien, Calla.

– Bonne nuit.

Je veux ajouter « papa » mais quelque chose m'en empêche.

– Oh et ne te prends pas la tête pour Jonah, ajoute-t-il. Il aime bien agacer les gens.

Puis, il referme délicatement la porte derrière lui, me laissant seule avec moi-même. Je peste à mi-voix.

– Il est pire qu'un parasite, oui.

Pourtant, si ma mémoire est bonne, ce parasite a fait en sorte que des vérités cachées remontent à la surface ce soir. Des vérités nécessaires qui m'ont permis de communiquer avec mon père.

CHAPITRE 11

Après un intense jogging, je remonte paisiblement l'allée de la maison, le cœur battant et un goût écœurant et acre, mélange de sueur et de spray anti-moustique, dans la bouche. La journée a débuté de la même manière que la veille : réveil involontaire aux aurores, ciel chargé et maison sans vie à l'exception d'un doux arôme de café frais, preuve de la présence encore toute récente de papa qui s'était à nouveau levé et absenté bien avant que je ne sorte du lit.

Seule différence, ma relation avec Wren Fletcher ne m'apparaît plus comme aussi désespérée. D'un autre côté, cette histoire de coups de fil ne cesse de me travailler. Je me sens terriblement énervée pour Simon. Mais j'ai dans l'idée qu'il en sait bien plus à ce sujet qu'il ne m'en a dit le soir où nous avons discuté sur le perron. Comment les choses auraient-elles tourné si ces coups de fil n'avaient pas eu lieu ? Est-ce que les sentiments de mes parents auraient refait surface ? Papa aurait-il jugé bon de garder ses distances pour le bien de tous ?

Pantelante, je grimpe les marches du perron et jette un œil vers la Ford Escort garée devant la maison d'à côté. Je n'ai pas entendu Jonah rentrer. Il est probablement arrivé après que je me sois couchée.

J'ouvre la porte, entre dans la cuisine… et pousse un hoquet de surprise en le découvrant, en train de se servir calmement un café dans une tasse en plastique.

– Jonah ? Mais qu'est-ce que vous faites là ?

– Qu'est-ce que j'ai l'air de faire, d'après vous ?

Il dépose la cafetière à moitié remplie sur la gazinière. Jonah porte presque la même tenue que la veille, à l'exception de la chemise noire qu'il a troquée contre une autre de couleur anthracite. Le coton de l'étoffe épouse très agréablement la forme de ses épaules. En revanche, son pantalon est toujours aussi large et son éternelle casquette cache sa crinière blonde.

Je demande :

– Il n'y a pas de machine à café chez vous ?

– Wren en prépare chaque matin assez pour nous deux et je passe toujours me servir. C'est une sorte de petite routine.

– Vous êtes aussi venu hier ?

– Ouep, fait-il en prenant appui contre le comptoir, son beau regard glacé fixé sur moi. Vous étiez sous la douche.

Se serait-il rasé ? Sa barbe est toujours longue et épaisse mais elle semble moins sauvage, ce matin. À moins que… je ne sais pas ce que c'est, mais il y a clairement quelque chose de différent chez lui. Il a l'air moins négligé, plus attirant.

Il porte la tasse à ses lèvres et boit une gorgée de café, son regard détaillant mon corps en sueur – je porte la même tenue de jogging rose qui d'après lui ne laisse « aucune place à l'imagination » – avant de revenir sur mon visage.

– Le spray contre les moustiques fonctionne ?

Je ne parviens pas à déchiffrer son expression, même pas un peu et c'est très perturbant.

– On dirait.

Je suis soudain consciente de moi-même et c'est probablement ce qu'il cherche à provoquer chez moi. Serrant obstinément la mâchoire, je m'approche de l'évier pour y boire.

– Agnès vous a mise en garde à propos de l'eau, n'est-ce pas ?

Mes mains se figent à quelques centimètres de mes lèvres. Jusque-là, je n'ai pas bu au robinet, mais je me suis lavé les dents avec cette eau.

– Non. Pourquoi ? Elle est insalubre ?

– Non, elle est potable. Mais nous fonctionnons avec un système d'eau à la pompe. Il y a un gros réservoir dehors et un camion vient le remplir chaque semaine. Si vous le videz avant le prochain arrivage, vous êtes comme qui dirait dans la merde.

– Vous êtes souvent à court d'eau ?

– Pas si vous fermez le robinet après vous être lavé les mains, dit-il avec emphase tandis que l'eau continue de couler dans l'évier.

J'appuie vivement sur le mitigeur.

– Merci d'avoir prévenu.

– Pas de souci, dit-il, avant de marquer une pause. Vous avez été salement piquée.

Je sens son regard peser sur l'arrière de mes cuisses, et les traces du festin des moustiques.

Je sens mes joues s'empourprer.

– Ce n'est rien.

Le plancher craque sous le poids de son pas tandis qu'il se dirige vers la porte.

– Passez une bonne journée à vous déguiser ou qu'importe ce que vous faites pour vous occuper.

Et le revoilà en mode connard ! Dommage, pendant un moment, j'ai vraiment cru qu'on pourrait s'entendre. Je réplique.

– Et vous à emmerder les gens, ou qu'importe ce que vous faites pour vous occuper.

Il disparaît derrière la porte, le son de son ricanement résonnant dans ma cage thoracique. Je le suis du regard par la fenêtre tandis qu'il traverse le jardin en direction de sa camionnette d'un pas insouciant et candide.

– Bâtard.

L'animosité que j'avais pour lui s'est quelque peu radoucie. Aujourd'hui, son comportement m'exaspère tout juste. Je me verse une demi tasse de café et ouvre le frigo, pour me servir avec réticence du liquide crayeux qui va en remplir l'autre moitié. Sur l'étagère du milieu se trouve une brique de lait de soja Silk tout neuf.

Ça n'était pas là ce matin. Est-ce que Jonah l'aurait déposé ? Je passe la tête par l'entrebâillement de la porte juste à temps pour voir son Escort sortir en marche arrière et s'engager sur la route en direction d'Alaska Wild. L'aurait-il acheté pour moi hier soir ? C'était ça, sa course ? Une rapide recherche sur Google via mon téléphone m'informe qu'il y a bien une autre épicerie en ville. Mais tout de même, de là à être sorti uniquement pour moi…

Je dilue l'amertume du café avec le lait et savoure une première gorgée salvatrice du mélange. Satisfaite, je souris. Ce n'est pas le latte de Simon, mais ça fera l'affaire pour le reste du séjour.

***

– Merci pour la course, Michael !

Je claque la portière du taxi et mon regard se porte vers le personnel au sol. Leurs gilets orange fluo battus par le vent, ils poussent des chariots remplis de bagages divers en direction des avions.

– Je t'en prie, dit Michael en s'allumant une cigarette. Mais ce n'est pas si loin de chez toi à pied, tu sais.

– J'admets que c'est plus près que je le croyais.

Mais il m'aurait quand même fallu marcher plus d'une demi-heure. J'observe une volute de fumée s’envoler vers le ciel. Une chance que Michael s’abstienne de fumer en conduisant. Sinon, il me faudrait trouver un autre chauffeur.

– Tu ne devrais pas fumer, lui dis-je.

– Oui, je sais, reconnaît-il d’un ton apathique. J’ai déjà essayé d’arrêter.

– Continue d’essayer. Pour tes enfants.

Malgré ses conditions de vie compliquées, je sais qu’il tient à eux. Il suffit de l’entendre en parler.

Le taxi commence à s’éloigner. Par la fenêtre, Michael me salue d’un vague geste de la main, sa cigarette continuant de se consumer entre ses doigts.

Avec un soupir résigné, j’ouvre la porte des locaux d’Alaska Wild. À peine entrée, des papillons commencent à s’ébattre dans mon ventre. Quand j’étais petite, j’imaginais papa au milieu d’un de ces grands terminaux caverneux, le type de chef-d’œuvre d’architecture qu’on voit dans les films, avec des gens courant en tous sens comme des fourmis, traînant bruyamment leur valise derrière eux pour attraper in extremis leur prochain vol. Je me souviens avoir demandé à maman si Alaska Wild ressemblait à ça. Elle avait ri : « Non, Calla. Pas du tout. C’est un endroit bien plus simple. » J’avais alors essayé de faire taire mon imagination pour me figurer un aéroport simple, avec quelques avions, des pilotes et papa aux commandes. Rien à faire.

Mais maintenant que j’y suis, je comprends ce que maman entendait par simple. Je me trouve dans un hall spacieux. Les murs sont en lambris, le sol de linoleum est gris foncé et recouvert de vieux tapis vert bouteille tâchés d'empreintes de pas boueux ; au-dessus de ma tête, les panneaux d'éclairage sont accrochés en lignes aux poutres du plafond ; et il n'y a qu'une seule grande fenêtre au fond, donnant sur la piste de décollage. Des rangées de fauteuils bleus inconfortables, qu'on retrouve dans tous les aéroports, s'enchaînent – assez pour permettre à une trentaine de personnes de s'asseoir. Pour l'heure, ils sont tous vides.

Derrière la réception une femme mince aux cheveux bruns et aux joues roses est assise face à deux ordinateurs. Elle me toise des pieds à la tête avec un regard de faucon à l'affût. Je lui rends son regard et elle m'adresse un sourire.

– Vous devez être Calla !

Sa voix résonne dans le hall vide. Je n'arrive pas à situer son accent, mais une chose est sûre, elle est américaine, mais pas originaire d'Alaska. Mal à l'aise qu'une inconnue sache visiblement qui je suis, je lui renvoie un sourire un peu forcé.

– Bonjour ! Je cherche Agnès.

– Elle est derrière, dit-elle en désignant une double porte dans son dos. Au fait, je m'appelle Sharon.

Je m'approche du bureau.

– Ah oui, Agnès m'a parlé de vous, l'autre jour. Moi, c'est Calla, je suis la fille de Wren, me présenté-je avec un hochement de tête. Mais vous le savez déjà, on dirait.

Sharon part d'un rire et m'indique à nouveau la porte.

– Allez-y.

En contournant le bureau, je ne peux m'empêcher de remarquer que Sharon a un ventre rond comme un ballon de basket. J'écarquille involontairement les yeux, ce qui ne lui échappe pas.

– Enceinte jusqu'aux yeux, oui ! confirme-t-elle en se tapotant le ventre.

C'est peu de le dire, elle semble même à deux doigts d'exploser.

– L'accouchement est prévu pour quand ?

– Dans huit semaines ! J'ai tellement hâte que ce soit fini !

– J'imagine !

Sharon doit être à peine plus vieille que moi, peut-être même plus jeune. Je contiens une grimace. Je n'aimerais vraiment pas être à sa place. Peut-être que j'aurais plus envie d'un bébé dans quelques années. Dans dix ans, par exemple.

– Eh bien, je vous souhaite bon courage !

Je franchis la double porte et me retrouve dans une pièce plus petite. La déco est toujours aussi démodée. La moitié des lieux est occupée par des étagères métalliques de diverses tailles, et l'autre moitié par trois grands bureaux. Des cartes sont placardées un peu partout et au fond se trouve une petite pièce fermée dont la porte est ornée d'une plaque dorée marquée « Wren Fletcher ». Il n'y a personne dedans.

Assis à l'un des bureaux, un homme aux cheveux blancs est absorbé par une calculatrice antique dont il enfonce violemment les touches du bout de son stylo. L'imprimante se met en branle et commence à cracher du papier à un rythme soutenu. J'ai l'impression d'être dans un de ces vieux films ringards que Simon me force à regarder avec lui. Ne manque que le nuage de tabac et un téléphone à cadran rotatif.

De derrière son écran, Agnès lève les yeux vers moi, une paire de lunettes bien trop petites pour son visage rond perchées sur son nez. Ma présence ici ne semble pas trop la dérouter, mais à bien y réfléchir, elle n'a jamais l'air de l'être.

– Salut, Calla ! Vous cherchez votre père ?

– Non, en fait je suis venue pour vous voir. On peut se parler cinq minutes ?

– Pile au moment où j'avais besoin d'une pause café !

Agnès se lève, prend une tasse verte posée à côté de son bureau et une rouge sur celui de l'homme à la calculette.

– James ? Un autre café ?

– Hun, hun, fait-il, sans même lever les yeux.

Agnès hésite.

– Calla est ici, dit-elle.

Ses doigts s'immobilisent en plein calcul. Il lève la tête vers moi et arque ses sourcils broussailleux.

– Doux Jésus, dit-il dans sa barbe. Vous êtes le portrait craché de Susan.

Puis il baisse à nouveau les yeux sur son document.

Agnès désigne la sortie.

– James est dans son monde, comme dirait Mabel. Ne l'interrompons pas, il deviendrait grincheux.

En arrivant près de l'accueil, elle se tourne vers Sharon.

– Sharon, surveille bien l'arrivée des livraisons, tu veux ? Wren ne devrait pas tarder à appeler.

– Sans problème ! dit la réceptionniste d'un ton joyeux.

– Wren est allé à Saint Mary's, m'explique-t-elle. Il y supervise des réparations au poste de transmission.

Je suis Agnès jusqu'à une autre porte et dans ce que j'imagine être la salle du personnel – un genre de long couloir équipé d'une kitchenette, d'une table en métal trônant en plein milieu et de trois vieux canapés au fond, disposés en U et dont les oreillers ont été déformés à force de crouler sous le poids d'employés venus s'y reposer. Au milieu des canapés se trouve une table basse où s'empilent des magazines abîmés et des journaux pliés à la va-vite.

Je m'entoure de mes bras pour me réchauffer. On dirait qu'il fait plus froid.

– Ce type dans le bureau semble se souvenir de ma mère.

James. Je crois que c'était son nom.

– Et de vous, ajoute Agnès qui se saisit du pot de la cafetière pour remplir les deux tasses. Il la voyait chaque semaine. Il fait ça depuis quarante-huit ans, vous imaginez ?

Waouh.

– Et il n'a pas d'ordinateur ?

– Non ! Juste sa calculette et des registres.

– Vous plaisantez ?

Agnès fait non de la tête. Son regard pétille d'amusement.

– C'est toujours comme ça, en Alaska ?

– En tout cas, c'est toujours comme ça chez Alaska Wild !

Elle ouvre le robinet et se met à nettoyer une tasse sale qui traînait. Au-dessus de l'évier, quelqu'un a punaisé une feuille avec écrit : « Ce que tu utilises, tu nettoies ! » Quelqu'un n'a pas suivi la consigne, apparemment.

– Votre père continue à noter ses réservations sur des bouts de papier que je dois aller récupérer dans ses poches. Nous ne prenons les réservations qu'en personne ou par téléphone.

Elle ricane et reprend :

– Au cas où vous ne l'auriez pas encore remarqué, Wild est en retard de quelques décennies.

– Je n'ai même pas trouvé de site officiel, admets-je. Enfin si, mais il est en construction.

– C'est bien notre site, dit-elle en riant. J'ai tanné Wren un nombre incalculable de fois pour qu'on en ouvre un. Il dit que ce n'est pas la peine de payer quelqu'un des milliers de dollars pour qu'on parle de nous alors que tout le monde nous connaît déjà dans la région. Bref, il a fini par céder et nous avons engagé un web designer qui habite à Toledo, Ohio. Il a pris l'argent et a créé l'adresse, mais c'est tout. J'ai plusieurs fois essayé de le contacter, jusqu'à ce que mes e-mails me reviennent.

Elle hausse les épaules.

– On n'a pas encore eu le courage de contacter quelqu'un d'autre, conclut-elle.

– Pas besoin de payer quelqu'un, vous pouvez le faire vous-même.

Elle renifle son amertume.

– Je ne sais organiser des plannings sur Excel que depuis peu. Je connais mes limites en matière de technologie.

– Et votre réceptionniste, Sharon ?

– Sharon gère déjà très bien la clientèle, c'est son point fort. Maxine aussi, mais vous la verrez une autre fois. Elle n'est pas là aujourd'hui.

– Et… Jonah ?

Nouveau ricanement.

– Jonah ? Non, il ne daigne déjà pas répondre au téléphone, la plupart du temps. Jonah est un excellent pilote, un meneur et il sait gérer nos problèmes mais il ne veut rien avoir à faire avec des ordinateurs.

– Mais il y a bien des ordinateurs dans les avions, non ? dis-je, avec sarcasme.

Puis, je repense à la façon dont Jonah consultait compulsivement sa montre. Ceci explique cela. Je dis sans réfléchir :

– Tant que je suis là, je pourrais peut-être m'en charger pour vous. Bon, je n'y connais rien en compagnie aérienne ou en service de fret, mais je devrais pouvoir vous bricoler quelque chose quand même.

Après tout, j'ai créé le site de Calla & Dee toute seule.

– C'est gentil, mais ce n'est pas si important, dit Agnès. Nous y viendrons, en temps voulu. Vous n'êtes ici que pour une semaine, vous devriez plutôt passer du temps avec votre père.

S'il arrive à tenir en place.

Agnès essore l'éponge et la met à sécher.

– Au fait, est-ce que Mabel est passée ce matin ? demande-t-elle.

– Non. Pourquoi ?

– Juste comme ça. Je lui ai donné pour consigne de vous laisser un peu tranquille, mais elle est parfois têtue. C'est qu'il n'y a pas grand-chose à faire à Bangor.

Elle me sourit.

– Mais vous, vous représentez quelque chose de nouveau, d'enthousiasmant pour une fille de cet âge. Mabel peut se montrer un peu envahissante.

À la mention de Mabel, je me souviens de la raison qui m'a amenée à Alaska Wild de si bon matin. J'hésite, de peur que la conversation ne prenne une tournure gênante.

– Je suis navrée pour hier soir.

Un peu comme papa l'a fait, elle balaye mes excuses d'un geste de la main.

– Nous avions vaguement deviné en vous voyant si troublée et votre choc est tout à fait compréhensible.

J'observe intensément son profil tandis qu'elle balaye des restes de sucre et de café de la surface du comptoir. Elle est décidément très compréhensive.

Je poursuis :

– Papa m'a parlé du père de Mabel. Derek, c'est bien ça ?

Un sourire mélancolique soulève ses joues.

– C'est bien ça. Je me souviens encore de quand il est arrivé ici. Il était originaire de l'Oregon. C'était le nouveau pilote, un peu lourd et maladroit. J'ai tout de suite craqué pour lui ! Nous nous sommes mariés un an plus tard.

Elle traîne des pieds jusqu'à la table et s'assoit face à moi, en étreignant son café dans ses petites mains potelées.

– Quand on a appelé pour nous dire que son avion n'avait pas atterri, j'ai tout de suite su. Il y avait un tel brouillard qu'il a fallu deux jours pour retrouver l'appareil. Je me souviens que j'étais assise là-bas quand on m'a annoncé l'avoir trouvé.

Elle désigne le canapé bleu ciel. Une boule d'émotion se forme dans ma gorge.

– C'est… c'est horrible.

Un éclair de souffrance traverse son regard avant de disparaître aussi vite qu'il est apparu.

– En effet. Mais j'ai toujours vécu avec la possibilité que cela puisse arriver. C'est comme ça pour tous nos pilotes. Nous avons perdu de bons amis, ces dernières années. Je ne vous dis pas le nombre de fois où j'ai eu peur pour Jonah… Mais je suis heureuse d'avoir eu Mabel. Derek survit à travers elle.

– Est-ce qu'elle vous parle souvent de lui ?

Comme moi, qui posais tout un tas de questions à maman pour en savoir plus sur mon père.

– Pas souvent. Mais de temps en temps.

Agnès se penche en arrière et ses yeux fixent le plafond tandis qu'elle reprend :

– C'est fou ce qu'elle me rappelle Derek. Elle est comme lui, toujours si exaltée. Elle a même hérité de sa voix écorchée.

– C'est amusant qu'on puisse hériter d'une voix.

Je sens le regard sombre d'Agnès peser sur moi tandis que mon index court sur la surface de la table en bois. Maman dit toujours que j'ai hérité des mains de papa.

Agnès reprend :

– C'est la mort de Derek qui a poussé votre père à vouloir venir à Toronto. De son vivant, il lui disait sans arrêt d'y aller. Puis, quand c'est arrivé, Wren s'est dit qu'il le lui devait.

– Il se sent coupable de sa mort. Il me l'a dit.

Agnès grogne sa désapprobation.

– Quelle que soit la façon dont on présente les choses, Wren a toujours une manière de déformer les faits pour endosser la responsabilité. Pour lui, soit Derek n'avait pas assez d'expérience pour effectuer ce vol, auquel cas, Wren a fait une erreur de jugement ; soit c'était à lui de piloter dans cette arête de la montagne, comme c'était prévu. Ces montagnes sont fourbes, en particulier si la météo est mauvaise. Il arrive souvent qu'un pilote confonde une rivière avec une autre et qu'il tourne trop tôt ou trop tard. Que cela soit l'une ou l'autre option, Derek serait encore en vie selon Wren, et il est bien le seul à voir les choses sous cet angle.

Agnès hésite à poursuivre, son regard braqué sur moi.

– Quand il m'a dit qu'il avait annulé sa venue à Toronto, c'était déjà trop tard. Si j'avais su ce qu'il prévoyait, je l'aurais poussé à y aller, quoi qu'il en coûte. Je me sens partiellement responsable de ce qui vous a séparés et j'en suis profondément désolée.

– Non, vous n'y êtes pour rien. C'était sa décision, à lui seul.

Sa faute, son erreur. Ou peut-être pas ? S'il en avait décidé autrement, que serait-il advenu de notre famille ? De Simon ? Maman aurait-elle fini par prendre une décision irrévocable ? Si papa était venu à Toronto, de quoi aurait l'air ma vie aujourd'hui ?

Je soupire avec emphase.

– Si seulement il m'en avait parlé. Peut-être que je n'aurais pas compris à l'époque mais j'aime à croire que j'aurais fini par comprendre.

– Wren ne le dira jamais et j'ignore si cela vous fera vous sentir mieux, mais il a beaucoup de regrets et beaucoup d'entre eux vous concernent vous et votre maman.

Agnès se lève et s'approche d'un placard au-dessus de l'évier.

– Je reconnais qu'il peut être particulièrement exaspérant, continue-t-elle. Il est avare en parole et pas plus généreux quand il s'agit d'exprimer ses sentiments. Il ne s'en fiche pas, bien au contraire. Mais il faut être très attentif pour le voir les manifester.

La petite femme se dresse sur la pointe des pieds et commence à réarranger le contenu du placard le plus haut, changeant de place des boîtes et des conserves déjà rangées. Puis, la porte du placard se ferme, son claquement emplit le silence.

Une fouineuse, comme maman. Elles ont au moins ça en commun. Ces deux derniers jours, j'ai pu assembler quelques éléments de réponse qui m'informeraient sur la nature de la relation qu'Agnès entretient avec papa, mais une question demeure.

– Est-ce que vous et mon père… je veux dire, avez-vous jamais, à un moment, été plus que de simples amis ?

Elle s'occupe en notant des choses sur un registre accroché au mur – un inventaire, peut-être ?

– Il fut un temps où j'espérais que nous puissions devenir plus que ce que nous sommes en ce moment.

– Mais ce n'est plus le cas ?

Elle ne répond pas immédiatement, comme si elle mûrissait d'abord sa réponse.

– Ce n'est plus le cas, conclut-elle simplement.

Quelqu'un frappe à la porte et nous nous tournons toutes les deux pour voir Sharon entrer. Son ventre m'apparaît encore plus proéminent maintenant que je vois ses longues jambes toutes fines.

Agnès a les yeux qui brillent.

– Comment tu t'en sors ?

Sharon se dandine vers le frigo en se tenant le ventre de chaque côté.

– Je vais aux toilettes toutes les vingt minutes, j'ai la mémoire qui défaille et ces haut-le-cœur… beurk ! Sans oublier Max qui me tape sur le système !

– C'est le père, m'explique Agnès. Il s'occupe de nos livraisons pour Nome.

Sharon ouvre le frigo et semble chercher quelque chose qu'elle n'y trouve pas. Agnès l'observe et ajoute :

– Il a hâte que le petit arrive.

– Et moi donc ! surenchérit Sharon. Au fait Agnès, as-tu trouvé quelqu'un pour nous remplacer ?

– Jonah a un entretien la semaine prochaine avec un nouveau pilote. Pas encore de piste pour l'accueil.

Je crois que Mabel, Maxine et moi allons devoir assurer l'intérim au début. À moins que Calla ne reste plus que prévu ? dit-elle en ricanant. Qu'en dites-vous ? Vous pourriez remplacer Sharon après qu'elle et Max soient retournés dans les 48 contigus ? Ce serait l'occasion de passer plus de temps avec votre père…

Elle balance ça comme un hameçon que je devrais mordre. Est-ce qu'à tout hasard papa l'aurait informée de mon récent renvoi ? Étant au chômage, je pourrais techniquement prolonger mon séjour.

Je me demande pourquoi Max et Sharon quittent l'Alaska. Ils ne se plaisent pas ici ? Sharon se met soudain à maugréer.

– Ah mais voilà pourquoi j'étais là ! Fichu bébé ! Wren ! Il a rappelé, il devrait se poser dans dix minutes.

– Enfin, dit Agnès avant de m'inviter à la suivre. Venez, Calla. Allons assister à l'atterrissage !

***

Je resserre les bras autour de moi pour lutter contre le froid qui est tombé sur la région depuis une heure. L'humidité galopante et les nuages bas m'informent de l'arrivée prochaine de la pluie. Au moins, cela a fait fuir les moustiques.

– Regardez, dit Agnès. Le voilà !

Elle pointe le ciel du doigt, en direction d'une petite tâche qui grossit et prend forme au fur et à mesure qu'elle se rapproche. Agnès est tout sourire.

– Je ne me lasse jamais de les voir rentrer !

J'admets que je ressens moi-même un léger frisson. L'atmosphère sur le tarmac est surnaturelle. Nous sommes entourées d'avions, seul moyen pour ces pilotes de rejoindre la civilisation. Rien à voir avec nos banals trajets en bus ou en métro pour aller travailler le matin.

Je demande :

– Est-ce qu'il pilote tous les jours ?

– Non, il passe le plus clair de son temps au téléphone à gérer ses pilotes et les bulletins météo. Cela dit, il a beaucoup piloté la semaine dernière. Je crois qu'il veut en profiter un maximum avant d'être contraint d'arrêter.

– Comment ça, contraint ?

Agnès observe les alentours et répond.

– Il va être obligé de déclarer son état de santé. Après quoi, il sera consigné à terre. Il est hors de question qu'il pilote en plein traitement. En fait, il devrait déjà avoir déclaré sa maladie. Je pense que c'est pour ça qu'il ne pilote qu'en solo. S'il ne met que sa vie en jeu, ça lui donne moins l'impression d'enfreindre le règlement.

Elle marque une pause.

– C'est le pire pour lui. Ne plus pouvoir voler quand il veut.

Dans le ciel, la tâche continue à grossir.

– Il aime vraiment beaucoup voler, alors.

– Plus que n'importe quel pilote de ma connaissance et ils sont nombreux en Alaska ! James dit que quand il était bébé, votre grand-mère était persuadée qu'il pleurait car il refusait de devoir mettre un pied par terre ! S'il y a jamais eu un homme né pour tutoyer les cieux, c'est bien votre père.

L'idée lui tire un sourire.

– Vous savez, reprend-t-elle, on pouvait tout de suite deviner quand il vous avait eue au téléphone. Il prenait un avion et il s'envolait, sans prévenir personne et sans nous dire où il allait, ni quand il reviendrait. Et il ne répondait pas à nos appels non plus, glousse-t-elle en repensant à ce souvenir. Je vous jure, il nous rendait dingues ! Bien sûr, il finissait toujours pas revenir au bout d'une heure, mais ce n'était tout de même pas raisonnable. Nous avons fini par nous y faire. C'était sa façon à lui de gérer ses émotions.

– En jouant les kamikazes ?

– Non, en filant vers les cieux, là où est sa place. Loin de tout ce qu'il avait perdu sur la terre ferme.

Je n'arrive pas à savoir si elle défend son choix d'avoir laissé tomber sa famille ou si elle cherche à l'expliquer. L'un ou l'autre, il y a clairement distorsion des faits. Papa n'a jamais été la victime, dans l'histoire.

– Il n'avait aucune raison de nous perdre, dis-je. Le ciel existe ailleurs qu'en Alaska. Il aurait pu voler n'importe où ailleurs : Colombie britannique, Nord-Ouest du Pacifique, Alberta, Ontario… On recrute aussi des pilotes dans ces régions. Il nous a perdues car il n'a même pas essayé d'envisager autre chose.

Les yeux rivés sur l'avion en pleine descente, Agnès ne dit rien, comme pour bien peser ses mots.

– Saviez-vous que votre père a vécu pendant quelque temps dans le Colorado ?

– Euh, non…

Je ne sais pratiquement rien sur mon père, donc cette révélation ne devrait pas beaucoup me surprendre.

– Quand ça ?

– Quand il avait vingt ans. À l'époque, il est allé vivre chez son oncle, le frère de votre grand-mère. Vos grands-parents sont originaires du Colorado, ils n'ont déménagé en Alaska qu'un an après la naissance de Wren. Bref, Wren n'avait jamais quitté l'État et avant de prendre les rennes d'Alaska Wild pour de bon, il a eu envie d'aller faire un tour dans les 48 contigus. Il est donc descendu là-bas et a trouvé un poste de pilote dans une équipe de secouriste. Il pilotait déjà depuis ses quatorze ans et il avait accumulé une assez bonne expérience de vol. En vingt-quatre heures, on lui avait proposé pas moins de trois postes. Au début, il a beaucoup voyagé : Californie, Arizona, Oregon… New York aussi, mais il n'est resté qu'un week-end.

Elle s'interrompt et ricane.

– Il détestait cette ville ! Il avait hâte d'en partir. Quant au Colorado, même après un an, il se sentait toujours comme un étranger. Tout y était différent, les gens, le mode de vie, les priorités… et tout y était trop frénétique. Il avait le mal du pays.

– Donc, il est rentré vivre en Alaska ?

– Il n'avait pas beaucoup le choix. Votre grand-père est tombé malade et a dû être hospitalisé à Anchorage. Wren est donc rentré au bercail et il a pris la direction de Wild à sa place. Bien sûr, il s'y était préparé, mais pas si tôt. Il n'avait que vingt-trois ans quand son père est décédé.

– Je n'avais pas réalisé qu'il était si jeune…

– Cela a dû être dur mais il n'a jamais été homme à se plaindre. Cette entreprise lui a coûté du temps et il a mis des années à la prendre en main. Votre grand-mère l'aidait autant que possible. Mais c'était beaucoup de responsabi-lités. D'autant qu'il est question de vies humaines.

Elle s'interrompt à nouveau, fixant l'avion plus intensément.

– La vie ici est simple, mais elle n'est pas facile et certainement pas faite pour tout le monde, poursuit-elle. Il y a des pénuries d'eau, la plomberie gèle, les voitures calent sans arrêt et il fait nuit parfois pendant dix-huit heures, voire dix-neuf heures d'affilée. Dans le Nord du pays, c'est encore pire. Tout ce que nous souhaitons, c'est avoir assez à manger et de quoi nous chauffer quand vient l'hiver. Il faut survivre et savoir apprécier la compagnie de ceux qui nous entourent. Qu'importe qui a la plus grande maison, les plus beaux vêtements ou le plus d'argent. Nous sommes tous dans le même bateau, alors nous nous soutenons les uns les autres. On aime la vie ici ou on ne l'aime pas. Il n'y a pas vraiment d'entre-deux. Les gens comme Wren ou Jonah réalisent bien vite qu'ils ne peuvent pas vivre ailleurs très longtemps. Quant aux gens comme Susan… disons qu'ils ne se sentent jamais chez eux ici. Ils subissent les obstacles plutôt que de les accepter.

Agnès semble hésiter à poursuivre.

– Si vous voulez blâmer des gens pour ne pas avoir essayé, il y a de quoi faire.

Puis, elle se tourne vers moi et m'adresse un sourire.

– Ou alors vous pouvez vous concentrer sur le présent et ne pas vous appesantir sur ce que vous ne pouvez plus changer.

Je comprends le message. Le fiasco du mariage de mes parents n'est pas uniquement dû à papa. Malgré ce qu'elle prétend, maman non plus n'a pas vraiment fait d'efforts. L'avion à rayures blanc et noir amorce sa descente, se positionnant en parallèle de la courte piste d'atterrissage. Ses ailes tanguent fortement.

Inquiète, je demande :

– Sont-ils toujours aussi instables ?

– Tout dépend des vents croisés. Mais n'ayez aucune crainte. Wren pourrait poser ce machin les yeux fermés.

Je trompe mon anxiété en détaillant le parking. La plupart des appareils qu'on chargeait lors de mon arrivée sont désormais parés au décollage.

– Que transportent ces avions ? On y chargeait des caisses, tout à l'heure.

– Des provisions. De nombreux paquets et aussi du courrier à destination des villages.

– Wild délivre aussi le courrier ?

– Bien sûr ! Nous avons un contrat avec USPS depuis des années ! Nous délivrons des milliers de kilos de cargaison chaque jour : lettres, commandes en ligne, vivres, fuel. Des produits d'entretien pour l'eau. Il y a deux semaines, nous avons même livré deux quads avec un Sherpa.

– J'ignorais que les activités étaient aussi diversifiées.

Elle hoche la tête d'un air compréhensif.

– C'est une sacrée organisation. Nous avons beaucoup de personnel à coordonner entre tous les points de livraison. Autrefois, il y en avait plus mais la concurrence a débauché notre personnel pour des safaris et des visites guidées. Même les réservations privées depuis les 48 contigus sont devenues moins fréquentes.

Elle renifle et reprend :

– À un moment, les téléphones sonnaient si peu que Wren m'a fait appeler toutes les lignes pour s'assurer qu'elles fonctionnaient. Mais on va se débrouiller !

Elle a dit ça d'un ton presque détaché, mais je vois bien à son expression que ce n'est pas une situation à prendre à la légère. Mon inquiétude ne passe pas inaperçue et elle m'adresse un sourire rassurant.

– Ne vous prenez pas le chou pour ça, Calla.

Sur la piste, l'avion de papa touche la piste de gravier, une fois, puis deux fois, avant de se stabiliser. Agnès s'élance dans sa direction et je la suis tandis que le même employé que la dernière fois dirige papa avec ses deux bâtons orange.

Papa s'extrait de l'appareil. Pour un homme de cinquante-trois ans, il est drôlement agile. Nous arrivons à sa hauteur au moment où ses bottes touchent le sol.

– Alors, comment ça s'est passé ? dit Agnès.

– La pluie continue à s'infiltrer dans le coin arrière et on dirait qu'ils sont plus préoccupés par leur pause déjeuner que par ce problème. Dans quelques jours, il va falloir envoyer Jonah là-bas, histoire qu'il les secoue un peu.

Le regard gris de papa se pose sur moi.

– Debout depuis longtemps ?

Je réponds :

– Depuis l'aube. Sauf qu'il n'y avait pas de soleil.

– Il va te falloir quelques jours pour t'habituer.

– Le temps de m'habituer, je devrais rentrer.

– C'est souvent comme ça.

Sourcils froncés, il lève les yeux vers le ciel. Des gouttes de pluie commencent à tomber.

– Avec un peu de chance, tu auras un peu de beau temps avant ton départ.

Agnès me fait un clin d'œil.

– Elle est venue voir à quoi ressemblait Alaska Wild et aussi son père voler ! On devrait lui faire faire un vol privé ? Histoire qu'elle voie autre chose que Bangor.

– Aujourd'hui ?

La nervosité me prend au ventre. Regarder atterrir un avion, c'est une chose. Mais au vu de ma récente expérience, c'en est une toute autre que de monter dans un de ces appareils, surtout sans y avoir été mentalement préparée.

Papa semble avoir décelé ma panique et se met à glousser.

– Je crois que Jonah nous l'a traumatisée !

– Elle ira très bien, insiste Agnès. Vous n'aurez qu'à l'emmener tous les deux à bord de Betty !

Hein ? Betty ?

– Impossible, intervient un des membres du personnel au sol en train de décharger l'avion derrière nous. Elle est au hangar !

Le regard de papa se porte vers un hangar où se trouve un avion jaune banane. Deux types discutent près de l'appareil. Le plus grand a les cheveux gris et un bide à bière, l'autre est un petit bonhomme en bleu de travail, un outil à la main. Probablement un mécanicien.

Soudain, une silhouette menaçante et familière s'avance dans notre direction.

– Sonny ! T'as pensé à prendre les trucs dans le frigo ?

– Merde, murmure le dénommé Sonny, un autre membre du personnel au sol.

Ce dernier me jette un regard bref et détale sans demander son reste. Quoi qu'il ait pu oublier dans le frigo, mieux vaut ne pas contrarier Jonah et aller lui chercher.

Papa se tourne vers son bras droit.

– Il y a un fort vent de façade et la pluie arrive du nord, lui dit-il en guise de salut. Il vaudrait mieux qu'on bouge.

– Je décolle dans cinq minutes, dit Jonah en s'arrêtant à ma hauteur. J'ai été à River Co, leur souffler un peu dans les bronches. Ils ont dit qu'ils paieraient à la fin de la semaine.

Papa hoche pensivement la tête.

– C'est bien. Ce sera déjà ça de pris. Je sais qu'ils sont occupés, mais quand même.

– Tu parles, ils sont surtout occupés à rediriger leurs clients vers Jerry ! S'ils ne payent pas dans les temps, il va falloir réduire le budget.

– On ne peut pas se permettre de les perdre, dit Agnès avec calme.

– Dans les faits, on les a déjà plus ou moins perdus, réplique Jonah.

Papa soupire d'un air las, comme s'ils avaient déjà eu cette conversation plusieurs fois. Son regard se porte vers le hangar.

– C'est quoi le souci avec elle ?

– George a dit qu'elle avait l'air bizarre dans les airs, aujourd'hui.

– Bizarre ? Bizarre comment ?

– Je ne saurais pas dire. Mais ça ne lui a pas plu.

– Il pilote depuis vingt-deux ans et tout ce qui lui vient à l'esprit, c'est « bizarre » ?

Jonah lui adresse un regard lourd de sens.

– Tu sais comment est George avec ses intuitions. Qui sait ? Il a peut-être oublié de frotter trois fois sa patte de lapin avant de décoller ! De toute façon, elle allait devoir repasser son contrôle technique. J'ai demandé à Bart de lui faire la complète !

Les choses se mettent en place comme des écrous dans ma tête.

– Vous donnez des petits noms à tous vos avions ?

Papa se tourne vers moi et son visage se fend peu à peu d'un large sourire.

– Voyons, dis-je en remuant mes souvenirs. Il y avait un… Beckett ?

Le nom m'est revenu de très loin, mais des bribes suivent. *Beckett a volé jusqu'au Pôle Nord, aujourd'hui.* Je me souviens que papa avait même demandé à maman de me montrer sur une carte où se trouvait le Pôle Nord – en Alaska, visiblement.

Papa me corrige.

– Becker. Comme le géologue George Becker. C'était un des Beavers ! dit-il, rayonnant. Ton grand-père avait baptisé ses avions d'après de grands explorateurs. On a un Otter qui s'appelle Moser. Et aussi deux Pipers qu'on a baptisés Stockton et Turner. Quasiment tous nos avions peuvent atterrir et décoller sur une piste ou dans l'eau. Ça nous est bien utile ici. Il y avait aussi un Mansfield mais on l'a mis à la retraite après qu'un pilote ait heurté un élan dans la tempête.

J'ai un mouvement de recul mais papa s'empresse de me rassurer.

– Il va bien, rassure-toi, dit-il avant de reprendre sa litanie de petits noms et d'anecdotes. Il y a aussi Bering, d'après Vitus Bering, qui se fait réviser le moteur actuellement. Et puis…

Il gratte pensivement la barbe de trois jours qui lui couvre le menton.

– Je n'en reviens pas que tu te souviennes de ça, dit-il.

– Moi non plus.

Tout comme je ne me souvenais pas combien papa était intarissable sur les avions. J'ajoute :

– Et Betty est aussi nommée d'après une exploratrice ?

Le trio part d'un rire commun.

– J'avoue, j'ai parfois fait des entorses à la tradition, dit-il avec un sourire un peu honteux. Oui il y a une Betty, là dans le hangar. Et elle, c'est Veronica. C'est un Cessna. C'est ma chouchoute !

Il passe une main sur l'avion qu'il vient de piloter et en désigne un autre, orange et blanc, situé un peu plus loin.

– Voilà Archie, m'informe-t-il, en me dévisageant intensément.

Jonah intervient avec ses gros sabots.

– T'emballe pas, Wren. Elle ne doit jamais avoir ouvert un comics de sa vie, elle n'aura pas la référence.

Sous sa barbe, je devine le sourire condescendant qu'il m'adresse. Pas question de me laisser encore enfoncer par cet enfoiré. Je passe devant lui en direction d'un avion blanc au nez bleu avec des petits hublots de chaque côté.

– Alors, celui-ci doit probablement être Jughead ?

Je risque un œil vers Jonah dont le regard bleu banquise exprime la surprise. Le triomphe m'envahit et je laisse la suffisance étirer mes lèvres. Je ne compte pas l'admettre à voix haute mais Jonah a vu juste, je n'ai jamais ouvert un comics de toute ma vie – c'est débile et je ne suis pas un gamin de sept ans. J'aurais tout bonnement été incapable de capter la référence à Archie si je n'avais pas regardé *Riverdale*. Merci Netflix.

J'ai fait ravaler sa morgue à Jonah et j'en tire une satisfaction puérile. Papa se rapproche de moi et passe la main sur le nez bleu de l'appareil.

– Jughead nous sert de transport pour écoliers. Toute l'année, il emmène les gosses des villages à leurs compétitions sportives.

– Par avion ?

Son sourire creuse des rides au coin de ses yeux.

– Tu verrais leur budget transports ! On vit très différemment par ici.

Agnès prend la parole, une note de gravité dans la voix.

– En parlant de budget, James a parcouru la comptabilité de la semaine dernière, quand nous sommes restés à terre. Tu vas avoir du pain sur la planche.

Papa hoche gravement la tête, toute légèreté a déserté son visage. Je sens mon estomac se serrer. Tout à l'heure, Agnès a mentionné des soucis avec la concurrence. Et maintenant ça ? Wild aurait-il des problèmes d'argent ? Comme si son état de santé ne suffisait pas, voilà qu'en plus il allait voir péricliter l'entreprise familiale ?

Sonny est de retour. Sa démarche est étrangement chaloupée tandis qu'il transporte dans ses bras maigre et noueux une sorte de boîte en polystyrène.

– C'est bien celle-là, Jonah ?

– Ouep. Je décolle !

Comme à contrecœur, il commence à marcher vers son avion quand Agnès l'interpelle.

– Pourquoi ne pas emmener Calla avec toi ?

Je ne peux réprimer un regard assassin. Genre je vais remonter en avion, seule, avec Jonah ! Elle est tarée, ou quoi ?

– Non, merci, dis-je.

Jonah ricane et dissimule son intense regard derrière ses lunettes de soleil.

– C'est pas grave, dit-il. Peut-être que Wren pourrait en profiter pour vous apprendre à conduire.

Il tourne les talons et marche à pas tranquilles vers son appareil. *Face de pet*. Bouillante de colère, je lance dans son dos :

– Et volez bien, surtout !

– Préviens-nous quand tu es arrivé ! ajoute Agnès.

– Comme d'hab !

– Et tout de suite !

On dirait une mère poule.

– Ouep !

Agnès soupire, seul signe indiquant qu'elle pourrait être vaguement agacée par son comportement, et se retourne vers nous.

– Wren, pourquoi n'irais-tu pas voir James ? Pendant ce temps, j'emmène Calla en ville, il lui faut du Benadryl pour ses piqûres de moustiques. On dirait que ça s'infecte.

– Ah oui très bonne idée, dis-je en me grattant le bras.

– Oui, fait Papa, en prenant l'air pensif. Au fait, qu'est-ce qu'il a voulu dire en parlant de t'apprendre à conduire ?

Il observe le parking, manifestement à la recherche de sa camionnette. Je soupire.

Merci beaucoup, Jonah.

CHAPITRE 12

– Pourquoi pas « Tous les loisirs passent par Alaska Wild » ? propose Diana. Ça sonne bien, non ?

– Mouais, pas mal, dis-je entre mes dents.

Je suis en train de consulter le site d'Alaska Aviators, autoproclamée meilleure compagnie aérienne du pays. Que ça soit vrai ou pas, les touristes les croiront probablement sur parole.

Leur site est très complet et m'informe sur tout ce que je veux savoir : biographie, modèles d'avions, excursions possibles, fiches pilotes, consignes de sécurité, tarifs, recommandations pour des logements et des campings, etc. Il y a même une galerie, avec de superbes photos de paysages et de faune alaskiens pour appâter le client.

Si j'étais une touriste en quête d'une excursion, leur compagnie figurerait probablement au sommet de ma liste. Celle-la ou l'une des dix autres que j'ai recensées depuis des heures, assise sur le porche dans une minuscule chaise inconfortable.

Mais Alaska Wild ? Certainement pas. À part une liste du personnel, leur site Internet ne fournit pas la moindre information viable. Elle serait tout en bas de ma liste.

Diana s'impatiente.

– Tu ne m'écoutes pas du tout, en fait !

Je mens.

– Si, si, je te jure que je t'écoute. C'est bien mais dans l'idée, ça serait plutôt « Vous partez avec Wild mais vos bagages ne vous suivront pas ».

Puis, d'un ton sans conviction, j'ajoute :

– Une accroche bien vendeuse pour les dépliants.

– Quoi ? Tu n'as toujours pas reçu tes fringues ? Mais c'est dingue, ça !

– Peut-être aujourd'hui.

Avec un peu de chance.

– Tu auras au moins de quoi t'habiller pour les quatre derniers jours.

– Voilà.

– Calla, c'est quoi ton problème à la fin ? On dirait que tu t'en fiches !

– Je ne sais pas. Je crois que je suis fatiguée. J'ai pris du Benadryl et on dirait que ça m'assomme.

La plaque rouge sur ma cuisse m'arrache une grimace.

– En plus, ça n'a pas l'air de marcher. Ça me brûle !

– Ah ça craint… J'espère que ça va pas virer à la cellulitis.

La panique me gagne.

– De la cellulite ?

– Mais non, pas de la cellulite. La cellulitis ! C'est une infection. Prends un marqueur et entoure la zone de ta piqûre. Si ça s'étend au-delà, il va te falloir des antibiotiques.

– Comment tu sais ça ?

– Ma mère est infirmière, je te rappelle.

– C'est vrai, j'oubliais.

– Mais je pense que ça ira. Prends-toi encore une dose ou deux et tout ira bien. Tiens, au fait, j'ai pensé qu'on devrait faire un article sur…

Diana s'emballe sur une histoire de tresses vikings et de sources chaudes, mais je ne l'écoute plus vraiment. Je ne pense pas que ce manque d'enthousiasme soit dû à mes fringues manquantes ou aux antihistaminiques. C'est juste que, pour l'heure, Calla & Dee me semble être… une occupation bien futile.

Diana change de sujet.

– Au fait, pourquoi pas le yéti ?

Diana avait eu droit à tous les détails de mes deux rencontres avec Jonah, des textos jalonnés de mots grossiers et du souhait qu'il croise malencontreusement la route d'un animal sauvage.

– Quoi, le yéti ?

– Je ne sais pas, on pourrait peut-être lancer un deuxième numéro de « *Transformez votre homme des cavernes en gentleman moderne* » spécial Alaska !

Je souffle par le nez.

– Crois-moi, il faudra bien plus qu'une simple paire de ciseaux pour faire de ce type-là un gentleman. En plus, je crois qu'il aime bien son look.

Sinon, pourquoi se laisser pousser une barbe pareille ?

– Merde, faut que je te laisse, fait Diana à mi-voix. Beef Stick me fait signe. Genre je suis sa secrétaire personnelle !

– C'est le patron du cabinet, je te rappelle.

Ce n'est pas parce que le boss a un faible pour les Beef Stick, cette viande en bâton qu'on trouve chez tous les épiciers, que cela remet sa position en cause.

– Il faut vraiment que je trouve un autre boulot, reprend Diana en murmurant à toute vitesse. On se parle plus tard !

Elle raccroche.

Remettant mes écouteurs, je lance ma musique et continue à fouiner sur les sites de la concurrence, prête à grignoter un sandwich au jambon que je m'étais préalablement préparé. Mais je me rends vite compte que ce n'est pas ce dont j'ai envie. Je vais à la cuisine et me sers une assiette de carottes et de houmous, avec un smoothie aux légumes verts.

Je referme la porte coulissante et bondis de stupeur. Un raton laveur s'est incrusté sur la table et décortique le sandwich que j'ai laissé en plan.

– Pchhhht ! Allez, fiche le camp !

Je m'attends à ce que mes cris le fassent battre en retraite vers la porte entrouverte par laquelle il s'est de toute évidence faufilé.

Mais l'animal me dévisage brièvement de ses petits yeux de fouine et retourne aux tranches de pain. Je flanque un coup de pied dans une caisse en plastique.

– Mais va-t'en !

L'intrus se met à protester avec ce petit couinement typique de son espèce qui me vrille les nerfs. Puis, il s'élance dans ma direction. Surprise, je recule d'un pas peu assuré, renversant la moitié de mon assiette par terre et le contenu de mon smoothie en plein sur mon jean. Le raton est momentanément stoppé par une carotte qu'il prend entre ses griffes et commence à grignoter, la retournant en tout sens.

Est-ce que les ratons d'Alaska sont différents de ceux de Toronto ? Et s'il était agressif ? J'aperçois un balai dans un coin. Je dépose assiette et verre sur un rebord et m'en empare à deux mains, prête à frapper.

Soudain, une voix grave s'élève.

– Bandit !

Le raton se dresse sur ses pattes arrière et interrompt son repas avant de se tourner en direction de la voix.

– Bandit, reviens ici !

L'animal détale en trombe à travers la porte entrouverte. Médusée, les poings serrés autour du manche à balai, je le regarde traverser la pelouse et s'arrêter à seulement un mètre de Jonah. Il prend appui sur ses pattes arrière et le pilote s'accroupit à sa hauteur.

– Eh là, mon grand. Tu t'attires encore des ennuis ?

Jonah lui grattouille la tête, ce qui lui vaut des petits piaillements ravis. Mon visage se contorsionne d'horreur.

– Ne me dites pas que c'est votre animal de compagnie ? Vous vous foutez de moi !

– Non, rétorque-t-il sur un ton badin. En Alaska, il n'est pas permis d'avoir des ratons laveurs comme animal de compagnie.

– C'est quoi, alors ? Parce qu'on dirait vraiment qu'il est dressé, là !

– Juste un raton qui aime traîner autour de chez moi.

Son regard s'attarde sur le manche à balai que je tiens toujours.

– Que comptiez-vous faire avec ça, exactement ?

– Le virer de là avant de me faire mordre !

– Il ne vous mordra pas à moins que vous ne lui donniez une raison de le faire.

J'ai un mouvement de recul en songeant à Tim et Sid, remontant l'allée après s'être copieusement repus d'un tas de viande pourrie et de petits os puants.

– Ils ont des maladies, dis-je. Vous savez ça ?

Jonah flatte une dernière fois la tête de l'animal et se remet debout. Le raton détale sans demander son reste.

– Bandit est très propre.

– Bandit ? Vous lui avez donné un nom ?

– Oui. Vous savez, leurs yeux font penser à des masques de bandit comme dans les…

– J'avais compris ! Bravo, super original comme nom !

J'avoue, il lui va comme un gant. J'ajoute :

– Il m'a piqué mon sandwich !

Jonah hausse les épaules.

– Vous n'aviez qu'à pas le laisser traîner à sa portée, alors.

– Je ne l'ai pas laissé traîner ! Il était dans une assiette, sur la table, à l'intérieur ! Votre bestiole est entrée par effraction ! En prime, elle m'a fait renverser mon repas !

Je désigne mon jean trempé de liquide vert. Mes chaussettes n'ont pas été épargnées non plus. Le coin des yeux de Jonah se plisse de rides amusées.

– Tâchez de ne pas être aussi maladroite la prochaine fois.

Je lui lance un regard assassin. Qu'est-ce qu'il fout là, d'abord ? Je le croyais au travail ! Je nettoie les dégâts et retourne à l'intérieur pour enfiler le dernier jean qu'il me reste. Au passage, je me sers une banane.

Lorsque je reviens sur la véranda, Jonah est assis à ma place. Dieu merci, pas de raton en vue. Jonah désigne mon écran.

– Qu'est-ce que c'est que ça ?

– Un ordi ?

Il m'adresse un regard vide d'expression.

– Vous consultez les sites des compagnies aériennes locales. Pourquoi ?

– Je veux en savoir plus sur ceux qui font de la concurrence à mon père.

– Pourquoi ? maugrée-t-il. L'entreprise familiale vous intéresse tout à coup ? Vous voulez en prendre la tête peut-être ?

Je mords dans ma banane et réplique :

– Non. Mais j'ai remarqué qu'Alaska Wild n'avait pas de site officiel et je pense que c'est une grave erreur. Tout le monde a un site aujourd'hui. Tenez, la gamine de seize ans qui promène les chiens dans mon quartier ? Elle a son propre site et même un système de paiement en ligne. Si vous avez une activité commerciale, c'est la base.

Jonah se penche en arrière, écarte les jambes et croise les bras, bien posé dans ma chaise.

– Pas besoin de nous vendre. Les villageois nous connaissent déjà, les écoles aussi. Tout le monde connaît notre politique d'envoi.

– Oui, mais les touristes ? D'après Agnès, vous perdez des clients de ce côté-là.

– C'est vrai, mais avoir un site n'y changera rien.

Je m'assois sur l'autre siège. Les pieds sont branlants et il vacille légèrement.

– Admettons que je sois une touriste et que je veuille visiter la région ou prendre un vol pour une autre ville. Je n'aurais aucun moyen d'entendre parler d'Alaska Wild !

– Bien sûr que si. Nous sommes référencés dans toutes les brochures de tourisme et dans l'annuaire.

– Oui, mais ils ne contiennent aucune info sur vous. Rien sur vos modèles d'avion, ou vos consignes de sécurité, ni même les modalités de remboursement ! Rien non plus sur vos horaires, vos prix ou…

– Nous leur communiquons toutes ces infos par téléphone, m'interrompt-il, comme si c'était l'évidence même.

Il passe complètement à côté de l'essentiel.

– Jonah, dis-je patiemment. C'est peut-être assez pour vos clients locaux mais si vous comptez attirer l'attention des 48 – ou qu'importe comment vous les appelez – ou même des touristes d'autres pays, ce n'est pas suffisant. Les gens n'appellent pas les compagnies aériennes avant d'avoir au préalable fait le tri dans leurs options. Ils détestent parler au téléphone ! Sérieux, si je peux l'éviter, je n'appelle même pas mes amis en direct. Tout le monde va sur Internet de nos jours, sur Google ! Ils choisissent deux, voire trois compagnies et là, ils appellent ! D'ailleurs, la plupart du temps, on appelle plus, on se contente d'envoyer un e-mail.

– Nous avons un e-mail.

– Mais où peut-on trouver l'adresse ? Vous n'avez même pas de site ! Croyez-moi, les gens ne vont pas se casser la tête pour la chercher !

On dirait que Jonah commence à m'écouter. J'insiste :

– De plus en plus de gens font leur réservation en ligne, impriment leurs billets et se présente avec. Et si les autres compagnies ont toutes des sites Internet avec des infos, des photos de paysages, de leurs avions et même des vidéos de vol pour montrer comment ça se passe, leur choix sera vite fait et vous pouvez être certain qu'Alaska Wild passera à la trappe. Franchement ? Si je dois payer pour venir en Alaska et en plus prévoir un budget pour les activités, je ne choisirais pas la compagnie aérienne qui n'a même pas pris la peine de créer un site.

Bien sûr, je n'ai pas d'étude marketing sous la main pour le prouver, mais ça tombe sous le sens, non ? Je veux dire, tout le monde sait que c'est comme ça que ça fonctionne. Pourtant, Jonah n'a pas l'air convaincu.

Je reprends :

– Écoutez donc. Imaginons que je sois un mec lambda de l'Arkansas, d'accord ? J'ai toujours rêvé d'aller chasser en Alaska. Comme je n'y ai jamais mis les pieds, mon premier réflexe, c'est d'aller me renseigner sur les camps de chasse. J'en trouve finalement un, celui-là par exemple.

Je rapproche mon siège de l'ordinateur mais Jonah ne fait pas le moindre effort pour bouger, ce qui m'oblige à me pencher par-dessus ses cuisses pour atteindre le clavier.

– Regardez, si je clique sur l'onglet « Comment m'y rendre », je suis immédiatement redirigée vers le site d'Alaska Aviators.

– C’est parce qu’ils ont un contrat avec eux. Nous en avons aussi un avec River & Co.

– Vous voulez dire les gars qui ne vous payent pas dans les temps ?

Je me penche plus en avant pour chercher leur site et mon genou cogne celui de Jonah.

– Pardon… Tenez ! Dans leurs options, il y a Alaska Wild et Alaska Aviators !

Je tapote l’écran d’un ongle vernis pour souligner mon propos et mon genou heurte à nouveau le sien. Jonah ne bronche pas.

– À ce moment précis, le mec lambda, toujours en train de préparer son voyage, va choisir Alaska Aviators car il n’a pas de moyen de comparer les offres. Et il lui faut décider tout ça depuis l’Oklahoma.

– Je croyais qu’il était de l’Arkansas.

– On s’en fout, l’important, c’est que seuls des prix plus bas pourraient lui faire préférer Wild.

– C’est grosso modo les mêmes prix.

– Alors je vous laisse imaginer quel choix fera notre mec quand il s’agira de réserver son séjour.

Satisfaite d’avoir le dernier mot, je me laisse retomber contre le dossier de ma chaise.

– Ce n’est peut-être pas River & Co le problème, Jonah. Peut-être qu’ils ne redirigent pas les touristes ailleurs, mais que ce sont les touristes eux-mêmes qui ont décidé à qui faire appel car on leur a facilité le choix.

Le regard perçant et habituellement neutre de Jonah se charge tout à coup de curiosité. Il demande :

– Vous sauriez faire ça ? Faire un site, je veux dire ?

– Oui ! J'en ai déjà construit un en partie.

Je clique sur l'onglet où est ouvert Calla & Dee.

– C'est rose, remarque Jonah.

Je lève les yeux au ciel.

– C'est juste le graphisme, enfin ! Je trouverais quelque chose d'approprié pour Alaska Wild.

– En quatre jours ?

– Je pense que oui. Pour un site simple, en tout cas.

Je hausse les épaules et ajoute :

– Ce n'est pas comme si j'avais mieux à faire.

Il hoche pensivement la tête, un pli pensif sur le front.

– Mais ça ne coûterait pas trop cher ?

– Non. J'utiliserai le même site de web-design que pour le mien, ça reviendra à presque rien. J'ai aussi mon appareil photo, alors je pourrai garnir le site. Je ne suis pas une pro, mais je me débrouille.

J'ouvre un article que je sais contenir des photos de paysages.

– Tenez, j'ai pris celle-ci.

Jonah se penche et lit à haute voix :

– « Du sequin sur la ville ? »

– Oubliez le titre et regardez plutôt les photos !

– C'est qui ça ?

Jonah désigne du menton une photo de Diana en train de poser dans Hyde Park dans une mini-jupe à sequin couleur blush raccord avec les cerisiers.

– Ma meilleure amie.

– La vache !

Je râle.

– D'accord, vous aimez les blondes avec de belles jambes. Quelle surprise ! Mais voudriez-vous bien vous concentrer sur les photos, maintenant ?

– Mais cette jupe est ras la salle de jeux !

– Jonah !

Je ris en grommelant et lui tape le torse. Ses pectoraux sont vraiment musclés et bien dessinés. Je reprends :

– Oubliez Diana et sa mini-jupe ! Bref, tout ça pour dire que je me débrouille en photo et que ce sera toujours mieux que ce que vous avez pour l'instant, c'est-à-dire rien.

Il tourne vers moi un regard amusé, ce qui provoque chez moi un sourire bête et involontaire.

– Vous ne me prenez pas du tout au sérieux.

– Mais si. Je vous jure que oui.

Sa main vient se poser sur mon genou et il le serre brièvement avant de la ramener vers sa chaise.

– Faites-le, allez-y.

– Vous êtes sérieux ? dis-je, ne pouvant cacher ma surprise.

Jonah hausse les épaules.

– Vous m'avez pas mal convaincu. Je ne dis pas que j'y crois à mort, mais ça ne coûte rien d'essayer.

– Vous voulez que je demande l'autorisation à papa d'abord ?

– Nan, allez-y ! Parlez-lui du projet, c'est tout. Il sera très content.

– Vous croyez ?

– Si je le crois ? Sa fille s'intéresse à Wild. Bien sûr qu'il le sera.

Ce n'est pas tant que je m'intéresse à Wild que la volonté de m'occuper l'esprit et de me rendre utile. Mais mieux vaut garder ça pour moi.

– Bon… parfait, alors.

– Très bien, ajoute-t-il, avant de hocher résolument la tête. Nous pourrions faire ça ensemble.

Hein ? Houlà !

– Ensemble ? dis-je en ouvrant des yeux grands comme des soucoupes.

– Oui, sinon comment comptez-vous obtenir des informations sur les avions ou nos biographies, etc ? Vous ne pourrez jamais rassembler toutes ces données en quatre jours et je sais tout ce qu'il y a à savoir.

– Oui, pas faux.

Je marmonne dans ma barbe, songeant à Jonah et moi en train de travailler en duo. J'ajoute :

– Ça risque d'être intéressant, en tout cas.

Il m'adresse un sourire moqueur.

– Pourquoi dites-vous ça ?

– Parce que vous… êtes vous.

– Et vous êtes vous ! réplique-t-il avant de continuer d'un ton plus doux, mais je dois reconnaître que vous êtes plutôt futée, en fait. Ça fait un choc !

– Fermez-la.

Jonah trouve que je suis futée. Je sens naître en moi une étincelle de satisfaction. Le pilote soupire et baisse les yeux sur ses mains croisées.

– Bon, écoutez, Calla. Nous sommes manifestement partis du mauvais pied, vous et moi, et c'est de ma faute. Oui, je sais admettre quand j'ai abusé !

Mince. Jonah serait-il finalement capable de courtoisie ?

– Alors… c'est une trêve ou un truc du genre ?

– Un truc du genre, confirme-t-il.

Il consulte sa montre, se lève de la chaise et marche d'un pas lourd en direction de la porte de la véranda, ses bottes claquant bruyamment sur le plancher en bois.

– C'est mon père qui vous a dit d'être sympa avec moi, pas vrai ?

– Nan.

Je n'en crois rien, d'autant que papa avait dit qu'il lui parlerait. De plus, j'ai dans l'idée qu'ils sont trop proches tous les deux pour que Jonah puisse lui refuser quoi que ce soit. J'appelle dans son dos.

– Hé !

Il se fixe sur le palier.

– Ouep ?

– Le diagnostic de mon père. Que savez-vous exactement ?

Papa m'a bien fait comprendre qu'il ne souhaitait pas aborder le sujet avec moi et Agnès m'a déjà dit tout ce qu'elle savait. Ne reste que Jonah. Il soupire et ses épaules s'affaissent.

– Je sais qu'il a un cancer et que tant que vous êtes là, il refuse d'en parler.

– Qu'est-ce que ça signifie, d'après vous ?

– Qu'il a un cancer et que tant que vous êtes là, il refuse d'en parler, répète-t-il d'un ton badin.

Je lève des yeux excédés et insiste :

– Mais il ne m'a même pas dit à quel stade en était la maladie.

Un ange passe et, presque à contrecœur, Jonah fait un aveu :

– Il m'a récemment demandé si je serais intéressé par le rachat de la compagnie…

– Quoi ? Il veut vendre Alaska Wild ?

– Il étudie plusieurs options. Il dit aussi qu'il envisage de prendre sa retraite.

Papa à la retraite ? Il n'a que cinquante-trois ans ! Il est vrai qu'il dirige cette compagnie depuis qu'il a vingt ans. Après trente années de travail, en aurait-il assez ? Mais que ferait-il d'autre ?

Resterait-il en Alaska ? Ou mettrait-il enfin un peu de nouveauté dans sa vie ?

Je reprends :

– Que lui avez-vous répondu ?

Jonah ricane.

– Je n'ai pas assez d'argent pour investir dans ce type de projet. En plus, je n'ai pas envie de passer les trente prochaines années coincé derrière un bureau. J'aime ce que je fais aujourd'hui. Quoiqu'il advienne, j'ai assuré à Wren que je gèrerais ses affaires chez Wild aussi longtemps qu'il en aura besoin.

Tout comme papa l'avait fait pour son père quand il était tombé malade. Une boule d'émotion se forme dans ma gorge et j'ai du mal à déglutir.

– C'est gentil à vous d'accepter de faire ça.

– Wren, c'est comme la famille, vous savez.

– Vous pensez qu'il va s'en sortir ?

– Je pense... je pense que si vous avez la possibilité de rester plus longtemps pour mieux le connaître, alors vous devriez.

– Je pourrais, dis-je, sans même avoir réfléchi.

Jonah se tourne vers moi, arquant un sourcil interrogateur. Je hausse les épaules.

– J'ai subi un licenciement économique. Aucun travail ne m'attend.

Son regard s'attarde sur mon visage.

– Dans ce cas, vous devriez prolonger votre séjour d'une semaine ou deux. Plus, si vous en avez le cran. Ça vous donnerait l'occasion d'en apprendre davantage sur comment fonctionnent les choses par ici.

Je lui adresse un regard vide d'expression. Mais Jonah ne manifeste pas la moindre once d'humour.

– Faites-moi confiance, Calla. Si vous ne le faites pas, vous le regretterez toute votre vie.

Son jugement a l'air irrévocable. Les choses se sont-elles passées de la même manière lorsque son père est mort ? Combien de temps resterais-je ?

Un mois ? À Bangor ? Papa acceptera-t-il ne serait-ce que de m'héberger si longtemps ?

C'est alors que le regard de Jonah se porte sur le cardigan rose dans lequel je me suis emmitouflée.

– Avant de rentrer, j'ai appelé Anchorage pour savoir où en étaient vos bagages. Il semble qu'il y ait un problème technique. Elles n'arriveront pas aujourd'hui.

– Sérieux ?

– Il faut vous y faire, Calla. C'est ça, l'Alaska !

Bouillante de rage, je regarde Jonah quitter la véranda et traverser le jardin avec une petite démarche bondissante.

***

La porte de la cuisine grince sur ses gonds et je me retourne juste à temps pour voir papa entrer dans la maison. Il a travaillé presque quatorze heures d'affilée.

– Dure journée ?

– Elles le sont toutes, dit-il en poussant un soupir d'épuisement.

Il flanque de la paperasse sur le comptoir et se masse les paupières.

– Ça sent bon, ici.

J'appuie sa remarque en déposant des tranches de poivrons dans un saladier.

– J'ai fait à dîner. Au menu, salade de poulet à la grecque avec vinaigrette maison !

Vu ce que ça m'a coûté, sans parler de la course en taxi, ça devrait être mis en bouteille et vendu à prix d'or.

– Ce sera prêt dans cinq minutes ! J'espère que tu aimes la salade à la grecque !

– C'est… oui, ça fera l'affaire.

Un ange passe et je sens que son regard est posé sur moi.

– Merci, Calla, ajoute-t-il. C'est très gentil de ta part.

– C'est pas grand-chose.

Je songe avec un sourire que c'est le premier repas que je prépare pour nous deux. Une de ces petites choses insignifiantes et sans conséquence dont je me souviendrai sûrement toute ma vie.

Papa demande :

– Comment s'est passée ta journée ?

J'ai hâte de lui parler du site que je vais construire pour Wild. Et aussi de sa potentielle retraite. Par quoi je commence ? Dehors, des pas remontent les marches de bois et la porte s'ouvre à la volée un instant après sur Mabel, un grand sourire sur les lèvres. Elle est à bout de souffle, comme si elle avait remonté l'allée en courant.

– Ah, pile à temps !

Un sourire illumine le visage de papa.

– Hé ma grande ! Qu'est-ce que tu nous apportes de bon ?

Entre ses mains gantées de moufles, Mabel présente un plat en verre recouvert d'un film plastique.

– Ma spécialité ! annonce-t-elle avec un sens du spectacle et une énergie si vibrante que je ne saurais pas les manifester même au top de ma forme. Les plus délicieuses pâtes que vous ayez jamais mangées ! Avec tout plein de fromage et de sauce !

Elle ôte le film plastique et un délicieux fumet de fromage fondu vient me chatouiller le nez. Mabel ajoute :

– J'ai amélioré ma recette !

Si je mange ça, je ne survivrai pas !

– Waouh, je vais avoir de quoi manger pour des semaines, ricane papa avant de se tourner vers moi. Mabel s'est découvert une passion pour la cuisine. Cette année, elle a beaucoup expérimenté et j'ai accepté d'être son cobaye. Ça fait quoi… huit semaines que tu cuisines ce plat ?

– Neuf, corrige-t-elle, non sans fierté. Mais cette fois, j'en suis sûre, c'est la bonne !

– Neuf semaines que vous mangez des pâtes au fromage ?

Papa me jette un regard désapprobateur et malgré mon rire étouffé, je me sens plutôt offensée de cette ingérence. Cette gamine ne se doute pas qu'elle s'incruste dans l'une des rares soirées que je peux passer avec papa. Je ne vis pas en face moi, et je n'ai pas le loisir de passer à l'improviste avec de la nourriture quand l'envie m'en prend. C'est à moi de lui préparer à dîner, pas à elle.

Mais après tout, elle n'a que douze ans et je doute qu'elle pense à mal. Mais je ne peux pas m'empêcher de lui en vouloir ! Cela dit, ça expliquerait pourquoi le frigo est vide… et surtout comment fait papa pour se nourrir.

Mabel prend trois assiettes dans le placard.

– Attends un peu de goûter ça, Calla ! Tu vas en tomber à la renverse !

Je fais une moue navrée.

– J'adorerais Mabel, mais je suis allergique aux produits laitiers.

– Sérieux ? Mince, ça craint ! Tu vas manger quoi, alors ?

La jeune fille s'approche de mon saladier et plisse le nez.

– Houlà… Heureusement que j'ai préparé des pâtes !

Incrédule, je fronce les sourcils.

– Pourquoi ?

– Parce que Wren déteste les légumes, surtout la salade !

Papa fait la grimace et intervient :

– Détester, c'est un peu fort…

– Mais trop pas ! l'interrompt Mabel. Maman le traite toujours de bébé quand il vient manger à la maison ! Elle doit même couper les légumes en tous petits bouts et les noyer dans la sauce pour qu'il en mange ! précise-t-elle avec un sourire en piochant une cuillère dans un tiroir.

Il avait dit que la salade lui allait juste par politesse. À bien y repenser, il n'y avait effectivement pas de petits pois carottes dans son assiette, hier soir. Papa soupire et m'offre un sourire penaud. Mabel sert deux généreuses portions de pâtes dans les assiettes et les amène au salon, s'interrompant en chemin.

– J'ai les blancs ou les noirs, ce soir ? demande-t-elle.

– Je ne sais plus, dit papa. Tu n'as qu'à choisir.

Marchant vers le salon, il m'explique :

– Chaque soir, on fait une partie de dames. Avec le travail, j'en ai loupé quelques-unes.

Sans doute ma faute. Papa se mord la lèvre.

– Alors… tu es allergique aux produits laitiers ?

– Oui.

– D'où les bouteilles de lait de soya dans le frigo.

– Soja. C'est pour mon café.

– Oh. Eh bien, comme ça, je le saurai.

– Oui, dis-je en agitant mon couteau au-dessus du saladier. Tout comme je sais maintenant que tu n'aurais rien mangé de tout ça.

D'une voix chargée de sincérité, il rétorque :

– J'en aurais mangé jusqu'à la dernière bouchée, ma grande.

Il disparaît au salon tandis que j'adresse un sourire béat aux canards sur le mur.

***

Mabel hurle sa joie et récupère la pièce noire qu'elle vient de prendre avant de l'ajouter aux autres.

– Alors ? dit-elle crânement. Qu'est-ce que ça fait de se faire battre quatorze fois de suite par une fille de douze ans ?

Papa fixe intensément le plateau de dames, le front plissé par la réflexion. On dirait qu'il rejoue le dernier coup dans sa tête.

– J'en pense que je t'ai trop bien appris à jouer.

Il se réinstalle dans le Lazy Boy en maugréant et regarde dans ma direction, vers le canapé où je suis assise en tailleur, mon ordinateur entre les genoux.

– Tu es certaine de ne pas vouloir jouer, Calla ? J'ai besoin d'un adversaire que je puisse battre. Mon ego l'exige.

– Peut-être demain, dis-je d'un ton sans réplique.

Papa ricane.

– Merci d'essayer de m'épargner. Ta mère a toujours cordialement refusé de jouer, elle aussi.

Curieuse, Mabel me regarde, puis se tourne vers papa avant de revenir sur moi. Que sait-elle exactement de nous, de notre histoire ? Ressent-elle la tension qu'il y a entre nous quand nous sommes dans la même pièce ? Une tension qui, par chance, s'amenuise au fur et à mesure.

Papa commence à remettre les pièces en place.

– Même heure, même endroit, ma grande ?

Je tâche d'ignorer la souffrance qui me prend aux tripes. Il l'a appelée comme ça au moins une douzaine de fois ce soir et à chaque fois je l'ai ressenti comme un rappel de leur relation privilégiée.

Je n'y ai eu droit qu'une fois depuis l'époque où nous nous parlions au téléphone.

Ils n'ont aucun lien de sang ! Agnès et lui ne sont même pas en couple. Pourtant, Mabel et lui ont une vraie relation père-fille. Mabel consulte l'heure sur l'horloge au mur et rouspète.

– Bon, d'accord.

Puis, avec une lueur diabolique dans le regard, elle ajoute :

– Demain, je te laisserai gagner !

– Ce serait un changement bienvenu.

– Je note ! À plus !

Elle se penche et embrasse papa sur le front. Mabel n'a pas hésité, on dirait qu'elle l'a fait un millier de fois. Quelle sera sa réaction lorsqu'il lui apprendra pour son cancer ? Tout le monde ici semble vouloir à tout prix lui épargner cette terrible vérité et ça n'augure rien de bon.

La jeune fille tend le bras par-dessus le fauteuil de papa et récupère son sweat sur le dossier.

– Hé, Calla ! On va ramasser des baies avec des gars de la ville demain matin ! Tu devrais venir avec nous !

– Pourquoi pas ? dis-je, en repoussant mes idées noires. Ça fait une éternité que je n'ai pas fait ça !

– D'accord.

Elle hausse les épaules, comme si ma venue lui importait finalement peu. Mais si je m'en tiens à ce qu'a dit Agnès, je suis un genre de nouveauté par ici. Mabel quitte la maison aussi vite qu'elle y avait déboulé, laissant derrière elle un silence palpable.

Je mords dans une pomme et marmonne à l'attention de papa :

– J'espère que tu aimes les pâtes. Il en reste assez pour nourrir vingt personnes.

Il glisse son regard vers mon assiette vide. Je m'étais resservie deux fois en salade.

– Honnêtement, je ne fais pas la différence entre les pâtes de cette semaine et celles des huit autres. Dommage que tu n'aies pas pu m'aider. Pour un si petit gabarit, tu as bon appétit.

– Je suis complètement déréglée par le décalage horaire, on dirait. En plus, le panda à poubelle de Jonah a mangé mon déjeuner.

– Panda à poubelle ?

– Un raton laveur.

– Ah, fait papa en hochant la tête, un sourire aux lèvres. Tu as rencontré Bandit.

– Il a fait de cette chose son animal de compagnie. Tu le crois, ça ?

Nouveau ricanement.

– Il l'a trouvé l'an dernier juste sous sa maison, raconte-t-il. C'était encore un bébé. Il a probablement perdu sa famille. Jonah a commencé à lui balancer des restes, juste le temps qu'il puisse se débrouiller seul. Mais Bandit n'est jamais parti.

– Pas étonnant. On ne part pas affronter la disette dans la nature alors qu'on a un buffet à volonté tous les soirs.

– Jonah lui a construit un petit terrier sous le porche et il y vit depuis. Il a l'air bien.

Je fais la grimace.

– Quand je pense qu'il lui a même fait des papouilles.

– Bandit est un bon petit gars. Il aime qu'on fasse attention à lui.

On dirait que papa approuve complètement.

– Vous ne savez donc pas par ici que les ratons laveurs véhiculent des maladies ?

Il balaye cette remarque d'un geste de la main.

– Non, Bandit est tout propre. Jonah a une amie vétérinaire, Marie. Elle l'a vacciné contre la rage. C'était pas une partie de plaisir ! Il a fallu qu'on l'endorme avec une fléchette anesthésiante !

Il marque une pause.

– Mais je crois que ce n'est pas très légal, donc si on te demande…

Il ne finit pas sa phrase et me regarde dans les yeux.

– À qui irais-je rapporter ça ?

En dehors de maman et Diana, bien sûr. Il se met à jouer avec son jeu de dame d'un air absent.

– Tu n'aimes plus les animaux ? Je me souviens d'une époque où tu voulais absolument un chien. Tu as fini par avoir gain de cause ?

– Non. Simon est allergique à à peu près tout ce qui se tient sur quatre pattes ! Mais ce n'est pas grave, j'ai bien assez de quoi m'occuper. Mais j'ai eu un poisson une fois. Pour Noël.

Son front se creuse d'un pli pensif.

– Je crois que je m'en souviens.

– Il s'appelait Guppy. C'était un… je ne sais pas, un Guppy, c'est tout, dis-je, levant les yeux au ciel devant ma gaminerie. Il a tenu une semaine avant de finir dans les toilettes.

– Donc… pas d'autres animaux ?

– Aucun, dis-je, avant de rire. Sauf si on compte Tim et Sid.

Papa arque un sourcil interrogateur.

– Deux ratons laveurs qui traînent dans notre quartier. Ils me terrorisent depuis toujours !

– Ils te terrorisent, carrément ? fait papa, l'œil pétillant de malice. Dis donc, on dirait bien que tes ratons sont d'horribles créatures !

– Horribles ! Et gros, avec ça. Deux fois plus que Bandit ! Et ils sont vicieux, en plus !

J'exagère, ils n'ont jamais fait que me mettre hors de moi.

– Savais-tu que les ratons laveurs ne sont pas natifs de l'Alaska ? Ils ont été introduits dans le pays dans les années 30, pour le troc de fourrure.

– C'est… fascinant.

J'ai parlé d'un ton sec mais papa semble en rire.

– En fait, on craint surtout les renards par ici, à cause de la rage. Ces petits salopiots se glissent dans les villages pour attaquer les chiens. Marie, la vétérinaire, vient spécialement d'Anchorage une fois par mois, et pendant quelques jours, elle et

Jonah se rendent dans les villages pour vacciner les chiens errants.

– Si cette Marie accepte de vacciner Bandit, elle et Jonah doivent être sacrément proches, dis-je. Ils sont, genre, en couple ?

Une ride se creuse entre les sourcils de mon père.

– Non non… juste amis. Du moins, pour autant que je sache. Jonah ne parle pas beaucoup des filles avec qui il… sort.

À la façon dont il a buté sur le mot, Jonah ne doit probablement pas être le genre d'homme à *sortir* avec les filles qui lui tapent dans l'œil. Papa reprend :

– Agnès pense qu'elle voudrait être plus qu'une amie, mais elle dit ça de toutes les filles qui lui gravitent autour, de toute façon.

– Je ne pige vraiment pas…

Kayley au café, Mabel et maintenant Marie la véto. Trois filles se sentent attirées par cette brute épaisse ? Mais à en juger par le petit jeu de séduction auquel j'ai assisté entre lui et Kayley, j'imagine que Jonah doit se montrer bien plus aimable avec elles qu'il ne l'a été avec moi.

Je repense alors à ses propos quand il a vu la photo de Diana, ce qui m'a confirmé quel type de femme l'attirait. Depuis, un étrange sentiment s'attarde dans mon ventre, comme de la déception. Mais c'est impossible, bien sûr. Je ne supporte pas Jonah, c'est à peine si j'arrive à le tolérer.

Papa me dévisage d'un air tout à fait singulier.

– Vous ne vous entendez toujours pas, vous deux ?

– Je pense qu'on a franchi une étape aujourd'hui. Il va m'aider à construire un site Internet pour Alaska Wild.

Peut-être même sortirons-nous amis de cette expérience. Sauf si cette collaboration s'avère fatale à l'un d'entre nous. Le visage de papa se charge de surprise.

– Un site ? Pour Wild ?

Je lui explique alors tout le plan, avec les mêmes raisonnements que j'ai employés pour convaincre Jonah. À la fin, Papa a l'air profondément pensif.

– Est-ce que c'est lui qui t'a demandé de le faire ?

– Non. Je me suis proposée.

Il hoche la tête en direction de mon ordinateur.

– C'est donc là-dessus que tu travailles depuis tout à l'heure ?

– Oui. J'ai déjà établi un début de squelette, dis-je en allant chercher l'ordinateur avant de le déposer à l'endroit où se trouvait le damier. Il faut finaliser le graphisme et il n'y aura plus qu'à ajouter les contenus et les photos.

– J'aimerais avoir la moitié de ton sens des affaires, dit papa. Cela m'aurait beaucoup facilité les choses.

Il m'adresse un sourire fier.

–Tu es devenue si futée, ma grande.

Je sens une vague de nostalgie m'envahir. Bien sûr, je ne suis plus la seule dépositaire de ce surnom, mais l'entendre encore fait renaître entre nous un lien que je croyais disparu depuis bien longtemps.

– Jonah m'a aussi dit que tu lui avais proposé de racheter Alaska Wild.

– Il t'a dit ça, hein ?

Il pince les lèvres et s'abîme dans la contemplation du tapis. Je demande :

– Il n'aurait pas dû ?

– Je ne lui ai pas dit de ne pas le faire, dit-il après un instant de silence. De toutes les personnes que je connais, il est le seul qui pourrait gérer les affaires comme il faut. Aro Airlines s'est montré intéressé mais cela signifierait que Wild se ferait absorber.

Son sourire se fait triste et il ajoute :

– Je ne crois pas être prêt à assister à ça.

Jonah a dit ne pas avoir les moyens de racheter la boîte. Quelles options lui restent-t-il ?

– Il a aussi dit que tu comptais prendre ta retraite.

Papa s'emplit les poumons à fond.

– J'y songe. Ces trente dernières années ont été éprouvantes et je ne dirais pas non à un peu de repos.

Il marque une pause et me demande :

– Tu es fatiguée ?

– Pas trop, j'ai fait une sieste cet après-midi.

Le Benadryl m'a vraiment assommée. Coup de bol, la piqûre de moustique ne s'est pas étendue au-delà du cercle bleu que j'ai tracé autour.

– J'ai quelques films dans le placard, dit papa. Ils sont vieux mais ce sont mes préférés.

Serait-ce un message caché pour m'inviter à voir un film en sa compagnie ?

– Je peux toujours jeter un œil et voir ce qu'on pourrait regarder, dis-je d'un ton circonspect.

– Tu veux ? Vendu, alors !

Je ferme mon ordinateur, me lève du canapé et me dirige vers le meuble dans le coin. Du coin de l'œil, je relève son sourire ravi.

CHAPITRE 13

J'émerge au son de quelqu'un qui frappe. Un instant passe, puis on frappe à nouveau, plus violemment, cette fois. Quelqu'un toque à la porte de ma chambre. J'enlève mon masque de sommeil et cligne des yeux face à l'agression de la lumière du jour filtrant autour des rideaux.

Ma voix est encore enrouée de sommeil.

– Oui, c'est pour quoi ?

Pas de réponse, mais on continue de frapper. Ce sont des coups frénétiques, indiquant qu'il y a urgence. Ce bruit commence à vriller mes nerfs. Dégageant les couvertures, je titube jusqu'à la porte et l'ouvre d'un coup.

La stature de Jonah occupe tout l'encadrement.

– Qu'est-ce que c'est ? Un problème ? Mon père ? dis-je, paniquée, en quête d'un signe de papa dans le couloir derrière lui.

Jonah me toise sévèrement, détaillant attentivement chaque trait de mon visage.

– Jonah ?

Il me fixe longuement et prend enfin la parole :

– Alors c'est à ça que vous ressemblez sans toutes vos merdes sur le visage ?

Je soupire, exaspérée.

– Il est trop tôt pour subir vos conneries, Jonah ! Que se passe-t-il. Où est mon père ?

Le regard de Jonah sur ma poitrine me rappelle que je ne porte qu'un petit haut sans soutien-gorge et que le fond de l'air est frais. Par réflexe, je croise les bras tandis qu'un drôle de frisson me parcourt l'échine. Ni une ni deux, Jonah relève les yeux vers mon visage.

– Il est à Anchorage, répond-t-il. Je vous croyais réveillée à cette heure.

J'observe brièvement ses iris couleur glace. On dirait qu'elles sont assombries, dilatées. Comme s'il était… excité ?

– On a veillé tard devant un film et je n'ai pas réussi à m'endormir tout de suite. Quelle heure est-il ?

– Sept heures. Debout, vous avez un vol.

Voilà qui me tire des brumes du sommeil.

– Pardon ?

– Le temps est clair et votre père tient à ce que vous voyiez l'Alaska. Vous êtes là depuis trois jours et vous n'en avez toujours rien vu. Il est temps que vous montiez dans un avion.

– Avec vous ? dis-je, d'un ton incertain.

Jonah m'adresse un petit sourire narquois.

– Allez… vous pourrez prendre des photos pour le site ! C'est bien ce que vous vouliez, non ?

À l'idée de devoir remonter en avion avec lui, l'anxiété m'assaille telle une tornade. Toutefois, je dois reconnaître que je suis aussi un peu excitée. De plus, je n'ai pas très envie de rester assise ici à tuer le temps en attendant que papa rentre du boulot.

– Très bien. Donnez-moi une heure.

Jonah éclate de rire.

– Vous avez cinq minutes.

– Mais bien sûr. Je ne serai pas prête dans cinq minutes. Je ne suis pas comme vous !

– Vous êtes en Alaska. Sautez dans un froc, brossez-vous les dents et vous êtes prête.

Je négocie :

– Une demi-heure.

Si je zappe la douche et que je me maquille en vitesse, c'est jouable.

– Cinq minutes.

– Vingt.

Son regard d'ordinaire bleu banquise s'assombrit et glisse le long de ma bouche, ma gorge, ma poitrine, puis encore plus bas avant de remonter pour me toiser droit dans les yeux. Il déglutit si fort que cela brise le silence ambiant.

– Sérieusement, Calla, pas besoin d'autant de préparatifs pour que vous soyez jolie.

J'en perds mes mots ! Serait-ce un compliment ? Jonah fait des compliments, maintenant ?

Étonnamment, ce n'est ni gênant ni désagréable, cette soudaine chaleur dans ses yeux.

Cela provoque même chez moi une sensation complètement opposée. Un léger frisson me traverse. Est-ce qu'il… non, c'est inconcevable qu'il puisse me plaire. Certes, il est plutôt bel homme mais tous ces poils sur son visage me rebutent. Le côté yéti, très peu pour moi !

Mais l'expression dans ses yeux m'emplit de curiosité. Je me racle la gorge pour chasser le vacillement dans ma voix et reprends les négociations :

– Quinze minutes.

– Si vous n'êtes pas sortie de là dans cinq minutes, j'entre, je vous jette sur mon épaule et je vous embarque.

– Vous n'oseriez pas !

En retour, il m'adresse un petit sourire coquin.

– On parie ? Et pour info, même si vous êtes nue, ça ne m'arrêtera pas, précise-t-il en pressant un bouton sur le côté de sa montre.

– Vous me chronométrez ?

– Cinq minutes. Je vous attends dans la camionnette.

Il tourne les talons et je lance des éclairs furieux vers son dos.

– Tic… tac…

– Connard !

Je bondis dans un jean en maugréant.

***

– Vous visez tous les trous sur la route ou quoi ? hurlé-je face au rétroviseur en essayant d'appliquer proprement une seconde couche de mascara sur mes cils.

– Arrêtez avec vos trucs, maugrée Jonah. Vous êtes dans la brousse alaskienne, personne ne vous regarde !

Malgré sa mauvaise humeur, il ralentit. Mais le terrain reste trop accidenté pour se maquiller.

Tant pis pour la seconde couche. Je range rageusement mon mascara dans mon sac à main.

– Pourquoi on appelle ça une « brousse » d'abord ? D'où je viens, la brousse, c'est très dense. Or, j'ai à peine vu un arbre ici !

Puis, d'un ton plus calme, j'ajoute :

– La seule brousse que j'ai vue, c'est celle que vous avez sur la figure.

Il a un sourire amusé.

– Dites donc, on s'est levé du pied gauche ou quoi ?

Le soleil m'aveugle et j'enfile mes lunettes de soleil. Un peu de soleil, c'est agréable, surtout avec ce froid mais ce serait mieux s'il ne m'arrivait pas en pleine face.

– Si ça vous gêne, évitez de me réveiller de cette façon à l'avenir.

Je suis toujours de mauvaise humeur le matin si on me force à me lever.

– Je vous ai donné trois minutes de rab.

– C'était si généreux de votre part ! dis-je, m'emparant du thermos de café que j'étais parvenue à remplir in extremis avant que Jonah ne débarque en trombe dans la cuisine avec son chronomètre qui bipait.

Son ricanement profond m'envoie un frisson dans l'échine. Bon sang, je déteste ce rire, il est beaucoup trop charmant !

– Vous avez un peu de tempérament, finalement. Content de voir ça !

– On dirait que vous faites ressortir le meilleur de ma personne, maugrée-je.

Soudain, nous faisons une embardée sur la gauche et du café se renverse sur mon T-shirt blanc.

– Mais bordel !

J'ai beau frotter, ça ne sert à rien.

– Relax, ce n'est qu'un T-shirt.

– Il m'a coûté cent dollars !

– Cent dollars pour ça ? s'exclame Jonah, les sourcils froncés l'air de dire « vous n'êtes qu'une idiote ».

– Quoi ? Il me va très bien et il reste blanc même après cinquante passages en machine.

– Pour cent dollars, j'espère au moins qu'il est autonettoyant !

– Comment ça ? Vous voulez dire que ce n'est pas le cas des vêtements qu'on vend à l'épicerie du coin ? Quel standing, pourtant !

Je jette un regard agressif à sa chemise. Elle a beau être basique, elle lui va quand même bien. Nouveau petit sourire sournois.

– Vous profitez bien de vos cafés au lait de soja ces derniers jours ?

Merde, j'avais complètement oublié. Bien évidemment, il a attendu que je lui assène une remarque bien assassine pour remettre ça sur le tapis, juste histoire de m'enfoncer. Quel coup bas !

J'hésite un moment et finis par céder :

– Merci pour cette attention. C'est très aimable à vous.

– Je ne l'ai pas fait pour vous, mais pour ceux qui ont à vous supporter.

Je grince des dents et me détourne de lui, focalisant mon attention sur l'aéroport qui se dessine devant nous.

***

Le regard affûté d'Agnès passe de moi à Jonah, puis revient vers moi. Son regard brille de curiosité.

– Si vous êtes deux à partir, vous êtes deux à revenir, d'accord ? dit-elle.

– Elle a besoin que je pilote, comme ça je lui lâche la grappe, fait Jonah qui prend la mallette médicale rouge que lui tend Sonny et la balance à l'arrière de l'avion orange et blanc. Du moins, jusqu'à ce qu'on soit rentrés.

Dieu merci, l'avion est plus grand que le précédent. Il y a deux sièges à l'avant et deux autres à l'arrière. La couleur bordeaux du cuir jure vraiment avec les bandes orange de l'extérieur.

Mais l'harmonie des couleurs m'importe peu tant que cette chose vole correctement.

– Tenez, dit Jonah. Vous aurez besoin de ça.

Il me balance un sweat à capuche noir en maille fine. Pendant que je l'enfile, Agnès m'observe attentivement.

– Il y a quelque chose de changé chez vous, Calla.

– Probablement parce que Jonah m'a tiré du lit sans me laisser le temps de faire pipi ni de me maquiller.

Je ne sors presque jamais sans maquillage. Je me sens nue et vulnérable. Même pour aller à la gym, il faut que je me maquille les yeux. Agnès m'adresse un sourire chaleureux.

– J'aime votre look « pas le temps de faire pipi ». Ça vous va très bien !

Je remonte brusquement la fermeture Éclair et ramène les manches sur les avant-bras – ce truc est bien trop grand pour moi. Mais vu qu'il appartient à ce gorille de Jonah, il porte son odeur, un parfum boisé, mêlé à du savon et de la… menthe, dirait-on ?

– Pensez-vous que mes vêtements vont arriver aujourd'hui ?

– Assurément ! Votre père les ramène personnellement.

– Dieu merci, j'ai vraiment besoin de mes bottes.

Je baisse les yeux sur mes baskets, elles sont foutues.

La stature menaçante de Jonah s'approche de nous.

– Prête ?

Il se dégage de lui une forme d'énergie très étrange aujourd'hui. Est-il toujours comme ça avant un vol ?

– Où on va ?

– Pourquoi ? Si je vous le dis, vous reconnaîtrez ?

– Non. Mais c'est en montagne ?

Si c'est le cas, ce sera sans moi ! Après ma première expérience de vol et ce que j'ai appris sur le père de Mabel, je n'ai aucune envie de m'y aventurer.

– Non, dit Jonah, soulevant sa casquette pour se gratter la tête avant de la remettre en place. Au fait, Aggie, George est-il déjà parti pour Holy Cross ?

– Il attend un colis, il ne va pas tarder à décoller.

– Et les provisions pour Sainte Mary's ?

– Joe est probablement en train d'y atterrir.

– Ah c'est pas trop tôt. Ces gars attendent leurs munitions de chasse depuis un bout de temps.

Jonah a beau être agaçant, je ne peux m'empêcher de sourire. Il est si impliqué dans les affaires courantes de Wild, pas étonnant que papa lui fasse confiance et qu'il envisage de lui passer le flambeau de l'affaire familiale, gérée de père en fils par les Fletcher depuis des décennies. Je me rends compte que le soutien de Jonah sera décisif dans les mois et les années à venir.

– Très bien, dit-il. On décolle.

Tandis que Jonah grimpe à bord et enfile son casque, je sens l'angoisse qui me tenaillait le ventre céder la place à un étrange mélange de terreur et d'excitation.

– Amusez-vous bien, Calla ! lance Agnès en se reculant.

Sonny attend près de l'avion, une main nerveusement posée sur la porte tandis que l'autre tient mollement ses bâtons fluorescents.

Je grimpe à bord. Certes, l'appareil est moins exigu que le Super Cab mais c'est encore loin d'être spacieux. Jonah et moi-même serons collés pendant toute la durée du trajet. C'est inévitable, vu son gabarit. Tâchant de ne pas trop y penser, je focalise mon attention sur le tableau de bord. Rien que des numéros, des touches et des leviers avec au milieu des petits espaces aménagés pour nos jambes. Les doigts de Jonah virevoltent sur le tableau de bord, actionnant les commandes avec l'habitude de celui qui l'a déjà fait des milliers de fois.

Un profond vrombissement s'élève du moteur et l'hélice commence à tourner, une fois… deux fois… jusqu'à se brouiller. Sans un mot, Jonah me tend un casque. Je l'accepte, intensément consciente de nos doigts qui se frôlent. Non, cet homme ne me plaît pas. J'ai même envie de lui flanquer un pain.

– Vous m'entendez ? demande-t-il, sa voix profonde résonnant dans mes oreilles.

– Oui. Quel âge a cet avion exactement ?

On dirait une de ces voitures qu'on voit dans *Grease,* avec les portières rembourrées et les espèces de barres en métal pour baisser les vitres.

– Il est plus vieux que nous deux réunis.

– Formidable !

– Surtout ne touchez pas à ce levier.

– Quel levier ?

Jonah tend le bras, son énorme biceps contre moi et désigne une espèce de bidule juste en face de moi qui ressemble à un joystick géant. Il y en a un similaire juste en face de lui.

– Et ne touchez pas aux pédales non plus, précise-t-il. Ça contrôle les gouvernes.

Je n'ai aucune idée de ce que peut être une gouverne, mais une chose importante manque à l'appel et qui me préoccupe bien plus.

– Où sont les sacs à vomi ?

– Pas besoin.

– Notre précédente expérience me dit le contraire.

– Vous ne serez pas malade cette fois.

– Où sont-ils, sérieux ?

Il secoue la tête et soupire avec emphase.

– Sous votre siège.

Pendant que Jonah prévient la tour de contrôle, je tends la main sous le siège et tâtonne jusqu'à sentir sous mes doigts le rebord d'un sac en papier. Je l'extirpe de là et le dépose dans la gouttière sur le côté de la fenêtre.

– Relax, vous n'avez aucune raison d'avoir peur, me prévient-il.

Je ne réplique rien. L'avion commence à bouger et je suis Sonny du regard, en train de trottiner sur le côté en agitant ses bâtons. L'appareil sursaute en roulant dans des crevasses, ce qui déclenche une étrange impression de déjà-vu.

Je tire sur la ceinture de sécurité pour l'attacher. Sur la piste, le personnel au sol s'active autour de la petite armada d'avions, certains en cours de chargement, d'autres attendant l'embarquement de petits groupes de touristes. Je ne saurais pas dire si la piste de décollage me paraît petite et étroite à cause des grandes étendues qui nous entourent ou si elle est vraiment petite et étroite.

Jonah se moque.

– Comment pouvez-vous flipper de la sorte ? Vous êtes la fille de Wren ou pas ?

– Parce que ma première fois a été épouvantable et que le pilote l'était tout autant !

Son torse se soulève.

– Écoutez, dit-il. J'ai eu tort de faire ce que j'ai fait. Ce n'était pas gentil de ma part, je suis désolé.

Je me tourne vers lui et suis surprise de constater que son regard bleu comme la glace exprime un sincère repentir.

– Pourquoi vous l'avez fait alors ?

L'avion atteint le bout de la piste.

– J'en sais rien, répond-il. Je crois que j'avais envie de voir de quoi la fille de Wren Fletcher était faite.

Je souffle mon dédain par le nez.

– De quoi je suis faite ? J'ai failli vomir, vous êtes passé à ça de voir de quoi je suis faite ! Littéralement !

– Oui eh bien, ce n'était pas ce que j'avais prévu, réplique-t-il en fronçant les sourcils. J'ai vu toutes ces photos de vous et j'ai tout de suite cru que vous étiez une de ces petites divas de la ville que je ne peux pas supporter.

– Hein ? Quelles photos ?

– Je ne sais pas, celles que Mabel m'a montrées sur son téléphone.

Il parle probablement de mon compte Instagram.

– Quel est le problème avec ces photos ?

– Pas de problème, c'est juste que…

Il s'interrompt et secoue la tête.

– Je crois que j'ai eu envie de vous faire descendre un peu de votre piédestal, c'est tout.

Mon piédestal. Je me souviens qu'il m'a traitée de Barbie.

– Et maintenant, vous me supportez ? Je ne suis plus une petite diva de la ville ?

– Pour sûr, vous êtes clairement une diva, réplique-t-il avec un sourire en coin. Mais vous êtes réglo.

Jonah avertit à nouveau la tour de contrôle par radio. L'étrange mélange d'appréhension et d'exaltation me reprend au ventre. Nous attendons patiemment le feu vert.

– Alors, demande doucement Jonah, j'ai été votre première fois ?

– Quoi ?

– Tout à l'heure, vous avez dit que j'étais votre première fois.

Je comprends alors qu'il fait référence au vol et lève les yeux au ciel. Toutefois, j'ai les joues en feu.

– Oui et vous n'étiez pas à la hauteur. Vous devriez avoir honte de vous.

Son rire profond fait encore vibrer ma cage thoracique. Le service de régulation nous accorde son autorisation. Mes ongles s'enfoncent dans mes cuisses. Pourvu que je parvienne à contrôler ma vessie.

– Si je meurs, je vous tue.

– Voilà qui demanderait un certain talent, maugrée-t-il en actionnant le levier.

– Plus sérieusement, où m'emmenez-vous ?

Jonah active d'autres boutons.

– Là où vous vous rendrez compte que Wild est bien plus qu'une affaire d'argent, déclare-t-il.

L'avion a une poussée de vitesse et je retiens mon souffle.

CHAPITRE 14

Je reste pantoise devant les grandes étendues de vert et de bleu profond qui s'offrent à mes yeux.

– Je n'avais encore jamais vu autant de lacs !

D'innombrables plans d'eau de toutes formes ponctuent le paysage à perte de vue. Il y en a tellement qu'il est difficile de savoir si c'est la terre qui est percée de lacs ou inversement. Au cœur de cet espace se trouve un rassemblement de bâtiments aux toitures bigarrées rouges, bleues et vertes.

De sa voix caverneuse, Jonah explique :

– Tout ça fait partie du delta de Yukon-Kuskokwin. Au-delà c'est la mer de Béring.

Armée du Canon de Simon, j'essaye de capturer plusieurs clichés de ce paysage à couper le souffle, mais les reflets du soleil sur l'objectif rendent la tâche ardue.

– Comment vous sentez-vous ?

– Mieux ! C'est un bien meilleur avion que la dernière fois ! Je ne crie pas trop fort ?

Son sourire éclatant révèle une rangée de dents parfaitement régulières.

– Nan, du tout, dit-il, observant les cieux de son regard de faucon. C'est un jour idéal pour voler. Il y a moins de vent que d'habitude !

– Et vous êtes bien plus agréable que le pilote que j'ai eu la dernière fois !

J'ai du mal à garder mon sérieux. Tout en prenant des photos de la pittoresque petite ville, je sens le regard de Jonah peser sur moi et me prépare à une repartie acide.

Mais il ne rétorque pas et reprend ses explications :

– C'est Kwigillingok. Notre destination !

– J'ai l'impression qu'on vient seulement de décoller.

– Ce n'est qu'à treize minutes d'avion. La plupart des trajets vers les villages sont courts. Même aller jusqu'à Barrow prend moins de deux heures et c'est tout au nord de l'état.

L'avion fait une embardée vers la droite, qui se répercute immédiatement dans mon estomac. Mais je dois bien admettre que j'ai bien moins peur que la dernière fois.

***

Si vu du ciel, le paysage est des plus pittoresque, c'est très différent une fois à terre.

Après un moment, je retrouve l'usage de la parole.

– Est-ce que tous les villages ont des aéroports comme ça ?

Si on peut appeler ça un aéroport. Si c'est bien le cas, je ne vois vraiment pas l'intérêt de visiter l'Alaska.

– Nan, c'est juste un des plus dangereux du pays, répond Jonah d'un ton badin, visiblement pas perturbé par les secousses au moment d'atterrir sur l'étroite piste en gravier bordée d'eau de chaque côté.

C'est comme atterrir sur un bras de mer.

– Et vous avez pensé que ce serait une bonne idée que je vous y accompagne ?

– C'est ce qui s'appelle un baptême du feu.

– Merci, mais j'ai déjà été baptisée, dis-je en respirant calmement, consciente de ne pas avoir fichu les pieds à la messe depuis vingt ans. J'ai bien cru qu'on allait se poser sur l'eau.

Jonah fait un rictus et retire son casque au moment même où l'avion fait halte devant une sorte de cabanon d'un bleu passé où attendent deux personnes près d'un tout-terrain. Il active quelques boutons, le moteur cesse peu à peu de tourner et il coupe les gaz.

– Avec un autre pilote, peut-être. Mais je suis très doué.

Et prétentieux.

Jonah s'étire sur son siège et tend le bras derrière moi, m'écrasant avec son épaule tandis qu'il défait quelque chose dans mon dos. Il a une haleine mentholée et je pince mes lèvres, pas sûre de la mienne.

À l'extérieur, les deux personnes s'approchent de l'avion. Ils portent la même tenue que presque tous les Alaskiens : chemise à carreaux, jean et bottes.

– Rappelez-moi, qu'est-ce qu'on est venus faire ici ?

– Déposer un aérosol, une sorte de ventilateur portable pour asthmatique, répond-il, parvenant finalement à extraire la boîte médicale rouge qui me manque la tête de peu. Allez, venez ! Il est temps pour vous de rencontrer un des clients de Wild !

Jonah ouvre grand sa portière et bondit agilement hors de l'appareil. Ma descente n'est pas aussi gracieuse que la sienne. Le temps de me reprendre et de faire le tour de l'avion, Jonah a déjà remis la boîte. Je prends la conversation en cours.

– … du sable dans le vent, ça fait des jours, explique une femme. Mais aujourd'hui, ça va mieux.

C'est une native de l'Alaska entre deux âges, à l'air aimable et aux cheveux noirs comme l'ébène ramenés en queue de cheval. Tout comme papa, Agnès ou Michael, elle a un léger accent, le même que semblent avoir ceux et celles ayant vécu en Alaska toute leur vie. Cela me rappelle une fille avec qui j'ai étudié et qui avait grandi à Sault-Sainte-Marie, à huit heures de chez nous. Elle avait une façon très particulière de s'exprimer. Elle faisait traîner les voyelles et zappait certaines consonnes. Son ton était toujours très posé. Ce n'est pas le même accent qu'ici, mais il y avait un côté « nordique » assez similaire.

– Navré d'avoir mis aussi longtemps, s'excuse Jonah. Cela devrait l'aider.

Il replace à nouveau ses cheveux sous sa casquette. Je me demande s'ils le gênent vraiment ou si c'est juste un tic.

La femme est épatée par la boîte qu'elle tient entre ses mains.

– Ils sont si petits, maintenant ! D'après Evelyn, tu les as harcelés à Anchorage pour qu'ils te les donnent !

– Ils lui avaient dit la semaine prochaine mais c'est des conneries. Je savais qu'ils gardaient celui-là en réserve au cas où.

– Tu nous sauves la vie, Jonah, dit-elle avant de glisser vers moi un regard intrigué.

Jonah nous présente.

– Enid, je te présente Calla, la fille de Wren. Elle nous arrive de Toronto. Je lui fais un petit topo sur ce qu'on fait ici.

Les traits d'Enid fondent et forment un sourire.

– Tout le monde dans la région connaît votre père. Et Jonah, ajoute-t-elle en pointant le menton vers lui. Ils nous aident tellement. C'est cher, mais l'aide arrive toujours !

– Garder des avions en l'air, c'est pas donné, la sermonne-t-il.

Elle balaye sa remarque d'un ricanement bienveillant.

– Je sais, je sais, je te taquine ! Vous êtes les meilleurs, on peut toujours compter sur vous.

– Il faut qu'on y aille, dit Jonah, déjà sur le départ. Surtout apporte ça à la gosse au plus vite et tu appelle au bureau si tu as besoin de quelque chose.

– Dis à Wren de passer nous voir ! J'ai de l'algue rouge pour lui !

Avec un sourire, je salue Enid de la main et nous retournons sur nos pas vers l'avion. Je demande :

– De l'algue rouge ?

– Oui, beaucoup de gens en mangent par ici.

– Et papa, il…

– … déteste ça ? m'interrompt-il. Oui, mais on ne refuse pas de la nourriture offerte par un villageois. Ils chassent pour se nourrir et tout ce qu'ils ont, ils le cueillent eux-mêmes. Quand ils vous offrent quelque chose, ils ont sué sang et eau pour l'avoir et c'est considéré comme un présent inestimable.

– Enid est médecin ?

– Non, plutôt une sorte d'infirmière. Elle est formée aux premiers soins et fait ses rapports à l'hôpital de Bangor. Il arrive qu'on doive faire venir un médecin pour gérer une clinique temporaire et soigner les villageois.

– Mais si quelqu'un doit être hospitalisé…

– Évacuation sanitaire, donc avion médicalisé, pour les urgences, ou alors ils font appel à nous. Nous avons parfois dû embarquer des personnes salement blessées.

Sa voix se fait plus sombre et il ajoute :

– Ces vols-là me paraissent toujours plus longs.

Je suis certaine qu'il ne renâcle pas à la tâche. Jonah est peut-être un con mais c'est un con altruiste, au moins.

– Qu'est-ce qui arrive à cette petite fille dont vous parliez ?

– Elle souffre d'asthme sévère. Son inhalateur ne suffit plus à la soigner. Il lui faut un aérosol et le leur, un vrai dinosaure, les a lâchés la semaine dernière. Avec celui-là, la gosse va au moins pouvoir respirer normalement.

Il soupire de soulagement.

– Avec de tels soucis de santé, elle devrait vivre à Bangor, dis-je. Pourquoi est-ce que sa famille reste au village ? Si j'étais eux, je déménagerais.

Il jette sur moi un regard sévère.

– Sa famille vit ici depuis des siècles. C'est leur maison, c'est tout ce qu'ils connaissent. Ils ne veulent pas vivre autrement.

Il avait parlé d'un ton badin, comme si les choses étaient ce qu'elles étaient et qu'il n'y avait rien de plus à dire dessus.

– Je ne comprends pas.

– Vous n'avez pas à comprendre, juste à respecter leur décision.

Soudain, une pensée me vient :

– C'est pour ça que vous m'avez tirée du lit si vite, n'est-ce pas ?

– Parce que le souffle de cette gamine revêtait un peu plus d'importance que votre vanité ?

Mes yeux se révulsent d'exaspération. Je prends ça pour un oui.

–Vous auriez pu me le dire, quand même. Je vous croyais en train de faire le salaud, comme d'habitude.

– Ce ne serait pas drôle, autrement.

Jonah ouvre la portière côté passager et la garde ouverte pour moi.

– Tiens ? Vous avez quelques manières finalement, dis-je en prenant place.

– Normalement je les réserve aux dames, mais je fais une exception pour vous.

Là-dessus, il claque la portière, me coupant toute chance de répliquer.

– Bâtard.

Je me mords la lèvre pour réprimer un sourire. Il a beau ne pas manquer de mordant, ses petites piques sont désormais moins acerbes. Nos petits échanges commencent même à m'amuser. J'attends que Jonah monte à bord mais il fait deux fois le tour de l'engin. Ses mains pleines de cals glissent sur la carlingue et son front est barré d'un pli pensif. Puis, il grimpe enfin dans l'avion.

Je demande :

– Il y a un problème avec l'avion ?

– Pas d'impact, pas de fuite. Tout va bien.

– Bon… alors on va où maintenant ?

– Toujours pas envie de m'abandonner ?

Il avait parlé d'un ton moqueur mais je sens au son de sa voix qu'il doute.

– Et vous ?

Il y a longue pause.

– Non. Pas encore.

– Eh bien… c'est parfait. Évitez juste de nous crasher dans la flotte.

Avec un sourire en coin, Jonah enfile son casque.

– Si vous avez trouvé l'atterrissage compliqué, attendez de voir le prochain.

***

Jonah coupe le moteur. Après toute une journée à l'entendre vrombir, le silence qui s'ensuit est on ne peut plus reposant.

J'ôte mon casque et me rassois dans mon siège, contemplant les locaux d'Alaska Wild en face de nous. Il est vingt heures passées et le soleil est encore haut dans le ciel. L'épuisement, l'hyperstimulation et la faim m'ont donné mal la tête. Je n'ai rien mangé d'autre qu'une pomme, une banane et un sandwich à la confiture sans saveur qu'Agnès m'avait préparé entre deux retours à la base ; il y avait une tranche de fromage dedans mais avec mes allergies…

Jonah pousse un soupire.

– Alors ? Plutôt intense comme job, non ?

Si son but du jour est de me faire ravaler ma morgue, c'est un succès. La journée a été éprouvante, chaque atterrissage s'est fait sur des terrains accidentés pas plus épais que des chemins de terre, perdus au cœur de vastes territoires majoritairement inhabités. Entre chaque aller-retour, nous avons visité un village auquel Jonah a livré des provisions essentielles qui avaient été commandées plusieurs semaines auparavant. Les villageois l'appelent par son prénom, échangent des plaisanteries et il s'est systématiquement excusé de la gêne occasionnée par les retards de livraison. Tous l'ont remercié, bien que certains aient attendu son arrivée sur la piste pendant des heures.

Et tout du long, j'ai songé à toutes les fois où j'avais commandé du maquillage sur Internet et avais pesté parce qu'on ne me l'avait pas livré en rentrant du boulot. J'ai aussi repensé à la fois où maman avait laissé tomber son portable dans le broyeur et qu'elle s'était rongé les sangs pendant vingt-quatre heures en attendant qu'on lui en livre un nouveau. J'étais rentrée du travail pile au moment où elle taillait un costard au livreur – qu'elle avait perdu un jour de sa vie à attendre, qu'aujourd'hui on ne pouvait pas vivre sans portable, qu'ils devraient fournir aux clients des fenêtres de livraison plus restreintes et qu'elle devrait avoir droit à une compensation pour toutes les heures de travail perdues à attendre. Le pauvre livreur avait observé un silence poli et attendu qu'elle signe son reçu. Toutes les remarques semblaient lui avoir glissé dessus comme sur une toile cirée. Il devait être habitué à se faire hurler dessus par des clients mécontents de ne pas avoir reçu leur soi-disant colis important.

Ma mère, que je ne qualifierais jamais comme quelqu'un de patient, avait incendié un livreur pour un simple portable – qui lui avait été livré le jour prévu – alors que chaque villageois avait joyeusement accueilli Jonah, discuté avec lui, pendant que la valise contenant la pénicilline qu'il venait de récupérer après des jours d'attente et que la clinique locale attendait depuis des semaines, reposait à ses pieds.

Pas étonnant que maman ne se soit jamais adaptée à cet endroit. Et moi qui ai débarqué ici en talons et chapeau Brixton, traînant avec moi deux valises pleines à craquer. Je commence à comprendre le point de vue de Jonah et son désir de me remettre à ma place.

Avec une pointe d'humour, je réplique :

– Pour un job de livreur de pizza, vous voulez dire ?

– C'est vrai, glousse Jonah. Mais vous avez vu la bouille de ce gamin ?

– Il a eu le plus bel anniversaire de sa vie !

Il secoue la tête.

– Dire que vous avez failli tout gâcher.

Je pousse un grognement contrarié.

– Vous voulez rire, c'était votre faute !

Le regard outré qu'il me jette m'arrache un fou rire.

– Pourquoi aurais-je dû vous croire ?

Nous étions repassés dans le coin et Jonah s'était arrêté chez Gigi pour commander deux pizzas. J'ai pensé que c'était la pause déjeuner mais il m'a annoncé que nous allions les ajouter à une cargaison destinée à l'anniversaire d'un petit garçon qui fêtait ses six ans. Au début, je ne l'ai pas cru.

Affamée, j'allais pour prendre une part quand il m'a subitement arraché le carton des mains.

Dieu merci, il avait bien fait. Le petit garçon nous attendait sur la piste d'un village de trois cent personnes, ses yeux émerveillés brillaient d'impatience. Sa mère, qui l'accompagnait, nous avait expliqué que leur maîtresse d'école – une enseignante venue de Chicago – leur avait fait cours sur les plats typiques du monde. Depuis, le petit garçon n'avait rêvé que de recevoir une pizza pour son anniversaire.

En parlant de pizza…

– J'ai faim.

Et je suis crevée.

– Oui, moi aussi. Une chance qu'on ait fini la journée !

Jonah soupire et défait sa ceinture de sécurité, mais il ne fait pas mine de sortir. Il ouvre la bouche, prêt à dire quelque chose mais il se ravise, laissant planer un silence gênant dans la carlingue.

Je prends la parole, dans l'espoir de dissiper la tension.

– Au fait, merci de m'avoir emmenée. Et de ne pas nous avoir crashés. Je me suis amusée !

Plus important encore, j'ai pu me rendre compte de ce qu'Alaska Wild représentait pour les gens.

De nombreuses personnes comptent sur papa, Jonah et les autres pilotes pour leur apporter ce dont ils ont un besoin vital. Dire que papa porte cette responsabilité sur ses épaules depuis ses vingt ans ! Du haut de mes vingt-six ans, je ne pourrais même pas être responsable d'un chien ! Jonah m'observe quelques instants et détourne le visage vers sa fenêtre.

– Remerciez plutôt votre père. C'est lui qui a insisté.

– C'est évident, dis-je à mi-voix tandis qu'il sort de l'avion.

Ça lui arracherait la gueule d'admettre qu'il s'est bien amusé ? Une fois à terre, Agnès et papa viennent à notre rencontre. Ce dernier nous regarde tour à tour, le regard plein de curiosité.

– Alors ? Où êtes-vous allés aujourd'hui ?

Jonah m'encourage.

– Calla ?

Tout à coup, j'ai l'impression d'avoir neuf ans, âge des questions pénibles du genre « Qu'est- ce que tu as appris à l'école aujourd'hui ? » Sauf qu'à l'époque, je pouvais m'en tenir à des réponses évasives du type « des trucs ». Mais me voilà en train de faire l'inventaire de villages dont je ne peux même pas prononcer correctement les noms et de transmettre les bons vœux qu'on m'a chargée de délivrer.

Papa tend le menton vers l'appareil photo.

– J'imagine que tu en as profité pour prendre quelques clichés.

– Jusqu'à ce que la batterie me lâche, à savoir en plein milieu du périple.

– Il faudra que vous y retourniez avec Jonah demain, alors, déclare Agnès d'un ton badin en esquissant un petit rictus.

Carrément, ai-je envie de dire. Mais Jonah lève les mains en guise de défense.

– J'ai été assez puni comme ça ! Il y a d'autres pilotes à disposition !

Sans que je m'y attende, mon visage se ferme. Jonah reprend.

– Sérieux Wren, tu devrais avoir honte. C'est la pire passagère qu'on puisse s'imaginer !

J'en ai la mâchoire qui tombe.

– Hé, vous rigolez ? J'ai été la passagère rêvée !

Son air bougon cède la place à un grand sourire ravi. Une blague. Il plaisantait. Quel soulagement ! Sentiment qui est vite remplacé par de la confusion. Pourquoi suis-je soulagée ? Qu'est-ce que ça peut faire si Jonah ne veut pas m'emmener à nouveau avec lui ? La raison est simple. J'ai beau avoir passé chaque vol accrochée à mon siège à prier dans ma barbe pour qu'on ne se crashe pas, cette journée a été une des expériences les plus exaltantes de ma vie.

Le fait que Jonah ait été là joue peut-être aussi. C'est vrai qu'il est un peu bourrin. Il est souvent rustre, impétueux et véhément. En fait, il faudrait même que quelqu'un lui apprenne à garder certaines choses pour lui. Mais il sait aussi se montrer jovial, plein d'esprit et attentionné. Il a beau faire le dur, on voit qu'il se soucie sincèrement des gens.

Il remet ses cheveux en place sous sa casquette.

– Au fait, est-ce que Bart a trouvé ce qui déconne avec Betty ?

Papa fait non de la tête.

– Il en a fait le tour deux fois et il ne trouve rien qui cloche. Je commence par croire que l'imagination de George s'est emballée, ce qui est fort possible. Il soutient encore mordicus que c'est parce que Bobby n'a pas recousu le trou de sa chaussette fétiche qu'un oiseau s'est fiché dans son moteur.

– Et que son train d'atterrissage s'est enrayé parce qu'il a vu un chat noir sur son perron, ajoute Jonah.

Agnès pousse un soupir exagéré et m'explique :

– George est un pilote un peu superstitieux.

– Ce n'est pas moi qui le lui reprocherais.

Un oiseau dans le moteur ? Train d'atterrissage enrayé ? Une chance que notre journée ait été moins mouvementée. Papa déclare :

– Nous ne pouvons pas la garder au hangar plus longtemps que nécessaire, surtout avec les précipitations qui s'annoncent. Nous pourrions être consignés à terre tout le week-end.

– Tout le week-end ? dis-je en écho. Et mon vol à Anchorage ce dimanche, je pourrais l'avoir ?

– Peut-être pas.

Puis il ajoute calmement :

– Jonah pourrait te déposer là-bas vendredi matin. La tempête n'est pas attendue avant le soir.

Tu pourras passer un ou deux jours en ville, ajoute-t-il, une ride entre les sourcils. Cela te conviendrait sans doute mieux.

– Vendredi matin… pour partir dimanche ?

Ce qui signifie qu'il ne me resterait qu'un seul jour à passer avec papa. Il fixe le sol de ses yeux gris, comme s'il cherchait quelque chose dans les nids de poule. Ressent-il la même chose que moi ? Je viens seulement d'arriver et c'est déjà l'heure de se dire au revoir.

Je pourrais rester. Je me demande juste pourquoi papa ne me le demande pas. Peut-être qu'il ne le veut pas ? Je ne dois pas laisser la petite fille fragile en moi prendre le dessus. Il doit y avoir une autre raison. Il pense peut-être que j'ai envie de partir et s'il ne demande pas, c'est par crainte que je me sente obligée. C'est comme ça qu'il a perdu maman.

Je sens le regard de Jonah peser lourdement sur moi. Puis, comme s'il avait senti tout le conflit qui fait rage en moi, ses yeux s'ouvrent grands comme des soucoupes et me hurlent un message muet : « Vous savez quoi faire. »

J'hésite avant de proposer :

– Ou bien je pourrais retarder mon départ d'une semaine…

Les sourcils de papa pointent vers le ciel et il me scrute de son regard surpris.

– Tu en as envie ?

– Si tu es d'accord pour m'héberger une semaine de plus. Ton traitement débute bientôt et…

– C'est entendu ! me coupe-t-il à toute vitesse avant de sourire et soupirer d'aise. Tu es chez toi ici. L'Alaska est aussi ta maison.

– Très bien. Alors je reste.

Suis-je en train de prendre la bonne décision ? Agnès rayonne et Jonah, les lèvres pincées, m'adresse son assentiment d'un bref hochement de tête. On dirait bien que oui.

Le vent qui s'est levé plus tôt dans la journée nous souffle dessus, faisant voleter mes cheveux et me rappelant que je ne porte pas le moindre vêtement d'hiver.

– Au fait, mes valises sont arrivées ?

Le visage de papa se renfrogne.

– Ah oui, à ce propos… Billy est allé dans la salle de stockage mais il semble qu'il ne les ait pas trouvées…

Aussitôt, la petite bulle de bonheur qui s'était formée autour de moi éclate.

– Comment ça « pas trouvées ? ». Genre elles sont perdues ? Il y a mes fringues, mes chaussures…

– Avec les retards cumulés et les transits, elles se sont probablement égarées quelque part. Je suis sûre qu'elles vont vite refaire surface.

Je suis au bord de l'hystérie.

– Et si elles ne refont pas surface ?

Papa réfléchit.

– Les assurances remboursent au moins plusieurs centaines de dollars. Tu as une assurance, n'est-ce pas ?

– Oui, ils rembourseront peut-être un pull et une ou deux paires de talons, maugrée-je. Depuis mon arrivée, je n'ai porté que deux jeans, c'est tout ce que j'ai. Comment je vais faire ?

Muet jusque-là, Jonah intervient, une pointe d'amusement dans la voix.

– Je serais plus qu'heureux de vous emmener chez Meyers pour vous trouver quelques tenues de rechange.

Mon index se braque sur lui et commence à poignarder l'air qui nous sépare.

– Tout ça, c'est votre faute ! Si vous aviez pris un plus gros avion dès le départ, mes bagages ne seraient pas perdus à cette heure !

– Si vous aviez emporté de quoi tenir une semaine et pas un an, nous n'aurions pas eu à les laisser derrière nous, réplique-t-il avec tact.

– Hé, vous avez admis avoir abusé ! Pas plus tard que tout à l'heure !

Pourquoi change-t-il son fusil d'épaule tout à coup ? Endossant son rôle d'arbitre impartial, Agnès intervient :

– Attendons un jour ou deux. Ce genre de choses arrive mais ils ont des moyens pour retrouver les valises.

Je lutte pour ne pas crier que ce sont des conneries. Agnès veut juste aider. Papa soupire.

– Allez, viens ma grande. On rentre à la maison.

CHAPITRE 15

Lorsque Jonah déboule le lendemain matin, je suis déjà prête. J'ai déjà été faire mon jogging et je suis douchée et habillée, remplissant mon thermos de café en consultant mon compte Instagram. À mon réveil, j'ai été heureuse de constater que j'avais de nouveaux followers et commentaires grâce à la photo d'un village prise du ciel la veille. En légende, j'avais rédigé un rapide récit de l'histoire de la pizza et de nos terrifiants atterrissages, ce qui semble amuser mes abonnés.

Repoussant notre petit échange de la veille à propos de mes bagages perdus, je m'adresse à Jonah.

– Où allons-nous aujourd'hui ?

Il se glisse à côté de moi et me prend doucement mais fermement la cafetière des mains. Ses mains calleuses – deux fois plus larges que les miennes – enserrent subrepticement mes doigts au passage. Mon cœur bat la chamade.

– J'emmène un groupe de randonneurs dans les terres, explique-t-il, sa voix profonde brisant le silence de la maison. Je n'ai pas de siège supplémentaire.

– Oh, je vois.

Je fronce les sourcils, incrédule. Moi qui pensais que cette histoire de punition n'était qu'une plaisanterie, on dirait qu'il le pensait un peu, finalement.

Je me focalise sur ma tasse de café que je remplis à moitié de lait de soja.

– Vous ne voulez pas un peu de café avec votre lait ?

– Je n'aime pas le goût du café, dis-je. C'est pour ça que je ne prends que des latte.

Je me mets à lui parler de la cafetière de compétition que Simon a achetée. Jonah replace la carafe sur la cafetière et éteint la machine.

– Votre beau-père a l'air d'un type bien.

– Oui. Il a été génial avec maman et moi.

Je l'ai appelé hier soir pour lui annoncer que je prolongeais mon séjour et il m'a immédiatement transmis son numéro de carte bleue, au cas où la compagnie aérienne me compterait des frais supplémentaires. Après quoi, il m'a dit que je faisais le bon choix et qu'il était fier de moi.

– Mon beau-père à moi est un sale con, marmonne Jonah. Mais mon père ne valait pas mieux.

Je risque un regard vers lui. Le soleil m'aveugle au moment où Jonah porte son attention vers l'immense étendue des champs à travers la fenêtre. Jonah vient d'entrebâiller une porte, juste assez pour que je m'infiltre.

– Donc, vos parents aussi ont divorcé ?

– Ouep. Mon père était un salopard d'égoïste, il traitait très mal ma mère. Écoutez, j'ai une livraison à faire cet après-midi sur un campement. Si vous voulez venir avec moi, vous êtes la bienvenue.

J'accepte avec un peu trop d'entrain.

– D'accord ! De toute façon, j'avais prévu d'aller à Wild ce matin. Je pourrais y travailler sur le site et télécharger les photos que j'ai prises.

La journée de la veille avait été si exaltante que je n'avais pas progressé sur le projet, préférant passer la soirée à regarder Mabel provoquer papa en le battant aux dames pour la quinzième fois consécutive. Je ne saurais dire s'il la laisse gagner ou pas.

Jonah déambule calmement dans la cuisine, son café aux lèvres. Il n'a pas l'air aussi pressé que d'habitude. Il finit par faire halte, face à la table et aux canards sur le mur. Je mentionne alors un détail dont j'avais oublié de parler à papa.

– Vous sauriez pourquoi on a dessiné des tétons aux canards ?

– Des quoi ?

– Des tétons. Sur le mur, devant vous.

Il observe le papier pain en plissant les yeux.

– Mais de quoi parlez-vous ?

Je réduis la distance entre nous et tape le mur du bout du doigt par-dessus la table.

– Là, vous voyez ? Quelqu'un a dessiné des tétons sur chaque canard.

– Redites ça pour voir ?

– Hein ?

Je me tourne vers lui et constate qu'il lutte pour ne pas exploser de rire. Cet imbécile sait exactement de quoi je parle et depuis le début.

– Oh, ça suffit, dis-je. Vous êtes tellement immature, c'est pas possible !

Il baisse le regard vers moi, examinant lentement mes yeux, mes joues et mes lèvres.

– Vous aviez meilleure mine hier, dit-il. Vous étiez mieux sans toute cette merde sur le visage.

Je sens mes joues s'empourprer de gène et de colère. Je réplique :

– Et vous, vous n'avez pas changé. Votre visage est toujours couvert de merde.

Il porte ses doigts à sa barbe.

– Quel est le problème avec ma barbe ?

– Aucun si votre plan est de vivre en ermite dans les montagnes et de creuser la terre pour vous nourrir. Tout recourbé sur vous-même.

Jonah semble manifestement trouver ça drôle.

– J'en déduis que vous n'aimez pas ma barbe.

– En effet, je ne l'aime pas du tout.

Il hausse les épaules.

– Beaucoup de femmes aiment les barbes.

– C'est faux.

– Ça a du style.

– Non. Le Hipster, c'est un style. Le Rockabilly, c'est un style. Mais le Yéti ? Non.

Je scrute son visage. Que peut-il y avoir derrière cette barbe ? Des joues creuses ? Une mâchoire volontaire ? Impossible de le savoir. Je reprends :

– Je peine à imaginer à quoi vous pouvez bien ressembler là-dessous.

Il prend l'air pensif.

– C'est si important pour vous de savoir de quoi j'ai l'air ?

– Non, mais c'est juste que… vous pourriez peut-être…

J'en perds mes mots et mes joues s'empourprent. Pourquoi ai-je à ce point envie de savoir s'il a une mâchoire sexy ? Et surtout, pourquoi je l'espère ?

Le ricanement de Jonah vient creuser des rides amusées aux coins de ses yeux.

– Venez, Calla. On a du pain sur la planche.

***

Fini le hall désert et calme. Aujourd'hui, Wild fourmille d'activité. Une foule de passagers bourdonnante et extatique, armée de sacs à dos, a envahi les lieux, à laquelle s'ajoute un nouveau-né en train de pleurer. Tout sourire, Jonah marche à la rencontre d'un grand type en blouson militaire armé d'un bloc-notes.

– Les ours ne t'ont pas encore dévoré ?

– Pas encore. Mais c'est un beau jour pour voler, non ?

Les deux hommes échangent une poignée de main virile et commencent à deviser gaiement. Manifestement, ils se connaissent bien.

Je me fraye un chemin vers l'accueil. Derrière le comptoir, une réceptionniste replète aux cheveux noirs m'adresse un signe de la main, le téléphone collé contre son oreille. Probablement la fameuse Maxine dont Agnès m'a parlé. Sharon est là aussi, le bébé d'une jeune mère autochtone dans les bras. Je lui adresse un salut muet tandis qu'elle berce l'enfant en faisant les cent pas.

Debout à côté d'elle se tient un grand beau gosse blond, coiffé en brosse. Un bras passé autour de ses épaules, il la regarde avec adoration. Probablement Max, le futur papa. Sous les yeux de la jeune mère, de lourdes poches témoignent de longues nuits blanches.

Le bruit réduit considérablement dès que je franchis la double porte du bureau. Penchés au-dessus d'une carte, des lunettes perchées sur le nez, papa et Agnès discutent. J'entends la conversation en cours :

– … déplace la livraison à cet après-midi et envoie Jean pour la récupérer, dit-il.

Avec eux se trouve un homme arborant une moustache en guidon de vélo et un petit ventre à bière. Je le reconnais tout de suite, c'est le type du hangar où Betty est retenue.

Papa lève les yeux vers moi et l'inquiétude qui barre son front se dissipe.

– Bonjour, Calla !

Agnès m'adresse son habituel sourire radieux.

– George, voici Calla, la fille de Wren, dit-elle.

– Salut, fait-il, me présentant une paume large et suintante. Heureux de vous rencontrer enfin ! Mon épouse m'a dit que vous étiez passés avec Jonah, l'autre jour. Elle a d'abord cru qu'il s'était enfin dégotté une jolie copine !

Les pièces du puzzle s'assemblent dans ma tête.

– Votre femme travaille chez Meyer ?

Il confirme en ricanant. Son accent est typique du Midwest.

– Oui, Bobby ! Elle était prête à organiser une sauterie ! Alors que dites-vous de l'Alaska jusqu'ici ?

– C'est génial. Différent, mais génial.

George éclate d'un rire franc.

– Pour sûr ! Vous trouverez rien de tel ailleurs !

Papa jette un œil vers l'ordinateur qui dépasse de mon sac.

– Alors, qu'as-tu de prévu aujourd'hui ?

– Pas grand-chose. Jonah n'a pas de place pour moi dans son avion ce matin. Mais il m'emmènera cet après-midi.

George intervient :

– Pourquoi ne vous envoleriez-vous pas avec votre vieux père ?

Il claque l'épaule de l'intéressé et part d'un rire tonitruant.

– Tu pourrais la convaincre de poursuivre la tradition familiale, qui sait ! ajoute-t-il.

Papa glousse mais c'est un rire forcé. Agnès m'a dit qu'il volait seul en ce moment, que c'était sa manière à lui d'expier sa culpabilité, car il ne devrait même plus piloter.

– J'aimerais beaucoup, ment-il. Mais j'ai tout un planning à gérer, sans parler de cette excursion surprise qui nous est tombée dessus. Une tempête approche, ce qui va nous clouer au sol tout le week-end, et puis…

Le flot d'excuses interminables s'interrompt tout à coup. Il semble à court. J'ajoute :

– Et puis, je dois travailler sur le site pour qu'il soit disponible au plus vite.

Agnès me désigne le bureau où James de la compta se trouvait l'autre jour.

– Vous pouvez vous installer là sans problème !

– Super. Merci.

Je vais prendre mes quartiers et le trio retourne à leur carte. Une pensée me traverse.

– Au fait, papa ?

Sa voix chancelle.

– Oui, ma grande ?

Ma respiration se bloque. C'est la première fois depuis des années que je l'appelle papa et il semble s'en être rendu compte, lui aussi. Mes pensées se bousculent et je peine à trouver mes mots.

– Euh… je me disais que s'il y avait assez de place dans l'avion, tu pourrais peut-être venir avec nous ?

Ce serait un bon compromis, ce n'est pas lui qui pilote et on passe du temps ensemble quand même.

Soudain, Jonah déboule dans le bureau, empêchant papa de répondre.

– On parle de moi ? Qu'est-ce qu'elle raconte derrière mon dos, celle-là ?

– Elle disait que t'étais un sacré beau parti ! lance George avant de m'adresser un clin d'œil complice.

Décidément, on dirait que Bobby n'est pas la seule à vouloir voir Jonah se caser. Il s'empare d'un classeur sur le bureau. Ses yeux sont comme des poignards.

– Marrant. Elle m'a pourtant traité de yéti tout à l'heure.

Sa tasse au bord des lèvres, Agnès rit par le nez et s'étouffe avec son café. Papa lui tapote plusieurs fois dans le dos pour qu'elle se remette. Lui aussi est hilare.

Jonah prend l'air pensif.

– J'ai entendu dire que Jim allait ramener la maman et son bébé qui sont dans le hall à bord de Betty ? Honnêtement Wren, je ne le sens pas.

Papa hausse les épaules.

– Que veux-tu que je fasse ? J'ai un mécanicien avec trente-cinq ans de métier qui m'assure qu'elle n'a rien. On doit lui faire confiance. Tous les autres avions sont pris et il faut bien que cette femme retourne chez elle auprès de sa famille et de son mari. Elle est bloquée ici depuis un mois.

Jonah se tourne vers George qui a soudain l'air tout penaud.

– J'avais oublié Jillian ce jour-là. Ça a probablement joué.

À voix basse, je demande à Agnès :

– C'est qui Jillian ?

George extirpe alors de sa poche une de ces petites figurines hawaïennes qu'on met dans les voitures et qui se déhanchent quand ça bouge.

– Voilà Jillian, dit-il. C'est mon premier passager chez Wild qui me l'a offerte et depuis, elle ne m'a plus quitté. Enfin, sauf une fois, je l'avais oubliée. Ça a dû jouer.

Jonah n'a pas l'air convaincu.

– Mouais… si tu le dis.

Un pli sévère sur le front, il consulte un registre, probablement le plan de vol du jour, et balance le classeur qui glisse sur la carte.

– Je vais quand même d'abord faire un petit vol rapide avec elle, dit-il. Faut que j'en aie le cœur net.

– Il y a tout un groupe qui t'attend déjà dehors, l'avertit papa. Avec la tempête qui approche, on a des tas de choses à faire, Jonah.

– Et nous avons reçu un appel d'urgence, ajoute Agnès. C'était justement ce dont nous discutions avant ton arrivée. Un villageois a besoin d'être évacué d'urgence à l'hôpital, il faut…

Mais Jonah a déjà franchit la porte.

– Pas moyen de discuter avec celui-là, dit George.

Papa souffle lourdement.

– Quelle tête de mule.

***

Sur la piste, papa, Bart le mécanicien et moi-même observons Betty. Le petit avion quatre places jaune poussin est déjà prêt à décoller.

– J'ai tout vérifié, dit Bart en se grattant le menton. J'ai fait un contrôle complet et elle fonctionne ! Mais ce gros malin refuse toujours de me croire !

Le vent me balaye les cheveux dans tous les sens, ce qui m'oblige à les maintenir d'une main. Si seulement j'avais gardé le sweat à capuche de Jonah ! Ce petit pull en cachemire rose n'est vraiment d'aucune utilité contre les éléments.

– Tu connais Jonah, dit papa entre ses dents. Il ne croit jamais personne, même s'il sait que c'est ridicule. Mais il ferait bien de se dépêcher. La tempête sera sur nous dans un jour et le vent souffle déjà à…

Il s'interrompt et consulte un drapeau conique orange qui flotte au-dessus de nous.

– Trente nœuds, conclut-il.

J'avais déjà vu des drapeaux de ce genre sur les pistes d'aéroports mais j'avais toujours pensé qu'il s'agissait juste d'un repère.

– Ça sert à quoi ces trucs ? Mesurer le vent, c'est ça ?

– On appelle ça un manche à air, explique papa. Ça nous indique la direction et la puissance du vent. Grâce à ça, on peut savoir si l'atterrissage et le décollage vont être risqués ou pas. S'il atteint les cinquante-cinq nœuds, impossible de décoller avec des passagers.

– OK, je me coucherai moins bête.

– Et vous alors ? intervient Bart, en se penchant vers moi, m'observant avec ses petits yeux verts dignes d'une fouine.

Le mécano fait une tête de moins que moi et son visage arrive pile à hauteur de mes seins. Je l'ai surpris une fois ou deux profiter de la vue. Il poursuit :

– Vous comptez profiter de votre séjour pour apprendre à piloter un peu ? Quand votre père cassera sa pipe, vous pourriez peut-être reprendre l'entreprise !

Bart n'est pas au courant pour son cancer, sa question est donc parfaitement innocente, mais je sens tout de même mon ventre se tordre d'angoisse. Je ne peux m'empêcher de jeter un œil vers papa mais Betty accapare toute son attention. Son expression est indéchiffrable mais son torse se soulève lourdement.

– Merci, mais je vais me contenter de rester à la place du mort en essayant de ne pas vomir.

– Sûre ? Parce que vous avez là le meilleur professeur qu'on puisse avoir, insiste-t-il, sans remarquer que la tension est montée d'un cran.

Papa tend l'index vers Betty dont le moteur commence à rugir.

– En fait, le meilleur professeur est là-dedans.

– Tu déconnes, j'espère ?

Ses yeux se posent sur moi.

– Pas du tout.

– J'ai vu des gosses de deux ans plus patients que lui, dis-je, sans dissimuler mes doutes.

Le vent commence à porter avec lui le vrombissement de petit moteur qui m'est maintenant familier. Betty commence à accélérer. Quelques secondes après, l'avion se soulève du sol, ses ailes luttant pour se stabiliser face au vent.

– Il faut admettre qu'il présente bien, dit papa à mi-voix, en m'adressant un clin d'œil.

Quelque chose dans son ton me dit qu'il ne fait pas référence à sa manière de piloter.

– Tiens, tu vois ? clame Bart. Je te l'avais dit ! Elle vole du feu de dieu !

Puis, clé à molette à la main, il se retourne vers le hangar.

– C'est pas tout ça mais j'ai des trucs à réparer qui sont vraiment cassés, pour le coup !

Papa soupire.

– Très bien. Il ne nous reste plus qu'à…

Il s'interrompt tout à coup et fixe le ciel.

– Bart ?

Le mécanicien ralentit le pas.

– Oui, patron ?

– T'as entendu ça ?

Il y a un cahot dans sa voix. Incrédule, je tends l'oreille, essayant d'entendre ce qui l'a alerté.

Au bout d'un moment, je réalise que le vrombissement habituellement régulier de ce type d'avion s'est interrompu.

– Qu'est-ce qui se passe ? dis-je d'un air circonspect.

– Je n'en sais rien, on dirait que le moteur s'est coupé. Il doit être en train de le redémarrer.

Bart et papa se taisent et tendent l'oreille. Le seul son que j'entends est celui de mon propre cœur qui me martèle les tympans. Dans le ciel, l'avion commence à descendre. Un téléphone se met à sonner et papa dégaine un portable de sa poche. J'ignorais complètement qu'il en avait un.

– Oui ? … OK.

Il raccroche.

– C'était Agnès, nous dit-il. Jonah vient de les appeler par radio. Son moteur flambe, il l'a coupé exprès. Il va se poser de l'autre côté des Whittamores. Venez !

Une boule au ventre, je m'élance à toute vitesse dans le sillon de papa. Je ne me serais jamais doutée qu'il puisse courir si vite.

– Est-ce qu'il va s'en sortir ? dis-je, une note paniquée dans la voix.

– Oui, rassure-toi. Il va juste glisser. Il sait comment atterrir en cas d'urgence.

Papa dégaine ses clés et bondit derrière le volant de sa camionnette. Sans y réfléchir à deux fois, je le rejoins sur la banquette, suivie de Bart. Les mots rassurants de papa cessent de faire effet à la seconde où il embraye et fonce à toute allure.

***

La camionnette fonce sur le chemin de terre tandis que, sur le côté, l'avion continue d'amorcer sa descente. J'ai l'impression d'être à la chasse aux tornades !

– Le terrain est tout plat, dis-je. C'est bon signe, non ?

– Oui, c'est bon signe, répond papa en me tapotant le genou. Ne t'inquiète pas, Jonah s'est déjà posé sur toutes les surfaces, des glaciers, des flancs de montagnes, des endroits où je n'aurais jamais osé.

– Ouais mais il y a du vent, annonce Bart. Des arbustes et des lignes à haute tension, sans parler du lac et des quelques maisons qu'il devra éviter. D'autant que si le feu ne s'éteint pas, il…

– Bart, la ferme !

C'est la première fois que j'entends papa s'emporter de la sorte. À mi-voix, le mécanicien essaye de se rattraper.

– On dit que… neuf accidents sur dix se terminent par un atterrissage aux petits oignons. Vous en faites pas, il sait ce qu'il fait.

Les doigts de Bart pianotent nerveusement contre la portière. J'ai envie de le croire mais on dirait qu'il a sorti ses statistiques de nulle part.

Aussi plat soit le paysage, un groupe d'arbustes et une crête finissent par nous cacher Betty au moment où Jonah la fait atterrir. Quelques secondes après, un énorme bruit se fait entendre.

– C'est normal ça ?

Papa ne répond rien et s'engage en vitesse sur un chemin boueux qui doit probablement servir aux tracteurs et autres véhicules agricoles. La route est étroite et jonchée de bosses que papa n'essaye même pas d'éviter. Le véhicule cahote en tous sens, nous faisant rebondir sur nos sièges jusqu'à ce qu'enfin, il freine brusquement.

– Impossible d'aller plus loin, dit-il.

Nous sortons en trombe. Je m'élance sans les attendre, contournant le massif d'arbustes tandis qu'à chaque pas, mes baskets s'enfoncent dans le sol meuble.

Je ne sais pas exactement à quel moment j'ai commencé à courir mais je presse fortement le pas, le sang me battant les tempes tandis que je pars en trombe en direction de l'épave. Le sol est inégal et je trébuche sans arrêt sur les débris jaunes qui jonchent le sol. Une des ailes de Betty est étrangement tordue et la carlingue est toute cabossée et griffée. Je tâche de ne pas me focaliser dessus et suis la trace sinueuse d'herbes écrasées et de boue qui mène vers elle. À quelques mètres de là, adossé contre un amoncellement de rochers, se trouve Jonah. Du sang ruisselle sur son nez, son œil gauche et dans sa barbe. On dirait le dernier survivant d'un film d'horreur.

– Oh mon Dieu !

Je plonge à genoux près de lui et écarte la tignasse de son visage pour identifier la source de la blessure. Une vilaine entaille lui barre le front. Jonah parle d'une voix enrouée.

– Rassurez-moi, je suis toujours beau gosse ?

Un rire tremblant s'échappe de mes lèvres. Tandis que j'essaye de reprendre mon souffle, une vague de soulagement s'abat sur moi. Non seulement Jonah va bien mais il n'a rien perdu de son sens du sarcasme.

– Il faut faire pression sur la plaie, dis-je.

Mais nous sommes au beau milieu d'un champ. Je finis par retirer mon pull et le presse fort contre son front blessé.

– Merci.

Il soupire et vient placer sa main ensanglantée contre la mienne. Bart nous rejoint le premier. Jonah l'accueille en ronchonnant.

– Alors, Bart ? Elle vole toujours aussi bien, tu trouves ?

Le mécanicien ne peut que balbutier.

– Mais… je…

Papa annonce son arrivée avec une quinte de toux. Il tâche de l'étouffer en couvrant sa bouche.

– Doux Jésus ! Mais qu'est-ce qui s'est passé ?

– Il y a eu un bruit bizarre et le voyant d'alerte moteur s'est déclenché. Puis j'ai senti l'huile de moteur qui brûlait. Alors je l'ai coupé direct. Tout se passait pas trop mal jusqu'à ce que je heurte un amas de rochers. Je ne l'ai vu qu'au dernier moment. Merde, je suis désolé, j'ai…

– Tu vas bien au moins ? l'interrompt papa, comme s'il refusait de l'entendre s'excuser.

Jonah bouge, ce qui lui arrache une grimace de douleur.

– Je crois que je me suis démis l'épaule en essayant de sortir de l'épave. Mais sinon, oui, ça va à peu près.

– Tu t'es cogné la tête ?

– Non.

– Laisse-moi voir.

Je retire ma main et recule, laissant papa prendre ma place. Lorsqu'il retire le pull faisant office de compresse, ma mâchoire se contracte de dégoût.

– C'est profond mais plutôt propre. Probablement causé par un bout de métal. À vue de nez, tu es bon pour au moins dix points de suture !

Jonah lève sur moi son seul œil valide.

– Alors Barbie, c'était beau ou pas ?

Exaspérée, je secoue la tête.

– Elle a tapé un sacré sprint, dit papa entre ses dents. Je n'avais jamais vu quelqu'un courir si vite !

– Elle voulait s'assurer que l'atterrissage m'ait bien achevé !

Je voulais être sûre que vous n'ayez rien. J'étais inquiète pour vous.

– Non mais j'ai pensé que ruiner mon pull préféré vous ferait jubiler.

– Humm…

Jonah m'adresse un sourire ensanglanté et porte à nouveau cette compresse de fortune à son front.

Au loin, des sirènes d'ambulances se font entendre. Jonah se met à râler.

– Qui les a appelés ? Pas question que j'aille à l'hosto !

Le pilote s'appuie sur papa et se dresse sur ses pieds avec des mouvements lents et dénués de grâce, les traits déformés par la douleur. Même blessé, c'est un colosse. Il s'immobilise et jette un œil à la carcasse de Betty.

– Fait chier, c'est la neuvième, c'est ça ?

Papa surenchérit.

– La dixième. Mais allons ! Dix accident en cinquante-cinq ans, c'est pas si mal.

Il glousse et secoue la tête avant d'ajouter :

– Rappelle-moi de ne plus jamais me moquer de George et de ses intuitions.

Interloqué, Bart souffle son assentiment par le nez et pousse un morceau de l'épave avec le pied.

CHAPITRE 16

– Calla ? demande papa, le bras appuyé contre la portière. Tu es sûre que ça va ?

– Oui, ça va. Je vais juste me prendre de quoi manger et traîner dans la véranda.

Après l'accident, j'étais retournée à Wild avec papa, mais l'adrénaline faisait encore son effet et je ne pouvais absolument pas tenir en place derrière un bureau. Sans compter que j'étais obligée de remettre mon pull, encore tout tâché du sang de Jonah.

Tous les avions sont bloqués à terre jusqu'à ce que la FAA – l'administration fédérale de l'aviation – en décide autrement. Papa doit retourner sur les lieux du crash pour retrouver un de leurs représentants et il s'était proposé de me déposer au passage.

Je porte le regard vers la maison voisine.

– Quand crois-tu que Jonah pourra rentrer ?

– Pas encore. Ils vont le garder et lui faire quelques examens, au cas où sa tête aurait été touchée.

Je hoche gravement la tête. Le crash remonte à plusieurs heures et pourtant, je sens encore la terreur qui me tort les entrailles.

– Il va s'en remettre, Calla.

Je balaie cette formule rassurante d'un haussement d'épaules.

– Oui, je sais.

– Bien. Appelle-moi si jamais tu as envie de revenir.

Il tousse plusieurs fois et s'éclaircit la voix avant de reprendre.

– Tu as mon numéro ?

Je lui présente le bout de papier qu'il m'a remis cinq minutes plus tôt. La camionnette démarre mais s'arrête brusquement. Papa a une moue songeuse.

– Tu sais, je crois que le vieux fauteuil de ta mère est encore dans le garage. Celui qu'elle gardait pour la véranda. Elle avait aussi emballé un tas de vêtements d'hiver qu'elle avait mis dans le fond.

– Tu veux dire l'hiver d'il y a vingt-quatre ans ?

– Oui, avoue-t-il en se grattant le menton, un sourire contrit sur les lèvres. Bref, tu trouveras sûrement quelque chose d'utile.

Là-dessus, il repart et je regarde le véhicule cahoter dans l'allée irrégulière. Soit les évènements de la journée ne le touchent pas plus que ça, soit il le dissimule très bien.

Il rejoint la route principale et s'arrête pour discuter avec une fille à vélo. Je ne reconnais pas Mabel tout de suite. La jeune fille remonte en trombe l'allée en direction de la maison, ses longs cheveux voletant derrière elle. Lorsqu'elle arrive, elle est haletante et ses yeux s'écarquillent en voyant le sang sur mon pull. Elle est manifestement au courant pour l'accident.

– C'était juste une égratignure, lui dis-je avant de reprendre les mots de papa. Il aura dix points de suture.

Mabel ôte son sac à dos qui tombe par terre avec un bruit sourd.

– J'étais en train de faire des courses en ville quand j'ai entendu dire que Jonah avait eu un accident et qu'il était à l'hôpital. Du coup, j'y suis allée mais on m'a pas laissée rentrer, alors j'ai appelé maman mais ça répondait pas, la seconde fois oui, elle m'a dit qu'il allait bien et que je ferais mieux de rentrer mais j'étais si inquiète !

Elle parle sans s'arrêter, paniquée et haletante, comme si elle avait pédalé de toutes ses forces pour venir jusqu'ici.

– Il va bien, il sera de retour dans quelques heures.

– OK.

Elle hoche lentement la tête, comme pour prendre le temps de digérer l'information. Puis elle balaie les cheveux qui lui tombent devant le visage.

– Je peux rester un peu avec toi ?

Il y a de la détresse dans sa voix. Oui, Jonah va se remettre mais ça aurait pu ne pas être le cas. Une chose terrible est arrivée à une personne qu'elle connaît et Mabel ne veut pas rester seule.

D'ailleurs, moi non plus.

Je lui adresse un sourire.

– Bien sûr que tu peux. J'espère que tu n'as rien contre aller fouiller dans des vieux cartons.

***

– Est-ce que tu vas bien, ma chérie ?

– Oui, maman. Je n'étais pas dans l'avion.

– Tout de même, tu as tout vu. Cela a dû être terrifiant !

– Oui, c'est vrai.

Son soupir m'emplit le tympan.

– Je me souviens du temps où l'on me racontait toutes ces histoires d'accidents. Je calculais le nombre de fois où ces types volaient et les probabilités que quelque chose de mal puisse arriver. Surtout avec ces petits avions. Au moins, dans les grands jets modernes, tout est géré par informatique et il existe tout un tas de solutions en cas de soucis. J'en étais arrivée au point où chaque fois que ton père partait travailler, je me disais que c'était peut-être la dernière fois que je le voyais.

– Ça a dû être dur.

– Dur ? Tu n'y es pas, ça me rendait dingue ! Je n'étais pas faite pour être l'épouse d'un pilote.

Vu comme ça, Simon pratique un métier comportant bien moins de risques. En dehors de la fois où un patient lui a balancé un buste de Sigmund Freud dessus – le ratant pour ne heurter que le mur – les plus gros risques encourus par le psychiatre sont les escarres et les coupures de papier.

Maman reprend :

– Dieu bénisse ce George ! Imagine ce qui aurait pu se passer !

– Oui, bénis soient George et Jillian.

Mais surtout, béni soit Jonah de ne pas avoir voulu en démordre. S'il n'avait pas insisté pour faire un vol d'essai, il y aurait eu une femme et un bébé dans le crash. Qui sait ? Peut-être que l'atterrissage se serait mieux passé. Jonah aurait tout à fait pu leur sauver la vie.

Soudain, Mabel crie dans mon dos.

– Elle marche encore !

Je me retourne pour la voir étirer une longue guirlande de Noël aux lumières rouges, bleues et vertes.

– J'y crois pas !

Mabel rigole.

– T'as vu ? Je vérifie les autres !

À l'autre bout du fil, maman demande :

– Qu'est-ce que tu ne crois pas ?

– Deux secondes, maman.

J'éloigne le téléphone de ma bouche.

– Mabel, si tu en trouves d'autres, on pourra les accrocher au plafond, comme une canopée !

Les yeux enthousiastes de la jeune fille s'arrondissent.

– Ça serait trop cool !

– Calla ! Allô ? Mais à qui parles-tu ?

– Avec Mabel, la fille d'Agnès. Dis donc maman, tu savais que papa avait conservé toutes tes affaires ? Genre toutes !

Mabel et moi avions passé deux heures à fouiller le garage de fond en comble, trouvant dans de vieux bacs en plastique poussiéreux des choses aussi diverses que des décorations de Noël, des nains de jardin et même un cadran solaire fantaisie.

– Agnès a une fille ? Pourquoi tu ne me l'as pas dit ?

Et toi ? Pourquoi tu ne m'as rien dit sur les coups de fils que vous échangiez avec papa ?

J'aimerais répliquer ça mais je me mords la langue pour m'en empêcher.

– Je n'en ai pas eu le temps.

En fait, je n'ai pas appelé depuis lundi et je ne pouvais pas tout lui dire par texto. J'aurais bien d'autres choses à lui dire mais le moment est mal choisi.

– J'ai retrouvé ton fauteuil en osier et il est plutôt en bon état, dis-je, tâchant d'orienter la conversation vers quelque chose de plus léger.

Les coussins ont subi les outrages du temps, de la moisissure et des animaux – des souris, apparemment – mais le fauteuil en lui-même est encore assez solide pour supporter le poids d'une personne. Mabel m'avait aidée à le transporter sur la véranda et nous avons fait le ménage, ramenant au garage tout ce qui encombrait les lieux : vieilles chaises, cannes à pêches et tout un bric-à-brac inutile. La jeune fille ne s'est pas plainte une fois.

C'est la première fois que je peux passer du temps avec Mabel sans que mon père fasse tampon entre nous ou qu'un jeu de dames les accapare. C'est une vraie pipelette, parlant parfois de trois sujets à la fois et sans même finir ses phrases avant de passer de l'un à l'autre. Je commence à me demander si elle n'est pas atteinte d'un déficit de l'attention.

Pourtant, je m'attache à elle de minute en minute.

– Bon, je dois te laisser, dit maman. J'ai un client, mais tu me rappelles plus tard et tu me racontes tout, d'accord ?

– D'accord.

Par « plus tard », je sais qu'elle veut dire ce soir mais personnellement, je n'ai pas hâte d'avoir cette conversation avec elle. Faut-il vraiment qu'elle sache pourquoi papa a annulé son vol pour Toronto, il y a des années ? Se soucierait-elle des ennuis financiers d'Alaska Wild et de l'aide que j'essaye de leur apporter ? Peut-être. Mais peut-être que j'ai aussi égoïstement envie de pouvoir me rapprocher de papa sans que le souvenir de leur relation passée vienne entacher mon séjour.

Je coupe la conversation avec autant de tact qu'un semi-remorque. Tout à coup, Mabel laisse tomber les guirlandes et se précipite vers la porte en hurlant de joie.

– C'est Jonah ! Il est rentré !

La jeune fille court en piétinant le gazon et s'élance vers son allée. Je meurs d'envie de lui emboîter le pas, mais je me retiens, ramenant mon attention sur ma bouteille d'eau et sur une pomme que j'avais lavée il y a des heures sans trouver assez d'appétit pour croquer dedans. Au bout d'une minute, je me dis que j'ai assez attendu et je suis Mabel.

Appuyé contre sa camionnette, Jonah sourit, écoutant tranquillement les babillages de Mabel. Je suis à mi-chemin de la pelouse quand il me remarque et il commence à m'envoyer des œillades au fur et à mesure que je me rapproche.

– On vous a laissé conduire ? dis-je, en portant la voix, luttant pour garder une cadence lente et décontractée, comme quelqu'un qui n'a pas passé les dernières heures la boule au ventre à guetter son retour.

Jonah s'arrache à son SUV et avance de quelques pas.

– Ils n'auraient pas pu m'en empêcher.

Il ne porte aucun pansement. Juste sous la naissance de ses cheveux se trouve une balafre ponctuée de fils noirs, bien plus petite que ce à quoi je m'étais attendu, au vu de la quantité de sang. Toutefois, elle semble encore lui faire mal. Son visage a été nettoyé mais il a encore du sang séché dans la barbe.

Réfrénant un sourire, je me mords la lèvre tandis qu'une vague de soulagement s'abat sur moi. Je tends le menton vers son front.

– Alors ? Combien ?

– Juste neuf. Ça devrait guérir assez vite, dit-il avant qu'un sourire timide ne s'étire sur ses lèvres. Le docteur m'a dit que ça m'allait bien. Je crois qu'elle me draguait.

Je lève les yeux au ciel mais rigole tout de même.

– Mais bien sûr ! Autrement, rien de cassé ?

– Un peu mal à l'épaule mais visiblement rien de grave. J'ai eu de la chance.

– Pas qu'un peu.

Je repense à cette journée et frissonne. Ça aurait pu être tellement pire. Mabel lui tend la main.

– Viens voir la véranda de Wren !

– Plus tard, ma grande, dit-il, empruntant le sobriquet employé par papa. J'ai d'abord besoin d'une douche et de me changer, voire d'une petite sieste.

Sur le devant de sa veste de pilote, on peut deviner quelques traces de sang dans le tissu bleu nuit. Jonah hoche le menton en avant, l'air amusé.

– En revanche on dirait que quelqu'un d'autre a envie de venir voir la véranda tout de suite.

Nous faisons volte-face pour apercevoir Bandit en train de remonter l'allée menant chez papa.

– Vite, s'exclame Mabel en s'élançant vers la maison. Les chips !

Jonah ricane.

– Il va profiter de votre absence pour manger.

– Peu importe, cette journée m'a coupé l'appétit.

Je croise les bras pour me protéger de la fraîcheur du vent. Jonah ouvre la bouche pour parler mais se ravise. Puis il tend le bras par la fenêtre ouverte côté passager, en retire une chemise à damiers rouge et noire et me la tend.

– J'ai pensé que vous ne pourriez pas récupérer votre pull vu son état, dit-il. C'est la plus petite que j'ai trouvée. Elle devrait vous aller.

– Oh, je… merci.

Je glisse les bras dans les manches et me délecte de la chaleur de l'étoffe sous mes doigts. J'ajoute :

– On se sentirait presque chez soi !

– Prenez pas trop vos aises, quand même, réplique-t-il avec un sourire.

– Vous savez quand papa va rentrer ?

– Pas tout de suite. La FAA nous a redonné l'autorisation de voler.

– Oui, cela fait une heure que des avions passent dans le ciel.

Depuis la véranda, la vue sur l'espace aérien au-dessus de l'aéroport est imprenable. Je me demande si c'est une simple coïncidence ou s'il a choisi l'emplacement de la maison exprès.

Jonah reprend :

– Il est encore en discussion avec l'inspection mais ils se connaissent depuis longtemps. Ce sera vite plié. Il ne devrait pas y avoir de souci, nous gardons scrupuleusement nos registres et il n'y a pas eu de mort. Je devrais pouvoir voler à nouveau en un rien de temps.

Il parle de tout ça comme s'il n'avait pas failli mourir aujourd'hui. Mais on est loin du Jonah taquin dont j'ai pris l'habitude. Je secoue la tête, sans comprendre. Il vient à peine de rentrer et il parle déjà de reprendre le travail ?

– Foutu cow-boy céleste, maugrée-je dans ma barbe.

– Vous dites ?

– Rien.

Je resserre la chemise contre moi et lève le menton vers sa maison.

– Merci encore pour la veste. Vous devriez aller vous reposer.

Jonah commence à marcher d'un pas lourd vers son perron, presque à contrecœur. Il m'appelle par-dessus son épaule.

– Au fait, vous avez pu avancer sur le site ?

– Pas vraiment.

– Le travail, c'est pas votre truc, hein ?

Voilà, ça, c'est le Jonah que je connais.

– Si vous aviez un peu appris à voler, je n'aurais pas été distraite.

Son ricanement profond et sincère déclenche une petite décharge le long de mon dos.

– Venez après dîner avec votre ordi, dit-il. On pourra y travailler tous les deux.

– Vous êtes sûr ?

– Il faut bien avancer là-dessus à un moment.

Il presse le pas sur les marches et disparaît derrière sa porte d'entrée.

***

Lorsque je m'excuse auprès de papa et Mabel vers vingt heures, le soleil est encore haut dans le ciel, désespérément trop. Quittant le salon, je traverse la pelouse en direction de chez Jonah, mon Macbook sous le bras et une assiette de restes dans la main. Sur le palier, j'hésite un instant et frappe à la porte à petits coups.

– Oui !

Je tends l'oreille à l'affût de bruits de pas, mais rien.

– C'est ouvert, je ne compte pas me lever !

J'entrouvre délicatement la porte, immédiatement frappée par une agréable odeur de citron et de menthe. Je me retrouve dans une cuisine, copie conforme de celle de mon père, aussi bien dans l'agencement que dans le style – les placards et le comptoir sont au même endroit. Pourtant, tout semble neuf et bien entretenu. L'absence de canards sur les murs explique peut-être cela. Mais je dois dire qu'au vu de l'aspect négligé de Jonah, je m'attendais à ce que les lieux empestent la bière éventée et la vieille côte de porc rance.

Un pli curieux sur le front, je dégage mes chaussures pleines de boue et appelle :

– Hé ho ! Je vous ai rapporté un peu des pâtes au fromage de Mabel ! Papa dit qu'elles sont succulentes !

– Laissez ça à la cuisine. S'il vous plaît, ajoute-t-il après une seconde de pause.

Je dépose l'assiette sur la table et me retrouve dans un salon lui aussi identique à celui d'à côté – porte coulissante donnant sur une véranda, même poêle posé sur des planches en céramique dans un coin et les mêmes étagères Ikea dans l'autre. Pourtant, tout semble si différent. Et étonnamment propre !

Les tapis ont été remplacés par une épaisse moquette couleur moka, suffisamment neuve pour ne pas encore montrer de marques d'usure. Les murs sont peints en une chaleureuse nuance de gris et couverts de photos encadrées représentant des avions de toutes les couleurs sur fond de toundra. Malgré le soleil, une petite lampe de chevet est allumée sur la table, diffusant une lumière agréable et douillette au cœur de la pièce majoritairement plongée dans l'ombre. Pour être franche, j'ai l'impression que la décoration est l'œuvre d'une femme.

Jonah est allongé sur un canapé d'angle gris. Il s'est changé, portant un pantalon de jogging noir et un T-shirt gris pâle assez large mais mettant tout de même sa musculature en valeur. Il est en train de lutter avec un flacon de médicaments, jurant entre ses dents.

Je lui propose mon aide :

– Laissez-moi faire.

– Je gère.

Ni une ni deux, je le lui arrache de ses mains calleuses, le griffant au passage. Le bouchon du flacon cède sans résistance.

Je lève ostensiblement les yeux au ciel et lui tends ses médicaments.

– Vous gérez, assurément. C'est quoi, ces pilules ?

– Merci, marmonne-t-il en en piochant une. Des décontractants musculaires.

Ses cheveux encore mouillés lui tombent sur le front. Il sort manifestement de la douche. Mais sa barbe est encore parsemée de taches de sang coagulé. Il va falloir lui passer un coup de ciseaux.

Jonah me dévisage d'un air suspicieux.

– Quoi ?

– Je vais vous chercher un peu d'eau.

Je retourne à la cuisine et fouille ses placards en quête d'un verre, médusée par la propreté des lieux. Pas la moindre tache en vue, tout est scrupuleusement rangé : il n'y a ni désordre, ni poussière. Au milieu de la vaisselle dans l'égouttoir reposent deux assiettes dont les bords sont ornés de fleurs roses et l'évier en métal est si propre qu'on pourrait se voir dedans.

Mais la plus grosse surprise réside dans le placard à conserves. Je m'attendais à tomber sur un vrai foutoir, mais tout y est rangé par taille et type d'aliment, en rang, les étiquettes bien en face.

– Jonah ? Vous avez vu *Les Nuits avec mon ennemi* ? Vous savez, ce film avec Julia Roberts et son ex-mari complètement timbré ?

Ironiquement, j'avais regardé ce film avec papa l'autre jour. Le personnage de l'ex-mari est un gros maniaque du rangement.

– Je ne regarde pas la télé… Pourquoi ?

– Pour rien, dis-je, avant de parler pour moi-même. Ce bon vieux taré de Martin ne devait pas regarder la télé, lui non plus.

Tiens… de la nourriture pour chien ? Que peuvent bien faire des boîtes de foie et de poulet au milieu de pêches au sirop, de haricots noirs et de crème de maïs ? Jonah n'a pourtant pas de chien. Mais il a un raton laveur domestique.

– Qu'est-ce que vous faites dans cette cuisine ? s'impatiente Jonah.

– Rien !

Je m'empare d'un verre à motifs floraux, le remplit au robinet et le lui dépose sur la table basse.

– Merci, dit-il avant de gober son médicament et de siffler sa douleur.

– Vous avez dormi un peu ?

– Non. Mon épaule me lance. Ça ira mieux quand les pilules feront effet.

– Vous en aviez déjà pris avant ?

– Oui, au lycée, quand je me suis déboîté l'épaule pour la première fois en jouant au football.

– Je vois. Je ne vous aurais pas imaginé jouer en équipe.

Je jette un œil vers les étagères et remarque pour la première fois qu'il n'y a pas de télévision.

– J'ai été viré à la moitié de l'année.

Je secoue la tête et souris. Puis je me penche sur le côté pour lire les titres sur le dos des livres, trop curieuse de savoir ce qui peut bien l'intéresser en dehors des avions et de l'humour à froid.

– On appelle ça des livres, dit-il d'un ton doucement ironique.

Gatsby Le Magnifique… Crime et Châtiment…

– On est un littéraire, dites-moi !

– Vous vous attendiez à quoi ?

– Je ne sais pas… *Comment dépecer un écureuil en dix leçons* ? *101 manières de cuisiner le castor* ? *Que faire quand on est le fruit d'un inceste* ?

Il ricane d'un air sombre. La bibliothèque contient environ deux cents livres, à vue de nez.

– Vous les avez tous lus ?

– Eh oui, Barbie, c'est à ça que servent les livres.

J'ignore cette pique, car je sais qu'il le fait exprès pour me mettre hors de moi. Mon attention est attirée par une étagère réservée uniquement aux cadres photo.

– C'est votre maman ?

– Ouep. Cette photo a été prise à Anchorage. C'était il y a longtemps !

La femme sur la photo est sublime et svelte. Elle porte un bikini rouge et pose au bord d'un lac sur un ponton, ses longues jambes galbées croisées au niveau des chevilles et ses longs cheveux blonds balayés par le vent.

– Elle est très belle, dis-je. Elle me fait penser à une Norvégienne que je suis sur Instagram.

– Logique, elle est Norvégienne.

Assis à ses côtés se trouve un petit garçon d'environ six ans. Ses jambes maigrichonnes et bronzées pendent du ponton et ses cheveux aussi blonds que ceux de sa mère se reflètent sous le soleil estival. Bien que n'exprimant qu'innocence, le regard bleu glace du garçonnet fait écho à ceux de l'homme actuellement allongé sur le canapé derrière moi.

– Vit-elle toujours à Vegas ?

– Non, elle est retournée à Oslo après s'être remariée.

– Vous la voyez souvent ?

– La dernière fois, c'était il y a un ou deux ans. J'étais supposé aller la voir pour Noël mais je doute que cela se fasse.

– Pourquoi ça ?

– Wren.

Il avait prononcé le nom de papa comme une évidence, comme s'il ne pouvait pas y avoir d'autres raison que ça. Jonah s'était proposé pour accompagner et ramener papa à Anchorage durant toute la durée de son traitement. Dire qu'il n'est même pas de sa famille.

– Je vois, oui. Vous pensez être en état de l'accompagner lundi matin ?

– Si ce n'est pas moi, ce sera quelqu'un d'autre.

La culpabilité me ronge soudain le cœur. Je vais partir d'Alaska en plein milieu de son traitement. J'ai déjà repoussé mon départ, peut-être que je peux encore le faire ? Devrais-je rester chez lui et lui apporter mon aide ? Certes, nous commençons à peine à faire connaissance, mais je suis sa fille ! Je lui dois bien ça… non ? Si je ne le fais pas pour lui, ce serait pour Jonah, Agnès et Mabel. Je pourrais partager leur fardeau. Et si ce n'est pas pour eux, le ferais-je pour moi ? Il faut vraiment que j'appelle Simon. Il est la voix de la raison.

La photo suivante représente un Jonah adolescent à l'allure dégingandée et au visage sombre, posant près d'un homme en uniforme militaire. Derrière eux se trouve un avion de combat. Probablement le père de Jonah. Il est très beau lui aussi. Mais son air est sévère et sa mâchoire si carrée qu'on pourrait y couper du papier. Je prends le cadre entre mes mains.

– Quel âge avez-vous sur celle-ci ?

– Je ne sais plus, peut-être treize ans.

Au vu de ses traits délicats et de ses lèvres pleines, il est effectivement à peine entré dans la puberté. Jeune, mais déjà assez mûr pour ravir le cœur d'une collégienne.

– C'est lui qui vous a appris à piloter ?

– Oui, c'était un tueur aux commandes.

– Vous n'avez pas envisagé de rejoindre l'Air Force ?

– Nan, répond-t-il, avant de marquer une pause. Au début, c'était l'idée. Enfin, la sienne. Il voulait que je m'engage dans l'armée. J'ai passé tous les tests et j'ai été déclaré apte, mais au moment de signer mon enrôlement, j'ai changé d'avis.

– Mais il a tout de même accepté votre choix, n'est-ce pas ?

– Au bout d'un moment, oui. Vers la fin. Mais au début, il n'a pas compris pourquoi je tenais à perdre mon temps au milieu des Esquimaux, comme il disait.

Après un silence, il reprend :

– On ne s'est plus parlé pendant sept ans après ça.

– Et vous vous êtes revus lorsqu'il a eu son cancer ? dis-je d'une voix calme.

Jonah pousse un long soupir.

– Non, il combattait déjà la maladie depuis plusieurs années quand on s'est revus à l'hôpital. Il est mort quelques jours après.

Je jette un œil par-dessus mon épaule et trouve Jonah en train de fixer le plafond.

– Vous regrettez de ne pas y être allé plus tôt, conclus-je d'après ce qu'il avait déjà laissé sous-entendre.

– Il était trop têtu pour s'excuser de toutes les saloperies qu'il m'avait balancées et moi, j'étais trop fier pour lui pardonner.

Ses yeux se posent sur moi et il me dévisage.

– Je ne pourrai jamais rien y changer.

Ce qui sous-entend que moi, je le peux, car j'ai encore le temps. Pas étonnant que Jonah m'ait tant poussé à faire la paix avec papa. Quel que soit le poids qui lui pèse sur les épaules, il ne veut pas que j'aie à porter le même fardeau. Mais sa vie est bien différente de la mienne. Si je n'avais pas eu quelqu'un comme Simon pour me conseiller et m'aider à refréner ma colère, serais-je venu ici ? Jonah a besoin d'un Simon. On a tous besoin d'un Simon !

Je m'empare d'une autre photo montrant Jonah et papa ensemble côte à côte dans une cabine de pilotage. La photo a été prise depuis la banquette arrière et les deux pilotes sourient à l'objectif. Les cheveux de papa sont encore majoritairement bruns et les rides d'expression de son front sont moins prononcées. Mais c'est Jonah qui accapare toute mon attention. Ses cheveux sont courts et il n'arbore pas cette barbe hirsute.

– À quand remonte celle-là ?

– Du premier ou second été que j'ai passé ici après mon retour. Je ne sais plus trop.

Il marque une pause.

– Pourquoi ?

– Vous avez des fossettes !

Aux coins de ses lèvres deux fossettes profondes accentuent un sourire parfaitement boudeur remontant sur des pommettes prononcées. Sa mâchoire volontaire est tout en angle et il a un très beau visage ; ses cheveux blonds sont coupés ras sur son crâne. Derrière ce masque de yéti se cache en réalité des traits magnifiques, qu'il a clairement hérités de sa mère.

Si on y ajoute le bleu de ses yeux, oserais-je penser que Jonah est en réalité… très beau ? Après un rapide calcul, je déduis qu'il doit avoir vingt-et-un ans, vingt-deux ans maximum sur cette photo. Dix ans plus tard… je me retourne vers Jonah. Le yéti me décoche un sourire moqueur, comme s'il lisait mes pensées, pas peu fier de son charme.

– Qu'est-ce qu'on attend ?

Mes joues s'empourprent.

– Je vous demande pardon ?

– Le site. On s'y met ? Vous avez apporté votre ordi ?

Oh. Le site, bien sûr. Je pousse un soupir de soulagement.

– Oui, bien sûr.

– Parfait. Parce qu'une fois que les médicaments feront effet, je ne serai plus bon à rien.

Après avoir reposé la photo à sa place, je retourne à la cuisine prendre mon ordinateur et reviens au salon où je prends place à l'autre bout du divan.

Tout du long, Jonah me dévore des yeux.

***

– Vous avez dit 1964, c'est bien ça ? Jonah ?

– Humm…

Ses paupières sont closes et son torse se soulève à intervalles réguliers.

– Jonah ? dis-je plus doucement.

Pas un mouvement.

– Bon, j'imagine qu'on a fini.

Vingt minutes d'aide, c'est mieux que rien. Mais je ne suis pas plus avancée sur le site. Jonah n'a ni télé, ni Internet. Quel adulte de trente et un ans digne de ce nom n'a pas au moins ça chez lui ?

Je ferme l'ordinateur et m'abîme dans la contemplation de son visage reposé, me mordant pensivement la lèvre. Avant ce soir, je savais déjà que Jonah n'était pas tout à fait comme les autres. Pourquoi cacher sciemment un aussi beau visage ? Certainement pas par manque de confiance, en tout cas. Jonah semble tout à fait fier et conscient de son charme.

Toutefois, on ne peut pas dire qu'il soit négligé non plus. Je ne l'ai pas trouvé affalé avec un paquet de chips, s'essuyant les doigts sur son ventre avant de se servir sa dixième bière de la soirée. Même en jogging et T-shirt, on voit qu'il tient la forme. Au-dehors, des petits jappements aigus se font entendre. Dans la véranda, Bandit s'est perché sur quelque chose et ses petites pattes griffues sont posées contre la vitre. Il me dévisage avec ses yeux de fouine.

Je lui fais non de la tête.

– Pas question que je te fasse rentrer !

Il couine une réponse et finit par descendre de son perchoir. Un étrange bruit sourd retentit. Mais qu'est-ce qu'il fabrique encore ? Je m'approche de la fenêtre et découvre l'animal près d'un bol en métal qu'il tapote avec sa patte comme le ferait un chien.

– Tu as faim, c'est ça ? Et tu t'attends à ce que je te nourrisse, en plus ?

Avec un soupire réticent, je mets le dîner de Jonah au frigo et vais prendre une boîte de nourriture pour chien. J'imagine que je vais devoir nourrir moi-même son non-animal de compagnie.

– Je n'en reviens pas de ce que je fais là.

Armée d'une boîte et d'une cuillère, je fais glisser la porte coulissante de la véranda. L'intérieur est plutôt dépouillé : quelques étagères, des caisses de rangement et une sorte de boîte en contreplaqué que j'imagine être la maison de Bandit. Mais pas même un siège pour s'asseoir.

Le raton se dresse sur ses pattes arrière et agite impatiemment les griffes. Quelle dose suis-je supposée lui donner ? Il est deux fois moins gros que Tim et Sid. C'est presque un avorton ! Du moins, pour un raton laveur.

– Recule ! Pousse-toi !

Tâchant d'éviter ses griffes, je verse la moitié de la boîte dans sa gamelle. Mon nez se plisse de dégoût au moment où la pâté pleine de gelée se déverse avec un bruit spongieux. Un bout me tombe sur la main et j'ai un mouvement de recul.

– Beurk !

Bandit élance sa petite tête triangulaire en avant et se met à dévorer voracement son repas, sans même prendre le temps de respirer entre chaque bouchée. Prise d'une envie incontrôlable de me laver les mains, je me retourne pour aller à la cuisine. C'est alors que, dans un coin, j'aperçois une paire de roulettes qui dépassent d'une épaisse couverture de laine. Genre des roulettes de valise.

Prise d'une soudaine suspicion, je soulève un coin de la couverture et tombe nez à nez avec une valise au revêtement argenté. J'en reste coite : c'est *ma* valise au revêtement argenté !

Comment mes affaires avaient-elles pu atterrir ici, sous la véranda de Jonah, sous une couverture ? Une seule réponse me vient : il les y a planquées. Mais comment les a-t-il récupérées ? Mon visage se renfrogne sous l'effet d'une intense réflexion. Était-il allé à Anchorage pour les récupérer ? Impossible qu'il l'ait fait aujourd'hui. Ni hier, puisque nous avons passé la journée ensemble. Ce qui nous amène au jour d'avant. Les aurait-il volées à Billy ? Cela ferait donc des jours qu'il les a ? Mais… pourquoi ?

Par la fenêtre, j'observe le géant en train de roupiller sur son canapé, luttant de toutes mes forces pour ne pas aller le réveiller à coups de gifles pour qu'il s'explique. Ce serait exactement ce que je ferais, s'il n'avait pas eu cet accident. Mais quel connard ! Pas un jour n'est passé depuis mon arrivée sans qu'il me pourrisse la vie !

Tirant les valises à l'intérieur, je fais en sorte que les roulettes cognent sèchement le bas métallique du chambranle. Jonah ne bouge pas d'un poil. Je les fais rouler devant le canapé et donne volontairement un coup de hanche près de là où se trouve sa tête, assez fort pour me faire un bleu.

Toujours aucune réaction.

Je sens la haine bouillir en moi et marmonne :

– Sale enfoiré.

Une fois les valises à la cuisine, je reviens au salon prendre mon ordinateur.

– J'aurais dû laisser Bandit rentrer, ça vous aurait fait un drôle de réveil, espèce de salaud. Vous mériteriez bien qu'il saccage tout ici !

Quelle sera sa réaction demain quand je le confronterai ? Aurai-je à nouveau droit à un de ses rictus et à une pirouette bien salée ? Et mon père et Agnès vont-ils encore avoir la même attitude ? Je vois d'ici papa dire qu'il faut qu'il lui parle et Agnès balayer toute l'affaire avec une phrase du genre : « *Oh, vous savez, il aime faire des blagues !* » Dire qu'il est allongé là, en train de dormir du sommeil du juste avec sa crinière qui s'est répandue sur l'oreiller et cette barbe à la con qui me nargue. J'ai soudain envie de…

Je sens alors un grand sourire vindicatif s'étirer sur mes lèvres.

CHAPITRE 17

À Toronto, quand on marche dans le centre-ville, il est impossible de ne pas remarquer les sans-abris. Ils sont endormis sous des tonnes de couverture ou assis au coin des rues, un gobelet vide de chez Tim Hortons entre les mains, leurs cheveux emmêlés tombant sur leurs tristes mines tandis qu'ils attendent qu'un passant charitable leur fasse don de petite monnaie. Quand je passe devant eux, il m'arrive de songer à ce que dissimule la saleté et la précarité, à ce qu'une douche chaude, un coup de peigne et de rasoir pourraient révéler. Si les gens ne pressaient pas le pas à leur hauteur, insensibles à leur condition, peut-être les verraient-ils sous un jour nouveau. Un peu comme je vois Jonah en ce moment. Avec une paire de ciseaux de cuisine et une tondeuse dégottée dans un des placards de la salle de bain, on peut en faire des miracles !

Initialement, je n'avais prévu de couper qu'un bout de sa barbe, assez gros pour qu'il le remarque au réveil. Le genre de blague qu'on fait à un ami qui se serait endormi sur le canapé après avoir trop bu. Juste de quoi gentiment l'inciter à prendre un peu soin de son apparence. C'est alors que je me suis dit : « Et s'il la garde en l'état, juste pour m'embêter ? » Ce serait tout à fait le genre de Jonah. Alors, j'ai commencé à couper.

Jonah n'a même pas remué un orteil. Ni quand j'ai commencé à tailler ses boucles blondes. Ni quand le vrombissement de la tondeuse s'est mis à emplir le silence régnant dans le salon. Ni quand, avec délicatesse, j'ai donné des coups de peigne dans l'amas informe de poils qui lui couvrait la moitié du visage. La barbe s'est réduite comme peau de chagrin jusqu'à ce qu'enfin apparaissent ses lèvres, ses pommettes prononcées et la mâchoire volontaire que j'avais tant espérée.

Jonah était maintenant pourvu d'une barbe épaisse mais bien taillée. Le genre que les hommes envient et que des petites amies et épouses désespérées voient sur des magazines qu'elles jettent à la figure de leurs compagnons mal rasés en hurlant : « Fais-toi la même ! »

Mais je ne me suis pas arrêtée là. J'ai également débroussaillé l'espèce de serpillière qu'il avait sur la tête, sur les côtés et derrière le crâne – autant que possible, car il était allongé. Sur le dessus, j'ai laissé une mèche longue d'environ cinq centimètres que j'ai personnellement stylisé. Car, tenez-vous bien, Jonah garde un vieux flacon de gel pour cheveux dans sa trousse de toilette.

Je contemple maintenant mon œuvre. Face à moi est étendu un homme beau et viril, débarrassé de ses atours de Cro-Magnon aux poils blonds cendrés. Je tends les doigts vers le visage du bel au bois dormant. Il est encore plus attirant que sur les photos devant lesquelles je bavais tout à l'heure. L'âge et la prise de masse ont donné aux traits délicats de son visage un côté plus mâle.

C'était initialement un acte de vengeance. Comment en suis-je venue à rendre présentable ce gros con sournois ? Je grommelle entre mes dents.

– Même endormi, vous n'êtes qu'un sale connard.

Il bouge la tête sur la droite et j'inspire à fond sous le coup de la surprise. Jonah commence à battre des paupières. Finalement, elles s'immobilisent et je pousse un soupir de soulagement. Un sentiment de terreur commence à monter en moi, balayant toute la fierté dans laquelle j'étais en train de me vautrer. Mieux vaut que je sois partie quand il se réveillera !

Rien ne dit qu'il sera bon joueur et qu'il y verra un juste retour des choses. Serais-je allée un peu trop loin ? Je veux dire, j'ai profité du sommeil d'un blessé pour lui couper la barbe. Frappée d'angoisse, je ramasse les preuves compromettantes de mon méfait et file à la cuisine.

Tandis que je jette les restes de cheveux et de barbe dans la poubelle sous l'évier et que je range mes armes dans le tiroir, je relativise mon acte. Jonah n'a pas fait que planquer mes fringues. Il me cherche depuis des jours. J'ai simplement fini par craquer. Voilà ce qui se passe quand on vous pousse dans vos derniers retranchements : on craque et on vous coupe la barbe pendant que vous dormez !

Je m'empare du bloc-notes sur le comptoir et écris un mot que je laisse sur la table basse à son attention, ainsi qu'un verre d'eau près de son flacon de pilules. Une bien piètre façon de faire amende honorable.

Tout à l'heure, j'envisageais encore de me servir de mes valises comme d'un bélier, mais c'est sur la pointe des pieds que je quitte finalement la maison, traînant mes affaires le plus doucement possible dans les escaliers et sur le gazon. L'herbe est boueuse et tirer chaque valise jusque chez papa est un cauchemar absolu. Une fois à l'abri dans la maison, j'ai des crampes dans les bras.

Au salon, papa est installé dans son Lazy Boy devant un match de base-ball. À mon arrivée, il quitte l'écran des yeux et me regarde.

– Comment se porte notre homme ?

Cette simple question éveille en moi une vague de culpabilité.

– Il dort. Ses médicaments l'ont assommé.

– Il doit avoir besoin de repos. La journée a été rude, dit-il, avant d'étouffer une quinte de toux.

Il toussait déjà au dîner.

– Tu te sens bien ?

Il balaye ma question de la main et se racle plusieurs fois la gorge.

– Je n'aurais pas dû courir, c'est tout. Vous avez pu avancer sur le projet de site ?

– Juste un peu. Il est tombé dans les vapes assez vite.

– Tu es restée longtemps pourtant.

Il y a une note étrange dans sa voix que je ne saurais définir. Je consulte l'horloge au mur. Il est presque vingt-trois heures. Je balbutie une excuse :

– J'ai nourri Bandit et… consulté sa bibliothèque.

Je détourne le regard, les joues en feu, espérant qu'il ne décèle pas mon mensonge. Mais je ne peux pas lui avouer ce que j'ai fait. Et s'il me dit que j'ai été trop loin ? Qu'il est déçu de mon comportement ?

– Tu as trouvé quelque chose d'intéressant ?

– Hein, quoi ?

– Dans sa bibliothèque, précise-t-il en baissant les yeux sur mes mains vides.

– Oh. Non, je ne suis pas une grande lectrice. Il y a quelque chose d'intéressant à la télé ce soir ?

– Non, je l'ai allumée à l'instant. À dire vrai, j'ai passé pas mal de temps sous la véranda ce soir. J'aime beaucoup ce que Mabel et toi en avez fait. Ça m'a ramené des années en arrière.

– Attends de voir quand il fera nuit !

Nous avions trouvé assez de guirlandes de Noël pour en recouvrir le plafond ! Papa soupire, éteint la télévision et balance la télécommande sur la table basse.

– Peut-être demain. La journée a été éprouvante, je suis rincé.

– Oui, moi aussi.

Il s'extirpe lentement de son fauteuil et récupère sa tasse vide.

– Tu es certaine que ça va ? demande-t-il. Tu as l'air… nerveuse.

– Oui, ça va. Au fait, tu pars à quelle heure demain matin ?

– Sûrement comme d'habitude, un peu avant six heures.

– Je pourrais peut-être partir avec toi ? Jonah n'est pas près de bouger !

Ma remarque le fait rire.

– Même s'il ne peut pas piloter, ce ne sont pas quelques points de suture qui vont le tenir éloigné de Wild.

– Bien. D'accord, dis-je avant de pincer les lèvres.

Génial. Me voilà dans de beaux draps. Papa me dévisage à nouveau.

– Bon. Très bien. On se voit demain matin, alors.

– Ouep.

Il aperçoit alors les deux valises près du palier de la cuisine.

– Ah, tu vois ! Je savais qu'elles finiraient par refaire surface !

Je marmonne.

– En effet, elles ont refait surface…

Devrais-je lui dire la vérité sur ce qu'à fait Jonah ? Une partie de moi meurt d'envie de couvrir son poulain d'opprobre, mais l'opportunité d'entendre les piètres excuses de Jonah est trop tentante.

Après tout, c'est entre lui et moi. Incrédule, papa fronce les sourcils.

– Comment sont-elles arrivées là ?

– Par taxi ! Pile au moment où je rentrais.

– Humm...

Les rides de son front se creusent davantage, comme s'il décelait un mensonge. Puis il hausse finalement les épaules.

– Bon, au moins tes vêtements sont arrivés. C'est une bonne chose. Bonne nuit.

– Bonne nuit, papa.

Il s'arrête pour m'adresser un petit sourire satisfait et disparaît.

Une fois la porte de ma chambre refermée dans mon dos, je souffle. Jonah a eu ce qu'il méritait. Ce n'est pas comme si je l'avais défiguré ! Les poils, ça repousse et s'il tient tant que ça à redevenir un homme des cavernes armé d'une massue, ça ne devrait pas prendre trop longtemps.

Je commence à défaire mes bagages.

***

Deux cent quarante-quatre. C'est le nombre de canards sur lesquels des tétons sont dessinés.

Autrement dit, les murs de la cuisine sont ornés de pas moins de mille quatre cent soixante-quatre tétons.

– Calla ?

Tirée de ma réflexion, je me retourne. Papa se tient dans l'encadrement de la porte de la cuisine.

– Salut, dis-je. Je nous ai fait du café ! C'est bientôt prêt.

Surpris, il porte son attention vers la cafetière qui est en train de filtrer une ultime goutte de café noir et chaud. Son regard revient sur moi.

– Tu te sens bien ?

– Oui. Je n'arrivais pas à dormir, alors autant me lever et partir avec toi !

Il étudie attentivement mes yeux rougis. Tout le collyre et le fond de teint du monde ne pourraient dissimuler mon état de fatigue. Papa a lui même des poches sous les yeux.

– Je n'ai pas bien dormi non plus, avoue-t-il. L'accident de Jonah a dû te perturber.

– C'est probable.

Jonah est bien la raison de mon insomnie, mais cela a moins à voir avec son accident qu'avec l'appréhension de sa réaction quand il découvrira que je l'avais tondu comme un vulgaire mouton. Soit il en rira, soit mon geste marquera le retour de notre mépris mutuel.

Je reprends :

– En plus, je me suis dit que ce serait l'occasion de démarrer plus tôt la journée. Avec toi.

– Je n'y vois pas d'inconvénient.

Il se sert une tasse de café, le porte à ses lèvres et s'étouffe dès la première gorgée.

– Quelle dose de café as-tu mis là-dedans ?

– Autant que précisé sur le paquet. Pourquoi ? Il n'est pas bon ?

Il pince les lèvres, hoche la tête et parle d'une voix enrouée.

– Si, il est très bon.

Mon regard lui dit que je ne suis pas dupe.

– Tu mens.

– Il est peut-être un brin trop fort, dit-il en souriant, buvant une autre gorgée avant de dissimuler une grimace écœurée.

– Désolée, je ne sais pas faire le café. Tu n'es pas obligé de le boire.

Il y trempe à nouveau les lèvres et fait semblant de se régaler.

– Tu plaisantes ? Ma fille a fait ce café pour moi. Cul sec, que je vais le boire !

Hilare, je me prépare ma propre tasse, avec un large supplément de lait, et l'observe tandis qu'il se force à vider la sienne entre deux grimaces, son corps agité de spasmes. Puis il dépose la tasse dans l'évier et s'empare de sa veste.

– Eh bien, moi qui n'étais pas bien réveillé, avec ça, c'est parfait.

Je m'élance derrière lui jusqu'à sa camionnette. Papa remarque mes bottes Hunter rouge et sourit d'un air admiratif.

– Elles sont jolies, dit-il, avant de pointer du menton la chemise à carreaux que m'a offerte Jonah et que je tiens pliée sur mon bras. Et elles sont assorties à ta chemise !

– Affreusement assorties ! Au moins, j'ai enfin de quoi m'habiller.

Aujourd'hui, j'ai opté pour mon jean déchiré favori et un haut en maille de laine à épaules nues avec soutien-gorge assorti.

– Tu as toutes les raisons d'être perturbée, dit papa. Les choses sont différentes ici et il faut un temps d'adaptation.

J'aimerais lui dire que la perte de mes bagages n'a rien à voir avec l'Alaska, mais plutôt avec le géant endormi dans la maison d'à côté, mais je me retiens. Nos deux regards se posent simultanément sur la maison jaune.

– Je me demande comment il va ce matin, dit papa à mi-voix.

Il grimpe derrière le volant, claque la portière et met le contact. Je contourne le véhicule par l'avant, sans parvenir à quitter la maison des yeux. Je crois voir le rideau bouger, ce qui me coupe momentanément le souffle. Mais Jonah ne se lève jamais aussi tôt.

Loin d'être en paix avec ma conscience, je boucle ma ceinture. Papa a les mains sur le volant mais elles restent immobiles.

– On devrait peut-être aller voir comment il va ? Juste au cas où.

– Il est tôt. On ne devrait pas plutôt le laisser dormir ?

Mes doigts pianotent nerveusement sur mon genou tandis que je garde le regard braqué en avant. Papa me dévisage. Ses yeux brillent d'une lueur suspicieuse.

– Calla, tu es certaine que tout va bien ? Tu as l'air à fleur de peau.

– Vraiment ? dis-je avec nonchalance. C'est sûrement à cause du café.

– Non, tu étais déjà comme ça hier soir.

Il hésite un moment, puis demande :

– Est-ce qu'il s'est passé quelque chose entre vous deux ?

Je n'y tiens plus et avoue la vérité.

– En dehors du fait que j'ai retrouvé mes valises sous sa véranda, tu veux dire ?

Ce sera mon alibi quand on me questionnera sur le crime que j'ai commis. Papa écarquille les yeux.

– Jonah avait tes valises ?

– Planquées sous une couverture.

Il soupire, exaspéré.

– Mais quel con… Il va vraiment falloir que je lui… Oh ! Regarde, il est réveillé, dit-il en désignant le perron où la porte est en train de s'ouvrir.

L'angoisse me prend au ventre.

– J'irai le voir plus tard pour m'assurer que…

Papa s'interrompt au moment où un Jonah raidi par le sommeil sort sous la véranda, portant la même tenue que la veille. Nous sommes trop loin pour voir la cicatrice qui lui barre le front. Mais nous sommes assez proches pour que je puisse voir son regard d'acier au moment où il se tourne vers nous, ses bras musculeux croisés contre son torse. Il me fusille du regard.

Un silence pesant s'installe pendant plusieurs battements de cœur et les sourcils de papa se braquent vers le haut, lui dévorant la moitié du front. Jusqu'à ce qu'enfin…

– Calla ? Combien de temps es-tu restée chez lui après qu'il s'est endormi ?

– Je ne suis plus très sûre.

Il parle d'une voix douce mais ça me fait encore plus peur. Papa reprend :

– Et rappelle-moi ce que tu as fait pendant ce temps ? Travaillé sur le site, donné à manger à Bandit et puis… ah oui, tu as consulté sa bibliothèque. C'est bien tout ?

– Yep, dis-je avec autant de conviction que possible.

– Je n'oublie rien, alors ?

– Rien du tout, mais tu sais quoi ? On devrait y aller. Genre maintenant.

J'ose enfin décocher un regard en direction de papa et le découvre en train de se pincer les lèvres, refrénant difficilement un éclat de rire.

– Oui, je crois que tu as raison.

Le véhicule se met en branle et commence à remonter l'allée en slalom pour éviter les plus gros nids de poules. Il règne dans le camion un silence de mort. Papa finit par le briser :

– Ses décontractants musculaires doivent être sacrément puissants.

– Très puissants.

Il dévisage intensément mon profil jusqu'à ce que je ne tienne plus. Je tourne le visage vers lui et découvre qu'il a les yeux qui brillent. Nous éclatons tous les deux de rire. Pour ma part, je ris de soulagement. Au moins, papa n'a pas l'air furieux contre moi. Lorsque nous atteignons la grande route, il est pris d'une quinte de toux, causée par son hilarité.

– Oh, Calla… tu t'es mise dans le pétrin !

– Il l'a cherché !

– C'est clair, mais Jonah aime avoir le dernier mot. Il ne va pas en rester là.

Je croise obstinément les bras.

– Il me doit une fière chandelle. Grâce à moi, les gens vont enfin voir son visage.

Son front se plisse de curiosité.

– Et c'est une bonne chose, ça ?

– Comme ça, il y a moins de chance qu'on le capture pour l'embarquer au zoo.

Y a-t-il des zoos en Alaska ? J'en doute. Papa se met à nouveau à rire comme une baleine.

– Tu sais, pendant un moment, j'ai cru qu'il s'était passé quelque chose entre vous. Tu sais, avec toute la tension de l'accident et tout ça, il arrive que… enfin, tu vois, conclut-il avec un regard plein de sous-entendus.

Les joues commencent à me brûler.

– Tu as vraiment cru ça ?

– Ce ne serait pas la mort. Après tout, il est futé et travailleur. Il a un certain succès auprès des femmes !

Il ricane nerveusement et ajoute :

– Un père espère toujours le meilleur pour sa fille, non ?

Qu'est-ce qu'il a dit là ? Il espère vraiment qu'il se passe quelque chose entre Jonah et moi ?

Moi et Jonah ? Quelle blague ! Tout à coup, le visage beau et paisiblement endormi de la veille s'impose à moi, mais je le repousse aussitôt.

– Je ne craque pas pour les cow-boys célestes, dis-je avec une forte résolution.

En entendant ce terme, papa s'étouffe en riant.

– Oh Calla, tu me rappelles tellement ta mère parfois !

– C'est comme ça qu'elle a baptisé les pilotes de la région, admets-je à mi-voix.

– Oui, eh bien, en ce qui concerne Jonah, on ne peut pas lui donner tort. C'est probablement le meilleur de tous. Mais tu n'as pas besoin de répéter nos erreurs, Calla.

Là-dessus, il tourne vers la route menant à Alaska Wild.

CHAPITRE 18

Penchée par-dessus mon épaule, Agnès scrute l'écran en plissant les yeux.

– Je préfère l'autre, dit-elle.

D'un clic, je reviens sur l'habillage précédent.

– Oui, celui-là, on dirait une carte postale, confirme Agnès en se redressant et en replaçant ses lunettes sur son nez. Ça prend vraiment forme, Calla. Et vite en plus !

J'enregistre les modifications.

– Je vous montrerai comment on fait. C'est facile, je vous assure ! Et si vous avez le moindre doute, vous m'enverrez un message, je vous aiderai.

Dire qu'il y a une semaine encore, Agnès et moi n'étions que deux étrangères qui correspondaient par e-mail, voilà que nous travaillons sur un site Internet ! Mon portable sonne et le selfie de Diana en train de faire une *duck face* s'affiche.

Je m'extrais de mon siège et m'excuse à mi-voix.

– Il faut que je décroche.

Je me doutais que ce coup de fil finirait par arriver. Le texto que j'avais envoyé il y a dix minutes était cryptique et demandait des précisions que Diana ne pourrait pas attendre bien longtemps.

– Vous voulez que je vous ramène de l'eau ?

Agnès décline d'un geste de la main et retourne à son bureau. J'inspire à fond et décroche. Coup de chance, la salle du personnel est vide. Je m'y isole pour répondre. Diana hoquette à l'autre bout du fil, comme choquée.

– T'as pas osé ?

– Eh si. Le Yéti n'en est plus un, maintenant.

– Oh. Mon. Dieu ! Il est furax ?

– Je t'avoue que je n'en sais encore rien.

– Tu te souviens de la fois où Keegan s'est endormi raide bourré et que son équipe lui a rasé le…

– Beurk, oui, je m'en souviens, merci de ne plus jamais me rappeler cette histoire !

Keegan est le petit frère de Diana et il est aussi un peu comme le mien. L'image de ce qu'on lui a fait me traumatise encore des années plus tard !

– OK, Calla, murmure-t-elle. Je suis planquée dans la salle du courrier et j'ai maximum trente secondes avant que Beef Stick ne me gaule.

Je vois d'ici la scène : une petite bombasse blonde en jupe crayon accroupie derrière la photocopieuse de son boulot, se cachant pour passer un coup de fil.

– J'ai pas le temps pour les détails, mais donne-moi ton verdict direct, reprend-t-elle.

– Mon verdict ? dis-je en ouvrant le frigo, touchant tour à tour chaque bouteille d'eau pour trouver la plus fraîche. Il est canon.

– Canon ? Genre comment ?

–Tu te rappelles la pub de fitness que je t'ai montrée la semaine dernière, avec le mannequin viking ?

Probablement le seul barbu sur lequel j'ai jamais craqué. Diana confirme d'un gémissement extatique. Je reprends :

– Canon comme ça. Mais en mieux.

– Dis-moi que t'as pris une photo de lui !

Je pousse un rire étouffé.

– Non ! Il était inconscient, je te rappelle. Je n'allais pas en plus le prendre en photo !

– Sérieux, Calla, dit-elle d'un ton moqueur. T'étais plus à ça près !

Elle a raison. Je me dégoûte.

– Je sais.

– Bon, donc il est canon mais c'est toujours un connard avec toi ?

– Un gros connard ! Enfin, pas tant que ça, au final. Parfois, il agit comme le pire des connards et j'ai trop envie de le frapper ! Mais le reste du temps… ça va, en fait.

Je suis bien moins véhémente que la veille à son sujet. La tension qui grandit en moi accapare toute mon attention. Et si Jonah est furieux de ce que je lui ai fait et qu'il ne veuille plus jamais entendre parler de moi ?

– Tu vas le pécho ?

Je pousse un couinement d'indignation haut perché.

– Quoi ? Ça va pas, non ?

– Eh bien, tu le trouves canon et tu n'as aucun attachement émotionnel pour lui. Combo parfait !

D'abord mon père, ensuite ma meilleure amie ? Qu'est-ce qu'ils ont tous ?

– Je… non ! C'est pas mon genre de pécho, tu le sais !

Soit je mets tout mon cœur dans une relation et finis par en pâtir, soit je décide de ne pas apprécier le gars qui me plaît et finis seule avec mes regrets.

– En plus, son truc, c'est plutôt les blondes avec de longues jambes. Si tu as tant que ça envie que quelqu'un couche avec lui, amène-toi ici !

– Allez, Calla, tu as besoin de rebondir après Corey !

– Non, crois-moi. Je n'ai pas pensé une seule fois à Corey depuis que je suis arrivée. C'est la preuve que j'ai bien fait de le quitter.

– Parfait ! Donc tape-toi le Viking !

– Je ne me taperai aucun Viking !

J'éclate de rire. C'est fou ce que ma meilleure amie me manque.

– Vraiment, je ne saurais même pas par quoi commencer avec lui, reprends-je.

Comment s'y prend-t-on avec les types comme Jonah ? C'est le genre de mec qui se fout de vous un instant pour mieux vous balancer sur le pieu façon homme des cavernes juste après. La moindre tentative d'approche nécessiterait un cran en acier trempé.

Diana râle à l'autre bout du fil.

– Beef Stick m'appelle. Je supporte plus de l'entendre ! J'en fais des cauchemars. Faut que j'y aille. Va pécho et rappelle-moi ce soir ! On a des trucs à voir pour la semaine prochaine. Pendant que tu traques les beaux Vikings, Dee fait tout le boulot !

– Je sais, je suis désolée. C'est la folie ici.

S'il y a bien quelque chose dont je me fiche plus que Corey en ce moment, c'est Calla & Dee.

– Et non, je ne coucherai pas avec Jonah, dis-je, piochant dans le frigo la bouteille la plus fraîche avant de refermer la porte d'un coup de hanche. Ce serait la pire des id…éééées !

Jonah se tient à quelques centimètres de moi.

– Je te rappelle, dis-je avant de mettre fin à la conversation.

Hier, dans son sommeil et rasé de frais, Jonah était beau. Mais la vision de sa personne en train de me toiser de toute sa hauteur avec son regard froid comme l'acier en serrant fermement les dents est aussi terrifiante qu'intimidante. Pas un poil ne dépasse de sa barbe et, bien qu'ébouriffés, ses cheveux ont conservé leur chatoyante épaisseur. Manifestement, il n'a aucune envie de rire.

Depuis combien de temps épiait-il ma conversation ? Le visage brûlant de honte, je me penche pour ramasser la bouteille qui m’a échappé des mains et tente de retrouver une contenance.

– Vous devriez être au lit, dis-je sur le ton le plus neutre possible.

– J’ai eu une soudaine envie de vous rendre visite.

Le calme de sa voix contraste avec son regard pénétrant. Je jette un œil à ses points de suture. La cicatrice est propre et devrait guérir vite mais Jonah est le genre d’homme dont une balafre n’entamerait pas le charme. Dans sa main, le pilote tient un bout de papier plié qu’il ouvre consciencieusement avant de le lire à haute voix. C’est mon mot de la veille.

– « Cher Jonah, voilà pour le trajet dans le mini-avion, pour avoir volé mes bagages, pour ne pas m’avoir permis d’acheter de la bière pour mon père…

La liste des récriminations continue et tout du long, j’observe le mouvement de ses lèvres. Comment une aussi belle bouche pouvait-elle produire des mots aussi vulgaires ? La liste continue :

– « Pour avoir défiguré le papier peint de mon père, si c’était bien vous le responsable… »

J’ai oublié de demander à papa de quoi il en retournait, mais ça porte clairement la signature de Jonah. Un sourire finit par s’étirer sur ses lèvres. Je vais pour plonger mon regard dans le sien – merde, il m’a vu mater sa bouche – au moment même où il prononce les derniers mots :

– « Et enfin, pour avoir crashé Betty et pour m'avoir fichu une trouille bleue. »

Mon cœur bat la chamade. J'aurais dû m'abstenir d'écrire cette phrase. C'est vrai, ce n'est pas de sa faute s'il a eu un accident. Avec des gestes calmes et méthodiques, il plie le papier et le fourre dans sa poche arrière, étirant au passage les muscles de son torse sous son T-shirt gris. J'essaie de ne pas le mater mais échoue lamentablement.

Je veux déboucher ma bouteille d'eau, mais toutes mes forces m'ont quittée. Sans un mot, Jonah me la prend des mains et le craquement du plastique qui cède emplit le silence.

– Alors ? dit-il. Combien de temps vous a-t-il fallu pour trouver le courage de faire ça ?

Repoussant mes inquiétudes concernant ce qu'il a bien pu surprendre de ma conversation au téléphone, je lui adresse un regard accusateur.

– Vous voulez dire après avoir découvert mes bagages près de votre raton laveur ? Pas beaucoup.

– Mouais, merci de l'avoir nourri, d'ailleurs.

Il me rend la bouteille et nos doigts se frôlent.

– Depuis quand gardiez-vous mes affaires ?

– Depuis la nuit suivant votre arrivée. Je suis retourné à Anchorage pour les chercher le soir même.

Il avoue son méfait sans sourciller, ni manifester la moindre once de remord.

– Vous voulez dire que mes valises sont sous votre véranda depuis lundi ? dis-je, ponctuant le dernier mot d'une claque sur son bras.

Il se dérobe et saisit son épaule blessée. Ma colère baisse d'un cran.

– Pardon, dis-je avec une grimace. Mais alors, vous avez demandé à Billy de mentir pour vous ?

– Nan, il ne sait même pas que c'est moi qui les ai. Il a eu peur qu'on lui reproche la perte de vos valises, alors il a raconté des craques en espérant qu'elles finiraient par ressurgir.

Je secoue la tête.

– Vous n'êtes qu'un fumier.

Son regard s'attarde sur mon plexus solaire et sur la bretelle de mon soutien-gorge.

– Vous n'êtes pas morte, à ce que je sache.

– Alors c'était juste pour prouver quelque chose ?

– Et j'ai réussi, on dirait.

Je pousse un soupir.

–Et moi qui commençais à vous apprécier…

Un profond éclat de rire quitte ses lèvres et il pose sur moi un regard entendu.

– Oh mais on dirait que vous faites plus que simplement m'apprécier, aujourd'hui.

Mes joues cuisent encore plus. Mais qu'est-ce qu'il a entendu exactement ? Je vais pour le contourner, m'éloigner de lui, mais Jonah fait doucement un pas en avant, dans mon espace, entravant ma fuite. Mon pouls commence à s'emballer.

– Vous savez que la barbe finira par repousser, dit-il.

– Malheureusement, oui.

– Pour qui ? demande-t-il avec ironie.

– Pour les habitants de l'Alaska qui doivent vous supporter. Moi, je serai loin et depuis longtemps !

Jonah tend la main et le bout de ses doigts vient frôler des mèches de mes cheveux. Je me raidis sur place.

– Qu'est-ce que vous faites ? dis-je prudemment, alors qu'un frisson remonte sur mes bras, avant de s'étendre à toute ma poitrine.

Jonah prend un air profondément pensif.

– J'étais juste curieux. Je voulais toucher vos cheveux. Ils sont doux… et longs. Ça a dû prendre des années pour qu'ils poussent.

– Pas vraiment. Ils ont toujours été longs.

– Vraiment ?

– Vraiment.

Un sentiment de malaise s'empare de moi.

– Une coupe courte vous irait bien, dit Jonah en enserrant mes cheveux dans son poing avant de les ramener délicatement derrière ma nuque. Comme Aggie, par exemple.

– Ça n'irait pas avec mes traits.

J'éclaircis ma voix chevrotante. Jonah m'observe intensément, évaluant mon front, mes pommettes et ma mâchoire.

– Je suis certain que vous avez assez de maquillage pour faire illusion.

– Je sais parfaitement ce que vous faites, Jonah.

Après une légère pression, le pilote relâche enfin mes cheveux.

– Et que suis-je en train de faire exactement ?

–Vous voulez me faire peur en me faisant croire que vous allez me couper les cheveux pour qu'on soit à égalité !

Une ride moqueuse se creuse sur son front.

– Moi ? Allons. Entrer par effraction dans votre chambre pendant que vous dormez pour vous couper les cheveux avec une grosse paire de ciseaux ? Je ne ferais jamais ça, Calla. Contrairement à vous, je ne suis pas un maniaque.

Je réplique :

– Je ne suis pas entrée par effraction chez vous ! Ce n'est pas comme si je vous avais défiguré, en plus. Je vous ai même aidé !

Il prend l'air surpris.

– Aidé ?

– Oui. Grâce à moi, vous pourrez avoir une chance de vous envoyer en l'air, maintenant. Du moins, tant que vous la fermez.

Il me décoche un rictus qui m'assèche la gorge.

– Enfin, Calla, pensez-vous vraiment que je rencontre des difficultés dans ce domaine ?

– Je parle de séduire des personnes avec des jambes, pas des pattes.

Sale connard arrogant ! Tu as épié toute ma conversation au téléphone !

J'ai beau avoir de la répartie, c'est trop tard. Jonah domine le jeu et il le sait. Tout comme je sais que ma petite vengeance d'hier soir a eu un contre-effet inattendu. Plus de doute, je craque pour un yéti !

J'ai l'impression d'être à nouveau en troisième, quand Bill Taylor, le capitaine de l'équipe de hockey, s'était rendu compte que je craquais complètement sur lui. Ses sentiments n'étaient pas réciproques – Keegan m'avait gentiment fait passer le message – et mon coup de foudre de petite fille était devenu un sujet de moquerie pour toute l'école. J'avais passé l'année à me cacher dans des salles de classes vides ou derrière des lycéens plus grands que moi chaque fois que je l'apercevais dans un couloir. Depuis, je n'ai plus jamais laissé transparaître mes sentiments pour un garçon avant d'être certaine que ça soit réciproque.

La différence avec la situation présente est qu'au moins Bill Taylor ne s'était jamais ouvertement moqué de moi. Mais Jonah n'est pas Bill Taylor.

Soudain, la voix d'Agnès vient rompre la tension entre nous.

– Ah, George m'a dit que tu viendrais, dit-elle, en contournant la table de la cuisine. Tu aurais dû rester au lit.

Comme à son habitude, Agnès hausse à peine le ton. C'est à se demander comment elle parvient à avoir de l'autorité sur Mabel. Cela dit, dans un patelin où il n'y a ni bar à fréquenter, ni la possibilité d'acheter de l'alcool, une adolescente ne risque sans doute pas de faire de grosses bêtises.

L'arrivée d'Agnès me sauve temporairement.

– C'est exactement ce que j'étais en train de lui dire, dis-je entre mes dents, tâchant de retrouver un semblant de dignité.

– Alors, Jonah… tu essaies un nouveau look ?

Les commissures des lèvres d'Agnès sont agitées d'un tic. Papa a dû lui parler de ma petite vengeance.

– On dirait, déclare Jonah. Calla semblait en avoir besoin.

– Ça te va bien.

Les yeux noirs d'Agnès se posent sur moi et s'écarquillent comme deux soucoupes, chargés d'un message silencieux. *Ma pauvre fille, vous n'avez aucune idée du pétrin dans lequel vous vous êtes fourrée ! Vous invitez le diable chez vous !*

– N'est-ce pas ? dis-je, inclinant ostensiblement la tête pour lancer à sa mâchoire un regard admiratif. Mes voisins tondent souvent leur chien, eux aussi. C'est très pratique contre les puces !

Agnès part d'un rire nasillard. L'expression de Jonah se fait indéchiffrable mais son regard me transperce. Une boule se forme dans mon ventre et mon sang ne fait qu'un tour.

– Sharon voulait me voir, mens-je, en le contournant.

Je marche droit vers la porte, forçant mes jambes à bouger le plus lentement possible. Je suis une vraie poule mouillée et je ne tiens pas à ce que ça se voie.

CHAPITRE 19

– Foutue pluie !

Papa marmonne entre deux quintes de toux, son regard gris rivé par la fenêtre du salon et vers la véranda dont la porte vitrée est battue par un rideau de pluie forte et régulière. Vers quatorze heures, un léger crachin avait commencé à tomber – plus tôt que ce que la météo avait prévu – pour finalement se muer en véritable averse. Les avions sont tous cloués au sol et au grand désarroi de Sharon, son mari Max est bloqué à Nome pour la nuit.

– Il paraît que ça va se tasser d'ici demain après-midi, reprend papa. Du moins, espérons-le.

Tousse, tousse.

– Je peux te poser une question sérieuse, papa ?

Il lui faut du temps pour répondre.

– Bien sûr, ma grande.

Il y a une note de tendresse dans sa voix mais il est évident qu'il n'a pas très envie de répondre.

– Serais-tu un peu fétichiste de Julia Roberts ?

– Euh…

Papa soupire et se met à ricaner, soulagé.

– Je ne sais pas. Pourquoi ?

Bien sûr, je sais de quoi il avait peur : qu'on parle de son cancer, des pronostics et du diagnostic des médecins. Il a eu peur pendant un instant que je lui pose des questions sur cette toux qui s'est accentuée ces derniers jours et qui pourrait n'avoir aucun lien avec l'humidité dans l'air ou son sprint dans les champs. Il est dur de faire face à la vérité et plus le temps passe, plus je comprends que je n'ai pas plus envie que lui de parler du rude combat à venir.

– Tu as tous ses films, en VHS et en DVD ! On pourrait penser que tu as un petit faible pour elle.

Un sourire pensif s'étire sur ses lèvres.

– Son rire me rappelle celui de Susan.

Tandis que le générique de fin de *Pretty Woman* défile sur l'écran, j'essaye de me souvenir du son de son rire.

– Je n'avais jamais fait le rapprochement, mais c'est vrai qu'il y a quelque chose.

Maman a un rire qui attire l'attention, le genre de mélodie communicative qui passe de pièce en pièce et interpelle les inconnus dans les soirées.

Papa raconte :

– Tu sais que c'est à cause de ça que je me suis présenté à elle ? J'ai entendu son rire avant même de la voir. J'ai pensé : « Il faut que je trouve le cran de me présenter à cette femme, même si c'est la dernière chose que je fais. » Elle n'avait pas emménagé depuis à peine six mois quand j'ai remarqué qu'on ne l'entendait plus rire.

– Tu l'aimes encore ?

– Oh ma grande, ce qu'il y a eu entre ta mère et moi, c'était…

Sa voix se tasse et il secoue la tête.

– Je sais, papa, ça ne pouvait pas marcher entre vous, ni hier, ni aujourd'hui, ni demain. J'ai saisi l'idée. Je te demande juste si tu l'aimes encore.

Papa marque une longue pause.

– Je l'aimerai toujours. Toujours. J'aurais aimé que ça soit suffisant, mais ça ne l'était pas. Pendant un temps, j'ai cru qu'elle changerait d'avis et qu'elle reviendrait une fois le dégel passé.

– Elle pensait la même chose. Que tu changerais d'avis et que tu nous rejoindrais à Toronto.

– Oui. Comme je le disais, ça ne pouvait pas coller entre nous. Mais je suis heureux qu'elle ait trouvé quelqu'un qui lui corresponde et qui ait été gentil avec vous deux.

– Et toi, alors ?

– Moi ?

– Pas d'autre femme dans ta vie ?

– Oh…

Il hésite un instant avant de répondre.

– J'ai essayé, une fois. C'était avec quelqu'un qui compte beaucoup pour moi. Mais nous avons vite compris tous les deux qu'avec une autre femme entre nous, les choses allaient être compliquées. Ce ne serait juste pour personne et à dire vrai, je ne ressens pas le besoin de me remarier. Je ne dois pas être du genre à me marier, en fait.

– Tu veux parler d'Agnès ?

– Bon sang, ricane papa en se massant les paupières. J'ai droit à un vrai interrogatoire ce soir !

– Désolée.

– Ne le sois pas. C'est bien qu'on en parle, c'est important. J'aurais aimé comprendre ça avant.

Il soupire et reprend :

– Mabel n'est pas au courant, elle n'avait que deux ans quand c'est arrivé. Ce n'était même pas une relation très officielle. Pourtant, nous avons beaucoup parlé de possibilités d'avenir commun.

– Et ça n'a pas été plus loin ?

Papa réfléchit en pinçant les lèvres.

– Agnès a tout ce que je pourrais espérer d'une bonne épouse. Elle est gentille, drôle et patiente. Elle aime l'Alaska et sa famille. Elle prend soin de moi alors que je ne lui ai rien demandé. Honnêtement, je ne sais pas ce que je ferais sans elle. Un jour, elle se trouvera quelqu'un, se mariera et fera un heureux, j'en suis sûr.

Je m'attends à un « mais », car sa phrase semble inachevée. Mais j'ai déjà entendu la suite dans la bouche d'Agnès. *Je ne suis pas Susan,* avait-elle dit. Non pas avec amertume mais résignation.

Papa soupire à nouveau.

– Je lui dis souvent qu'elle devrait se trouver quelqu'un. D'autres hommes l'ont courtisée, mais elle ne leur a jamais accordé le moindre regard.

Je crois que, comme moi, elle s'est habituée à son mode de vie. Je pense que les choses vont continuer comme ça entre nous.

– Votre mode de vie fonctionne bien. Vous prenez soin les uns des autres. Mabel t'apporte à manger, tu fais le café pour Jonah le matin… C'est sympa, on dirait une vraie famille.

Papa gratte la barbe de trois jours qui lui recouvre le menton.

– Eh bien, c'est une famille.

– Je suis contente, tu n'es pas tout seul et tu as des gens pour prendre soin de toi.

Qui prendront soin de toi quand je serai partie.

– Je suis heureuse de les connaître, j'ajoute.

– Même Jonah ? demande papa avec une moue dubitative.

– Même lui, admets-je en levant les yeux au ciel.

D'ailleurs, ce dernier m'a finalement fichu une paix royale aujourd'hui. Lui, papa et Agnès ont eu beaucoup de travail avec les vols qu'il y a eu à replanifier. Toute la journée, je suis restée dans mon coin, casque sur les oreilles, pour terminer la partie « biographie » du site, que j'ai illustrée avec une photo de mes grands-parents posant devant le tout premier avion qu'ils avaient acheté.

Chaque fois que Jonah était passé devant moi, je l'avais ignoré.

– Dis donc, vous vous entendez mieux, on dirait, fait papa avant de bailler et de s'extraire de son fauteuil. Bon, je vais faire un petit tour avant d'aller au lit. Je suis crevé.

Je ne peux m'empêcher de jeter un regard désappro-bateur au paquet de cigarettes qu'il tient dans sa main. Papa le remarque et soupire.

– Calla, je fume depuis quarante ans.

– Et si tu n'arrêtes pas, ça va te tuer.

Cette vérité est suspendue entre nous depuis notre première rencontre et elle me touche encore plus aujourd'hui. Probablement car mon père et moi ne sommes plus des étrangers l'un pour l'autre.

– Le médecin dit que ça ne fera pas grande différence, alors pourquoi m'infliger le manque ?

– Si le docteur l'a dit…

Il ouvre la bouche pour dire quelque chose, puis se ravise.

– Tu n'arrêtes pas de bailler, ma grande. Tu devrais aller te coucher.

Il est vrai que l'insomnie de la veille et cette journée plutôt chargée m'ont épuisée.

– Tu crois qu'on pourrait fermer la porte à clé la nuit ?

– Pourquoi ? demande papa. Tu as peur de quelque chose ?

– Non, à part du voisin qui pourrait avoir envie de me tondre pendant mon sommeil.

Papa ricane.

– Jonah a dit qu'il ferait ça ? Je n'y crois pas vraiment.

Je soutiens fermement son regard.

– Je ne le laisserais jamais faire, corrige-t-il avec un peu plus de conviction.

– Tu l'as dit toi-même, il ne va pas s'en tenir là. Même s'il a fait quelques gros efforts.

Aujourd'hui chez Wild, chaque fois que j'avais entendu le son de sa voix, mon sang n'avait fait qu'un tour et je n'étais qu'à moitié à ce que je faisais. Je m'étais rejoué nos conversations et nos échanges de regards ayant précédé le nouveau Jonah, un homme sur lequel je me serais volontiers retournée dans la rue en temps normal. Nos échanges d'incivilités ne me tracassaient plus autant. Les piques étaient l'œuvre du yéti, pas du nouveau Jonah. Il semble que mon esprit – ou plutôt mes hormones – aient essayé de compartimenter Jonah en deux personnalités bien distinctes, façon Dr. Jekyll et Mr. Hyde, de telle sorte que je puisse fantasmer librement.

– N'oublie pas que l'association des aviateurs n'a pas encore donné son feu vert pour qu'il pilote, donc n'hésite pas, dit papa. Un mot de ma part et…

Il conclut sa phrase d'un clin d'œil complice. Bien sûr, il dit ça pour plaisanter mais j'apprécie l'attention.

– On peut quand même fermer la porte ? Je dormirais mieux.

Papa hausse les épaules.

– Si c'est pour que tu dormes mieux, alors d'accord.

– Merci, dis-je en collectant la vaisselle sale. Au fait, je vais préparer des flocons d'avoine pour demain, ça te dit ?

– D'habitude, je ne prends pas de petit déjeuner, mais…

Il s'interrompt et semble mûrir la question.

– Oui, ça me dit bien.

– OK, dis-je avec un sourire satisfait. Bonne nuit, papa.

***

Pendant la nuit, la pluie avait apporté avec elle un vent plus frais. Lorsque je sors de la salle de bain embuée, mes bras se couvrent instantanément de chair de poule. Une serviette autour du corps, je remonte dans ma chambre en quatrième vitesse pour m'y habiller.

À peine entrée dans la pièce, je m'immobilise en sentant un parfum familier, le savon de Jonah. Impossible, j'avais fermé la porte avant d'aller me doucher ! Peu rassurée, je scanne la pièce. Mon portable et mon ordinateur sont sur la chaise, ma tenue du jour est sur le lit, là où je l'ai laissée et le reste de mes vêtements est à sa place dans la penderie.

Je me retourne à moitié et mes doutes se confirment : la coiffeuse est vide. Les produits de beauté, le maquillage, les brosses… il n'y a plus rien. Parti !

Je fonce sur mon sac à main. Vide aussi. Fond de teint, mascara, même mon rouge à lèvres favori.

– Jonah !

Son nom résonne comme un juron dans ma bouche. Je remonte le couloir en trombe vers la cuisine. Le coupable est là, adossé au comptoir, tournant le dos à l'évier, les chevilles nonchalamment croisées en mangeant un bol de flocons d'avoine. Mes flocons d'avoine. Une clé pend à son doigt, comme un supplice de Tentale. Sûrement la clé de la maison.

– Où sont mes affaires ? dis-je, trop en colère pour me laisser distraire par quoi que ce soit d'autre.

Sa cuillère s'immobilise à mi-chemin de sa bouche et il baisse les yeux sur mon corps jusqu'à mes jambes nues, me rappelant à quel point la serviette est courte – ras la salle de jeu comme il dit –, puis il reprend tranquillement son petit déjeuner.

– Quelles affaires ? demande-t-il d'un ton badin.

– Celles que vous avez prises dans ma chambre !

– Ah, ces trucs-là ! fait-il en prenant le temps de lécher sa cuillère. En lieu sûr.

Sous sa chemise à carreaux, son T-shirt blanc est trempé. Même si elle s'est calmée, la pluie tombe encore. Visiblement pas assez fort pour dissuader Jonah de venir voler ce qui m'appartient et revenir pour me narguer.

– Elles sont chez moi, ajoute-t-il, comme s'il avait lu dans mes pensées. Et pour info, vous ne les trouverez jamais.

– Ce n'est pas drôle ! Il y en a pour des milliers de dollars !

Dont du fard à paupières très fragile et je doute que Jonah ait été précautionneux en l'emportant.

– Merde, alors, des milliers de dollars pour du maquillage ? En Alaska, c'est considéré comme un crime, vous savez, dit-il, pas le moins du monde concerné.

– Je vais appeler les flics et porter plainte !

– Excellente idée, faites donc cela. Demandez Roper, de ma part. Il s'ennuie, ça lui fera de quoi s'occuper. Au fait, c'est délicieux, dit-il en désignant le contenu de son bol avec sa cuillère. Qu'est-ce que c'est ?

Ma rage enfle et finit par exploser. Enserrant ma serviette d'une main, je m'avance et lui arrache le bol.

– C'est à moi !

Je pioche une cuillère dans l'égouttoir, tourne les talons et repart dans ma chambre en claquant la porte derrière moi. Quelques minutes plus tard, on vient y toquer.

– Quoi ? dis-je furieusement, en enfilant un legging.

– Je vais tout vous rendre.

– Y a intérêt !

– Mais pas tout de suite.

Un son étranglé surgit de ma gorge.

– Vous n'êtes qu'un sale enfoiré !

– Quoi ? Mais non ! Je vous aide ! Comme ça, vous aurez peut-être une chance de vous envoyer en l'air !

Il répète mes mots exacts de la veille avec une note d'amusement non dissimulée. Je rétorque avec suffisance.

– Je n'ai pas de problèmes dans ce domaine moi non plus !

Un ange passe.

– Qui est Corey ?

– Mon ex, réponds-je en enfilant une chaussette.

– Pourquoi vous l'avez plaqué ?

Ai-je bien envie de satisfaire sa curiosité ? Il finirait par se servir de ça contre moi.

– On a pris des chemins différents. Ou on s'est lassés l'un de l'autre. J'en sais rien ! Je l'ai quitté juste avant de partir.

J'ouvre vivement la porte et tombe sur Jonah, appuyé contre le mur, les yeux levés vers le plafond, m'offrant une vue imprenable sur sa pomme d'Adam. Même son cou est agréable à regarder. Ses yeux bleus retombent sur moi et j'oublie momentanément ma colère.

– Pourquoi vous me posez ces questions ?

Jonah hausse les épaules.

– Par curiosité.

Son regard se porte sur ma tenue : tunique cintrée bleu cobalt et legging noir. Son expression est indéchiffrable et pourtant il fait battre mon cœur à cent à l'heure. Je soupire avec emphase et tente une approche plus civilisée.

– Jonah, s'il vous plaît, puis-je récupérer mes affai…

– Non.

Il n'hésite pas et sa voix est dénuée de toute moquerie.

– Bien, dis-je avec courtoisie. Je me ferai donc un plaisir de retourner votre baraque jusqu'à ce que je les retrouve.

Je profiterai qu'il aille travailler pour fouiller. Je vais pour le dépasser mais il me bloque d'une main en me prenant fermement par la taille. Puis, son autre main se pose de l'autre côté et il me pousse doucement en arrière jusqu'au mur. Une sensation de froid ma parcourt le dos.

Incertaine de ce qui est en train de se passer, je place mes mains entre nous, contre son torse. Mon cerveau n'enregistre plus rien en dehors de la chaleur de son corps et de ses pectoraux. Puis, lorsque j'ose lever les yeux sur lui, je découvre combien son regard est sombre et intense. Tout devient clair. Il semble que mon attirance pour lui soit réciproque.

Comment est-ce arrivé ? Les secondes s'égrainent, tandis que nous semblons nous jauger l'un l'autre en silence. Puis, Jonah se penche sur moi et ses lèvres glissent sur les miennes avec douceur. Ses lèvres ont un goût de menthe et du sucre brun des flocons d'avoine. Sa barbe fraîchement rasée picote d'une manière bizarrement intime.

Je ne peux plus respirer. Il s'interrompt et m'effleure à nouveau les lèvres. Il me teste. Il veut savoir comment je vais réagir. Trop timide pour laisser mes mains s'aventurer plus avant sur cette armoire à glace, je susurre :

– Je croyais que vous n'aimiez pas les filles de mon espèce.

Son étreinte relâche ma taille et une de ses mains s'aventure vers ma hanche tandis que l'autre remonte doucement le long de mon dos, entre mes omoplates, jusqu'à venir s'emparer de ma nuque. Ses doigts glissent dans mes cheveux et les tire tendrement pour faire basculer ma tête en arrière.

– Il faut croire que j'avais tort, admet-il d'une voix si grave et virile qu'elle résonne jusqu'au creux de mon ventre.

Soudain, sans plus hésiter, il m'embrasse. Sa langue convainc ma bouche de s'ouvrir et elle vient caresser la mienne, nos deux souffles se mêlant l'un avec l'autre. Le sang me monte aux oreilles et mon pouls me bats les tympans, envoyant le long de mon corps un frisson addictif. Cela faisait longtemps que je n'avais pas eu aussi agréablement chaud.

Je ne suis que vaguement consciente des pas qui résonnent sur le perron. J'entends alors la voix excitée et optimiste de Mabel.

– Calla ? Tu es là ?

Jonah détache ses lèvres et recule d'un pas, le souffle saccadé. C'est bien la première fois qu'il manifeste un signe clair de l'effet que je lui fais.

Mabel déboule dans le couloir.

– Salut !

Son ciré jaune dégouline de pluie et elle nous regarde l'un après l'autre d'un air interrogateur.

– Qu'est-ce que vous faisiez ?

Je balbutie.

– Eh bien… nous…

Est-elle trop jeune pour sentir la tension dans l'air et comprendre le type d'échange qu'elle vient d'interrompre ?

– Je suis passé donner à Calla quelque chose dont elle avait besoin, dit Jonah, à nouveau lui-même, une note amusée dans la voix.

Muette, je me tourne vers lui. Si Mabel n'a pas compris ce qu'il se joue ici, elle ne va pas tarder à découvrir le pot aux roses. Avec un rictus entendu, Jonah porte la main à sa poche arrière et en tire quelque chose qu'il balance en l'air.

– Tenez.

Je m'agite pour l'attraper au vol. C'est mon déodorant en stick.

– Voyez ? Je ne suis pas un enfoiré complet.

Jonah s'éloigne et flatte la chevelure de Mabel au passage. Quelques instants après, la porte claque dans son dos. Les traits de Mabel se contractent d'incompréhension.

– Il t'a acheté du déo ?

Je suis encore bien trop chamboulée par ce qu'il vient de se passer pour lui expliquer.

– Il faut que j'emmène quoi ? dis-je en ignorant sa question.

– J'ai tout prévu, ne t'en fais pas ! Tu n'as plus qu'à me suivre !

Tout sourire, elle me tend un ciré d'une main et un panier à baies de l'autre.

– Parfait.

Passer la matinée sous la pluie à faire la cueillette des baies avec de parfaits étrangers est pile ce dont j'ai besoin pour mettre de l'ordre dans mes pensées et comprendre ce qu'il vient de se passer entre Jonah et moi.

Et aussi, savoir si j'ai envie que ça se reproduise.

CHAPITRE 20

Une moue mécontente déforme les lèvres de Sharon.

– Max fait une fixette sur Thornton. C'était le nom de son grand-père et il tient absolument à baptiser le bébé en son honneur.

Je hausse les épaules.

– Pourquoi pas Thor ? C'est plus cool et pour le coup, c'est unique.

– Sa mère refusera catégoriquement. Avec elle c'est Thornton par-ci, Thornton par-là. J'ai déjà beaucoup sacrifié en venant ici, je ne donnerai pas en plus un nom horrible à mon fils !

– Je ne te blâme pas, dis-je entre mes dents, par solidarité. Au fait, où allez-vous déménager ?

– On retourne à Portland, dans l'Oregon. J'ai peine à croire que je vais enfin rentrer chez moi !

Sharon caresse son ventre rebondi d'une main et pioche de l'autre une baie dans le panier que Mabel et moi avons rapporté. Après avoir passé des heures accroupie sous la bruine, dans des buissons pleins d'épines, j'ai les muscles des cuisses en compote et je suis encore transie de froid.

Sharon reprend :

– Je me souviens encore du jour où Max m'a annoncé que l'on partait. C'était il y a trois ans. « Salut, chérie ! Devine quoi ? J'ai eu le job ! On part en Alaska ! » Je ne savais même pas qu'il avait postulé ! ricane-t-elle en secouant la tête. Surtout, ne te méprends pas, les gens d'ici vont horriblement nous manquer, mais la vie y est si dure. Alors, avec un bébé en plus, je ne te dis pas !

Sharon aime se plaindre. Maman et elle s'entendraient à merveille.

– Et Max, ça ne le dérange pas de partir ?

– Pas encore. Mais il parle déjà de revenir travailler pour Wren d'ici cinq ans. D'ici là, on verra… où on volera !

Je ne peux m'empêcher de faire un rapide calcul. Dans cinq ans, j'aurai trente-et-un ans. Où serai-je dans cinq ans ? À Toronto, c'est sûr. Combien de voyages en Alaska aurai-je fait d'ici là ? Est-ce que papa viendra me rendre visite au Canada ? Vivrai-je encore avec maman et Simon ou bien serai-je mariée et partie habiter ailleurs ? Peut-être serai-je enceinte comme Sharon et je passerai moi aussi mon temps à me caresser le ventre ? Papa sera-t-il seulement encore de ce monde ? Une boule m'enserre la gorge et je déglutis avec force.

Une native toute menue se présente à l'accueil avec un sac de voyage. Sa chevelure grise est enrubannée dans un fichu à motifs floraux mais le reste de sa tenue est composée de coloris ternes marron et vert, n'ayant pas d'autre but que de lui tenir chaud.

– Des nouvelles ? demande-t-elle poliment à Sharon, comme une personne qui ne serait pas déjà en train d'attendre depuis des heures.

Sharon m'a dit que les passagers présents dans le hall attendent depuis sept heures du matin qu'un vol daigne se libérer. Je compte quatorze personnes au total, principalement des pêcheurs qui ont hâte de rentrer aux camps. On repère tout de suite ceux qui ne sont pas Alaskiens : ils font les cent pas comme des animaux en cage en grommelant d'impatience et observent le ciel chaque fois qu'ils passent devant la grande baie vitrée. Les habitués sont quant à eux sagement assis sur les banquettes. Ils discutent, tricotent ou jouent à des jeux sur leur portable.

L'autorisation de voler a été délivrée il y a une heure et la moitié des avions sont partis. Les passagers attendent qu'on les appelle. L'avion que doit prendre la voyageuse est resté bloqué pour la nuit dans l'un des villages et il n'est revenu à Wild qu'au moment de mon arrivée.

– On est en train de charger les avions, Dolorès, l'informe Sharon avec un sourire compatissant. Tu dois être impatiente de revoir ta sœur après toute une année !

– J'aurais préféré qu'elle vienne habiter ici.

Sharon se tourne vers moi.

– Tu devrais voir le village de Dolorès ! Je n'y suis pas allée moi-même, mais Max oui. C'est près de Barrow. Le soleil ne s'y est pas couché depuis combien de temps, Dolorès ?

– Depuis début mai.

– Début mai ! Tu imagines ? Il ne commencera à se coucher qu'en août et il ne réapparaîtra pas avant au moins deux mois. Les avions ne peuvent même pas se poser là-bas durant cette période.

– Il nous faut prévoir les provisions à l'automne, sinon nous n'avons rien, confirme Dolorès.

– Et il y fait tout le temps froid, ajoute Sharon en frissonnant. Quelle température fait-il là-bas en ce moment ?

– Quarante degrés Fahrenheit, répond Dolorès, resserrant sur elle son manteau polaire, comme sous l'effet d'un coup de froid.

Après un rapide calcul, j'en déduis qu'il y fait à peine quatre degrés Celsius, et nous ne sommes que début août. Je frissonne à mon tour.

Dolorès me scanne de ses yeux plein de sagesse.

– Qui est cette jeune fille ? Ta remplaçante ?

Sharon rit.

– Non, c'est la fille de Wren. Elle est en visite.

Comme la femme de l'épicerie, Dolorès me toise curieusement des pieds à la tête. Étrangement, même si je ne suis pas maquillée, je ne m'en offusque pas. Soudain, son regard se porte derrière moi. Un sourire sincère s'étire sur son visage, révélant une rangée de dents jaunies et irrégulières.

– Te voilà, toi !

– En route pour retrouver Helen ?

Mon cœur a un raté au moment où j'entends la voix grave de Jonah s'élever dans mon dos.

– Malheureusement, répond Dolorès. Tu m'y conduis ?

Dolorès a les yeux qui brillent. Tout l'Alaska l'adore ou quoi ?

– Pas cette fois, dit Jonah. Mais ne t'en fais pas, avec Jim tu es entre d'excellentes mains.

Le pilote va s'adosser de l'autre côté du comptoir, ce qui lui permet de nous faire face. Ne trouvant pas le courage de le regarder ou de le saluer, je garde mes yeux fixés sur la vielle dame et observe discrètement Jonah du coin de l'œil. Un courant électrique passe sur ma peau et la chaleur envahit mes joues.

Avoir passé trois heures sous la pluie a bien rafraîchi mes ardeurs – au sens propre comme au figuré. Ce qu'il s'est passé ce matin était une mauvaise idée et je n'aurais pas dû le laisser faire. Non pas que je le regrette – c'était bon, alors pas de remords – mais ça ne mènera à rien, alors à quoi bon ? Je vais retourner chez moi à Toronto et Jonah va rester ici, où est sa place. Fin de l'histoire. C'est une impasse. C'est une erreur.

Les yeux noirs de Dolorès se lèvent vers son front balafré.

– J'ai entendu pour l'accident.

– Juste une égratignure, la rassure-t-il. Je suis paré à voler !

Gros taré. Les sourcils de la vieille dame se froncent.

– Il y a quelque chose de changé chez toi.

– Non, rien de changé.

Il râle mais il y a une note d'humour dans sa voix. Dolorès continue de le dévisager et insiste.

– Oh que si. Mais je n'arrive pas à dire quoi…

Et moi, je n'arrive pas à savoir si elle plaisante ou pas. Soudain, Maxine débarque et prend place sur un siège situé à un ou deux mètres de moi. C'est une femme replète et petite, avec une voix qui porte et un rire tonitruant.

– Il est enfin allé chez le coiffeur ! déclare-t-elle.

Dolorès grogne doucement et étudie les traits du pilote.

– Je préférais ton ancienne barbe, conclut-elle, comme s'il avait attendu qu'elle rende un verdict. Tu as l'air trop mignon comme ça.

Le sourire de Jonah creuse de profondes fossettes au coin de ses lèvres. Il n'est pas le moins du monde offensé par son franc-parler.

– Pas autant que quand je suis complètement rasé, dit-il. En plus, certaines femmes aiment les hommes mignons.

Il marque une pause et se tourne vers moi, plongeant son regard droit dans le mien.

– N'est-ce pas, Calla ?

Tout le monde me dévisage, ce qui me fait rougir. Je m'éclaircis la gorge.

– Certaines, peut-être.

Connard, va. Une lueur amusée brille dans ses yeux, semblant m'adresser un message silencieux : *Avouez Calla, vous l'embrasseriez bien encore une fois le connard que je suis.* Il aurait raison.

Mauvaise idée, Calla. Très mauvaise idée.

Tout à coup, Sharon pousse un cri d'enthousiasme qui vient rompre notre bataille de regard.

– Marie !

La réceptionniste fait le tour du bureau d'une démarche chaloupante et accueille une grande femme blonde et gracieuse qui vient de franchir la double porte.

Marie ? La Marie ? La fameuse vétérinaire qui vient une fois par mois sauver les animaux ? Celle qui a vacciné Bandit ? Celle qui selon Agnès se mettrait volontiers en couple avec Jonah ? Sur le devant de son manteau, un badge avec écrit « Docteur Marie Lehr » vient confirmer mes doutes. C'est bien elle.

Je fais tout mon possible pour ne pas rester pantoise devant ses jambes interminables gainées de jean, et ses longues boucles blondes trempées par la bruine qui ondulent naturellement et de manière sexy autour de son visage, telles des vagues sur une plage. Elle a des yeux bleus remplis de vivacité et de longs cils blonds naturels. Son nez est fin, ses lèvres pleines et malgré des pommettes peu prononcées, les traits de son visage en cœur sont extrêmement flatteurs. Je dirais qu'elle doit avoir la vingtaine et son charme est celui de la *girl next door*. Naturellement, elle ne porte pas la moindre trace de maquillage. Je me souviens m'être demandé quel genre de fille pouvait bien attirer Jonah. J'ai la réponse en face de moi.

Amie ou pas, je suis prête à parier qu'elle a déjà couché avec lui. Dolorès retourne s'asseoir à sa place au moment où Sharon fait une accolade à Marie.

– Tu viens d'atterrir ?

– Euh, oui… le vol a été dur, répond Marie.

Elle lui rend mollement son étreinte. Confuse, elle regarde alternativement Jonah, puis Sharon, semblant ne pas savoir où fixer son attention.

– Première chose : waouh ! Regarde-moi ce ventre ! Dire que je t'ai vue il y a seulement un mois !

– Seulement, tu dis ? Pour moi, le temps est bien plus long, grommelle Sharon, les mains sur le ventre.

Marie fait le tour du bureau, les sourcils arqués vers le ciel.

– Quant à toi, Jonah, où est ta barbe ? Qu'est-ce que c'est que ce bordel ?

Jonah ouvre grand les bras et la serre fort contre lui. Elle a beau être grande, elle semble toute petite par rapport à lui.

– Bordel, c'est le mot qui convient, marmonne-t-il. Content de te voir.

Marie se détache de lui et tend ses doigts, fins et sans vernis, qu'elle fait courir sur sa barbe. Le genre de caresses langoureuses qu'on fait à un homme juste après lui avoir fait l'amour.

– J'aime bien, dit-elle à mi-voix.

Tu m'étonnes.

Combien de fois ces deux-là ont-ils couché ensemble ? A-t-elle aussi eu droit aux petits jeux puérils de Jonah ? L'a-t-il aussi bloquée dans un couloir pour lui voler un baiser ? Savait-il qu'elle venait ce matin ? Dois-je m'attendre à ce qu'il passe moins de temps avec moi à partir de maintenant ?

Toutefois je remarque que Jonah n'a pas les mains baladeuses. Au contraire, il se replace dans sa position précédente, adossé contre le bureau de l'accueil. Son regard glisse dans ma direction.

– J'ai été la victime d'une blague bien cruelle, dit-il.

Repoussant un sentiment de malaise, je lève les yeux au ciel avec emphase. Jonah ricane.

– Mais je l'ai peut-être un peu mérité.

– Juste un peu, dis-je, la voix teintée d'ironie.

Les yeux bleus de Marie me scannent de haut en bas et Jonah me présente :

– Voici Calla, la fille de Wren. Elle est en visite.

– J'ignorais que Wren avait une fille, dit Marie d'une voix douce.

Elle me tend la main. Le sourire qu'elle m'adresse n'est pas aussi chaleureux que celui qu'elle a eu pour Jonah.

– C'est votre première fois en Alaska ?

– Oui.

Jonah intervient :

– Je suis allé la chercher à Anchorage la semaine dernière. C'est quelqu'un d'intéressant…

Il me décoche un nouveau sourire plein de sous-entendus. Merde, me revoilà en train de rougir ! Le regard de Marie passe de Jonah à moi. Cette femme n'est pas aussi jeune que Mabel et il est évident qu'elle comprend ce qui se trame.

– Et d'où venez vous, Calla ?

– De Toronto.

– Oh, c'est pas la porte à côté ! dit-elle d'un ton qui pourrait tout aussi bien dire « quelle triste nouvelle » en lançant un regard appuyé à Jonah. Et combien de temps restez-vous parmi nous ?

– Encore une semaine.

– OK !

Si je ne m'abuse, Marie vient de soupirer de soulagement.

– Sauf si je décide de rester plus longtemps, dis-je à brûle-pourpoint.

Jonah arque son sourcil gauche. J'ignore pourquoi j'ai dit un truc pareil ! En fait, c'est faux, je sais parfaitement pourquoi. Une pointe désagréable me prend au ventre. Je suis jalouse. Jalouse de Marie. Je n'arrive pas à le croire !

J'ai surpris mon copain la main sur les hanches de Stéphanie Dupont et j'ai immédiatement filé alors que je sortais avec lui depuis un an. Mais alors que Jonah et moi ne nous sommes que brièvement embrassés, me voilà prête à prolonger mon séjour juste pour soutirer son attention à sa jolie amie ici présente. Voilà à quoi ça mène d'avoir embrassé Jonah !

Dans le bureau derrière nous, une toux annonce l'arrivée de papa qui passe la tête par l'entrebâillement de la porte.

– Salut, Marie ! Mince, ça fait déjà un mois ?

Un large sourire fend le visage de la jeune femme.

– C'est toujours trop long pour moi, dit-elle. Ton angine te fait encore des misères ?

– Oui… c'est un microbe tenace.

Pas la peine d'être très attentif pour ne pas voir comment papa piétine, mal à l'aise d'avoir à mentir. Il se tourne vers Jonah :

– Les derniers rapports indiquent que le brouillard s'est dissipé mais il y a toujours de gros nuages. C'est pour ça qu'il pleut encore.

Jonah se redresse dans un soupir résigné. Je ne peux m'empêcher d'admirer la forme de ses pectoraux.

– Je vais m'envoler maintenant, dit-il. Ce sera aussi bien.

– Qu'est-ce qui se passe ? demande Marie, son regard bleu absorbé par le visage de Jonah.

– Des randonneurs à aller récupérer. Ils attendent depuis mardi qu'on vienne les chercher.

– Un peu de compagnie, ça te dit ? propose-t-elle avec empressement.

– J'en ai déjà, merci. J'ai promis de la déposer au passage. Autant faire d'une pierre deux coups.

Il me faut un moment pour comprendre que c'est de moi qu'il parle. Je peine à dissimuler mon expression choquée. Jonah ne m'a jamais rien promis de tel ! Serait-il en train de repousser poliment une invitation de Marie à rester seul avec elle ? Ou, au contraire, cherche-t-il à rester seul avec moi ?

Je devrais décliner son offre, lui dire de partir avec Marie. Ce serait l'occasion idéale pour bien lui faire comprendre que ce qui s'est passé ce matin était une erreur et que je ne suis pas désireuse de réitérer. Jonah me dévisage avec insistance.

– Vous êtes prête ?

– Oui, finissons-en.

Oh, Calla ! Sérieux ! Un étrange sentiment mêlant peur et excitation bout en moi. *Si je suis prête ?* Oublions cinq minutes ce qui s'est passé ce matin et examinons la vraie question : suis-je bien prête à remonter en avion avec Jonah alors qu'il s'est crashé il y a moins de deux jours ?

Pourquoi ai-je dans l'idée que c'est encore un de ses tests ? Une de ses manières bien à lui de voir si j'en ai « *dans le ventre* ». Mais aujourd'hui, les choses sont différentes. Aujourd'hui, je veux faire mes preuves auprès de Jonah. Papa nous étudie l'un et l'autre un moment, comme s'il mesurait les risques. Puis, finalement, son regard se braque sur Jonah et il l'avertit.

– Tu ne prends aucun risque.

– Ceux qui partent reviennent, conclut-il d'un air solennel.

***

Je m'exclame :

– J'en vois un autre !

Je braque l'appareil photo et règle l'objectif pour photographier un élan en train de traverser un court d'eau serpentant à travers la vallée. Sur sa tête, les bois forment presque une couronne.

– Ils sont énormes !

Depuis que nous avons aperçu un troupeau de caribous en train de brouter à l'orée de la montagne, je n'ai eu de cesse de fixer le sol en quête de photos à prendre. Ce côté-ci du Kuskokwim est bien différent de la toundra que j'ai vue jusqu'ici. La vallée est ponctuée de grands conifères, de vastes champs de fleurs sauvages rose et violette et de superbes grèves rocheuses dont l'éclat contraste avec la grisaille ambiante.

– Vous verrez de tout par ici, dit Jonah. Des loups, des caribous, des rennes, des moutons…

Son attention est focalisée droit devant et c'est tant mieux. Nous volons à très basse altitude, entre deux chaînes de montagnes dont les sommets disparaissent sous une épaisse brume.

– Gardez l'œil bien ouvert et vous verrez probablement un grizzly ou deux, ajoute-t-il.

– Il y en a beaucoup dans la région ?

Il ricane.

– C'est le pays des ours ici !

Un frisson me parcourt le corps et pourtant, je scrute avidement le paysage dans l'espoir d'en apercevoir.

– Depuis combien de temps les randonneurs sont ici ?

– On les a déposés il y a huit jours.

– Huit jours ?

J'essaie d'imaginer ce que ça représente : huit jours de bivouac, à démonter et remonter les tentes en pleine montagne ; huit jours dans la nature, avec des ours qui rôdent en quête de nourriture. Des ours, bon sang ! Huit jours sans douche chaude, ni toilettes. Et des ours qui rôdent !

– C'est de la folie.

– Seulement si vous partez à l'aveuglette, mais ces randonnées sont monnaie courante dans les environs. J'espère juste que ces deux-là savent ce qu'ils font. C'est un couple de l'Arizona et ils fêtent leurs quinze ans de mariage, je crois.

Huit jours à faire ses besoins dans un trou.

– Comme c'est romantique, dis-je avec ironie.

– Pour certains, ça l'est. Quand on est seuls au milieu de nulle part, on peut faire pratiquement ce qu'on veut.

J'ai la très nette impression qu'il parle d'expérience.

– Bien sûr. Sauf qu'on est seuls, avec genre un million de moustiques aux basques et des grizzlis affamés qui rôdent autour de la tente pendant la nuit.

Nouveau ricanement de Jonah.

– D'ordinaire, ils vous fichent la paix, sauf si on est assez stupide pour les provoquer. Mais quand je campe, j'emmène toujours mon arme avec moi, au cas où.

– Genre vous la gardez chargée sous votre oreiller ? dis-je avant de secouer la tête. Pas moyen… Jamais vous ne me convaincrez de tenter ce genre d'expérience, même avec des gens qui ont l'habitude !

– Ah bon ?

Il marque une pause.

– Même avec moi ?

Son ton est badin et plein de sous-entendus. Mon ventre s'agite de palpitations et je déglutis avec force. Je ne m'attendais pas à ce qu'on s'engage sur ce terrain aussi abruptement. J'ai les paumes moites d'appréhension depuis que nous avons quitté Wild. Toutefois, depuis le décollage, Jonah était resté focus sur son pilotage, la main agrippée sur le levier, paré à stabiliser l'engin contre les bourrasques de vent. Il avait répondu à tous les appels radios, écoutant attentivement chaque avertissement de ses collègues et navigué entre plusieurs nappes de brouillard et averses. À en croire les rapports, la météo n'était pas près de s'arranger.

Contrairement à la dernière fois, la tension est palpable dans l'avion. Je ne saurais dire si c'est à cause du danger des intempéries… ou si les risques se trouvent à l'intérieur de l'appareil ? Je sais que ce baiser a été une erreur mais je n'arrête pas d'y penser.

La pluie et les turbulences se mêlent sans cesse au souvenir des lèvres de Jonah sur les miennes et de sa respiration saccadée lorsqu'il s'était arraché à moi.

Maintenant, nous voilà au beau milieu d'une vallée nimbée de brume et il fait des sous-entendus sexuels ! Enfin, c'est comme ça que j'interprète ses mots, en tout cas. Je nous imagine tous les deux, étendus nus sur un matelas gonflable dans une tente orange, grande ouverte face aux vastes étendues sauvages. Voilà le genre de choses que je qualifierais de follement romantique.

– Ça pourrait le faire, dis-je, les yeux braqués sur la rivière en contrebas.

C'est fou, j'ai presque l'air timide en disant ça. Pourtant, quand un homme me drague aussi ouvertement, je ne suis jamais timide ! D'ailleurs, je suis presque certaine maintenant qu'il me drague depuis mon arrivée en Alaska. Je ne m'en étais juste pas rendue compte. Et maintenant, en sa présence, j'ai les terminaisons nerveuses qui picotent et certaines parties de mon corps sont aux abois. Se sent-il aussi excité que moi ?

Cela expliquerait pourquoi il garde sans arrêt les jambes écartées depuis notre départ.

– Pourrait ?

Je m'éclaircis la voix, balayant cette image clandestine de mes pensées.

– Oui. Vous êtes bien plus en chair que moi. Si un ours venait à nous attaquer, vous seriez l'appât rêvé pour que je puisse m'enfuir.

Le ricanement rauque de Jonah remonte jusque dans ma colonne vertébrale et m'arrache un sourire béat. Je commence à prendre goût à son rire. Malheureusement, notre petit jeu tourne court. Dehors, la pluie et la force du vent commencent à redoubler. Agrippant plus fermement le levier, Jonah jette un regard sombre vers les nuages menaçants qui s'étendent face à nous.

– Ça sent pas bon, dis-je.

Il confirme.

– Pas bon du tout. C'est le souci avec la météo du coin, elle change pour un oui ou pour un non. Mais le refuge est tout proche. Nous y serons à temps.

– OK, dis-je, surprise de lui accorder ainsi ma confiance.

Confiance ou pas, j'ai besoin de penser à autre chose qu'aux turbulences. Aussi, j'ose poser une question, même si le moment est mal choisi.

– Qu'est-ce qu'il y a entre Marie et vous ?

– C'est-à-dire ?

Je me tourne vers lui, espérant pouvoir déchiffrer son expression de profil. Je me rends soudain compte que Dolorès avait peut-être raison : il est un peu trop mignon rasé comme ça. Ses lèvres pleines contrastent un peu avec la rudesse générale du personnage. De plus, ses cils semblent aussi longs que les faux qu'il m'arrive de porter.

– Vous voyez parfaitement ce que je veux dire.

Il se tourne très brièvement vers moi et retourne à son pilotage.

– Que voulez-vous savoir ?

Je lui renvoie les mots qu'il a employés lorsque nous parlions de Corey.

– C'est juste par curiosité.

Il fait un rictus.

– C'est juste une amie.

– Même si elle aimerait que vous soyez plus que ça ?

– Elle aimerait, vous pensez ?

Je lève au ciel des yeux exaspérés.

– Ne soyez pas bête. Vous le savez très bien.

Jonah presse un bouton sur le panneau de commande.

– Qu'est-ce que ça peut vous faire ?

– Rien. Je m'en fiche éperdument.

Il secoue la tête.

– Aucun doute, vous êtes bien une Fletcher !

– Que suis-je supposée comprendre par là ?

– Comprenez que vous feriez mieux de poser vos questions sans ambages, Calla, dit-il, manifestement agacé.

– Très bien. Êtes-vous sortis ensemble ?

– Nan.

J'hésite à poser la question suivante.

– Vous vous êtes chopés ?

– Définissez « chopés ».

Plus à mon attention qu'à la sienne, je marmonne entre mes dents et porte mon attention sur les montagnes :

– Je suppose que ça répond à ma question.

– Elle m'a embrassé, une fois.

– Et ?

– Je ne peux pas lui offrir ce qu'elle attend de moi.

Son aveu ne semble pas plus le perturber que ça. Je risque une remarque :

– Marie est très jolie.

– Et intelligente, attentionnée précise-t-il, avant de soupirer. Mais je souhaite juste être son ami. Elle le sait, j'ai été clair sur ce sujet il y a longtemps.

Un soupir de soulagement s'échappe trop promptement de mes lèvres.

– J'en déduis que c'était la réponse que vous attendiez ?

Je me détourne pour dissimuler un sourire penaud. Jonah est bien trop perspicace, et rentre-dedans. Et tout mâle qu'il soit, s'il n'a pas profité une seule fois de l'ascendant qu'il a sur la belle blonde qu'est Marie, alors il est bien plus courtois qu'il n'y paraît.

– Que vouliez-vous me demander d'autre ? dit-il d'une voix feutrée.

J'hésite un instant, mais à quoi bon reculer maintenant ?

– Pourquoi m'avoir embrassée ce matin ?

– Parce que j'en avais envie et vous aussi.

Sa réponse est si simple et sans détour ! Très Jonah, en fait. Après une pause, il reprend :

– Ai-je eu tort ?

– Non, dis-je, ignorant malheureusement toutes les complications qu'implique une telle réponse. Mais vous ne trouvez pas que c'est un peu déraisonnable ? Je veux dire, les choses sont déjà assez compliquées comme ça par ici. En plus, je m'en vais dans…

Ma voix s'éteint brusquement. Je pars dans une semaine. On ne peut pas faire plus simple comme fin à cette histoire – quoi qu'elle puisse signifier. C'est alors que je comprends quelque chose et je me mets à parler toute seule à mi-voix :

– Mais oui… c'est bien sûr…

C'est exactement ce qu'il veut, que je m'en aille ! Dire que je me suis fait tout un film à cause d'un simple baiser. Voilà pourquoi je n'aime pas *pécho* !

– Comment ça, bien sûr ?

Soudain un avion de brousse orange apparaît dans le ciel, volant droit dans notre direction. Jonah se focalise sur son pilotage et notre conversation prend fin. Il reçoit un appel radio de son collègue, l'informant que des vents violents et une pluie torrentielle frappent ce côté de la montagne et qu'il en a tout juste réchappé.

Je sens l'inquiétude déformer mes traits. Je demande :

– Il faut qu'on fasse demi-tour ?

– Non. Nous y sommes de toute façon.

L'avion penche sur la droite et nous amorçons notre descente.

CHAPITRE 21

– Vous êtes sûr que c'est le bon endroit ?

Blottie dans mon ciré et la tête rentrée dans les épaules, je suis Jonah sur un chemin de terre étroit coupant à travers un bois d'épicéas dont le sol meuble est couvert d'une vaste nappe végétale. Depuis l'avion, le refuge est à une sacrée trotte. L'atterrissage a été si mouvementé que j'ai mal aux dents à force de les avoir serrées. En plus, mon legging est à moitié trempé par la pluie qui nous fouette par le côté.

– C'est le seul endroit à des kilomètres à la ronde, Calla !

Sur notre droite, une branche se casse et le bruit est assez fort pour couvrir l'averse. Bloquant ma respiration, je scrute hystériquement les arbres alentours.

– Jonah… ?

– Relax, notre atterrissage a probablement fait fuir la plupart des animaux. C'est sûrement les Lannerd.

Malgré tout, je presse le pas pour réduire la distance entre nous et protège mes yeux avec la paume tandis que je passe sous l'arche d'entrée du refuge construite avec trois troncs et de la corde. Une pancarte pend au milieu et une paire de bois de cervidé trône au-dessus. C'est à la fois pittoresque et accueillant.

Un peu plus loin se trouve une petite cabane de bois. Elle semble bien entretenue. Une pile de bûche a été déposée près de la porte d'entrée et il y a aussi un vieux balai de paille qui repose contre le mur. Sur la droite se trouvent des étagères rustiques contenant toute une variété de boîtes, des outils, de la ficelle, des gants de chantier, ainsi que deux gros réservoirs noirs où sont collées des étiquettes marquées « Inflammable ». Sur le mur sont accrochés de multiples ustensiles protégés des intempéries par une longue avancée du toit.

Je lève les yeux et lis la pancarte :

– Abri public.

Mes yeux se portent sur l'énorme paire de bois de l'arche et sur les Pataugas posées de chaque côté de l'entrée.

– C'est à l'attention des gens ?

– En quelque sorte. Le refuge existe depuis les années trente, je crois. Il sert surtout pendant l'Iditarod. C'est une des plus importantes courses de chiens d'Alaska, ajoute-t-il avant de frapper à la porte. Y'a quelqu'un ?

Jonah attend trois secondes et s'invite à entrer. L'odeur qui règne à l'intérieur est exactement à l'image de ce que je m'attendais à sentir dans une vielle cabane : bois et suie humide.

– Nos randonneurs ne sont pas encore là, on dirait, déclare Jonah. Fait chier.

En effet, rien en ces lieux n'indique qu'ils aient pu récemment accueillir une présence humaine. Les trois petites fenêtres de la cabane ont été condamnées par des planches en contreplaqué. Dans le coin le plus éloigné, les lits superposés – qu'on croirait être juste deux planches empilées et boulonnées – sont dépourvus de sacs de couchage.

Près du poêle se trouve une table de pique-nique en bois. Il y a bien quelques provisions. Au mur, des lanternes sont suspendues à des crochets. Sur une étagère sont empilés des rouleaux de papier toilette et des lingettes pour bébé. Enfin, sur un comptoir de fortune se trouve une bouteille d'huile de friture Crisco, posée à côté d'un ensemble de pots et de casseroles – que je suspecte fortement avoir été laissée là par d'anciens locataires ou les gardiens.

Je suggère :

– Peut-être qu'ils ne nous ont pas attendus ?

Jonah s'accroupit et inspecte le contenu du poêle.

– Non. Avec cette pluie, il leur aura fallu un feu et ce poêle n'a pas été utilisé depuis un moment. En plus, ils savaient qu'on viendrait les chercher si la météo le permettait.

– Alors où sont-ils ?

Il se redresse et rabat ses cheveux mouillés en arrière, la mâchoire crispée.

– C'est une putain de bonne question.

– Vous croyez qu'ils se sont perdus ?

– Ce ne seraient pas les premiers, dit-il, avant de marteler la table avec ses doigts. Ils ont un téléphone satellite. Pourquoi ne l'ont-ils pas utilisé ?

Soudain, je repense à notre conversation de tout à l'heure et une idée sinistre me vient à l'esprit.

– Et s'il leur était arrivé quelque chose ? Je veux dire, s'ils avaient croisé un ours ?

– Ça n'arrive presque jamais, dit-il, avec tout de même un pli soucieux au front. Pendant que nous volions, vous n'auriez pas repéré des tentes ou quelque chose qui indique l'emplacement d'un campement, par hasard ?

– Pas du tout.

La dernière présence humaine dont j'ai été le témoin, à part l'avion que nous avions croisé, provenait d'un bateau de pêche sur la rivière et c'était dix minutes avant que nous n'entrions dans les montagnes. Jonah scrute intensément le sol.

– Pour être récupérés un vendredi, il aurait fallu qu'ils arrivent ici le jeudi. Autrement dit, ils ont deux jours de retard.

– Vous ont-ils dit par où ils comptaient passer ?

– Par Rainy Pass. Ils m'ont donné une carte. Il se peut que l'averse les ait retardés ou ils ont pu s'enliser à cause de la boue. Ils pourraient même avoir été emportés par la rivière. Qui sait ?

Jonah se rend sur le palier et, à l'abri sous l'avancée du toit, il contemple pensivement la menaçante chaîne de montagnes qui s'étend face à nous.

– Vous ne pensez tout de même pas repartir en avion pour les chercher ?

Pas de réponse. J'ai manifestement vu juste.

– Jonah, vous avez vu le temps qu'il fait ? Vous ne pouvez pas faire ça ! C'est trop dangereux.

Il se lisse nerveusement la barbe et jure.

– En effet.

Une vague de soulagement s'abat sur moi. Jonah sort un téléphone satellite de sa poche.

– Je vais essayer d'appeler.

Recroquevillée contre la porte d'entrée, j'écoute la pluie ruisseler sur le toit pendant que Jonah donne des explications à quelqu'un – papa, je crois. La communication doit être mauvaise car il parle fort et se répète plusieurs fois. « *Pas là* », « *pluie torrentielle* », « *on reste là* ».

Jonah met fin à la conversation et glisse le téléphone dans sa poche arrière. Je demande :

– Que dit-il ?

– Il va prévenir la police d'État. Il faudra lancer des recherches une fois que la météo se montrera plus coopérative. Je ne peux rien faire de plus pour l'instant.

– D'accord. Et maintenant ?

Le froid et l'humidité me font frissonner. Depuis la cueillette des baies, je n'ai pas réussi à me réchauffer.

– Maintenant, vous et moi sommes piégés ici jusqu'à ce que nous puissions redécoller.

La manière dont il prononce « vous et moi » m'envoie un nouveau frisson qui, cette fois-ci, n'a rien à voir avec le froid.

– Combien de temps ?

Il inspire profondément, ce qui soulève son torse.

– On en a peut-être pour la nuit.

– La nuit ?

Mes yeux parcourent l'intérieur de la cabane froide aux relents de moisi avant de se poser sur les lits. Pas de matelas, pas d'oreillers, pas de couvertures. De toute façon, je n'aurais pas eu idée d'utiliser une literie ayant macéré dans cette humidité.

Pas d'électricité, ni d'eau courante.

– Vous pourrez tenir le choc, Barbie ?

Je fais volte face et trouve Jonah qui me fixe de son regard pénétrant. Quelque chose me dit qu'il ne parle pas que du confort. Une crampe me prend à l'estomac.

– Ne m'appelez pas comme ça.

– Prouvez-moi que j'ai tort, alors, dit-il, une note de défi dans la voix.

Il fait un pas vers moi, s'invitant dans mon espace personnel. Mon pouls commence à s'accélérer mais je conserve ma position. Tout à coup, je ne songe plus aux randonneurs disparus, aux ours, aux commodités ou aux idées morbides que j'ai pu avoir. Mais plus qu'à une chose, embrasser Jonah.

Je bascule la tête en arrière et plonge dans son regard couleur glace.

– Vous êtes la fille de Wren, dit-il.

Je fronce les sourcils. Où veut-il en venir ?

– Oui… et ?

– Ce que vous avez dit, dans l'avion. Je sais où vous vouliez en venir, déclare-t-il, son front creusé de profondes rides. Vous êtes la fille de Wren. Jamais je ne vous traiterais de la sorte.

– Je ne vous suis pas.

Pourtant, l'angoisse me noue le ventre. J'ai peur que la prochaine phrase qu'il prononce soit un truc du genre « C'était une erreur, Calla. Nous devons calmer le jeu ». Le manège va s'arrêter, alors que je suis prête pour un autre tour.

Jonah reprend :

– Ce que je veux dire, c'est que je suis prompt à prendre des risques, mais il faut que ça en vaille la peine. Vous me suivez, là ?

– Je crois.

Ou pas. Mon regard se porte sur ses lèvres. *Si le risque, c'est de m'embrasser, prends-le, je t'en prie.* Jonah se recule brusquement.

– Il faut établir le bivouac. Je ferai du feu à mon retour.

– Votre retour ? Mais d'où ?

Le pilote s'élance dehors.

– De mon avion ! hurle-t-il par-dessus les éléments déchaînés. Il nous faut du matériel !

Je le regarde s'engager sur le chemin, les épaules voûtées face à la pluie battante, en direction de son avion. Il me laisse seule ici, au milieu des bois.

Je m'élance à sa suite et crie dans son dos :

– Attendez-moi !

***

Accroupi devant le poêle, Jonah enfourne du petit bois. Autour de lui, le plancher est trempé. Des gouttes de pluie ruissellent de son manteau.

– Vous auriez dû rester à l'intérieur, marmonne-t-il.

En effet, j'aurais dû. Appuyée contre la porte, je m'essore les cheveux en regardant par la fenêtre. Dehors, les hautes herbes et les fleurs sauvages plient sous l'impact de l'averse. Lorsque la pluie s'est mise à redoubler, Jonah avait sorti un sac en nylon de sous le châssis. Nous avons eu beau courir, c'était peine perdue. Le ciré et les bottes de pluie n'avaient pas été suffisants pour me protéger des intempéries.

Jonah pose lourdement son matériel par terre et en sort une boîte beige contenant son arme. J'essaye de ne pas y prêter attention.

– Vous voyagez tout le temps avec ce truc ?

– Bien obligé. Quand on a été bloqué ici une fois, on apprend à être prêt à tout. Mais nous avons de la chance, nous aurions pu passer la nuit dans la froide carlingue de l'avion ; au lieu de cela, nous avons ce petit paradis rien qu'à nous.

On n'a pas la même définition de ce qu'est le paradis.

Je croise les bras pour me réchauffer au moment où Jonah gratte une allumette. Quelques instants après, un réconfortant fumet de feu de cheminée m'emplit les narines. Le bois commence à craquer en se consumant.

– Ça va prendre un peu de temps pour se réchauffer, dit-il.

Il se lève, sort sur le perron et tourne à l'angle où il disparaît. Pendant un instant, j'ai retenu ma respiration dans l'espoir qu'il se tienne face à moi, me toise avec un sourire rassurant et qu'il me prenne la main. *N'importe quoi, mais qu'il fasse quelque chose !*

Un bruit étrange s'élève à l'extérieur. Un pli soucieux au front, je l'appelle :

– Jonah ? Mais qu'est-ce que vous faites là dehors ?

Il y a des toilettes sèches dehors. Peut-être y est-il allé ? Dire qu'il va falloir que j'y aille moi aussi. Je ne pourrais pas me retenir éternellement.

Tout à coup, la lumière du jour commence à percer par la petite fenêtre située sur la gauche. Deux minutes plus tard, Jonah a enlevé le contreplaqué sur les deux autres. Lorsqu'il réapparaît, ses cheveux sont mouillés, plaqués en arrière et sa barbe ruissèle de gouttes de pluie.

– Il faut fermer cette porte si nous voulons nous sécher, dit-il en la fermant derrière lui.

Malgré les lanternes au mur, la cabane reste obscure et il faut quelques instants à mes yeux pour s'habituer à l'obscurité. Jonah observe le feu, semble prendre une décision et y jette une bûche en plus. Le feu s'élève dans le poêle.

– Vous êtes un vrai boy-scout !

Dieu merci ! Je me souviens qu'à l'automne dernier, Corey avait essayé de faire du feu. Cet idiot avait jeté des bûches mouillées dans l'âtre et avait presque failli s'immoler en aspergeant le feu avec de l'essence dans l'espoir de le faire repartir. Toute citadine que je sois, je sais qu'essence et feu ne font pas bon ménage.

Je doute qu'un seul de mes ex ait eu des instincts de survivalistes. En tout cas, aucun ne s'était déjà servi d'un flingue. Et me voilà face à ce rustre pilote alaskien en train de monter un bivouac pour la nuit. Son visage de pierre est intensément concentré, comme s'il faisait une sorte d'inventaire mental. Je me sens parfaitement inutile en présence d'un type pareil.

– Je peux vous aider à quelque chose ?

– Il y a un matelas et un sac de couchage là-bas. Amenez-les par ici.

Le plancher grinçant me fait tiquer.

– Par terre, vous voulez dire ?

– Faites-moi confiance, ce sera infiniment plus confortable que ces lits. En plus, nous serons plus au chaud près du feu.

J'exécute ses instructions, tout en me demandant pour qui exactement j'installe ce lit : lui ou moi ? Ou nous ? Cette simple option fait s'ébattre des papillons dans mon ventre.

Jonah commence par se dépouiller d'une couche de vêtements qu'il suspend sur la corde à linge au-dessus du poêle, jusqu'à n'être habillé que d'un T-shirt crème moulant à col rond qui me fait penser à la matière des caleçons longs. Les trois boutons de devant sont défaits, m'offrant une vue imprenable sur le haut de ses larges pectoraux.

– Vos affaires sont mouillées. Donnez-les moi.

– Mais toutes mes affaires sont mouillées, dis-je en enlevant le ciré et la chemise à carreaux.

Même le devant de ma tunique est trempé. Jonah baisse les yeux sur ma poitrine et s'y attarde un moment. Vu comme ses tétons dardent, je n'ose pas imaginer comment sont les miens. Lorsqu'il me tend la main pour prendre les vêtements, quelque chose attire mon regard à la base de son poignet.

– Vous saignez !

Jonah retourne sa paume et découvre une estafilade.

– Ah, merde. Ce n'est rien, j'ai dû m'égratigner en enlevant les planches des fenêtres.

J'insiste.

– Mais vous saignez ! Il doit bien y avoir une trousse de premiers soins quelque part.

Sans attendre, je plonge vers le sac qui contient le matériel de survie : corde, couteau de chasse, lampe de poche, iode pour eau potable, munitions… Enfin, je finis par dégotter une petite mallette blanche.

Jonah prend l'air moqueur.

– Pas besoin de bandage, dit-il en suspendant mon manteau de pluie sur une corde près de ses affaires.

– Venez ici, tout de suite.

Je lui donne calmement cet ordre et m'approche de lui en déballant une bande emballée dans du plastique. Jonah hésite un moment et me présente finalement sa main blessée. Avec des gestes aussi méticuleux que prudents, j'enrubanne sa paume, sentant toute l'intensité de son regard posé sur moi.

– Et voilà.

Je relâche sa main et effleure délicatement son avant-bras, laissant mes doigts courir et se délecter de ses muscles noueux, ainsi que de la douce toison blonde qui les recouvre. J'ajoute :

– Vous avez déjà bien assez salopé mes fringues avec votre sang.

Je n'aurais jamais imaginé un jour dire des mots pareils à un homme.

– Vous vouliez savoir pourquoi je vous ai embrassée ?

Je prends le risque de lever la tête vers lui. Ses yeux de glace me couvent de leur chaleur. Je répète sa réponse :

– Parce que vous en aviez envie.

– Ce n'est pas que pour ça.

Il porte la main à mon visage et balaye les mèches de cheveux qui collent à mon front, détaillant mes traits avec son regard sauvage.

– Cela fait des jours que j'ai follement envie de vous, dit-il. Je ne pouvais plus me retenir.

– Vraiment ?

Ma voix est faible et mes cheveux se dressent dans ma nuque. Cet homme intimidant, à la langue bien pendue mais au cœur d'or, vient de m'avouer qu'il a envie de moi. Follement ! Aucun doute : Jonah est bien un homme, un vrai. À côté de lui, mes ex sont tous des petits garçons.

Une tornade de nervosité se forme à travers tout mon corps, suivie de peu par une vague de chaleur. Tout s'enchaîne à une vitesse incroyable. Je lui frôle à peine le bras et Jonah caresse ma joue. Puis, la seconde d'après, sa main me cueille par la nuque et m'attire contre ses lèvres. Ce baiser n'est ni doux, ni timide. On dirait que Jonah s'est retenu toute la matinée et qu'il ne veut plus perdre de temps.

Perdue au milieu des montagnes alaskiennes, je suis en train d'emballer Jonah. Je n'arrive pas à croire que c'est en train d'arriver. Quoi que j'aie pu penser tout à l'heure sur le fait que c'est une mauvaise idée, je suis en train de m'y adonner corps et âme.

Ses lèvres forcent les miennes à s'écarter et pour la seconde fois aujourd'hui, je goûte à sa langue. Son souffle sent la menthe et le soda crème qu'il a bu dans l'avion. Je n'aime pas le soda crème mais sur Jonah, je pourrais en boire jusqu'à la lie. Mes doigts commencent à explorer son corps, courant sur les contours de ses pectoraux d'acier et sur ses larges épaules avant de s'aventurer le long des nervures entre son sternum et son cou musclé. Puis, je m'empare de sa nuque et attire davantage contre moi ses lèvres pleines – si c'est possible, car nous sommes déjà collés l'un contre l'autre.

Je suis encore en train d'essayer de comprendre ce qu'il se passe quand Jonah se met à grogner.

– Calla…

Pour toute réponse, je ne parviens qu'à gémir. Toutes les parties de mon corps ne réclament que lui. Jonah écarte les pieds, ajustant sa position. Sa main s'aventure sur ma chute de reins et il me presse franchement contre lui. Nos deux corps s'épousent à merveille et je sens l'intensité de son érection plaquée contre mon ventre.

Il détache ses lèvres des miennes et enfouit son visage au creux de ma nuque, m'arrachant un gémissement rieur. Le contact de sa barbe contre ma peau m'enivre et me chatouille à la fois. Lorsque ses dents viennent me mordiller au même endroit, je ne peux réprimer un profond râle de plaisir.

– Vos vêtements sont trempés, murmure-t-il à mon oreille.

Ses mains descendent le long de mes fesses, taquinant le bord de ma tunique et de mon legging avant de m'agripper de la plus délicieuse des manières. Tout à coup, Jonah s'arrache à moi et recule de deux pas.

– Enlevez-les, dit-il doucement d'une voix rauque. Je vais les mettre à sécher.

Il croise les bras sur son torse massif et attend patiemment que je m'exécute. La bouche partiellement ouverte, il me fixe intensément. Je remarque que son pantalon est trempé.

– Vous aussi, dis-je.

– Vous d'abord, réplique-t-il, le regard brûlant.

En dehors de la pluie qui tambourine dehors, un silence de mort règne sur la cabane. Je réalise que Jonah est en train de retenir sa respiration. Je déglutis et, prenant mon courage à deux mains, je saisis les bords de ma tunique, la remontant sur ma poitrine et par-dessus ma tête.

Jonah baisse les yeux sur mon soutien-gorge en dentelle blanche et sur mon ventre plat, provoquant une vague de chair de poule le long de mon épiderme. Jonah tend la main et je lui balance ma tunique. Pourtant, il continue d'attendre. Je déchausse mes bottes de pluie et les dégage sur le côté. Puis, je glisse les pouces sous le rebord de mon legging et l'enlève. Le coton trempé glisse le long de mes jambes et sur mes chevilles, suivi par mes chaussettes.

Jonah me détaille à nouveau de haut en bas, s'attardant par moments.

– Vous avez froid, remarque-t-il.

– Oui.

En réalité, l'intensité de son regard me réchauffe déjà.

– Vous feriez bien de vous dépêcher, dans ce cas, susurre-t-il avec un rictus, mes vêtements toujours dans les mains.

Mes sous-vêtements sont secs, nous le savons tous les deux. Enfin, disons que la pluie ne les a pas totalement trempés. La tête légère, je tends les bras derrière mon dos pour défaire mon soutien-gorge que je laisse glisser le long de mes bras.

– Ils sont vrais, au fait, dis-je tandis qu'un courant d'air frais vient souffler sur le bout de mes seins.

Jonah serre la mâchoire.

– Je vois ça.

Puis, saisissant le fin élastique de ma petite culotte, je me déshabille complètement.

Jonah siffle entre ses dents.

– Putain de merde.

Sans perdre une seconde, il se tourne vers la corde à linge et suspend mes affaires en vitesse à l'aide des quelques pinces qui restent. Nue au cœur des ténèbres de la cabane, je reste debout, luttant pour ne pas me couvrir contre le froid et la gêne. J'ai l'intuition que Jonah préfère les filles qui s'assument.

– Au lit, murmure-t-il. Tout de suite.

Mon cœur s'emballe. Jamais aucun homme ne m'a parlé comme ça et à ma grande surprise, je trouve ça plutôt excitant. Je tombe à genoux sur le matelas en mousse – de la taille d'un lit double – et me glisse à l'intérieur du sac de couchage, regardant calmement Jonah retirer ses bottes.

Puis, le dos tourné, il saisit les bords de son T-shirt et le passe par-dessus sa tête, m'offrant un premier aperçu de son dos nu. J'en reste pantoise. Sa peau mate s'étire sur les muscles saillants qui s'étendent le long de sa colonne et sur ses clavicules.

Il se retourne. Son torse est tout aussi impressionnant. Une légère toison blond cendré forme une fine flèche qui pointe vers le bas et disparaît sous son ceinturon. Nullement décontenancée, je l'observe tandis qu'il défait la boucle de sa ceinture avec un geste confiant avant d'ôter pantalon et caleçon d'un seul geste.

Un juron s'échappe de mes lèvres.

– Putain de merde !

Je sens mes yeux s'écarquiller. Son large pantalon peu flatteur dissimulait en réalité de longues jambes aux muscles épais, elles aussi couvertes d'une fine toison blonde. Mais ce n'est pas la seule chose chez lui qui soit longue et épaisse. Mes jambes commencent à s'écarter de leur propre chef.

Je lève les yeux vers Jonah qui s'avance vers moi, un sourire prétentieux aux lèvres. Mon Dieu, ce que j'aime ce sourire ! Mais il ne le garde pas longtemps. Jonah s'allonge près de moi et place son bras sous ma tête, sa peau chaude tout contre la mienne et ses lèvres intimant aux miennes de s'ouvrir pour lui. Pour la première fois, je m'autorise à glisser les doigts dans sa barbe, me délectant de cette délicieuse sensation de rudesse pendant que l'attention de Jonah est tout à mon corps. Un frisson d'anticipation me remonte l'échine tandis que sa paume se pose contre ma gorge avant de glisser sur mon sternum, de tracer les contours de mon sein gauche, puis descend plus bas vers mon ventre, mes hanches, plus bas encore… Il explore mon corps sans hésitation aucune. Jonah pousse un long soupir contenté et commence à suivre le même chemin avec ses lèvres. Agitée de spasmes et pantelante, je crie désespérément son nom, frappée par un plaisir incommensurable. Aux abois, je le laisse s'immiscer entre mes jambes et accueille la douce pression de ses hanches tandis qu'il me pénètre délicatement.

Comment ai-je pu ne pas désirer un tel homme plus tôt ?

***

– Quand je vais me réveiller demain, ça aussi, ça aura disparu ? murmure Jonah.

Sa voix est enrouée, mais pleine d'humour. Mes ongles vernis glissent sur la douce toison de son torse couvert d'une fine pellicule de sueur, traçant des cercles autour de chacun de ses mamelons.

– Non, monsieur. Je pense que nous allons garder ça. En revanche…

Ma main se porte vers son visage et glisse le long de sa barbe, traçant le contour de sa mâchoire. Je caresse ses lèvres charnues avec le pouce.

– Je pense que je vais te repasser un petit coup de rasoir, conclus-je.

Ma tête se pose contre son torse au moment où il s'agite d'un ricanement profond.

– Tu vas jouer à la poupée avec moi ou quoi ?

Ma main descend plein sud, glissant jusqu'aux muscles de ses abdominaux. Le spasme que mon geste lui arrache me réjouit.

– Plutôt ma figurine articulée bien rasée !

Le silence règne toujours dans la cabane, à l'exception du martèlement de la pluie sur le toit et de la respiration saccadée de Jonah. Mes doigts poursuivent leur chemin vers le bas, suivant le chemin de la toison qui court sous son nombril, prête à titiller sa peau de velours et à regarder son érection avec envie.

– Ne commence pas quelque chose si tu ne comptes pas aller au bout, m'avertit-il à mi-voix.

Je glisse ma cuisse contre la sienne.

– Qui te dit que je ne compte pas aller au bout ?

Il semble que je ne puisse plus me passer de Jonah. Impossible de voir ses lèvres sans mourir d'envie qu'il m'embrasse ; de penser à ses mains sans les imaginer sur moi. Un frisson secoue mon corps au moment où l'image me traverse l'esprit.

Pourtant, je freine mes ardeurs. Au creux de son bras, je me suis trouvé un nid de bonheur idéal. Pressée tout contre lui, mon corps absorbe la chaleur qu'il dégage et pour rien au monde je ne voudrais rompre le charme de cet instant de paix.

– Il faut remettre une bûche dans le feu.

Je râle.

– Ne me force pas à bouger !

Le matelas de mousse est étroit et peu épais, me rappelant au moindre mouvement que nous sommes en réalité allongés sur un plancher dur et froid qui a vu passer de nombreuses bottes, même si en cet instant, c'est un détail facile à occulter.

Mon estomac commence à crier famine.

– Qu'est-ce qu'on va pouvoir manger ?

– Ça ira. Il y a de l'eau et bien assez de ces trucs pour nous nourrir pendant des jours.

Jonah tend le bras vers son sac marin et en tire des sachets de plastique remplis de longues lanières de viande.

– C'est du bœuf séché ?

– En quelque sorte, dit-il, tirant un autre sachet. Celles-ci sont au saumon !

Je plisse le nez d'un air dégoûté.

– J'en déduis que c'est non pour le saumon ?

– J'ai horreur du poisson.

– Mince, alors ! C'est la spécialité du pays. Pas de chance pour toi.

– Où as-tu dégotté ça ?

– Ethel me les a donnés. Tu te souviens d'elle ?

– La vieille qui a menacé de couper la main de son fils ? Vaguement.

Jonah ricane.

– Elle me les a donnés la dernière fois que je suis descendu dans son village.

Il sort une des lanières de viande du sachet et la déchire en deux avec ses dents. En mâchant, le mouvement de sa mâchoire est très sexy. Il me présente l'autre bout.

– Tiens. Goûte.

Je renifle la nourriture qui exhale un parfum fumé.

– C'est bon au moins ?

– Meilleur que toute la malbouffe que j'ai jamais achetée ! De toute façon, c'est tout ce qu'il y a. Allez, dit-il en tapotant mes lèvres avec. Mange !

Hésitante, j'entrouvre les lèvres et mordille du bout des incisives, couvée par le regard attentif de Jonah. Puis, je laisse le temps à mes papilles de s'habituer au goût corsé de la viande séchée.

– J'avoue, c'est pas mal, en mâchant avant d'avaler et de me lover à nouveau contre lui, un courant d'air frais dans le dos.

– Donne-moi une minute.

Il m'embrasse sur le front et manœuvre habilement pour s'arracher à moi. Pas le moins du monde désarçonnée par sa nudité, je me blottis dans la couverture et l'observe tandis qu'il s'empare d'une bûche près du poêle et l'enfourne prudemment à l'intérieur. Le gamin maigrichon de ses photos de famille semble bien loin. Jonah est maintenant tout en muscles, parfaitement proportionné, avec des cuisses solides et épaisses. À côté, Corey est un ado dégingandé et pourtant, il n'a que deux ans de moins que lui.

– Tu vas à la muscu ?

– Plus depuis un moment.

– Alors, comment t'es-tu…

– Gènes norvégiens, m'interrompt-il. Sans rire, tu verrais les avant-bras de mon grand-père ! Et puis, je bouge beaucoup.

La bûche commence à flamber. Les flammes illuminent l'intérieur de la cabane et dansent dans le reflet bleu de ses yeux.

– Quand tu dis bouger, tu veux dire comme la dernière heure qu'on vient de passer ?

Je repense à ses mouvements, à la façon dont il bougeait au-dessus de moi, à ses muscles bandés par l'effort et à son corps en sueur. Il fait forcément de la muscu ! Mes jambes se serrent rien que d'y repenser. C'est comme s'il était encore en moi.

Son regard tranchant se tourne dans ma direction, puis à nouveau sur le feu. Encore une fois, il perce le vrai sens de ma question qu'il semble soupeser. Finalement, Jonah se confie.

– J'ai fréquenté une pilote des garde-côtes l'année dernière.

– Que s'est-il passé ?

– Rien du tout. Elle est retournée dans les 48.

– Elle te manque ?

Comment était-elle ? Lui as-tu aussi fait l'amour dans une cabane crasseuse au fond des bois ? Serais-tu encore avec elle si elle n'était pas partie ?

Jonah s'empare du tisonnier et remue les cendres.

– Je savais qu'elle finirait par repartir, alors je ne me suis pas attaché.

Je gigote pour remonter la fermeture du sac de couchage et tâche de chasser la pensée qui m'accable soudain. *Tout comme tu ne t'attacheras pas à moi. Je m'en irai moi aussi.* Une autre pensée, très égoïste fait son chemin : je veux qu'il s'attache à moi, qu'il souffre de mon absence, qu'il soit au désespoir pour moi. Ainsi, nous serions deux à ressentir la même chose.

Mais Jonah est bien trop futé pour se laisser attendrir.

– Es-tu toujours si honnête ?

Il est même parfois violent dans sa franchise. Mais je commence à admirer ce trait de caractère. C'est douloureux mais rafraîchissant.

Je fixe son visage tandis qu'il plonge dans ses pensées. Sa mâchoire bien tondue, un peu en désordre mais toujours très sexy, se serre sous l'effort de sa réflexion. La tension s'est réinvitée dans la cabane. Y aurait-il un rapport avec son père ? Jonah pousse un soupir, repose le tisonnier sur son bloc de pierre et marche vers la porte qu'il ouvre en grand. Debout dans l'encadrement, il regarde tomber le déluge qui s'abat sur le plancher du perron, les mains accrochées au panneau de bois au-dessus de sa tête, nu face au vent glacé qui s'engouffre à l'intérieur.

Manifestement, Jonah a besoin de calme et de faire le vide dans son esprit. Je me redresse et m'entoure du sac de couchage avant de mater l'anatomie de Jonah. Mais quel beau cul ! Dire qu'il était là depuis le début, caché derrière ses pantalons peu flatteurs. Galbé, dur comme la pierre et strié de deux belles marques de griffures rouges, dues à mes ongles, sans aucun doute. Il y en a d'autres sur son dos. Je ne m'étais pas rendu compte que j'avais été si agressive !

Jonah prend la parole.

– Mon père était comme ça. C'était un homme franc qui disait tout haut ce qu'il pensait des autres, et ce n'était pas forcément des choses agréables à entendre. Mais ça ne l'arrêtait pas, c'était plus fort que lui. C'était comme s'il allait exploser s'il ne disait pas la vérité !

Il ricane et poursuit :

– Quand j'ai rencontré Wren, je ne savais pas trop quoi penser de lui. C'était un type tranquille, qui ne faisait pas de vagues et ne criait jamais. L'opposé total de mon père en tout point ! Il ne devait pas bien savoir quoi penser de moi non plus. D'ailleurs, j'ai cru que j'allais être viré après ma première semaine. Mais George disait qu'il fallait que je bosse pour Wild et j'avais confiance en lui.

Je ris en repensant aux mots que papa avait utilisés pour définir Jonah.

– Il a dit qu'à ton arrivée, tu étais un « pisse-vinaigre ».

Nouveau ricanement.

– En tout cas, je n'étais pas tout sucre, tout miel !

– Il savait déjà que tu étais un bon pilote.

– C'est amusant. Mon père m'a appris à piloter mais Wren a été le premier à me faire un compliment. Si mon père l'avait fait, je n'aurais peut-être pas renoncé à l'Air Force et j'aurais probablement tout fait pour le rendre fier. Aujourd'hui je ferais n'importe quoi pour Wren.

Il marque une pause.

– Je sais qu'il n'a pas forcément assuré en ce qui te concerne et Dieu sait qu'il a ses défauts mais il travaille dur et avec la meilleure équipe que je connaisse. Je…

Sa voix s'éteint et il déglutit avec force.

– Je suis contente qu'Agnès m'ait appelée et d'être venue.

C'est la première fois que je fais cet aveu à haute voix et la première fois que j'en ressens toute la sincérité au fond de moi. Jonah tourne la tête et m'expose son profil.

– Aujourd'hui, tu as parlé de rester plus longtemps.

– Euh…

Par pur excès de jalousie.

– Tu sais, je n'ai pas vraiment réfléchi quand j'ai…

– Tu devrais rester, m'interrompt-il, avant de s'abîmer dans la contemplation de la pluie. Les semaines à venir vont être dures pour Wren. Ce serait mieux que tu restes. Pour lui.

– Sera-t-il seulement à la maison ? J'ai eu l'impression qu'il allait passer beaucoup de temps à Anchorage.

Jonah garde le silence quelques instants.

– Il ne te demandera jamais de mettre ta vie entre parenthèses, mais il apprécie vraiment ta présence ici. Ça se voit.

Pourtant, mettre ma vie entre parenthèses, c'est justement ce que je fais depuis mon arrivée. J'ai pressé le bouton « pause » et renoncé à ma recherche d'emploi, aux changements de tenue sur la banquette arrière de la voiture de Diana, aux latte de Simon et à ses sages conseils, ainsi qu'aux soirées en boîtes de nuit du vendredi et aux talons hauts.

Partir, ce serait vivre à nouveau une relation longue distance avec papa. Et rompre toute relation avec Jonah. Rien que d'y penser, mon ventre se noue.

– Tu as sûrement raison. Mais je ne sais pas vraiment quoi faire. Je ne peux pas continuellement repousser mon départ de semaine en semaine. Ils m'ont déjà facturé deux cents dollars de…

– Vois si tu peux annuler ton billet et repars quand tu te sentiras prête.

Je pourrais probablement faire ça. Simon m'avait bien dit que c'était un billet flexible. Avec Jonah, tout semble si simple.

– Ta vie t'attendra à ton retour, reprend-t-il. Qu'importe si tu reviens dans une semaine, un mois, un an ou…

– Un an ?

– Bon, peut-être pas si longtemps, marmonne-t-il. Ce que je veux dire, c'est que tu n'as rien à perdre. Ta vie sera toujours là.

Mon regard glisse à nouveau le long de son corps sculpté. Deux heures avec lui et je suis déjà accro !

– Et nous, alors ? Si je reste plus longtemps, tu ne crois pas qu'on va envenimer les choses ?

C'est clair, maintenant, je ressens quelque chose pour Jonah et c'est bien plus qu'une simple attirance physique. Qu'en sera-t-il de nous après des semaines, voire des mois ?

– Peut-être, mais ce n'est pas ça qui va m'empêcher de vivre ma vie. Je vis au présent et aujourd'hui, tu es là.

Il ferme la porte et fait volte-face. Mon regard se baisse par réflexe. Manifestement, l'air froid ne réfrène nullement ses ardeurs.

– Mais nous pouvons y mettre un terme, si c'est ce que tu veux. Si c'est un frein au fait que tu restes, alors c'est d'accord.

À cette simple suggestion, une vague de déception s'abat sur moi. Ne plus sentir ses lèvres sur moi, ni ses caresses ? Non, je refuse !

– Ne nous emballons pas.

Jonah affiche un rictus.

– Je savais que tu allais dire ça.

Il marche vers moi, s'agenouille au pied du matelas et tire le sac de couchage. Ses yeux sont comme des lasers qui me parcourent, cherchant où frapper en premier. Je m'étire, lui offrant ainsi un meilleur angle d'attaque. Ses mains rudes fondent sur moi et en un battement de cils, tous mes soucis du lendemain sont immédiatement oubliés.

CHAPITRE 22

Twack. Twack. Twack.

Un son répétitif et agaçant en provenance de l'extérieur me réveille en sursaut. Une faible lumière filtre à travers les fenêtres, juste assez forte pour me permettre de distinguer les casseroles accrochées au mur.

Je suis seule dans notre lit de fortune et il fait froid. Remontant le sac de couchage jusqu'au menton, je me roule en boule et mes muscles endoloris me lancent immédiatement. Je ne saurais dire si c'est à cause du plancher ou de nos ébats.

Au moins, il ne pleut plus. À l'aube, le martèlement régulier de la pluie sur le toit m'avait agréablement bercée, mais le silence qui règne désormais dans la cabane est presque angoissant.

Twack. Twack. Twack.

La curiosité finit par avoir raison de moi. Je bondis hors du sac de couchage, saute dans mes bottes et enfile la chemise de Jonah qui m'offrira une protection suffisante contre le froid. Je resserre le vêtement sur moi et sors sur le perron. Une brume épaisse s'est levée, recouvrant d'un linceul sinistre la forêt détrempée et le sentier qui mène vers l'avion. Même les toilettes ont disparu dans le voile de brume. L'atmosphère qui règne autour de la cabane est fantomatique.

Un peu plus loin sur la gauche, Jonah me tourne le dos, faisant face à une large souche d'arbre sur laquelle il dépose une bûche. Une hache est posée près d'un tas de petit bois. Jonah ne porte que son pantalon large et ses bottes qu'il n'a pas lacées. Adossée à l'embrasure de la porte, je contemple sans un mot les muscles de son dos qui s'étirent au moment où il s'empare de la hache.

Soudain, il m'interpelle :

– Tu as bien dormi ?

Sa voix forte est étonnement rauque ce matin.

– Pas mal, dis-je en me raclant la gorge. Mais j'ai un peu soif.

– Pas étonnant, réplique-t-il un peu sèchement. Tu as bu tout ce qu'on avait. On était supposés avoir assez d'eau pour tenir une semaine.

– Si on est un chameau, oui.

Et si on n'est pas comme moi, habituée à s'envoyer deux litres d'eau par jour.

Jonah jette brièvement un coup d'œil par-dessus son épaule, détaille mes jambes nues et retourne à sa besogne. Il lève la hache et l'abat droit sur la bûche qui se fend directement en deux. Si quelqu'un peut rendre le travail de bûcheron sexy, c'est sans nul doute Jonah. À moins qu'il ne soit naturellement magnifique ? Je pourrais admirer ses pectoraux toute la journée sans jamais me lasser. Un vif souvenir de la nuit dernière me revient en mémoire : les larges épaules de Jonah et ses bras qui se tendent au-dessus de moi. Rien que d'y penser, j'ai le bas ventre qui me lance agréablement.

Sur un coup de tête, je retourne dans la cabane, prend l'appareil de Simon et revient prendre un ou deux clichés en douce.

– Qu'est-ce que tu fais ? demande prudemment Jonah.

– Rien… je veux juste conserver un souvenir de ce moment.

Je souris et baisse l'appareil photo. *Comme si j'allais oublier de tels instants avec toi.* Il pousse un grognement guttural, comme si ça l'énervait. Ou alors, il fait juste son Jonah.

– Je vais pouvoir relancer le feu, dit-il.

– Au fait, quelle heure est-il ?

Mon téléphone n'a plus de batterie depuis un moment.

– Un peu plus de six heures.

Ne pouvant ignorer l'appel de la nature plus longtemps, je me rends à contrecœur dans la direction des toilettes. Autant en finir au plus vite. La nuit dernière, Jonah m'avait accompagnée trois fois jusqu'à la petite cabine sombre et exiguë et il s'était esclaffé à chaque fois que j'en étais sortie en courant. Jamais je n'avais eu à faire pipi aussi vite, c'est terriblement désagréable.

Bizarrement, en dehors du fait que cela soit dépourvu de confort, il n'y a rien dans cette cabane qui me déplaise. Il faut dire que Jonah rend le séjour plutôt agréable.

– Donc, on va bientôt pouvoir rentrer ? dis-je de retour vers la cabane en me lavant les mains avec du gel antibactérien, les jambes fouettées par les herbes hautes laissant des traces de rosée sur ma peau.

– Il faut d'abord que le brouillard se dissipe. Ce qui ne sera pas le cas avant quelques heures.

Jonah fend une nouvelle bûche d'un puissant coup de hache. Mon estomac recommence à faire des siennes.

– On a rien d'autre à manger que cette viande en sachet ?

– Des barres protéinées.

– Je vois.

Ce genre de régime donnerait des aigreurs d'estomac à n'importe qui. Je poursuis :

– Si on doit rester plus longtemps, qu'est-ce qu'on mangera ?

– Ça ira. J'ai une canne à pêche et mon flingue.

Nouveau coup de hache. *Twack.*

– Mais bien sûr !

On va tuer notre nourriture nous-mêmes. Comment n'y ai-je pas pensé...

Plus aucune trace du Jonah tendre et passionné de la veille. Ce matin, il est de retour en mode survivaliste, comme hier lors de notre arrivée. Non pas que je m'en plaigne – après tout, il me garde au chaud et me nourrit – mais je donnerais tout pour qu'il arrête ce qu'il est en train de faire et revienne m'embrasser. Mince, et si pour lui, cette nuit n'était qu'une aventure sans lendemain ?

Ce serait sûrement pour le mieux. Je risquerais de trop m'attacher à lui. Ma pauvre fille, qui crois-tu donc tromper ? Tu es déjà bien trop attachée ! Tu décèles ses humeurs et tu fais tout pour lui plaire ! Si Diana était là, elle le verrait tout de suite ! Mais me l'avouer n'y change rien : je veux cet homme et pas qu'un peu !

Tout à coup, un moustique me pique la cuisse et je l'écrase avec la paume. Il est immédiatement remplacé par un autre qui vient se nourrir juste à côté des restes du corps de son camarade. Jonah soulève un panier plein de bois coupé et marche vers la cabane, ses bottes laissant des traces dans la rosée matinale.

– Ils viennent de se réveiller, dit-il entre ses dents. Tu vas vite en être submergée.

À l'intérieur, il commence à nourrir le feu tandis que je tâche de semer mes premiers poursuivants.

– Oubliée la banque, dis-je avec un rictus satisfait. Le job rêvé, ce serait d'être payée à écraser des moustiques toute la journée !

– J'ai un spray dans le sac. Tu peux l'utiliser, si tu veux.

– Pourquoi pas ? Après tout, je suis déjà toute collante…

Tandis que le bois commence à craquer dans le poêle, Jonah retire sa chemise de la corde à linge et l'enfile par-dessus sa tête.

– Attends une minute et remets une bûche, dit-il.

Je fronce les sourcils, incrédule.

– Hein ? Mais où vas-tu ?

Jonah me fusille du regard.

– Te chercher de l'eau à la rivière. Tu as bien dit que tu avais soif, non ?

– Oh. Merci.

Jonah s'empare d'un vieux pot tout rayé sur une étagère.

– De toute façon, je dois aller vérifier l'état de l'avion.

Je suis partagée. D'un côté, c'est très réconfortant de savoir que Jonah est encore aux petits soins avec moi, mais d'un autre, je suis terriblement mécontente qu'il semble déjà lassé de combler mes autres attentes…

Il marche droit vers la porte et j'appelle dans son dos :

– Attends ! Tu oublies ça !

Il me jette un œil par-dessus son épaule et j'ouvre en grand la chemise à carreaux. Le vent frais souffle sur mon corps nu, à l'exception de mes bottes de pluie. Je retiens ma respiration, guettant sa réaction. S'il vous plaît, faites qu'il ne me rejette pas !

Jonah soupire avec emphase, étouffe un juron et remet le pot en place. Mon ventre se charge de nervosité mais aussi d'un sentiment de victoire lorsqu'il enlève sa chemise.

– Ne va pas te plaindre d'être délaissée après ça, m'avertit-il.

Il s'avance vers moi en défaisant sa ceinture.

***

Une fois l'arche franchie, je me retourne et prends une ultime photo de la cabane, avec en fond les montagnes partiellement nimbées de brume.

– Bouge-toi, s'impatiente Jonah. Il faut qu'on y aille !

– Revoilà le yéti dans toute sa splendeur !

– Hein ?

– Rien. Je voulais juste prendre une photo, dis-je en rangeant l'appareil dans son étui.

Le brouillard s'est dissipé voilà une demi-heure et depuis, Jonah n'a cessé de nous presser. Il a rangé le camp en moins de temps qu'il n'en fallait pour le dire. Comme s'il avait hâte qu'on s'en aille. Je lutte pour ne pas le prendre comme un affront personnel.

Jonah soupire avec emphase.

– J'agis comme un con, c'est ça ?

Ce ne sont pas des excuses dans les règles, mais c'est déjà ça.

– Au moins, tu l'admets. On progresse !

Je le suis le long du sentier, ma mauvaise humeur presque instantanément oubliée. Sur son épaule, Jonah porte tout son barda. Le sac de couchage et le matelas en mousse sont consciencieusement roulés et rangés, comme si nous n'avions jamais fait l'amour dessus.

– Tu as très envie de rentrer ? demande Jonah.

– Pour être honnête, je crois que cet endroit va me manquer.

Avoir Jonah tout à moi va me manquer. Cela dit, je ne dirais pas non à une brosse à dents et une bonne douche. Mes vêtements et mes cheveux empestent le feu de cheminée.

– Moi, c'est la table qui va me manquer.

Mon visage s'empourpre au souvenir du moment très intime que nous y avons partagé. Au moins, je ne suis pas la seule à penser à notre nuit. Mais que va-t-il advenir, maintenant ? Nous rentrons à Bangor… et puis ? Mon départ est toujours prévu pour le week-end prochain et pourtant j'envisage à nouveau de changer la date de mon vol. Qu'est-ce que cela signifierait pour Jonah et moi ? Faudra-t-il nous envoyer secrètement en l'air entre deux avions ou deux échanges de plaisanteries ? Ou me réveillerais-je demain matin dans son lit ?

Tandis que mes yeux se repaissent de ce corps parfait avec lequel j'ai passé la nuit à me familiariser, je m'avoue que la dernière option est celle qui a ma préférence. Que penserait papa de tout ça ? Certes, il avait fait des blagues sur le fait que Jonah et moi pourrions sortir ensemble, mais le prendrait-il aussi bien que ça ? *Pas besoin de répéter nos erreurs,* avait-il dit.

Sauf que je ne suis pas du tout en train de répéter les mêmes erreurs que lui. Jonah et moi ne nous sommes pas rencontrés dans un bar avant de tomber follement amoureux l'un de l'autre. On ne s'appréciait même pas au début ! De plus, je ne vais pas me laisser berner par mes sentiments au point de venir emménager ici !

Je kiffe Jonah. C'est un fait. C'est même plus qu'un kif. Il est si différent des autres hommes que j'ai connus. Oui, il a le don de m'exaspérer comme personne, mais il exerce aussi sur moi une attraction inexplicable. Toutefois, je n'oublie pas que, quoi qu'il se passe entre nous, c'est une relation qui a une date d'expiration. Bon, la nuit dernière, je l'ai peut-être un peu perdu de vue.

Il me manquera quand je serai partie. Car je vais finir par partir, ça aussi c'est un fait. La question, c'est quand ? Et aussi, combien de nuits telles que celle-ci puis-je encore me permettre de vivre d'ici là ?

Lorsque nous déboulons dans la clairière, je réalise l'étendue des vastes paysages sauvages qui nous entourent et combien nous sommes en réalité loin de tout. Nous sommes telles deux minuscules figurines entre deux gigantesques murs de pierre qui tutoient le ciel. Face à nous, un lit de rivière creux ruisselle calmement et en continu sur la roche et le bois flottant. Tel un point minuscule dans la grande vallée, l'avion nous attend, exactement tel que nous l'avions laissé, prêt à nous ramener chez nous.

Jonah m'ouvre la portière et je profite qu'il fasse quelques réglages pour prendre des photos supplémentaires. C'est fou ce qu'il est méthodique. Ses mains, qui hier encore étaient pleines d'attentions pour mon corps, courent sur la carlingue de l'avion avec révérence ; ses yeux, qui m'avaient observée dans les moindres détails, s'attardent maintenant sur chaque parcelle métallique de l'engin. Lorsqu'il bondit derrière les commandes, je sens mon corps s'échauffer et je me demande tout à coup comment ce serait de faire l'amour dans un avion.

Je jette un œil à la banquette arrière.

– Dis donc, ces avions sont plus spacieux que ce que je pensais.

Jonah active les commandes en ricanant, décelant mon message.

– Pas maintenant, Calla.

Les joues en feu, je prends l'air innocent.

– Mais de quoi parles-tu ?

C'est vrai ça, comment a-t-il deviné mes pensées ? Sérieusement, que m'arrive-t-il ? Je ne suis pas aussi insatiable d'habitude ! Jonah lève les yeux vers la cime des montagnes au-dessus desquelles planent des nuages menaçants.

– Il faut qu'on explore ce passage à la recherche des Lannerd.

La réalité me rattrape et mes fantasmes de moi en train de chevaucher Jonah s'évaporent aussitôt de mon esprit.

– Mais on ne peut pas se poser par là-bas, pas vrai ?

– Peu probable, en effet. Mais il faut qu'on aille voir.

J'aurais dû savoir que Jonah ne s'en tiendrait pas là. Il n'est pas du genre à rapporter qu'une personne a disparu avant de tranquillement passer à autre chose. Je souffle, une pointe d'appréhension au cœur.

– D'accord. Si tu penses que ce n'est pas dangereux.

– Ça ira, fais-moi confiance.

Il me caresse la cuisse et mon sang ne fait qu'un tour.

– On reprendra cette conversation plus tard. Mais pour l'instant, j'ai besoin que tu te concentres et que tu sois attentive.

***

– Tu es certain qu'ils t'ont dit qu'ils allaient prendre Rainy Pass ?

Nous sommes en train d'explorer la dernière section de la chaîne de montagnes et toujours aucune trace des randonneurs. En revanche, les nuages se sont fait menaçants plus d'une fois, au point d'englober les sommets. Devant nous, de vastes espaces forestiers et des lacs s'étendent à perte de vue. Je m'enfonce dans mon siège et reprend mon souffle pour la première fois depuis notre décollage. Je tuerais pour un café !

Jonah déplie une carte imprimée sur laquelle est dessinée une ligne marquée de plusieurs croix.

– C'est pourtant bien l'itinéraire qu'ils m'ont donné.

Un itinéraire que nous avons intégralement couvert. Je grimace. Le manque de caféine me flanque la migraine et les diverses turbulences que nous essuyons n'arrangent pas les choses.

– Alors, on fait quoi ?

Jonah examine la jauge d'essence. Son front se plisse sous l'effet d'une intense réflexion et il se mord la lèvre.

– Merde. Aggie et Wren vont être en pétard contre moi.

– Pourquoi ça ?

– Parce qu'ils détestent que je ne m'en tienne pas au plan.

Jonah s'empare alors du levier et fait bifurquer l'avion sur la droite qui repart pour un tour.

– Or, je change de plan.

***

– Là !

Mon corps se charge d'adrénaline tandis que mon doigt agite frénétiquement l'air. Sur notre droite, à flanc de montagne, se trouve une tente jaune. Une personne saute dans tous les sens à côté, agitant les bras en l'air – une femme, à en juger par ses cheveux blonds coiffés en queue de cheval. Une autre personne est assise près d'un amas de rochers, emballée dans une couverture de survie.

Je demande :

– Ce sont eux ?

– Oui, on dirait bien ! Ils se sont beaucoup écartés de leur itinéraire initial. Merde, monsieur Lannerd est blessé !

Jonah observe un bout de terrain plat à flanc de montagne. L'appréhension me prend au ventre.

– Tu ne vas pas te poser là ?

– Je me suis déjà posé sur pire que ça !

Il considère l'option un moment et finit par secouer la tête en étouffant un juron.

– Je pourrais me poser mais avec le poids additionnel, ce sera impossible de redécoller.

Jonah soupire lourdement et fait une légère embardée sur la gauche pour signaler aux randonneurs qu'il les a vus. La femme tombe à genoux près de son mari et l'entoure de ses bras. Une vague de soulagement me réchauffe le cœur. Dieu sait ce qu'ils ont traversé et, même d'aussi haut, sa joie est palpable.

Jonah allume sa radio et indique les coordonnées aux sauveteurs. Un hélicoptère est en route. Après une nouvelle embardée, l'avion fait demi-tour.

– Comment as-tu su qu'il fallait regarder là ?

– Juste une intuition, dit-il en désignant deux points sur la carte. Il arrive que les gens confondent ces deux rivières. Ils ont été bien inspirés de monter le camp.

Son doigt glisse sur la carte photocopiée.

– S'ils étaient restés ici, on n'aurait jamais pu les retrouver. Qui sait combien de temps il se serait passé avant qu'une équipe de secours les repère. Probablement une bonne semaine !

Sa poitrine se soulève et je l'entends distinctement marmonner une prière de reconnaissance.

– Tu n'aurais pas pu t'arrêter d'y penser, pas vrai ?

– Pas une seconde et ç'aurait été l'enfer ! Je t'aurais déposée, j'aurais fait le plein et je serais reparti immédiatement !

– Tu nous as pressés de partir pour les retrouver, n'est-ce pas ?

En fait, Jonah n'avait pas agi comme un con, tout à l'heure. Enfin si, un peu. Mais ce n'était pas mal intentionné. Jonah réfléchit et essaye de dissimuler son rictus.

– Nan, j'avais juste trop peur que tu te remettes à poil.

Je lui flanque une bourrade sur le bras et son sourire vient creuser des rides au coin de ses yeux. Puis il me prend brièvement la main, la serre dans la sienne et reprend le levier.

– Allez. Rentrons.

***

Jonah marmonne.

– Ça va être ma fête.

Il se laisse diriger par un membre du personnel au sol tandis qu'Agnès marche à notre rencontre. Comme d'habitude, son visage semble serein. Certes, elle n'est pas souriante mais on dirait qu'elle hésite à s'approcher.

– Elle n'a pas l'air énervée, dis-je sans en être sûre.

– Elle n'en a jamais l'air. C'est un genre de super pouvoir qu'elle a.

– Au moins, on a trouvé les randonneurs perdus ! Papa et elle vont être contents.

– Oui, ils seront contents.

Jonah retire son casque et soupire en se lissant la barbe.

– Mais Wren déteste que je vole sur mes réserves de carburant. Et cette fois, tu étais à bord. Alors il ne va pas me louper.

– Comment ça, sur tes réserves ?

Alarmée, je consulte la jauge d'essence presque vide.

– Tu veux dire qu'on a failli tomber en panne d'essence ? En plein vol ?

Jonah tapote sa portière avec affection.

– Nan, on avait probablement encore de quoi tenir cinq miles, environ.

Cinq miles ? Probablement ?

– Tu es complètement malade !

Dieu merci, je n'en ai rien su tout à l'heure ! J'aurais pété un câble en plein air !

– Relax, j'avais l'œil sur la jauge et j'avais tout bien calculé. Si j'avais vraiment pensé que c'était infaisable, je me serais posé quelque part.

– Genre dans un champ sur un monticule rocheux ?

Aurait-il oublié qu'il s'était crashé il y a à peine deux jours ? Ses yeux me lancent des poignards. Manifestement, il a mal pris cette remarque.

– Non. Sur un des bras de rivière.

– Génial ! On aurait été isolés au milieu de nulle part, sans eau courante avec juste du bœuf séché et des protéines à bouffer !

Je ne dissimule rien de ma mauvaise humeur.

– Hé, je te signale que ce n'est pas moi qui envisageais de tester la banquette arrière !

Il bondit hors de l'avion, me coupant toute réplique. De toute façon, je suis à court de repartie. Jonah fait le tour de l'appareil par devant et vient m'ouvrir la porte avant de me tendre la main. Ma colère s'étiole, cédant la place à un léger agacement.

Spontanément, je dégage sa main et bondit à terre toute seule. Mes bottes produisent un léger bruit étouffé sur le gravier. La semaine dernière encore, avec mes talons hauts, j'aurais eu besoin de lui pour descendre. Mon Dieu, où avais-je eu la tête en portant des chaussures pareilles ?

– Tiens, on a plus besoin de moi finalement ? Marrant, hier tu ne refusais pas ma main quand elle te…

Un direct au foie l'empêche de finir sa phrase. Ses muscles sont contractés et le coup lui arrache un grognement.

– La ferme.

Je siffle entre mes dents et observe les alentours. Pourvu que le type qui nous a dirigés sur la piste n'ait rien entendu ! Jonah ricane et sa main vient me saisir la nuque. Un geste qui pourrait avoir l'air platonique mais ses doigts dépassent la naissance de mes cheveux et effleurent ma peau.

– Hé Aggie, appelle-t-il. Des nouvelles de l'équipe de secours ?

– Ils emmènent les Lannerd à Anchorage, répond Agnès. Apparemment, ils se sont perdus dans le brouillard et monsieur Lannerd s'est cassé la jambe en glissant sur une plaque de glace. Son téléphone n'a pas survécu à la chute.

– Ils ne sont pas prêts d'oublier leur voyage d'anniversaire, ceux-là !

Une nouvelle vague de soulagement me submerge.

– Oh mon Dieu ! Tu te rends compte si on n'avait pas fait de second tour ?

Si Jonah n'avait pas refait un passage, le pauvre homme aurait pu rester là-haut avec une jambe cassée pendant des jours.

– C'est satisfaisant d'aider les autres, pas vrai ?

Son regard scrute le parking des avions.

– Où est Wren ? demande-t-il. Je suis prêt à recevoir mon savon.

Les sourcils d'Agnès se rejoignent en une ride soucieuse.

– Il est…

Elle tourne son regard vers moi et j'y décèle de la tristesse et de la souffrance. Je comprends alors où papa se trouve.

***

Retenant ma respiration, je franchis la porte de la chambre d'hôpital.

– Regardez qui est revenu, murmure papa, d'une voix faible et somnolente.

Je n'ai jamais vu papa qu'en jean et chemise à carreaux. Dans sa blouse d'hôpital, on dirait un autre homme. Il semble si faible et vulnérable.

Mabel est recroquevillée sur une chaise à côté de lui, les genoux dans les mains. Ses yeux sont rouges et gonflés. On dirait une spectatrice venue assister à une comédie mais qui, une fois le rideau levé, s'est retrouvée face à un récit d'horreur.

Ils lui ont enfin dit pour le cancer. Pas que cela me réjouisse, mais il était temps. La pauvre a dû se retrouver seule face au plateau du jeu de dames, à se demander pourquoi papa n'était pas venu jouer leur partie quotidienne. Agnès appelle sa fille depuis le pas de la porte.

– Mabel, il faut qu'on y aille.

Mais Mabel ne bouge pas. Papa l'encourage d'un sourire.

– Je serai bientôt sorti.

– Promis ? demande-t-elle d'une voix chevrotante de petite fille qui ne lui ressemble pas.

– Promis, ma grande.

À contrecœur, Mabel déploie ses membres et descend de sa chaise où ses chaussures ont laissé des traces d'empreintes boueuses. Elle se penche sur papa et lui fait un câlin.

– Doucement, Mabel, l'avertit Agnès.

Elle hoche doucement la tête et sort en trombe en passant devant Jonah et moi, m'adressant au passage un regard blessé et plein d'une rancune typique qu'ont les ados quand on leur a menti. Mabel connaît maintenant la raison de ma venue en Alaska et elle m'en veut de l'avoir laissée dans l'ignorance.

– Hé, attends !

Jonah l'attrape par le bras juste avant qu'elle ne puisse s'échapper et l'attire sans effort contre lui. Mabel ne lutte pas et se laisse bercer, enfouissant son visage au creux de son manteau. Un sanglot s'échappe de ses poumons et instantanément, la boule que j'ai dans la gorge s'épaissit. Pendant un moment, Jonah caresse sa longue chevelure puis, avec un profond soupir, murmure à son oreille.

– Allez, ma grande. Va avec ta mère.

Agnès et Mabel sortent, nous laissant seuls tous les trois. Le profond regard gris de papa nous dévisage tour à tour.

– Alors, Calla ? Comment s'est passée ta première nuit coincée en montagne ?

– Ça aurait pu être pire.

– Vous êtes restés à la cabane ? Je suis prêt à parier que tu ne t'étais jamais retrouvée dans un endroit pareil.

– En effet.

C'est bien la dernière chose dont je veux parler pour le moment mais papa essaye clairement de gagner du temps pour repousser le sujet qui nous préoccupe. Jonah intervient en ricanant.

– Pour une Barbie, elle a assuré.

Les joues en feu, je lui décoche une œillade assassine.

– En dépit d'une bien piteuse compagnie. J'ai hâte de prendre une douche et un repas bien chaud. Ras-le-bol du bœuf séché.

Simple boutade. J'ai complètement perdu l'appétit. Papa dévisage Jonah avec curiosité.

– Du bœuf séché ?

– Cadeau d'Ethel. Il est fait maison. Calla adore !

– Ah… c'est bien, fait papa avant d'être secoué par une quinte de toux qui lui arrache une grimace.

Mes yeux se portent sur son torse, vers un cathéter drainant le liquide qu'il a dans les poumons et qui lui a valu cette respiration sifflante de la veille. Impossible de voir où les médecins ont posé ce drain.

Je demande :

– Ça fait mal ?

– C'est bien moins douloureux que ces derniers jours en tout cas. Ils m'ont donné de sacrés médicaments.

Le désespoir s'abat sur moi comme une vague. Il souffre comme ça depuis des jours ?

– Tu aurais dû nous en parler !

– Nan, dit-il résigné, en balayant ma remarque d'un geste de la main qui fait glisser son bracelet d'hôpital le long de son poignet.

– Je suis désolée, on aurait dû être là. Mais avec cette pluie et le brouillard… Jonah a dit que c'était risqué de décoller.

Les larmes menacent et me brûlent les yeux. Tout ce que je dis est la vérité et pourtant, la culpabilité me ronge. Pendant que Jonah et moi passions du bon temps, papa souffrait et était emmené à l'hôpital.

– Si Jonah l'a dit, alors c'est que c'est vrai. En plus, j'ai expressément demandé à Agnès de ne pas le prévenir. Il se serait mis en quatre pour revenir ici au mépris du danger et vous auriez couru des risques inconsidérés. Ne t'en fais pas, c'est une simple complication. Rien de très sérieux. Je serai sorti dans un jour ou deux.

Soulagée, je soupire faiblement.

– J'irais avec toi à Anchorage pour ton traitement.

Aussitôt rentrée, j'annulerai mon billet de retour. Comment ai-je pu ne serait-ce qu'hésiter à rester plus longtemps ? Maintenant que je vois mon père allongé dans ce lit d'hôpital, je comprends que ma place est ici.

Papa se met à fixer le dos de ses mains. La mâchoire serrée, Jonah prend la parole.

– Wren… Tu dois lui dire, maintenant. C'est plus possible. Si tu ne le fais pas, alors je le ferai.

Une sensation d'affaissement s'empare de tout mon corps.

– De quoi parles-tu ? Me dire quoi ?

– Jonah, tu es supposé conduire Dempsey et son équipe. Ils t'attendent, tu devrais y aller.

– Wren…

– D'accord, Jonah, siffle papa d'un air résigné en agitant la main. D'accord. OK ? Pourquoi n'irais-tu pas déposer ces gens là où ils doivent se rendre pendant que je parle à ma fille ?

Jonah hoche la tête pendant un instant interminable, puis sa main me prend le visage et il dépose un long baiser sur ma tempe pendant un… deux… trois… battements de cœur avant de murmurer à mon oreille.

– Je suis désolé.

Puis, il tourne les talons et s'en va.

– Eh bien, dit papa à mi-voix avec un léger sourire. Content de voir que vous vous entendez bien.

– Oui, c'est…

Malgré la situation, le feu me monte aux joues.

– Prends un siège, reste un peu, demande-t-il en me désignant la chaise sur laquelle Mabel s'était assise, encore chaude lorsque j'y prends place.

Ma voix tremble d'inquiétude.

– Papa… qu’est-ce qui se passe ?

Il ne dit rien et scrute intensément mon visage.

– Papa…

– Ton grand-père a eu un cancer du poumon, lui aussi. Tu savais, je crois ?

– Oui, maman m’en a parlé.

Il opine lentement du chef et reprend :

– J’ai le même type de cancer que lui. Un cancer à petites cellules, plus rare que le cancer classique et il semble que ça soit héréditaire. Et il s’étend vite. Quand on l’a diagnostiqué, ses chances étaient déjà minces, mais il s’est dit qu’il valait mieux écouter les conseils de son entourage et suivre une chimiothérapie.

Il secoue la tête.

– Les six derniers mois de sa vie ont été un enfer, poursuit-il. Il passait le plus clair de son temps à Anchorage et quand il était à la maison, il ne quittait presque jamais le lit. Ma mère a pris soin de lui autant que possible. La maladie a été dure à vivre pour eux deux. Quand il a finalement renoncé au traitement, il n’était déjà plus que l’ombre de lui-même.

Il marque une pause et se mord la lèvre inférieure pendant quelques instants avant de continuer.

– Une des dernières choses qu’il m’ait dites, c’est qu’il aurait aimé avoir fait la paix avec cette maladie dès le début. Il aurait vécu moins longtemps mais il aurait mieux profité du temps qui lui restait.

Il aurait vécu ses derniers jours à sa manière. Ces mots-là me sont toujours restés en mémoire.

Je commence à comprendre où papa veut en venir. La sensation d'affaissement de tout à l'heure cède la place à une forme de calme et de rationalité.

– Mais c'était il y a trente ans, papa. La médecine a progressé depuis et tes chances de survie sont…

– On ne survit pas à ce truc, Calla, déclare-t-il d'une voix sinistre. Pas à ce type de cancer et pas à ce stade.

– Mais tu vas bien !

Je repense à madame Hagler avec sa peau décrépie, ses joues creuses et sa bouteille d'oxygène. Papa n'en est pas à ce stade.

– Je veux dire, forcément que tu ne vas pas bien là tout de suite, tu es à l'hôpital, mais la semaine dernière encore, tu allais bien.

En prononçant ces mots, je ne me reconnais plus.

– Non, je n'allais pas bien. Je l'ai juste très bien caché. Je n'ai plus autant d'énergie qu'avant et ma poitrine me lance depuis un moment, maintenant.

– C'est la tumeur ?

– Oui. En partie.

– Alors, ils peuvent la réduire. C'est à ça que sert la radiothérapie. La chimio tuera les cellules malades et…

– Il s'étend déjà, Calla, m'interrompt-il, son regard gris daignant enfin se lever sur moi. Il a déjà atteint les ganglions lymphatiques. Les os.

Ce traitement me ferait gagner du temps mais ce ne serait pas une partie de plaisir.

– Combien de temps exactement ?

Ma voix est épaissie par l'émotion.

– Difficile à dire, mais les médecins m'ont donné deux mois. Trois, peut-être avec le traitement.

J'inspire par saccades.

– Et sans le traitement ?

Il hésite.

– Quatre à six semaines, selon eux.

Ses mots sont comme un direct en plein estomac. Une sensation de froid se répand dans ma poitrine. Comment est-ce possible ? En le voyant, on dirait qu'il n'a rien.

– Je… ils ont tort, c'est évident ! Les médecins ont toujours tort, papa, dis-je en bégayant. J'entends sans arrêt des histoires de gens qui, contre toute attente, ont réussi à vivre pendant des années.

Papa soupire.

– Pas toujours, Calla. Ce sont les histoires dont les gens se souviennent car ils en ont besoin. Ils ont besoin d'espoir. Mais ça ne marchera pas cette fois-ci.

Le choc initial se replie, vite remplacé par de la colère. Il abandonne ! Il refuse d'écouter !

– Alors, c'est tout ? C'est comme ça et on en parle plus ? Il n'existe aucun moyen de te convaincre d'au moins essayer de vivre ? Pour moi, pour maman ?

Le désespoir a raison de moi et ma voix se brise.

– Si je les laisse m'injecter toutes leurs saloperies, je vais passer ce qui me reste à vivre à dormir, vomir, enfermé dans une chambre d'hôpital huit heures par jour et cinq jours par semaine jusqu'à ce qu'il n'y ait plus rien à faire. Je refuse de partir comme ça. Si mon heure est venue, alors je partirai à ma façon.

Il tend la main vers moi mais je suis incapable de la saisir. Au bout d'un moment, elle retombe mollement à côté de lui.

– Quand le médecin m'a donné son diagnostic, j'ai tout de suite pensé à toi. J'ignorais si je devais t'appeler immédiatement, ou si je devais même t'appeler tout court. Je ne pensais pas en avoir le droit. Après toutes ces années, tu n'avais peut-être aucune envie de savoir ça.

Ses yeux brillent et il cligne des paupières pour chasser les larmes qui menacent.

– Agnès a fini par le faire à ma place et je lui en suis reconnaissant. Je n'en avais pas le courage. Je suis heureux que tu sois venue, Calla.

Je réalise soudain autre chose.

– Ils savaient ? Jonah et Agnès étaient au courant depuis le début ?

M'ont-ils mené en bateau depuis tout ce temps ?

– Je n'ai rien dit à Agnès. Je comptais lui en parler mais en un rien de temps, tu étais déjà là et je ne savais pas comment tu le prendrais, mais…

– C'est des conneries ! Tu savais parfaitement que je ne prendrais pas bien de te voir abandonner.

Personne ne le prendrait bien et c'est pour ça que tu me l'as caché, pas pour autre chose !

Papa pince les lèvres et hoche la tête. Au moins, il ne nie pas.

– Je sais que tu as probablement passé une grande partie de ta vie à me haïr. Je me suis dit que si j'avais la chance de passer ne serait-ce qu'une semaine avec toi, sans cette épée de Damoclès au-dessus de nos têtes, alors peut-être que je ne serais plus une déception pour toi.

Cela avait été une bonne semaine. Mais tout était tombé aux oubliettes.

– Donc, Jonah savait, conclus-je.

Prononcer ces mots à voix haute fait naître dans mon cœur un intense sentiment de trahison. Toutes les pièces du puzzle s'emboîtent. C'est pour ça qu'il avait tant insisté pour que je repousse mon départ. À la seconde où j'aurais mis un pied dans un avion, j'aurais dit adieu à mon père.

Je repense à ses mots. *Les prochaines semaines... vont être dures pour lui.* Mais pas parce qu'il allait devoir combattre un cancer. Il n'y aurait pas de combat. Papa a déclaré forfait. Je me lève sans un mot et sors de la chambre. Une fois les portes menant à l'extérieur franchies, je me mets à courir.

CHAPITRE 23

Je suis sous la douche depuis vingt minutes mais je suis encore en pleine torpeur. En dehors des ampoules sous mes pieds et mes orteils, je ne sens rien. Ni chaleur, ni réconfort. Il doit y avoir dix kilomètres entre l'hôpital et la maison et j'ai parcouru cette distance en courant dans des bottes de pluie. Mes bras se portent mollement à mes cheveux où je frotte le shampoing sur mon cuir chevelu, ôtant le parfum de cendres froides qui me poursuit depuis la cabane.

Je repense à ce que j'ai dit à Diana, la dernière fois que nous étions en boîte et je commence à rire. C'est un rire calme et sans humour, pas vraiment un rire, en fait. J'avais formulé un souhait à peine croyable : et si le père que je découvrais en Alaska, malgré ses défauts et le fait qu'il m'ait abandonnée des années auparavant, était en tout point comme je l'avais imaginé et, qu'au final, je le perde une seconde fois ? C'est exactement ce qui est en train d'arriver. J'ai bien trouvé ce père et je vais le perdre, pour de bon cette fois. Qu'il l'ait voulu ou pas, papa me brise le cœur à nouveau.

Je ne sais quand exactement la pression de l'eau a commencé à baisser, mais le jet ne crache plus qu'un mince filet et ma tête est encore couverte de mousse. Dépourvu de chaleur, mon corps est pris de frissons.

– Non… Ah non, ne me fais pas ça…

J'ai beau secouer le pommeau de douche et l'orienter en tout sens, rien à faire. Nous voilà à court d'eau. Jonah m'avait pourtant prévenue que cela risquait d'arriver. Poussant un long soupir frustré, je pose lourdement mon front contre le mur carrelé.

– Putain de merde…

Je ne lutte plus et laisse les larmes couler.

***

On frappe doucement à la porte de la salle de bains.

– Calla ?

Je presse les lèvres contre mon genou et refrène ma réponse. Pas Jonah. Pas maintenant.

Après un moment de silence, ce dernier insiste et il essaye de tourner la poignée.

– Allez, Calla, laisse-moi entrer.

– Laisse-moi tranquille.

– Soit tu m'ouvres, soit j'entre de force, c'est toi qui vois.

Je ne réponds pas et ne fais aucun mouvement. De l'autre côté de la porte, j'entends ses pas faire craquer le parquet tandis qu'il remonte le couloir, puis d'autres bruits de pas résonnent, suivis d'un étrange bruit sourd et métallique. La porte cède sur ses gonds. Le dos tourné, j'aperçois la silhouette distordue de Jonah se refléter dans le lavabo chromé. Je ne me retourne toujours pas.

Jonah demande :

– Qu'est-ce que tu fais ?

– Je n'ai plus d'eau.

J'ignore depuis combien de temps je suis là, recroquevillée dans la baignoire. Je ne pleure plus, ni ne frissonne et mes cheveux sont encore pleins de shampoing, même si toutes les bulles ont depuis longtemps éclaté.

Jonah pose le pied dans la pièce et me tend la main.

– Ne sois pas bête, tu peux utiliser ma salle de bains. Allons, viens.

J'ignore sa main et me détourne encore plus de lui.

– Calla…

– Depuis quand sais-tu ?

Ma voix est étrangement blanche. Jonah s'assoit sur le rebord de la baignoire, son regard fixé sur le double placard sous le lavabo. Il porte encore ses vêtements de la veille, imprégnés de l'odeur de fumée. Cette nuit avec lui semble si lointaine.

– J'ai appris pour son cancer le jour de ta venue, de la bouche d'Aggie. J'ai pressé Wren de me donner des détails et j'ai eu un mauvais pressentiment. Il s'est montré très évasif sur la durée du traitement et sur combien d'allers-retours il lui faudrait faire à l'hôpital d'Anchorage. Finalement, il a décollé et je suis allé te chercher.

Il s'interrompt et s'abîme dans la contemplation de ses ongles cassés.

– Le soir, j'ai réussi à lui tirer les vers du nez.

Voilà bien la différence entre Jonah et moi. J'avais accepté les silences de papa, car comme lui, je n'étais pas prête à aborder ce sujet. J'étais trop heureuse de me cacher la vérité, alors qu'elle sautait au visage.

– Alors, quand je suis venue te demander de me déposer à Meyers, tu savais déjà ?

Tu avais toujours su !

Il enfouit son visage entre ses mains qu'il passe ensuite dans ses cheveux. Ils tiennent tout seuls sur le sommet de sa tête.

– Il m'a fait promettre de ne rien te dire, ni à toi, ni à Aggie. Mais crois-moi, j'ai plus d'une fois voulu t'en parler. La nuit dernière, j'ai bien failli. Mais Wren voulait te présenter lui-même la raison de cette décision et je n'avais aucun droit de le faire à sa place.

Il marque une pause et reprend :

– Déteste-moi tant que tu voudras. De toute ton âme si ça peut t'aider, mais ça ne changera rien.

Wren va mourir et nous devons tous trouver un moyen de faire la paix avec ça.

– As-tu ne serait-ce qu'essayé de le pousser à se soigner ?

– Qu'est-ce que tu crois ? s'emporte-t-il. Ne va surtout pas t'imaginer que ça te fera plus de mal qu'à moi, Agnès ou Mabel. Tu repartiras à Toronto avec des souvenirs de lui au moins. Tandis que nous, nous serons ici, à ressentir son absence chaque jour et…

La voix rauque, il s'interrompt brusquement.

– Ne ressens-tu donc aucune colère contre lui ?

– De la colère ? Je suis furieux après lui ! Furieux qu'il ne se soit pas fait soigner plus tôt, furieux qu'il n'ait pas arrêté de fumer cette saloperie il y a des années !

Sa voix puissante explose au cœur du petit espace de la salle de bains. Jonah se calme avant de reprendre :

– Mais Wren ne prend aucune décision à la légère. Il soupèse chaque option. Si même les médecins disent que le traitement ne fera que lui faire gagner quelques semaines, je ne peux pas lui en vouloir de préférer profiter du temps qu'il lui reste.

– Et nous ? On reste assis et on attend ? dis-je d'une voix sans expression.

N'a-t-il donc pas pensé aux gens qui l'aiment ?

– Il est persuadé d'avoir pris la meilleure décision possible pour tout le monde. Quand Wren prend une décision, elle est sans appel. Là-dessus, il est encore plus têtu que moi.

Tout comme il avait pris la décision de laisser maman partir avec moi.

Mon regard glisse le long du mur. Comment sera la vie ici sans lui ? Cette petite maison avec ces canards au mur n'était qu'une bicoque vide à mon arrivée. Elle l'est toujours et pourtant, elle s'est désormais remplie de souvenirs. Le ricanement de papa qui comble le silence, l'odeur du café frais le matin, le bruit du plancher sous ses pas après qu'il m'ait souhaité bonne nuit. De petites choses triviales, sans importance, à peine de vrais souvenirs et pourtant, lorsque j'y repenserai dans plusieurs années, ce seront les premières choses qui me viendront à l'esprit.

Mais qu'adviendrait-il de son monde ?

– Que va-t-il advenir de Wild ? dis-je d'un air absent.

Jonah n'est supposé gérer que jusqu'à ce que papa soit rétabli. Jusqu'à sa mort, en fait. Et après ?

Jonah secoue la tête.

– Je ne sais pas. C'est une question que nous nous poserons un autre jour, mais pas aujourd'hui.

– Pourquoi avoir insisté pour qu'on fasse un site ? C'était stupide et une perte de temps.

– Non, ce n'était pas stupide. Tu as voulu aider ton père et c'est ce que tu as fait. Tu t'es vraiment intéressée à ce qu'il fait ici depuis toutes ces années, ce n'est pas du temps perdu.

Il marque une pause et je sens son regard peser sur mon corps dénudé.

– Qu'est-ce que tu as fait subir à tes pieds ? demande-t-il.

– J'ai couru en bottes depuis l'hôpital, admets-je avec honte.

Soudain consciente de mon corps, je me recroqueville encore davantage. Jonah m'a déjà vu nue, mais cet instant est dépourvu de la moindre sensualité.

– Dans quel état tu t'es mise, déplore-t-il. J'ai une trousse de premiers soins chez moi. Il faut panser tes plaies.

Il s'empare d'une serviette et me la tend.

– Prends ça. Le ravitaillement d'eau n'arrivera que demain. Si tu veux de l'eau courante, tu as tout intérêt à venir chez moi avec quelques affaires.

Un ange passe et il ajoute :

– S'il te plaît.

Je finis par accepter la serviette. Eau courante ou pas, j'ai besoin d'être auprès de lui cette nuit.

***

La porte de la salle de bains s'ouvre au moment où je me nettoie le visage.

– Bientôt fini, préviens-je. Promis !

Le rideau de douche s'écarte dans mon dos et Jonah me rejoint. J'ai beau ne pas être d'humeur, la vision de son corps nu me fouette les sangs.

– D'accord, je vois.

Ses mains se posent sur mes épaules et me maintiennent en place. Ses pouces vont et viennent agréablement sur ma peau, puis ses bras massifs m'entourent pour m'attirer contre lui. Il enfouit son visage au creux de ma nuque et sa barbe me chatouille.

– Je suis désolé, susurre-t-il. Je voulais t'en parler mais je ne pouvais pas. Ne me déteste pas.

Je penche la tête contre la sienne.

– Je ne te déteste pas.

Loin s'en faut. C'est tout juste si je suis en colère. J'en veux à papa pour la voie qu'il a choisi de suivre et à la vie d'être aussi injuste. Mais Jonah… Mes mains se portent à ses biceps et je laisse mes ongles vagabonder dessus, puis j'enserre ses bras et le pousse à me serrer plus fort.

– Je suis heureuse que tu sois là.

Sans lui, je ne pourrais pas faire face à tout ça. Jonah resserre son étreinte. Il est tel un cocon autour de moi. La douce pression de son sternum et de ses cuisses me réconforte. Son érection est intense mais il ne fait aucun mouvement pour en tirer profit. Il est trop occupé à me câliner.

Nous demeurons ainsi, l'un contre l'autre, jusqu'à avoir épuisé toute l'eau chaude.

***

– C'est tout de même plus simple quand tu es réveillé et bien droit, dis-je à mi-voix en peignant doucement la barbe de Jonah tandis qu'il observe intensément mes lèvres.

– D'autant que je suis consentant ce coup-ci.

Et je suis à califourchon sur toi, ça aide. Je le réprimande.

– Chut, pas bouger !

Je détaille chaque côté de sa barbe d'un œil critique, m'assurant d'avoir taillé de façon symétrique.

– Tu tremblais beaucoup le soir où tu m'as fait ça ? demande Jonah.

– Pas pendant. J'avais le contrôle total de mes mouvements.

– Et après ?

– J'étais pétrifiée ! D'ailleurs papa m'a trouvée après à fleur de peau !

Jonah bascule la tête en arrière vers le dossier de son canapé et part d'un rire franc. C'est un son si grave, si agréable à l'oreille, que ça pourrait être une berceuse. J'ai une vue imprenable sur son cou et je m'imagine y déposer un baiser.

– Tu plaisantes, j'espère ?

– Non, j'avais vraiment peur d'être allée trop loin. Peur que tu me détestes encore plus.

– Hein ? Calla, je ne t'ai jamais détestée !

Je hausse des sourcils circonspects.

– Je t'assure, insiste-t-il. Même chez Meyers ! Une partie de moi avait même très envie de connaître ta réaction si jamais je t'embrassais.

– Sérieux ?

Je caresse doucement sa barbe, en appréciant chaque contour. Comment aurais-je réagi si c'était arrivé ? J'aurais probablement flippé à mort ! À mes yeux, ce n'était qu'un yéti et il me mettait hors de moi. Mais maintenant que je le connais mieux, je me demande, en dépit de sa barbe impossible, comment je n'ai pas pu être attirée plus tôt par lui. Son regard pétille, comme s'il lisait mes pensées.

Satisfaite de mon ouvrage, je balance peigne et ciseaux sur la table basse.

– Et voilà ! Tout propre, comme tu l'as expressément demandé. J'étais certaine que tu étais un vaniteux.

– Ça t'a plu de jouer à la poupée avec moi ?

– Peut-être un peu.

– Tant mieux. Je savais qu'un peu de distraction nous ferait du bien à tous les deux.

– Tu as sûrement raison.

Je soupire lourdement tandis que le présent se rappelle à moi. Portant ma main vers son poignet, je consulte l'heure sur sa montre. Cela faisait déjà plusieurs heures qu'il m'avait trouvée en position fœtale dans la salle de bains et je savais qu'il faudrait qu'il reparte à un moment.

– J'imagine que tu dois retourner travailler ?

– Ce n'est pas que j'en ai vraiment envie, reconnaît-il d'une voix sombre. Depuis dix ans que je travaille là-bas, c'est bien la première fois que les avions et les gens ne me manquent pas. Mais il faut quand même que j'aille rassurcr les gars. Ils doivent se demander pourquoi Wren n'a pas encore appelé.

– Tu vas leur dire ?

– On sait bien que Wren ne se précipitera pas pour le faire. Bien sûr, certains doivent déjà être au courant, mais mieux vaut qu'ils l'apprennent par moi que par Maxine ou un des passagers. En plus, je ne peux pas laisser Agnès tout gérer seule, alors qu'elle a aussi Mabel sur les bras.

Il soupire et reprend :

– Pauvre grosse. Wren est comme un père pour elle. Ça risque de l'anéantir.

J'ai été tellement absorbée par ma souffrance que je n'ai plus pensé à Mabel. Mais je me rends compte que les mots de Jonah n'éveillent en moi aucune jalousie. Je me sens juste solidaire et navrée pour elle.

– Je vais venir avec toi, dis-je. Je retourne juste chercher mon portable à côté.

À peine arrivée de l'hôpital, je l'avais branché et n'y avais plus touché, peu désireuse de parler à qui que ce soit.

Je m'apprête à partir quand Jonah m'attrape fermement par les hanches et m'empêche de bouger. Son regard glisse le long du T-shirt « D'abord, un café » que Diana avait fait faire spécialement pour moi, jusqu'à l'endroit où nos corps se rencontrent. Il ouvre la bouche, mais ravale finalement sa réplique. Jonah lève son regard bleu glace sur moi et serre la mâchoire.

Je demande prudemment :

– Quoi ?

Mes paumes se posent de chaque côté de son visage. Jamais je ne pourrai me lasser de cette sensation. Les mains plaquées dans mon dos, il presse mon corps contre le sien et enfouit son visage au creux de mon cou. Son souffle chaud fait accélérer le flot de mon sang. Je sens combien il est dur entre mes jambes. Il me désire mais n'ose pas me réclamer.

Prenant sa tête entre mes bras, je me cambre, lui faisant comprendre que je suis toute à lui.

***

Dès l'instant où Jonah pose le pied dans les locaux de Wild, il semble oublier le fardeau qui lui pesait pendant le trajet en voiture jusqu'ici.

– On travaille dur, Sonny ?

Sa voix de stentor surprend un couple de natifs qui attend dans un coin du lobby, les seuls passagers du jour. Sonny, qui était jusque-là appuyé contre la réception pour discuter avec Sharon, se raidit tout à coup.

– Je terminais ma pause, j'allais y retourner, balbutie-t-il en reculant vers la sortie. Il ne nous reste que quelques chargements.

Jonah vient poser sa main sur son épaule.

– Voilà qui me paraît parfait. Dis à Lori de passer me voir quand il aura terminé.

– Sans faute.

Sonny fonce droit vers le tarmac. Sharon siffle entre ses dents d'un ton accusateur.

– Tu es tellement méchant !

Jonah lève les mains en l'air.

– Qu'est-ce que j'ai fait ?

– Arrête, tu sais très bien que tu es intimidant.

– Mais non, dit-il avant de se tourner vers moi. Je suis intimidant ?

– Parfois, admets-je. Mais tu es aussi odieux. Et énervant…

Doux, attentionné…

– OK, OK ! fait-il avec un demi-sourire sur les lèvres.

Près de Sharon se trouve Mabel, recroquevillée sur une chaise, le nez dans un jeu sur son smartphone. Jonah s'immobilise un instant et baisse les yeux vers elle, la mâchoire contractée. Puis il se penche et lui ébouriffe les cheveux.

– Salut, ma grande !

Elle lève sur lui un bref regard triste, lui décoche un sourire timide et retourne à sa partie. Visiblement, la jeune fille n'est pas d'humeur à parler, ce qui est très surprenant de sa part. Jonah la laisse tranquille et disparaît dans le bureau derrière.

– J'aime bien comment tu es coiffée, dit Sharon en désignant mon chignon.

Son regard vert est plein de sympathie mais je sens qu'elle force le ton.

– Oui, ça s'appelle « Jonah a caché mon démêlant et mon soin volumisant pour se venger ».

Quand j'aurai le courage, il faudra que j'aille fouiller sa baraque de fond en comble. J'en viens à oublier que ça fait des jours que je ne porte plus de maquillage. C'est étrangement libérateur, en fait.

– Ça lui ressemble bien de faire ça, s'amuse Sharon avant de déglutir, une expression peinée sur le visage. On a appris pour Wren, je suis désolée.

Les nouvelles vont vite. Quelle en est la source ? Peu importe. Je jette un œil en direction de Mabel et les mots de Jonah me reviennent en mémoire. Papa est peut-être mon père, mais il est aussi vrai que j'ai une autre vie ailleurs et dans laquelle il n'a jamais pris aucune part. En Alaska, des tas de gens connaissent Wren Fletcher, il fait partie de leur vie et il représente même tout pour certains. Je ne me sens pas légitime face à la compassion de Sharon. C'est moi qui devrais la soutenir.

Mais je ne parviens qu'à hocher la tête avant de disparaître dans le bureau à mon tour. Agnès, Jonah et George sont en train de passer en revue des bulletins météo. Agnès lève vers moi un sourire bref que je lui rends. Elle aussi est victime des circonstances.

Je lève mon téléphone.

– Est-ce que je peux occuper le bureau de papa une minute ?

Jonah m'encourage d'un geste de la main.

– Vas-y !

Je referme la porte du bureau dans mon dos et balaye les textos que m'a envoyés Diana.

T'es où ?
T'as vu tous les likes qu'on a reçus !
T'as reçu mon message ?
Soldes sur les bottes chez Nordstrom !
T'as les tiennes avec toi ?
Faut que tu prennes des photos
en avion avec et vite !

Je n'ai absolument pas le courage de répondre à tout ça pour l'instant. Maman m'a aussi écrit :

Comment vas-tu ?

Mon cœur se serre. Comment va-t-elle prendre la nouvelle ?

Il faut que je l'appelle, que je lui dise. Mais j'hésite. Peut-être car je sais que ce coup de fil va rendre réelle cette vérité qui me dérange tant. Il y a encore cette voix dans ma tête qui ressasse ce que je voudrais entendre, que les médecins ont tort, que papa prend la mauvaise décision et que s'il se bat, il peut s'en sortir.

Puis, la voix de Jonah se faufile dans mes pensées, me poussant à faire la paix avec la sinistre réalité. Quand me rattrapera-t-elle ? Je l'ignore. Mais je sais une chose, je veux être en Alaska quand ce sera le cas, pas à des milliers de kilomètres.

J'inspire à fond et compose le numéro.

***

– Elle s'est enfin endormie, il y a deux heures, dit Simon en baillant.

Il est environ cinq heures du matin à Toronto. J'avais quitté la maison de Jonah et traversé la pelouse pour me rendre chez papa et profiter de la connexion Internet – il faudrait vraiment que Jonah rejoigne le XXIe siècle un de ces jours. Simon m'avait laissé plusieurs messages et m'avait dit de le rappeler, quelle que soit l'heure. Bien sûr, j'ai paniqué et appelé immédiatement sans même consulter l'horloge. J'aurais pourtant dû m'attendre à ce que Simon veuille prendre des nouvelles au plus vite.

L'après-midi avait été rude. Assise chez Wild dans le bureau de papa, j'avais fait part à maman de la mauvaise nouvelle. Autant parler à un courant d'air. Elle avait écouté mon triste récit dans un silence quasi complet. Je lui ai dit la vérité, qu'on n'avait pas décelé la maladie assez tôt, qu'au contraire, il était bien trop tard. Les larmes coulant sur mes joues, j'avais tout raconté d'une voix chevrotante, avec le poids du silence au bout du fil. Mais ça n'était pas du silence, c'était le bruit de son cœur qui se brisait.

– Elle ne l'a pas bien pris, conclus-je.

Simon confirme avec son charmant flegme britannique.

– Pas bien du tout, en effet.

Je repense aux matins où il m'accueille avec un latte dans la cuisine et où je lui adresse tout juste un grommellement en guise de remerciement. Ces instants me manquent. Son humour à froid me manque aussi, ainsi que toutes les petites piques qu'il me lance. Son oreille attentive me manque aussi. Le père qu'il a été pour moi me manque terriblement. Pendant un temps, j'ai pensé que Wren Fletcher pourrait devenir ce père-là, celui que j'avais tant attendu. Mais j'ignorais encore qu'il était condamné.

Simon reprend.

– Et toi, Calla ? Comment le prends-tu ?

Je lève les yeux vers la guirlande de Noël que j'ai installée. Les ampoules sont trop grosses, la lumière trop basse et les couleurs trop mornes. Pourtant, je ne peux en détacher les yeux.

– J'en sais rien. Je suis en colère, je crois.

– Pour quelle raison ?

Simon sait parfaitement pour quelle raison mais il veut que je mette des mots dessus.

– Parce qu'il ne m'en a pas parlé plus tôt, qu'il refuse tout traitement… il y a mille raisons et elles font toutes chier. Vas-y, dis-le : « Mais…? »

Avec Simon, il y a toujours un « mais ».

– Pas de mais cette fois, dit-il. Si une personne que j'aime ne faisait pas tout ce qui était en son pouvoir pour rester auprès de moi le plus longtemps possible, je serais comme toi, en colère. Frustré, aussi.

– Il est si égoïste, je ne comprends pas pourquoi ! Il y a des gens qui l'aiment et il leur fait sciemment du mal.

– Tu l'aimes ?

– Bien sûr !

Simon pousse un soupir.

– Eh bien, tu n'aurais pas dit la même chose le soir où nous avons parlé sur les marches.

– Je suppose que non. Je n'avais pas les mêmes sentiments.

Une semaine plus tard, ça ne fait aucun doute : j'aime mon père et je ne veux pas qu'il meure. Ce qui rend toute cette histoire encore plus difficile à supporter.

– Mais il ne pense qu'à lui ! Il n'a jamais pensé qu'à lui !

Au moment même où je prononce ces mots, je sais que c'est faux. Je corrige le tir :

– En tous cas il ne se met pas assez à la place des autres.

– Tu penses qu'il n'a pas assez mûri sa décision ?

– Mûrir quoi ? Quand on a un cancer, on l'affronte, on se bat !

– Parfois non et pour plusieurs raisons.

Simon doit savoir de quoi il parle. Il a eu son lot de patients en phase terminale souffrant de grave dépression.

– A-t-il essayé de t'expliquer ses raisons ?

– Oui.

Je lui rapporte alors tout ce que papa m'a confié hier.

– Il ne semble pas avoir pris sa décision à la légère, dit Simon.

– Peut-être, mais ce n'est pas une raison. Ça ne se fait pas !

En aucune façon. Je demande :

– Qu'est-ce que tu ferais, toi ?

– Je crois que j'essaierais tout de même le traitement, du moins au début. Mais je ne suis pas à sa place. En plus, si j'avais ne serait-ce que suggéré de ne pas me soigner, ta mère m'aurait traîné par la peau du cou pour me faire interner en oncologie !

– Elle ferait mieux de venir ici et de faire ça, tiens, dis-je d'une voix douce-amère. Elle pourrait au moins l'appeler. Je suis certaine qu'elle doit encore avoir son numéro. Elle l'a bien assez composé, fut un temps !

Silence à l'autre bout du fil.

– Je veux dire…

– Calla, il n'y a *rien* dont je ne sois pas au courant, déclare Simon en détachant chaque mot.

Évidemment. Je soupire. Mes parents sont une calamité ! Simon finit par dissiper ce moment de gêne.

– J'imagine qu'à cette heure, Wren doit être terrifié.

– Il dit qu'il veut mourir de la manière dont il l'entend.

– Ce n'est pas incompatible avec le fait d'être terrifié.

– Peut-être.

Et moi qui suis partie en courant et l'ai laissé tout seul. La culpabilité me ronge.

Le silence s'installe. Ma chemise à carreaux et un plaid autour de mon pyjama, je glisse un regard vers l'extérieur. Pour la première fois depuis mon arrivée, il fait nuit noire en Alaska. Même armée de la lampe torche de Jonah, j'avais trébuché plusieurs fois dans le noir avant d'arriver jusqu'ici.

– J'imagine que tu n'as rien à me dire qui me ferait me sentir mieux ? Pas de belles paroles ?

– Pas de belles paroles, soupire Simon. Désolé.

– C'est pas grave. Te parler m'aide déjà.

– Bien. N'oublie pas, tu peux lui en vouloir et être frustrée, mais tu dois le soutenir et lui apporter ton amour.

– Je ne sais pas comment faire.

– Tu trouveras. Tu es une jeune femme intègre et intelligente, tu sauras prendre les bonnes décisions.

Soudain, la voix de Jonah s'élève de nulle part.

– Calla ? Tu viens te coucher ?

Au moment de filer dans la nuit pour passer ce coup de fil, j'avais laissé Jonah nu à moitié dissimulé sous la couverture, en train de tendre la main vers un bouquin posé sur sa table de nuit. C'était une vision plutôt érotique.

Tiens, en parlant de bonnes décisions... Bon sang ! La moitié de Bangor a dû l'entendre !

– Laisse-moi deviner, commence Simon. Il s'agit probablement de l'épouvantable pilote dont ta mère m'a rebattu les oreilles. Comment se passe votre petite vendetta ?

– Il n'y a plus d'eau chez nous, alors je suis obligée d'aller chez lui.

J'aurais pu aussi aller chez Agnès, mais je ne comptepas avancer cette option.

– Je vois. C'est fort courtois de sa part, surtout pour un ennemi juré.

– Oh, extrêmement courtois !

Simon n'en croit évidemment pas un mot. Le pas lourd des bottes de Jonah résonne sur le plancher de la véranda. Je me retourne et découvre une vive petite silhouette s'avançant à sa rencontre. Les petits yeux de fouine de Bandit reflètent la lumière des ampoules et il pousse un de ses petits couinements haut perchés.

– Dis-moi, Simon, dis-je avec un petit mouvement de recul. Quel serait ton diagnostic pour un homme ayant un raton laveur pour animal de compagnie ?

Je prononce chaque mot très fort pour que Jonah entende.

– Nous en avons nous-mêmes deux, dit Simon. Dès lors, qui suis-je pour juger ? Bonne nuit, Calla. Tu m'appelles quand tu veux.

– Bonne nuit. Je t'aime.

Dire « je t'aime » à Simon est devenu facile avec le temps. Pourtant, il va falloir que je le dise à mon vrai père, au moins une fois. Jonah lève les yeux vers le plafond.

– Vous avez fait un sacré boulot, Mabel et toi !

– Oui, c'est plutôt cosy.

– Pardon pour tout à l'heure. Je n'avais pas vu que tu téléphonais. Ça t'a fait du bien de parler avec ton beau-père ?

– Je n'en sais rien, dis-je en toute sincérité. Peut-être. Mais ça ne change rien.

– C'est normal. Ça ne risque pas de changer du jour au lendemain. Allez, viens, dit-il en me tendant la main.

Je l'accepte et le laisse me remettre debout. Je réalise alors que si les choses vont mieux, c'est grâce à Jonah. En tout cas, avec lui, je souffre un peu moins.

CHAPITRE 24

Lorsque Mabel et moi frappons à la porte de sa chambre, papa est sur son lit, déjà habillé. Surpris, il lève sur moi son regard gris.

– Hé, dit-il à mi-voix. Comment vont mes filles ?

– Prête à te botter les fesses ce soir, dit Mabel. Et ne va pas croire que je vais te laisser gagner.

Le sourire de la jeune fille est loin d'être aussi radieux que d'habitude, mais elle sourit nonobstant. Elle s'avance vers le lit d'un pas traînant, faisant grincer ses chaussures sur le linoleum. Les lèvres de papa s'étirent en un sourire.

– Je n'en attendais pas moins de toi, tu es un vrai requin ! C'est ta mère qui vous a déposées ?

– Non, c'est Jonah. Il devait se faire retirer ses points.

Papa ajuste son col.

– Bon timing, alors.

Mabel pioche un dossier blanc posé sur le lit.

– C'est quoi ?

– Juste de la paperasse à remplir, rien d'intéressant, assure papa en le lui prenant des mains.

De toute évidence, il ne veut pas qu'elle plonge son nez là-dedans. Puis, il sort un billet de sa poche.

– Dis ma grande, si tu allais à la cafétéria te prendre quelque chose à grignoter ? L'infirmière ne sera là que dans quelques minutes.

Mabel ne se fait pas prier.

– Vous voulez que je vous ramène quelque chose ?

– Non merci, dit papa avec un geste de la main.

Je refuse d'un sourire et la regarde filer dans le couloir. Un silence gênant s'installe entre nous. Je m'adosse au mur et papa tripote nerveusement le dossier un moment avant de le reposer. Que ressent-il en ce moment ? Qu'est-ce que ça fait de savoir que l'horloge tourne ?

– Je te croyais déjà dans un avion pour Toronto, dit-il.

Malgré la colère et le choc que j'ai ressenti – et que je ressens encore – cette idée ne m'a jamais traversé l'esprit.

– Non. Comment tu te sens ?

Il inspire prudemment, comme pour tester la viabilité de ses poumons.

– Mieux.

Nouveau silence gêné.

– J'ai appelé maman.

Papa hoche pensivement la tête, comme s'il s'était attendu à ce que je le fasse. Il ne me demande pas comment elle a pris la nouvelle ou comment elle se sent. Il le sait probablement déjà. J'ajoute :

– Et j'ai annulé mon vol.

Il soupire et commence à secouer la tête.

– Tu n'avais pas à faire ça, Calla. J'aurais préféré que tu rentres avec de bons souvenirs en mémoire. Pas avec ce qui va advenir.

– Moi, j'aurais préféré que tu ailles te faire soigner à Anchorage pour repousser ce qui va advenir, mais il semble que ni toi ni moi n'obtiendrons ce que nous voulons, n'est-ce pas ?

J'avance d'un pas et m'assieds sur le lit.

– Tu as peur ?

Papa baisse les yeux sur ses mains.

– Oui, ma grande, bien sûr que j'ai peur. Je suis en colère, triste et j'ai une foule de regrets mais j'ai surtout peur.

D'abord hésitante, je pose délicatement la main sur la sienne et m'imprègne de sa chaleur. Qui l'eut cru ? Maman avait raison : on a les mêmes poignets, nos doigts ont la même longueur et malgré mes faux ongles, je sais que les siens ont la même forme. Après un moment, il recouvre ma main avec la sienne et la serre.

– Je suis désolé, ma grande. J'aurais aimé que les choses soient différentes.

– Elles sont comme elles sont, dis-je, reprenant ses propres mots prononcés le premier soir.

Mon regard glisse vers le dossier blanc, flanqué de la mention « Soins palliatifs : aidez-vous, aidez vos proches ». Une boule d'angoisse enfle dans ma gorge.

– Alors, comment on gère ça ?

– Non, ne t'en fais pas pour…

– Papa, tu ne peux plus éviter le sujet. En plus, en parler m'aidera à me faire à l'idée.

Comment gère-t-on ce genre de trucs ? J'ai vingt-six ans et il y a deux semaines encore, mon seul souci, c'était comment prendre une bonne photo de mes chaussures en buvant des martinis. L'homme en face de moi n'existait que dans mon imagination. Et voilà que je vais devoir l'aider à préparer sa mort.

Il pince les lèvres.

– J'aimerais ne pas mourir à l'hôpital, si possible. Une femme m'a donné cette brochure. Elle passera la semaine prochaine à la maison pour voir quels types de dispositifs peuvent être installés. Des moyens d'alléger la douleur, ce genre de choses.

– OK.

Alors, il va souffrir. C'était à prévoir. Mais à quel point ? De quoi ça aura l'air ? Serais-je capable de l'endurer ? Je déglutis pour chasser la peur.

– Quoi d'autre ?

– Il faut s'occuper des obsèques, j'imagine, dit-il à contrecœur. Si ça ne tenait qu'à moi, on ne ferait rien mais je sais qu'Agnès en aura besoin. Rien de trop chic, c'est tout.

– Alors… pas de cercueil en or ni de quatuor à cordes ?

Un son s'échappe de sa bouche qui ressemble à un rire.

– Non, on va faire l'impasse sur ces trucs.

– D'accord. Ensuite ?

– J'ai déjà pris des dispositions avec mon avocat. Tout est arrangé, mon argent ira…

– Je n'ai pas besoin de savoir tout ça, c'est ton argent, il ira où tu veux.

L'héritage est le cadet de mes soucis. Mais son entreprise, c'est autre chose.

– Que comptes-tu faire pour Wild ?

– J'ai parlé avec Howard il y a une heure. C'est le patron de Aro Airlines, tu sais ? La compagnie qui veut nous racheter. Il m'a fait une bonne offre et je pense que je vais l'accepter.

– Mais ils vont absorber Wild ! Tu l'as dit !

Ainsi, la compagnie aérienne familiale en activité depuis les années soixante et que papa n'a jamais voulu quitter va disparaître pour de bon. C'est étrange : j'ai détesté Wild pendant toutes ces années et voilà que cette simple idée me rend triste.

– C'est probable. Mais même sous un autre nom, les villages continueront à profiter de nos services. Ma seule exigence était qu'ils gardent mes employés et ils en avaient l'intention de toute manière. Ils veulent que Jonah prenne les commandes, le nommer directeur des opérations, ou je ne sais quoi. J'en parlerai avec lui. J'ignore quels sont ses plans.

– Il a déjà dit qu'il s'occuperait de Wild.

– Je sais, mais travailler pour une compagnie de cette importance, ça n'a rien à voir. Il y a un conseil d'administration à qui il faut rendre des comptes et aussi tout un tas de nouvelles consignes et de procédures.

Il sourit et reprend.

– J'ignore si tu l'as remarqué mais Jonah a un petit souci avec les règlements et l'autorité en général. Il ne supporte pas qu'on lui donne des ordres.

– Je ne m'en étais pas rendu compte, dis-je sèchement, lui arrachant un petit ricanement. Mais il gèrera aussi longtemps que nécessaire.

Ça, je n'ai pas le moindre doute.

– Je sais. Même si cela signifie rester le cul vissé dans un bureau au lieu d'être dans les airs, déplore papa. S'il y a bien une chose qu'on peut dire de Jonah, c'est qu'il est loyal à l'excès. Il continuera de gérer bien après que je sois six pieds sous terre.

Papa soupire d'un air las et continue.

– Je ne veux pas de cette vie-là pour lui. Ce n'est pas son truc.

– Quoi d'autre ?

Il m'adresse un sourire résigné.

– On continue à vivre, j'imagine. Vivre chaque jour comme si c'était le dernier.

– Je crois qu'on peut faire ça, dis-je en lui serrant la main avec détermination.

Ça ne me plaît pas, mais je peux être là pour lui.

Un long sourire résigné s'étire sur ses lèvres.

– Eh bien, parfait alors. Et si on commençait par trouver Jonah et ficher le camp d'ici ?

***

En chemin vers le parking, Jonah passe les doigts sur la cicatrice rosâtre qui lui barre le front.

– Je ne comprends vraiment pas pourquoi il me fallait un docteur. J'aurais pu virer ces points moi-même !

– Tu n'aurais pas pu la draguer sans vergogne comme tu l'as fait, sinon.

Nous avions retrouvé Jonah dans un bureau de consultation, assis sur une table en train de complimenter le médecin – une femme blonde d'environ quarante ans – sur les photos de son chien de traîneau. Il avait ajouté qu'en cas de crash, il reviendrait se faire suturer par ses soins.

– Ça a marché, tu crois ?

– Absolument ! Elle est probablement au téléphone avec sa meilleure amie en ce moment même pour lui confier qu'elle vient de tomber amoureuse d'un casse-cou suicidaire.

– Un peu comme toi, non ?

Les joues en feu, je lance un regard d'avertissement à Jonah. Mabel nous observe tour à tour. Quoi qu'elle puisse penser dans sa petite tête d'ado, elle s'abstient d'en faire part, trop occupée à dévorer un muffin au chocolat.

Papa ricane et parle à mi-voix :

– Eh bien, pour une surprise…

Son ricanement cesse et il se détourne pour cacher une grimace de douleur. En vain, car nous avons tous remarqué. Le bref moment d'insouciance se dissipe et un nuage ombrageux plane sur nous jusqu'au SUV de Jonah.

À ma grande incompréhension, ce dernier me balance ses clés.

– Attrape.

– Que veux-tu que j'en fasse ?

– Tu conduis.

– Très drôle, dis-je, prête à lui renvoyer ses clés quand je le vois soudain prendre place sur le siège passager. Jonah ? Tu te fous de moi ?

– Si tu croyais vraiment que j'allais continuer à être ton chauffeur personnel, tu te trompes. Allez, grimpe.

– Je prendrai des taxis, c'est rien, dis-je à travers la fenêtre ouverte.

– Monte, je te dis ! Tu commences tes leçons de conduite immédiatement !

Choquée, Mabel me dévisage.

– Tu ne sais pas conduire ?

Avec un soupir d'exaspération, je tends les clés à papa mais Jonah intervient.

– T'as pas intérêt, Wren.

– Désolé, ma grande, dit papa en levant son sac de médicaments. J'ai les mains prises, précise-t-il en faisant le tour du véhicule pour monter sur la banquette arrière.

– Je veux bien conduire, moi ! déclare Mabel avec enthousiasme, les yeux grands ouverts. Je sais comment on fait !

– T'entends ça, Calla ? Même Mabel peut conduire et elle a *douze ans* !

Je râle et grimpe à contrecœur derrière le volant.

– Ça ne m'étonne pas. Sérieux, Jonah, je ne veux pas faire ça maintenant.

Dans l'allée devant chez papa, je ne dis pas. Mais nous sommes en ville et il y a trois passagers sous ma responsabilité.

– Hé, fais-moi confiance, d'accord ?

Il s'est tourné vers moi et m'implore du regard. Comment lui dire non ?

– D'accord, dis-je en mettant les clés sur le contact. Mais que ce soit bien clair, c'est une très mauvaise idée.

– Tu commences à avoir l'habitude des mauvaises idées, non ? me chuchote-t-il.

– Tu es un gros malin, toi.

Et implacable avec ça. Toujours prompt à dégainer le mot qu'il faut pour relancer nos petites querelles. Sur le siège arrière, Mabel attache sa ceinture et râle.

– Vous arrêtez jamais de vous disputer !

– Parfois si, dit Jonah. Pas vrai, Barbie ?

C'est vrai, on se s'est pas disputés cette nuit. Ni ce matin. Deux fois de suite, ce matin !

Assis derrière moi, papa se racle la gorge.

– Reste sur la droite et tu t'arrêtes aux panneaux Stop. Tu vas y arriver.

– Et évite de renverser les gens sur le bord de la route, ajoute Mabel.

– J'en reviens pas, une gamine de douze ans me donne des leçons de conduite.

Je soupire et tourne la clé.

– Hé, mes pieds n'atteignent pas les pédales !

– Attends, fait Jonah en plaçant son bras dans le dos de mon siège tandis que l'autre se penche entre mes jambes pour actionner un levier en dessous qui m'avance vers le volant. C'est mieux comme ça ?

J'étire mes jambes.

– Oui, c'est mieux.

– Parfait, dit-il en posant une de ces larges mains sur mon genou avant de le serrer. Fais ce que je te dis et peut-être qu'on arrivera à la maison en un seul morceau.

Mon estomac se serre au moment où j'agrippe le volant. Tout à coup, les rues peu animées de la petite ville me paraissent bien trop agitées. Voilà qui risque de me distraire de ce qui arrive à papa. Je secoue la tête et tâche de rire de la situation.

Fichu yéti ! C'est pour ça qu'il me fait ce coup-là. Pour me distraire.

***

Au téléphone, Diana soupire dans mon oreille.

– Bon Dieu, Calla ! Oublie un peu cette histoire de chaussures, tu as d'autres choses en tête.

– Pas grave, j'ai presque fini.

Je change de fenêtre et teste les liens menant à la photo de Diana en plein centre-ville. Dans son dos se trouve une foule floue et bigarrée de piétons, de cyclistes et d'automobilistes en plein mouvement, attendant qu'un feu change de couleur. Il doit probablement y avoir un festival. Je peux presque sentir d'ici toute la frénésie de la ville. C'est fou ce que ça me manque.

– Les photos d'Aaron sont plutôt pas mal.

– M'en parle pas, il n'a pas arrêté de se plaindre ! T'imagines pas tout ce que j'ai dû lui promettre pour qu'il consente à les prendre, ces photos !

– Tu as raison, je préfère ne pas savoir.

Mais Aaron a fait un remplaçant tout à fait honorable. Diana soupire à nouveau.

– Alors, quand penses-tu revenir ?

La porte donnant sur le salon est fermée mais on peut tout de même entendre les éclats de rire de Mabel. Elle et papa sont en train de faire une partie de dames. Je baisse d'un ton.

– Dans un mois. Peut-être deux ? Je ne sais pas.

Possible que je reste plus longtemps que ça. Verrais-je tomber les premières neiges sur l'Alaska ? À part quelques chaussettes en laine, je n'ai pas la garde-robe adéquate pour supporter l'hiver.

– Bon Dieu, c'est long !

– Je sais, mais je suis certaine que je trouverai de quoi m'occuper.

– Comment va le Viking sexy ?

Houlà, si tu savais.

– Toujours sexy.

Un courant électrique me parcourt le corps, comme à chaque fois que je pense à Jonah. J'ai tellement de choses à confier à Diana, mais le moment est plutôt mal choisi.

– Diana ? Je te rappelle plus tard.

Je raccroche au moment où Agnès passe la tête dans l'entrebâillement de la porte.

– Il reste du poulet, si vous avez faim. J'en ai déjà mis une belle portion de côté pour Jonah.

Mabel et Agnès étaient arrivées vers quinze heures, pendant la sieste de papa. Elles avaient investi la cuisine, Mabel avec sa volaille du jour et Agnès avec un tas de carottes et de pommes de terres, ainsi qu'une laitue. Nous n'avions pas prévu de dîner ensemble mais leur visite m'a tout de même fait chaud au cœur.

Quand papa s'était enfin extrait du lit, la maison embaumait une délicieuse odeur de viande rôtie et chacun vaquait à ses occupations. Agnès lisait, Mabel jouait sur son portable et je travaillais sur mon ordinateur. On aurait dit que tout le monde habitait là. Papa n'avait rien dit. Il avait souri et s'était installé dans son Lazy Boy.

– Merci Agnès, mais j'ai déjà trop mangé, dis-je avant de retourner à mon écran.

Mais Agnès ne bat pas en retraite. Elle pose un pied dans la véranda et referme la porte coulissante derrière elle.

– Toujours sur le site ?

À quoi bon ?

– Non, je m'occupe.

Je change d'onglet – il y en a au moins trente d'ouverts – et vais sur les photos que j'ai prises depuis mon arrivée.

Agnès se rapproche.

– On dirait Kwigillingok. C'est une belle photo.

– Non, elle est moche.

– Ah ? Je trouve qu'elle est jolie, moi.

Plus je la regarde, moins je la trouve bien.

– Elle ne rend pas justice au paysage. D'ailleurs, aucune d'entre elles.

Agnès incline la tête, comme pour réfléchir à la question.

– Peut-être que cette photo a une histoire que je ne peux pas voir.

– Probablement.

Il faut admettre que la photo est pas mal. On est loin du grand terrain à l'abandon que maman m'avait décrit. Mais ce n'est jamais qu'une photo prise depuis un avion, elle ne raconte pas tout ce que j'ai vu de mes yeux : un tout petit village de trois cents habitants où vit une fillette à qui on avait livré un respirateur. Pas plus qu'elle ne retranscrit la sensation de se retrouver au bord du monde après y avoir atterri. Elle ne dit pas non plus que Jonah m'avait carrément tiré du lit ce matin-là. Qu'il était encore mon pire ennemi alors qu'il est désormais bien plus qu'un ami.

Agnès prend place sur un coin du siège en osier. Son regard se porte sur la véranda et vers le plafond. J'ai comme l'impression qu'elle veut parler.

– On est en plein été et on se croirait à Noël, déclare-t-elle.

– Bienvenue dans ma vie ! Chez nous, maman laisse des guirlandes dans le jardin toute l'année !

Que ça soit dans les buissons de lilas, les érables japonais ou dans le chêne centenaire pour lequel Simon paye des jardiniers une fortune, maman a disposé des petites guirlandes blanches. Ma décoration est bien kitsch à côté, mais ça donne tout de même une atmosphère cosy à l'ensemble.

Agnès observe les transformations que Mabel et moi avons apportées à la véranda.

– Ça doit être beau la nuit.

– Très beau. Nous y sommes venus la nuit dernière.

– Avec Jonah ?

– Oui.

– Humm…

Ignorant le sous-entendu, je retourne à mes photos. Lorsque je tombe sur celle de Jonah en train de couper du bois, mes doigts se figent et mon regard s'attarde sur sa posture de statue et sa peau mate qui semble être un prolongement du brouillard.

Agnès glousse.

– Voilà de quoi faire une bonne pub sur le site !

Prétendant ne pas rougir comme une pivoine, je remets à plus tard l'exploration de cette galerie photo.

– Marie est passée le voir samedi, dit-elle sur un ton badin. J'ai oublié de le prévenir.

– Pas étonnant.

J'ai répondu un peu sèchement. Mais l'angoisse me prend au ventre. Pourtant Jonah m'a assuré que c'était platonique entre eux, mais Marie ne partira jamais d'ici, elle. Elle aime l'Alaska et elle y restera. Et si Jonah changeait d'avis à son sujet ? Rien que de l'imaginer avec elle, ou avec n'importe quelle autre femme d'ailleurs, j'ai le cœur qui se serre.

– Vous lui avez dit que nous étions restés bloqués au refuge ?

– En effet.

Parfait, dit la petite voix jalouse dans ma tête.

J'arrive aux photos que j'ai prises de la cabane et je sens qu'Agnès m'observe intensément. Comme si elle avait entendu la petite voix. Mais elle ne dit rien, gardant secrètes ses pensées sur Jonah et moi.

– Mabel et moi aurions besoin d'aide, dit la petite femme. Max et Sharon s'en vont la semaine prochaine et nous pensions leur organiser une petite surprise. J'ai pensé que vous pourriez nous aider.

– Une fête ?

– Oui. On ferait la baby shower et la fête de départ en même temps.

J'hésite et parle à voix basse.

– Vous pensez que le moment est bien choisi ? Je veux dire, avec tout ce qui se passe…

Papa a rendez-vous en fin de semaine avec Aro pour le rachat de la compagnie. Et il vient seulement de quitter l'hôpital. Il va lui falloir un peu de temps pour se remettre. De plus, nous sommes tous encore sous le choc de la nouvelle.

– Quand, si ce n'est maintenant ? dit Agnès, son regard noir tourné vers les champs et vers un vol régional en train d'amorcer sa descente. Ils seront partis depuis longtemps quand Wren va…

Sa voix s'affaisse et elle déglutit avant de reprendre.

– Que nous le voulions ou non, la vie va continuer, Calla. Nous connaîtrons le deuil, mais en temps voulu. Max et Sharon nous quittent, leur bébé arrive et il faut que nous célébrions le temps passé en leur compagnie pendant que nous le pouvons. Tous ensemble. C'est la seule chose à faire.

Un sourire s'étire sur son visage et ses yeux se mettent à briller.

– En plus, je sais que Wren sera heureux. Il a toujours aimé les grandes fêtes.

Je pousse un soupir. Elle a raison.

– Bien sûr. Je vous aiderai.

– Formidable. J'ai déjà commandé un assortiment de biscuits et des décorations, ça arrivera d'un jour à l'autre.

– J'imagine qu'Amazon Prime ne livre pas dans le coin ?

Nous rions de concert. Soudain, la petite femme fronce les sourcils d'un air sérieux.

– Vous savez, je crois que je ne vous ai jamais remerciée d'être venue.

Elle tend la main et la pose sur mon bras.

– C'est une bonne chose que vous soyez là avec nous, dit-elle. Je ne vois pas comment nous pourrions faire ça sans vous.

J'ai un picotement dans la gorge. La pauvre Agnès a aussi eu à souffrir des actions de mon père et, bien que ses sentiments ne soient pas réciproques, elle est toujours là, lui accordant son amitié, son amour et son soutien. Combien de cœurs papa a-t-il brisé, juste pour s'être assis dans un bar près de maman ? S'ils avaient su de quoi l'avenir serait fait, auraient-ils renoncé à s'aimer ? Quelque chose me dit que non.

– Je ne crois pas non plus vous avoir remerciée pour votre coup de fil.

Cette nuit, assise sur le perron près de Simon une chaussure à la main, me semble si loin. Agnès inspire profondément.

– Ça a été le coup de fil le plus difficile de ma vie, après celui que j'ai passé aux parents de Derek pour leur annoncer son accident.

Dire que je n'avais entendu que la voix d'une étrangère cette nuit-là. Celle d'une femme qui, contrairement à moi, avait la chance de faire partie de la vie de papa. C'est étrange. Je me sens désormais si proche d'elle.

– Vous lui en voulez ?

Les lèvres d'Agnès tremblent légèrement et se pincent fermement, chassant une des rares émotions que la petite femme ait laissé entrevoir jusque-là.

– Je l'aime et je suis là pour lui, dit-elle. C'est tout ce qui importe.

Cette femme est la patience incarnée. Elle aurait été l'épouse rêvée pour papa. Elle est l'épouse rêvée.

– Agnès ? On peut se tutoyer ?

Son visage s'éclaire d'un grand sourire.

– Bien sûr Calla, avec plaisir.

La porte coulissante s'ouvre et Jonah nous rejoint avec une assiette généreusement garnie. Mon cœur bondit dans ma poitrine.

– Ça a l'air délicieux, Aggie.

Avec une tape sur le bras, Agnès se lève et ramasse mon assiette en sermonnant Jonah.

– Je t'attendais plus tôt, toi.

– J'ai paumé un aileron sur le chemin du retour.

Il pose sur son épaule une main amicale et s'installe à sa place. Son corps massif et chaud se presse contre moi tandis qu'il enfonce sa fourchette dans le poulet.

– Salut.

Nous ne nous sommes pas embrassés depuis ce matin. Je meurs d'envie de me pencher vers lui et d'assouvir ce désir mais je me retiens. C'est le genre de chose que font les couples, or nous n'en sommes pas un. Que sommes-nous d'ailleurs, à part deux âmes en peine se réconfortant l'une l'autre alors qu'un de nos proches est sur le point de mourir ?

Peut-être qu'en un sens, nous n'avons pas besoin d'être quoi que ce soit d'autre.

– Tu as perdu un aileron ?

– Ouep, il a dû s'éclater sur le gravier à ma dernière livraison.

– Et c'est dangereux ?

– Considérant que j'en ai besoin pour diriger l'avion, un peu.

– Mais ça va ?

La bouche pleine, il sourit.

– Je suis là, non ?

Les souvenirs de la carlingue de Betty et de Jonah en sang me reviennent en mémoire. C'était il y a seulement une semaine. Même pas, juste quelques jours ! À croire qu'il y a des incidents tout le temps. C'est donc ça le quotidien auprès de Jonah ? Le voir rentrer le soir et l'entendre raconter les dangers mortels qu'il a encourus comme s'il s'agissait d'une banale journée de boulot ? Je crois que je commence à comprendre les peurs de maman. Après seulement quelques jours passés à ses côtés, j'ai l'estomac noué à l'idée du moindre incident. Peut-être parce que j'en ai été témoin. Ou alors, comme maman, je ne suis pas faite pour cette vie-là.

– Pourquoi tu fais cette tête ?

– Rien, juste… c'est rien.

Qu'étais-je supposée dire ? C'est sa vie, pas la mienne et il la met en danger s'il le veut. Notre relation n'est que temporaire. Il jette un œil pardessus son épaule, comme pour s'assurer qu'on ne nous écoute pas.

– J'ai mis un peu d'ordre dans mon planning de demain. Je me suis dit qu'avec ton père, on pourrait tous les trois prendre Veronica et aller se balader quelque part dans la matinée. Tu passerais plus de temps avec lui et dans les airs. Je serais son copilote.

– Ça a l'air cool comme idée.

Et très attentionné. Un petit frisson d'excitation s'éveille en moi.

– On irait où ?

Jonah hausse les épaules.

– N'importe où. Il y a tant de choses à voir. Tu as tout juste effleuré l'Alaska.

Mon cœur se charge d'émotion. Jonah est formidable de vouloir faire ça pour nous et pour papa.

– Tu penses qu'il acceptera ? Je l'ai entendu parler avec Agnès et il compte aller travailler demain.

– Parce que tu crois qu'on va lui laisser le choix ?

Il pique dans une carotte.

– Il viendra, même si je dois le porter comme un sac de patates.

Une vague de gratitude s'abat sur moi. Je me jette à son cou et le serre fort contre moi.

– Merci, dis-je en lui mordillant le lobe.

Jonah pousse un râle de plaisir très similaire à ceux qu'il poussait ce matin, son corps plaqué contre mon dos. Je ferme les yeux, rêvant de revivre la scène.

– Hey !

Mabel passe la tête par la porte fenêtre et je m'écarte vivement de Jonah. Quelque chose dans son regard me dit qu'elle commence à comprendre ce qui se trame entre nous.

– On va regarder *Coup de foudre à Notting Hill*, ça vous dit ? Maman fait du pop-corn.

Jonah reprend son repas.

– Mouais, on va voir.

Vu son ton, il aurait pu tout aussi bien dire « Y'a pas moyen ».

– On arrive dans quelques minutes, interviens-je, chassant la déception du visage de la jeune fille.

Une fois cette dernière partie, je me tourne vers Jonah et embrasse son épaule.

– Ne sois pas con, tu veux ?

Il soupire, exaspéré.

– D'accord, voilà ce que je te propose.

Il mâche lentement et fait durer le suspens. Puis, son regard plonge dans le mien.

– Je vais là-dedans et je regarde ce que tu veux. Mais quand Wren sera endormi, tu viens chez moi.

Une boule d'angoisse me prend au ventre.

– Quoi ? Genre me barrer en douce de chez papa, comme une vulgaire adolescente, tu veux dire ?

Son front se plisse.

– Comment ça en douce ? Tu ne veux pas que ça se sache ?

– C'est pas ça, c'est juste que… Ce serait juste plus simple si on gardait ça pour nous. Pas besoin de s'encombrer d'explications.

Il hausse les épaules.

– OK, pas de souci pour moi, tant que tu es dans mon lit ce soir et tous les autres soirs de ton séjour.

– Même si je reste six mois ?

Son regard glisse vers mes lèvres.

– Je comptais un peu là-dessus.

J'en ai tellement le souffle coupé que je dois me rappeler de respirer.

– Marché conclu.

Jonah fronce à nouveau les sourcils.

– C'est quoi cette tête ?

– Rien, je viens juste de me rappeler d'un truc que papa m'a dit.

Je repense à ce qu'il a dit à propos de maman et lui, qu'il savait que ça n'aurait jamais fonctionné à terme mais qu'il avait été incapable de lutter.

Je comprends, papa. Je commence à comprendre.

CHAPITRE 25

– Il y a vraiment des gens qui font volontairement ça pendant toutes leurs vacances ?

Les bras croisés, je rajuste ma position sur le strapontin pour la millième fois depuis notre départ. Cela va faire trois heures que nous sommes entassés comme des sardines sur le petit bateau de pêche que nous avons loué. J'ai des crampes à force de tenir la canne à pêche que Jonah m'a donnée, je pue l'anti-moustique et je commence à m'impatienter.

– Non seulement ils sont volontaires, mais en plus ils payent cher pour ça, réplique papa en tirant une prise. Nous faisons des dizaines de milliers de dollars chaque année en amenant des touristes à la pêche !

– Oh, je crois que j'en ai un ! crie Mabel en se penchant en avant. Ah, non, fausse alerte.

La jeune fille nous décoche le même sourire penaud que les onze dernières fois où elle a pris un remous pour un poisson. Une mouche volette autour de moi et je la chasse avec la main.

– On va encore attendre longtemps ? J'aimerais bien qu'on s'en aille, moi.

– Si vous continuez à jacasser toutes les deux, on n'attrapera jamais rien, dit Jonah. Vous faites peur aux poissons !

Il est étendu sur sa chaise juste à côté de moi, ses pieds bottés sur le bastingage et sa canne à côté de lui. Son habituelle casquette est baissée sur son visage et il porte ses lunettes de soleil. Il pourrait poser en couverture d'un magazine de mode. Pendant deux heures, il m'avait décoché des regards en coin, me faisant fantasmer par avance la nuit que nous allions passer ensemble ce soir. Puis, Mabel m'avait demandé pourquoi je rougissais tant, m'obligeant à remettre ces pensées à plus tard.

– Alors n'attrapons rien et partons, dis-je. J'ai envie de faire pipi.

Mon père ricane. Jonah pousse un soupir excédé mais il bascule la tête en arrière et m'adresse un de ses petits sourires prétentieux, qui lui donnent un air odieux et séduisant à la fois.

– *On s'en branle de la pêche*, lui dis-je en silence.

– *On s'en quoi ?* réplique-t-il, un petit sourire diabolique au coin des lèvres en détaillant les miennes, des pensées salaces lui traversant manifestement l'esprit.

– *Arrête ça !*

– Un souci avec le choix du guide, Barbie ? dit-il d'une voix forte, sans se départir de son sourire.

Mon envie de protester fond comme neige au soleil et je lui rends un sourire sincère.

– Non, c'est parfait. J'aime la pêche.

Il fait moche et je meurs d'envie de balancer cette maudite canne dans la flotte. Pourtant, je sais que je finirai par repenser à tout ça avec une nostalgie toute particulière – la frêle barque, les fausses alertes de Mabel et la sinistre quiétude de ce lac éloigné de tout, au beau milieu de l'Alaska.

Les trois jours que nous venions de passer avaient été absolument parfaits. Papa avait pu faire ce qu'il aimait le plus au monde – voler – et j'étais restée à ses côtés, ravie du sourire heureux qui ne l'avait jamais quitté. Chaque matin, pendant plusieurs heures, nous avions exploré les cieux de l'Alaska, survolant de vastes plaines, des glaciers, pénétrant de profondes vallées où nous avions pu apercevoir des ours bruns.

Chaque soir, nous retournions chez papa et passions la soirée à cinq, comme une vraie petite famille, emplissant le petit salon d'ordinaire si morne d'une vie nouvelle, avec des dîners et des soirées que personne n'avait prévus mais dont nous avions toutes et tous grand besoin. Chaque nuit, une fois papa endormi, je filais en douce et allais chez Jonah, m'assurant d'être de retour au matin juste avant son réveil.

Jonah tend la main vers ma jambe et la serre, un sourire entendu sur le visage. Puis, il reporte son attention vers sa canne à pêche. Un silence réconfortant s'impose sur le bateau et chacun de nous se plonge dans ses pensées. Quelques instants plus tard, le silence est interrompu par Mabel.

– J'ai faim.

Papa éclate de rire mais Jonah râle franchement.

– Bon sang de bon Dieu ! C'est la dernière fois que je vais pêcher avec des gosses !

Je lui masse l'épaule pour apaiser sa mauvaise humeur, mais c'est davantage une excuse pour pouvoir le toucher.

– Tu n'as pas ramené des en-cas ? Genre un peu de bœuf séché d'Ethel ?

– Du bœuf séché ? dit Mabel, d'un air circonspect. Mais on ne fait pas de bœuf séché dans les villages. Ils n'ont même pas de vaches !

Papa fait la grimace et mon estomac se révulse.

– Jonah… Qu'est-ce que tu m'as fait manger ?

***

– Ta mère les suspendait un peu partout autour de la maison, dit papa en indiquant du doigt le dessus des volets avant de fixer son regard sur le plafond de la véranda. Mais je crois que je préfère ce que tu as fait là.

– La nuit, c'est plutôt sympa.

– Il faudrait que je reste éveillé une nuit, histoire de voir ce que ça donne.

Il jette son mégot dans une canette vide et tire la porte coulissante en ajoutant :

– Qui aurait cru qu'une simple matinée de pêche me flinguerait à ce point !

Tandis que je l'observe, une boule se forme dans ma gorge. Il a le teint cireux. Plusieurs fois cet après-midi, il s'était éclipsé pour faire la sieste et ses quintes de toux se font de plus en plus fréquentes, lui arrachant des grimaces de douleur. Les deux derniers soirs, j'avais remarqué que son assiette était moins remplie que celle de Mabel.

– On devrait peut-être rester tranquilles demain, dis-je. Tout ce mouvement, ce n'est pas très bon pour toi.

Il balaye ma remarque d'un geste de la main.

– Non, je vais bien. Une bonne nuit de sommeil et je serai sur pieds.

Comme j'aimerais le croire.

– Jonah m'a parlé d'une réserve naturelle d'ours pour demain ?

– Probablement Katmai, confirme papa, en se grattant pensivement le menton. Cela fait des années que je ne suis pas allé là-bas. J'espère qu'il a appelé Frank.

– C'est un guide avec qui tu as travaillé, c'est ça ?

Il hoche la tête avec fierté.

– Oui, absolument. J'espère qu'il va bien, je ne l'ai pas croisé depuis un bout de temps. Ça sera sympa de le revoir.

Le revoir une dernière fois, me dis-je, le cœur lourd. Papa commence à rentrer.

– Bonne nuit, papa.

– Bonne nuit, ma grande, dit-il avant de s'immobiliser sur le palier. Dois-je en déduire que tu as pardonné à Jonah ?

Je souffle lourdement.

– J'en sais encore rien.

– Vois le bon côté des choses, tu n'es pas morte de faim à la cabane.

– Du rat musqué, papa ! Il m'a fait manger du rat musqué, tu te rends compte ?

Cette révélation m'avait envoyée vomir par-dessus bord et j'avais gardé les dents serrées face à mon estomac révulsé durant tout le trajet du retour. Je ressens encore le besoin irrépressible de me gratter la langue.

– C'est la spécialité d'Ethel, dit papa. C'est très réputé dans les environs. Et puis, tu as aimé ça, non ?

– Du rat musqué, papa !

Il ricane.

– D'accord. Bon, il y a presque cinq cents kilomètres d'ici au parc et il va falloir se lever tôt. Alors rends-moi service, si tu lui as assez pardonné pour filer à nouveau en douce chez lui cette nuit, réveille-moi quand tu reviendras demain matin.

J'en ai la mâchoire qui tombe. Papa sourit.

– Je suis peut-être malade, mais pas aveugle, Calla. Mais c'est bien. Je… Je suis heureux que vous soyez là l'un pour l'autre.

– Tu ne me dis pas que je suis en train de faire une grosse erreur ?

– Penses-tu être en train d'en faire une ?

Oui. Enfin, non.

– Je sais que c'est provisoire, dis-je. Il a sa vie ici et je vais finir par rentrer.

Je ressens le besoin de me confier là-dessus, histoire que papa n'imagine pas que je suis une petite écervelée romantique prenant Jonah pour ce qu'il n'est pas. Quant à moi, je ne peux pas imaginer notre relation comme autre chose que ce que nous vivons en ce moment. Pour moi, Jonah est synonyme de l'Alaska.

Papa m'adresse un sourire doux.

– J'ai bien des regrets, ma grande. Mais être tombé amoureux de ta mère n'en fait pas partie.

Là-dessus, il disparaît à l'intérieur de la maison.

***

Les yeux écarquillés, Agnès scanne le lobby de Wild, décoré de ballons et de banderoles bleues et vertes. Nous avions profité de la pause déjeuner de Max et Sharon pour leur faire la surprise.

– C'est génial, Calla. Vraiment ! La nourriture ne va plus tarder !

– J'avoue avoir fait des cauchemars de ces maudits cupcakes, cette nuit.

Sur la droite, près de la réception, des tables pliables sont couvertes de plateaux de cupcakes.

Mabel et moi avions passé la journée de la veille à les décorer à la main – douze douzaines de cupcakes ! Le soir, j'étais tellement épuisée que je m'étais endormie pendant que Jonah se brossait les dents.

Je demande :

– Combien y aura-t-il d'invités ?

– Plus que prévu, dit Agnès avec un rire crispé. Le mot a circulé jusqu'aux villages et ils feront leur possible pour venir.

Je n'avais pas réalisé combien Max et Sharon étaient populaires.

– Ce serait sympa que quelqu'un aille les chercher. Sais-tu où est mon père ?

– En ville, avec ses avocats. Il y a un paquet de papiers à finaliser pour Aro.

Elle soupire lourdement et observe le lobby.

– Il va bientôt y avoir du changement par ici.

– Pas aujourd'hui, Agnès.

Avec un sourire, elle me tapote amicalement le bras.

– Non, pas aujourd'hui.

– Bon, si tout est prêt, je vais retourner en vitesse à la maison et me laver. J'ai encore du glaçage plein les cheveux, merci Jonah.

J'en ai aussi qui colle à la peau depuis que ce dernier avait insisté pour en lécher sur mon corps, mais Agnès n'a pas besoin de savoir ça. Elle jette un œil à ma chevelure en désordre et m'adresse un de ses sourires discrets bien typiques.

***

Je suis Jonah le long du buffet tandis qu'il énumère les plats que j'essaie d'identifier.

– Viande d'élan, hot-dogs de renne, saumon royal, caviar de hareng, bannock… c'est du pain, je pense que tu vas aimer.

Le lobby fourmille d'activité. Il y a près de quatre-vingts invités, la plupart de Bangor mais certains sont également venus des villages en remontant la rivière. Un brouhaha de rires et de conversations amicales emplit les lieux. Agnès avait raison, nous avions bien besoin d'une petite fête. Jonah désigne un plat de cubes gluants et jaunes, avec une sorte de longue peau noirâtre sur le côté de l'assiette.

– Ça, tu ne vas pas aimer.

À mon tour, je lui montre un plat qui ressemble à du fromage blanc aux fruits rouges.

– Et ça, c'est quoi ?

– On appelle ça de la glace eskimo.

– Il y a du lait dedans ?

– Non, et tu ne vas vraiment pas aimer ça.

Une voix familière s'élève dans notre dos.

– Elle ne le saura que si elle y goûte, Tulukaruq.

Jonah jette un œil par-dessus son épaule et affiche un air surpris en découvrant la vieille femme dont la tête est enrubannée d'un foulard rose.

– Ethel ! Deux fois en deux semaines, c'est rare !

– Je ne suis pas venue seule. Joséphine est là aussi.

Elle pointe l'index vers le distributeur d'eau près duquel se tient une jeune femme d'une vingtaine d'années avec une épaisse chevelure noir de jais qui lui tombe jusqu'aux fesses. Dans une large écharpe, elle tient contre sa poitrine un bébé potelé d'à peu près huit mois. Ses cheveux sont noirs et il tourne de grands yeux curieux sur chaque convive présent dans le lobby.

– Qu'il est grand ! s'étonne Jonah.

Comme si elle l'avait entendu, Joséphine se tourne vers lui et lui adresse un salut de la main.

– Donne-moi une seconde, Ethel.

Puis, avec une gentille tape sur l'épaule de la vieille femme, Jonah file droit vers Joséphine et son bébé. Je l'observe tandis qu'il discute avec elle, un large sourire ravi sur le visage.

– Tulukaruq est un grand sensible, dit Ethel. Et je crois qu'il a un faible pour les enfants.

Elle porte le même maillot des Knicks que la dernière fois. Je me demande si c'est une vraie fan ou si le vêtement lui tient juste chaud. Je demande :

– Pourquoi l'appelez-vous comme ça ?

Elle avait déjà prononcé ce nom chez Meyers.

– Cela signifie « corneille ». Il aide les gens mais c'est aussi un vrai farceur !

– Je vois, dis-je en riant. C'est totalement approprié !

Tulukaruq. Je vais l'appeler comme ça, à partir de maintenant.

Joséphine enlève son bébé de la grande écharpe et le tend à Jonah pour qu'il le prenne dans ses bras. Mon cœur se serre d'émotion devant la scène. Jonah soulève délicatement le petit corps dodu entre ses larges paumes et l'amène au-dessus de son visage pour qu'il touche sa barbe. Il rigole, vite imité par le bébé. Quel père fabuleux il serait. Un fabuleux papa. Qui fondera une famille en Alaska.

– La corneille et sa femme l'oie, dit Ethel.

– Pardon ?

Je me tourne vers elle et découvre son regard plein de sagesse qui me fixe.

– Comme dans le conte. Jonah est une corneille et vous êtes sa femme, l'oie.

La vieille femme me scrute un long moment puis m'adresse un sourire triste, comme si elle avait compris tout ce qu'il y avait entre nous. Serait-elle en train de suggérer que nous devrions nous marier ?

Une voix masculine s'élève dans le lobby.

– Votre attention, s'il vous plaît !

Je me retourne vers la réception en ressentant un picotement sur la peau. Les mains levées en l'air, Max est juché debout sur une chaise pour attirer l'attention générale.

– Sharon et moi-même tenions à toutes et tous vous remercier d'être venus ! Notre pot de départ n'aurait pas pu être plus beau ! Merci d'avoir fait de notre séjour en Alaska le plus merveilleux qui soit !

Max sourit et il poursuit d'une voix plus feutrée.

– Je dois l'admettre, notre arrivée ici a été un choc pour nous. Je ne vais pas prétendre que les longs hivers vont me manquer, même s'ils ont fini par avoir certains avantages.

Il désigne Sharon et son ventre rond en gloussant et quelqu'un émet un sifflement dans l'assistance.

– Les seaux à miel de certains villages ne vont pas me manquer non plus !

L'assistance rigole à sa blague. Il faudra que je pense à demander ce que c'est qu'un seau à miel.

– En revanche, les gens d'ici vont nous manquer. Vous tous. Vous êtes si attentionnés, si solidaires et travailleurs. Peu importe où nous irons, nous ne retrouverons plus jamais ce sentiment, j'en suis certain.

Parmi les invités, certains hochent fièrement la tête, d'autres sourient et il y a même quelques larmes versées. Max met la main sur son cœur. Sa sincérité est palpable.

– Du fond du cœur, nous vous remercions. Soyez assurés que nous reviendrons vous voir aussi vite que possible pour vous présenter notre Thor !

Sharon se racle la gorge et lui lance un regard assassin. Max fait un rictus.

– Bon, d'accord, on n'est pas encore bien fixés sur le nom du petit, mais si vous pouviez me rendre un service : commencez à l'appeler comme ça. Le moment venu, elle pourra difficilement me le refuser !

Sa remarque provoque l'hilarité générale et même si Sharon secoue la tête, elle glousse aussi.

– Encore une chose, reprend Max. J'ai un remerciement tout à fait spécial à adresser à quelqu'un.

Il se tourne vers Jonah, qui a toujours le bébé dans ses bras.

– Mec, ça te va trop bien d'avoir un bébé !

Nouvelle vague d'hilarité dans l'assistance.

– Plus sérieusement, Jonah. Grâce à toi, j'ai appris plus de choses sur le pilotage en trois ans que dans toute ma vie. Ne te méprends pas, pour moi, tu es toujours un putain de taré ! Tu ne t'es pas posé une fois, ni deux fois sur ces montagnes là-haut, mais trois putains de fois pour sauver des gens en difficulté. Tu es peut-être taré, mais tu sais piloter comme personne et j'espère de tout cœur qu'on retravaillera ensemble un jour.

Jonah lui adresse un rictus.

– Reviens en Alaska et ton souhait se réalisera aussitôt ! Moi, je ne bouge pas d'ici. Pour rien au monde !

Tous les convives rient de concert. Quant à moi, je sens mes poumons qui se contractent.

Sans surprise, Jonah ne quittera jamais l'Alaska. Je le sais depuis notre premier baiser et chaque nuit depuis, quand son corps est contre le mien et qu'il me prend dans ses bras pour me mener tendrement dans ceux de Morphée, j'essaye de balayer cette pensée de mon esprit. Sachant cela, je vais quand même à lui, jour après jour, nuit après nuit, profitant pendant que je le peux de tout ce qu'il a à m'offrir.

Je ne me serais jamais attendue à ressentir cela pour lui. Je ne suis pas encore partie et je souffre déjà de son absence.

– Un peu qu'on va revenir, dit Max en ricanant. Cinq ans, grand maximum !

Puis, il se tourne vers mon père qui s'est dissimulé dans un coin. Le jeune homme joint les mains devant lui et sourit calmement.

– Wren, je tiens à te remercier de m'avoir engagé et…

– Remercie Agnès, l'interrompt-il. C'est elle qui m'a glissé ton CV et qui t'a dégotté l'entretien !

Agnès hausse les épaules.

– Il avait un beau sourire sur la photo.

Nouvelle vague de rires dans l'assistance. Max poursuit.

– Tu n'as pas fait que me donner un boulot, tu as aussi engagé Sharon. Si tu ne l'avais pas fait, nous serions devenus fous tous les deux, et je pense que tu le sais. Les hommes mariés savent de quoi je parle, pas vrai ?

L'assistance masculine acquiesce en murmurant.

– Bref, je te dois beaucoup. J'ai tellement de souvenirs avec toute la famille de Wild. Sharon et moi avons passé des nuits blanches à tout nous rappeler. Tu te souviens de la tempête en janvier dernier ? Il a probablement fait moins vingt degrés pendant pas loin de vingt-cinq jours ! On a failli tous devenir dingues, mais l'équipe a lancé de la musique hawaïenne et préparé de la bouffe des îles, un vrai luau traditionnel. Tu t'es pointé en jupe palmier et soutien-gorge en noix de coco ! J'ai les photos ! Et l'hiver dernier, quand nous avons creusé un igloo qu'on a éclairé à la bougie. Quel barbecue d'anthologie on s'est fait dedans ! On se serait cru en été sauf qu'on avait les poils du nez tout gelés !

Il marque une pause et pousse un soupir nostalgique.

– Mon ami, on a tellement de bons souvenirs avec toi, avec vous tous, dit-il en levant la main au ciel. Je m'excuse encore pour le papier peint ! Je ne sais pas si ces canards ont une valeur sentimentale mais je te jure que c'est entièrement la faute de Jonah. C'était son idée.

Papa secoue la tête et ricane.

– Je crois que ce que j'essaye de dire, c'est… merci. Merci de m'avoir donné la chance de voler pour toi, au sein de cette belle famille, pour les rires et…

Il baisse les yeux, s'éclaircit la voix et quand il relève la tête, son regard brille. Il conclut d'une voix rauque :

– Tu vas horriblement me manquer.

Sharon porte la main à sa bouche et baisse la tête pour dissimuler les larmes qui ruissellent sur son visage. Dans l'assistance, plusieurs personnes reniflent. Lorsque je m'en sens le courage, je scanne l'assemblée et remarque le nombre de gens qui ont les yeux tristes, la mâchoire crispée et des sourires résignés. Tous nous savons ce que les mots de Max signifient vraiment.

Soudain, la fête ne semble plus être le pot de départ de Sharon et Max. Mais un dernier adieu à cet homme paisible caché dans son coin. Un homme aux épaules voûtées. Au visage cireux et abattu. Son regard fatigué et son sourire stoïque disent tout haut ce que j'ai refusé d'admettre. Tout à coup, l'air dans le lobby semble s'être épaissi. Trop de regards et trop de bruit.

Contournant discrètement le buffet, je me dirige droit vers le bureau, passe devant la salle du personnel, puis dans un couloir menant vers un entrepôt. Les grandes portes donnant sur l'extérieur sont ouvertes. Une brise chargée par l'humidité du brouillard s'immisce à l'intérieur. Je cours vers le hangar, vide, car tous les membres du personnel assistent au discours. Veronica est là, probablement dans l'attente d'un contrôle technique. Je grimpe à bord et me recroqueville sur le siège du pilote, celui qu'occupe papa. Ma main passe sur le levier.

La réalité m'a finalement rattrapée. Le visage entre les genoux, je laisse les larmes couler.

***

La portière s'ouvre en grinçant. Pas besoin de lever les yeux, je sais d'instinct que c'est Jonah.

Après un long moment, il pose les mains sur mes épaules en un geste apaisant.

– Son état empire.

Je redresse la tête et pose le menton sur mes genoux. Je suis probablement toute rouge et gonflée.

– Pendant toutes ces années, je pouvais l'appeler. J'aurais dû le faire. Maintenant, c'est trop tard. Toi, Max, les autres, vous avez tellement de beaux souvenirs d'hiver, de musique hawaïenne et de canards à la con, alors que je n'aurai rien de tout ça ! Je n'ai plus assez de temps pour me forger des souvenirs.

Moi qui croyais avoir pleuré toutes les larmes de mon corps, en voilà de nouvelles qui menacent.

Pendant douze ans, j'ai ruminé tout ce que Wren Fletcher n'était pas. J'aurais dû avoir le cran de venir me rendre compte de tout ce qu'il était. Un ange passe. Jusqu'à ce qu'enfin, Jonah pousse un long soupir.

– Tu aurais dû l'appeler. Il aurait dû aussi. Ta mère aurait dû rester ou il aurait dû partir. Qui sait où tel ou tel choix vous aurait menés, mais tu ne peux plus rien y changer maintenant, ça ne sert à rien de te poser la question.

Son pouce trace des cercles apaisant juste sous ma nuque.

– Mon père et moi, on ne s'entendait pas très bien, reprend-t-il. Entre nous, il y avait une vraie lutte de pouvoir. Il prenait très mal le fait de ne pas contrôler ma vie. Il a dit bien des saloperies pour lesquelles il ne s'est jamais excusé. Couper le cordon et être venu ici était la bonne chose à faire, je l'ai su dès que j'ai pris la décision. Pourtant, les derniers jours avant sa mort, alors que je le regardais partir et l'écouter s'excuser pour avoir voulu faire de moi ce que je n'étais pas, je ne cessais de ruminer, encore et encore, cherchant ce que j'aurais pu dire ou faire. On peut passer sa vie entière à ruminer, ça ne règle rien.

Il retire sa caquette et la dépose sur un de ses genoux.

– J'ai trouvé cette casquette dans son placard, quelques jours après son enterrement. Il y avait un carton plein d'affaires de l'Air Force – casquettes, pulls, vestes. Tout était neuf, avec les étiquettes et il y avait aussi un mot qu'il avait écrit pour moi, où il disait qu'il m'aimait et combien il était fier que je m'engage dans l'armée. J'ai supposé qu'il avait prévu de m'offrir tout ça une fois que j'aurais signé mais quand j'ai renoncé, il a tout remisé dans ce placard pour oublier.

Jonah se pince les lèvres avant de reprendre.

– Il est mort il y a cinq ans et chaque fois que je regarde cette saleté de casquette, je me sens coupable.

Je balaye les larmes de mes yeux et Jonah me caresse lentement le bras.

– Tu n'es pas seule. Je suis là. Tu es là et nous allons traverser cette épreuve ensemble.

– Même quand je serai à Toronto ?

Son torse se gonfle.

– On a inventé un truc très pratique qui s'appelle le téléphone.

– Jamais entendu parler.

– J'oubliais. Tu n'aimes pas parler au téléphone, même à tes amis.

Il avait dit ça sur le ton de l'humour mais malgré tout, l'angoisse me prend au ventre.

– Alors, c'est ce qu'on est ? Des amis ?

Jonah jure dans sa barbe et un soupir s'échappe de ses lèvres.

– On est surtout compliqués.

– Est-ce que la femme l'oie te dit quelque chose ?

Il y a un silence et Jonah rigole en renfilant sa caquette.

– Ethel et ses histoires, je te jure.

– Elle a dit que tu étais une corneille et moi sa femme l'oie. Qu'est-ce que ça veut dire ?

– C'est un conte débile pour les enfants. Une corneille tombe amoureuse d'une oie.

– Que se passe-t-il après ?

Il se mordille la lèvre, semblant se demander s'il doit continuer l'histoire.

– Très bien, dis-je en dégainant mon portable. Je vais la chercher sur Google.

Il me prend la main et pousse un soupir résigné.

– Ils passent l'été ensemble et lorsque l'oie doit partir pour migrer avant les premières chutes de neige, la corneille veut la suivre en direction du sud. Mais la migration lui coûterait la vie. N'ayant pas le choix, elle laisse l'oie s'en aller.

– Pourquoi l'oie ne reste-t-elle pas ?

– Parce que c'est une oie et qu'elle ne survivrait pas à l'hiver, conclut-il à contrecœur.

Mon cœur se serre dans ma poitrine.

– Elle n'est pas si bête, cette histoire.

En fait, on dirait la nôtre. Le visage de Jonah indique que la similitude ne lui a pas échappé non plus.

– Peut-être pas.

***

Lorsque je gare le SUV de Jonah sur le parking de Wild, lui et papa sont dans le hangar avec Veronica. J'ai l'esprit étonnamment léger aujourd'hui. Le ciel est bleu et le soleil brille. C'est la plus belle journée depuis mon arrivée, il y a trois semaines.

Je demande :

– Tu as terminé la compta, Jonah ?

– Ouep.

Il a les bras croisés et son visage est autoritaire.

– Qu'est-ce qui se passe ?

– Rien, répond papa en souriant.

J'essaye de ne pas tenir compte de l'angoisse qui m'étreint. Ses yeux sont creusés et il a maigri. Au dîner, il a à peine mangé et il dormait encore lorsque je suis revenue de chez Jonah ce matin.

– Bon, on va où aujourd'hui ?

– Toi et moi, on va se faire un petit tour du coin, ma grande, dit papa.

– Juste toi et moi ?

Je jette un œil vers Jonah qui serre la mâchoire. Voilà qui explique sa mauvaise humeur, il n'est pas invité. Papa lui adresse un sourire rassurant.

– Ça va aller. C'est juste pour cette fois.

Je retiens ma respiration en guettant la réaction de Jonah.

Au bout d'un moment, il opine du chef et abandonne.

***

La main sur le levier, papa observe le ciel avec un sourire ravi.

– Tout va bien ? demande-t-il dans le micro-casque.

– Oui.

– Tu es sûre ?

– C'est juste que c'est la première fois que je vole sans Jonah. Ça fait bizarre.

Papa ricane.

– C'est un peu ta Jillian, alors. Tu sais, la poupée de George ? Il te rassure.

– Jonah, un petit Hawaïen ! Ironique, hein ?

Je repense à notre premier vol ensemble, dans ce minuscule Cub. Les choses étaient bien différentes à ce moment-là.

– Vous en avez fait du chemin, tous les deux. J'en suis ravi.

Je l'entends soupirer lourdement dans son micro.

– Je lui laisse cet avion. Archie et Jughead aussi. Ils ne sont pas dans le contrat de vente avec Aro.

– C'est bien. Il en prendra soin.

– Je lui laisse aussi sa maison. C'est pas grand-chose mais au moins il aura un toit au-dessus de la tête.

– Papa, j'ai pas envie de parler de…

– Je sais. Mais fais-moi plaisir et écoute-moi.

L'esprit embrumé, je l'écoute énumérer son leg – la maison, sa camionnette, son jeu de dames qu'il laisse à Mabel. Tout l'argent de la vente de Wild me revient.

Je n'y tiens plus.

– Papa, pourquoi as-tu voulu qu'on soit seuls ?

Sûrement pas uniquement pour parler de son testament. Il aurait pu aborder ce sujet à terre. Il garde longtemps le silence avant d'avouer :

– J'ai parlé à ta mère hier soir.

– Sérieux ? Elle a appelé ?

– Non, c'est moi. J'ai pensé qu'il était grand temps. Je lui ai dit que j'étais navré de l'avoir fait souffrir, que j'aurais aimé être comme elle l'aurait souhaité et que je l'aimais toujours.

Des larmes plein les yeux, je détourne le regard et fixe la vaste toundra sous nos pieds. Je ne suis pas stupide, il l'a appelée pour lui faire ses adieux.

– Je lui ai aussi dit combien j'étais fier de la femme que tu es devenue. Ta mère et Simon t'ont merveilleusement élevée, Calla. Bien mieux que je ne l'aurais pu.

– Ce n'est pas vrai, parviens-je à articuler.

– J'aurais voulu…

Il fronce les sourcils et sa voix se fait traînante.

– J'aurais voulu t'appeler. Sauter dans cet avion il y a douze ans et venir à ta remise de diplôme. J'aurais aimé arracher ta mère à Simon et la convaincre de revenir avec moi.

Il soupire.

– J'aurais aimé être différent.

– J'aime l'homme que tu es, papa.

Papa s'est avéré être à l'image de celui que je m'imaginais, un homme gentil capable de m'écouter pendant des heures au téléphone. Malgré tous ses défauts et la peine qu'il m'a causée, il est en tout point comme je l'avais voulu. Bizarrement, cette peine s'est envolée. Peut-être que le temps a fait son œuvre. À moins que toute cette histoire ne m'ait enseigné le pardon.

– C'était mon dernier vol, ma grande, dit-il d'une voix sinistre.

Il me prend la main, un étrange sourire apaisé s'étire sur ses lèvres.

– Je ne pouvais pas imaginer meilleure partenaire pour m'accompagner.

***

– Tu triches, Calla.

– Mais non.

Papa me dévisage. Il n'est pas dupe.

– Vu que je ne connais pas les règles, je ne peux pas tricher, papa.

– Même si je te les ai déjà expliquées une dizaine de fois, dit-il avec un sourire en coin.

– Je n'écoutais pas.

Je déplace une pièce ronde de trois cases, puis encore de cinq.

– J'ai le droit de faire ça, pas vrai ?

Il ricane.

– Pourquoi pas.

Sa tête dodeline sur le côté. Ces derniers jours, il a dû mal à se tenir droit.

– Je crois que j'ai assez joué pour aujourd'hui.

– Zut, alors.

Je lui adresse un sourire moqueur et me lève du lit d'hôpital que Jane, l'aide à domicile, avait aidé à installer dans le salon. Je ramasse les pièces et le plateau et les range sur l'étagère. Puis, je dégaine mon portable pour consulter l'heure.

– On attend des nouvelles de quelqu'un ? demande papa qui grimace en redressant sa silhouette émaciée. Ça fait au moins huit fois que tu regardes ce machin en cinq minutes.

– Oui, c'est juste que… Jonah devait m'appeler.

– Il s'est enfin décidé à se servir d'un téléphone ?

Je rembourre son oreiller.

– Il semble que non.

– Ne t'en fais pas, il finira par s'y mettre, dit-il avant de marquer une pause. Où sont Mabel et Agnès à cette heure ?

– Elles ont un cours de tricot en ville.

– Du tricot ? Depuis quand font-elles du tricot ?

Je hausse les épaules et arrange ses draps.

– Depuis aujourd'hui, je crois.

Si papa se doute de quelque chose, il n'en laisse rien paraître. Ces derniers temps, il est même trop fatigué pour poser des questions.

– Est-ce que Jonah dort encore ici cette nuit ?

– Je crois que oui. Si ça ne te dérange pas.

Cela va faire deux semaines que je ne vais plus chez Jonah. J'ai arrêté quand il est devenu clair que papa ne pourrait plus rester seul. Jonah avait insisté pour s'installer ici. Il avait changé les draps du lit de papa et avait entièrement nettoyé sa chambre. Depuis, nous y logeons.

– Oui, c'est une bonne idée. J'aime autant qu'il soit là, si jamais…

Sa voix s'affaisse. *Si jamais tu venais à mourir pendant la nuit.*

– Pas ce soir, papa.

Jane avait passé beaucoup de temps avec nous, pour nous expliquer à quoi nous devions nous attendre : problèmes de respiration, organes internes qui lâchent, détérioration de ses facultés mentales. Nous savions tous, papa inclus, que ce n'était plus qu'une question de temps. Mais pas ce soir.

Je lui allume la télé et lui met un programme sportif. Je remonte ses couvertures et dépose un baiser sur son front.

– Je reviens, je vais chercher tes médicaments.

Tandis que je prépare ses pilules du soir en cuisine, la Ford Escape de Jonah se gare devant la maison. Ni une, ni deux, je bondis dans mes chaussures et fonce dehors sans prendre la peine d'enfiler ma veste.

– Tu es là, dis-je d'une voix chevrotante.

Maman me regarde, se couvre la bouche et fond en larmes.

***

– Calla, serais-tu assez aimable pour me ramener un verre d'eau, s'il te plaît ? demande papa d'une voix rauque.

– Bien sûr.

Je vais remplir le verre d'eau qui lui a servi à avaler ses médicaments. Sans un mot, maman me le prend des mains.

Elle inspire à fond en tremblant, jette un ultime regard pensif vers le mur aux canards et se rend au salon, les grincements du plancher étouffés par ses chaussettes trempées. La voilà de retour en Alaska après vingt-quatre années. Cela doit lui sembler irréel. Tout comme revoir papa après tout ce temps.

Jonah approche dans mon dos et m'entoure de ses bras tandis que nous assistons aux retrouvailles. Bien sûr, papa n'était pas au courant.

– Canon, ta mère, susurre Jonah, assez doucement pour que la voix du commentateur télé couvre ses paroles.

– Grâce à Simon. Lui au moins, il ne planque pas le maquillage des gens comme un vulgaire psychopathe.

Jonah me serre plus fort dans ses bras tandis que j'observe maman faire le tour du lit. Je réalise que je tremble. Probablement car, aussi loin que remontent mes souvenirs, c'est la première fois de ma vie que je vois mes parents réunis. Il aura fallu pour ça attendre qu'il soit sur son lit de mort.

– Bonsoir, Wren.

Les yeux embués de larmes, elle lui tend le verre d'eau qu'elle tient entre ses mains parfaitement manucurées alors que son regard se pose sur l'homme qui avait volé son cœur il y a tant d'années. Des années qu'elle avait passées à essayer d'étouffer cet amour.

Dans mon dos, Jonah se raidit. Tout comme moi, il est en train de retenir sa respiration. Nous attendons une… deux… trois… quatre… cinq secondes que papa dise quelque chose. Qu'il dise n'importe quoi. C'est alors qu'il commence à sangloter.

Le cercle se referme lentement. Nous sommes de retour au commencement, mais proches de la fin. Je me retourne pour étouffer mes pleurs dans la chemise de Jonah.

CHAPITRE 26

– Je crois en avoir vu une noire sous le poêle, dis-je à Mabel depuis le fauteuil en osier, un café entre les mains. Ils ont cogné l'étagère en enlevant le lit du salon.

Un moment plus tard, la voix de la jeune fille s'élève, suivi du cliquetis du damier qu'on replie.

– Je l'ai trouvée !

– Bien, dis-je à mi-voix, probablement trop discrètement pour qu'elle l'entende. Tu ne pourras pas jouer si tu perds des pièces.

Une boule se forme dans ma gorge. Il nous manque désormais une pièce de taille pour disputer nos parties.

Papa nous a quittés il y a cinq jours, entouré de ses proches comme on dit dans les rubriques nécrologiques. Il est mort comme il a vécu. Calmement, avec un sourire apaisé, en paix avec son destin. Il laisse un énorme vide dans mon cœur, que le temps ne comblera jamais. Et pour rien au monde je ne souhaite le combler.

Un subtil parfum de fleurs annonce l'arrivée de maman dans la véranda.

– C'est si étrange de se retrouver ici, dit-elle en arrivant près de moi. Je n'arrive pas à croire qu'il ait conservé toutes mes affaires.

Avec sa tenue, maman a tout d'une anomalie dans le paysage. Elle porte un chemisier en soie et un pantalon à pinces bien repassé. Ses poignets scintillent de bijoux, ses cheveux sont doux, bien coiffés et son maquillage est impeccable. Difficile d'imaginer que toutes les affaires que nous avions remontées du garage aient pu autrefois lui appartenir.

– Il a gardé tout ce qui avait un rapport avec toi, maman. Y compris l'amour qu'il avait pour toi.

Elle inspire un souffle chevrotant et pendant un bref instant, j'ai l'impression qu'elle va craquer à nouveau. Mais elle se retient et je lui prends la main, transmettant par ce geste toute la gratitude que j'ai pour elle. Je suis si heureuse qu'elle soit venue. Je n'avais pas eu à la supplier. Un simple texto avait suffit.

Je crois qu'il faut que tu viennes.

Trois jours plus tard, elle était dans l'avion pour l'Alaska.

Bien sûr, papa ne le lui aurait jamais demandé. Mais lors de ses derniers jours, avec maman assise à son chevet qui lui prenait la main, j'ai senti toute la paix intérieure qui l'habitait. Il souriait lorsque maman s'esclaffait de quelque chose qui passait à la télé. Puis, j'avais remarqué la grosse larme qui coulait sur la joue de papa au moment où maman s'était penchée sur lui pour l'embrasser une toute dernière fois.

Elle demande :

– Jonah est au travail ?

– Oui, il m'a prévenu qu'il rentrerait tard.

Ces derniers jours, il rentre toujours tard. Je ne saurais dire si la mort de papa qui l'affecte trop ou mon départ prochain. Peut-être les deux. Je le sens peu à peu se détacher de moi – de nous – de la seule manière qu'il connaisse. Je ne l'en blâme pas, car c'est dur pour moi aussi, je le comprends.

Maman ouvre la bouche pour parler mais je l'interromps :

– Non, maman. Je sais ce que tu vas dire mais je ne veux pas entendre ça pour le moment.

Jonah est bien la corneille et je suis sa femme l'oie. Il appartient aux contrées sauvages de l'Alaska, aux nuits paisibles, à cette région rurale où il sauve des vies en risquant la sienne. Quant à moi, maintenant que mon père n'est plus et qu'un silence surnaturel hante à nouveau cette maison, je sens l'appel de la ville. L'appel de mon ancienne vie.

Une vie où il n'a pas sa place, peu importe combien j'aimerais qu'il en fasse partie.

Du coin de l'œil, je perçois le hochement de tête de maman et la manière dont elle m'observe.

– Tu as l'air si différent.

Je ricane par le nez.

– C'est parce que je ne me suis pas maquillée depuis des jours.

Comme par magie, mon démêlant était réapparu sur ma commode il y a quelques jours, juste après que j'ai piqué une crise à cause des nœuds dans mes cheveux. Mais toujours aucune trace de mes autres produits de beauté.

– Je n'arrive pas à croire que tu ne l'aies pas tué pour t'avoir fait un coup pareil !

– Je sais.

Quand je pense à quel point je lui en ai voulu. Aujourd'hui, je préfère en rire. Jonah peut parfois se montrer odieusement têtu. Maman continue à m'étudier.

– Ce n'est pas le maquillage, c'est autre chose, murmure-t-elle, avant de porter son regard vers la toundra. Tu es sûre que tu ne veux pas rentrer avec moi ? Simon a vérifié et il y a encore des places disponibles sur mon vol.

– Certaine. J'aimerais aider Agnès à mettre en ordre le reste de la maison.

C'est un mensonge. Bien sûr, je veux aider Agnès mais ce n'est pas la raison pour laquelle je tiens à retarder mon départ. Le regard que m'adresse maman indique qu'elle connaît très bien les raisons qui me poussent à rester. Elle pousse un long soupir et vient poser une main apaisante sur ma jambe.

– Je t'avais pourtant prévenue pour les cow-boys célestes. Il ne faut pas tomber amoureuse d'eux.

– Oui, je sais, dis-je en tâchant de ne pas rire.

Puis, n'y tenant plus, je laisse libre court à mes pleurs. Je ne rentre pas avec un vide dans le cœur. Mais deux.

***

Je resserre les épaisseurs de polaire autour de moi au moment où Jonah dépose deux valises à mes pieds. Le froid s'est accentué ces derniers jours. La météo a annoncé de la neige pour le début de semaine. Si j'étais restée, il aurait fallu que je me refasse une garde-robe pour l'hiver. Maman était retournée à Toronto pile à temps pour l'été indien.

Jonah relève sa casquette et se recoiffe.

– C'est tout ?

– Je crois… Merde ! J'ai oublié mon sac à main !

– Donne-moi une seconde.

La tête dans les épaules, il repart en trottant vers Veronica. Et si je faisais une erreur ? Dois-je vraiment partir et le quitter ? Cela fait mille fois que je me pose la question. Jonah revient et me tend mon sac.

– Le voilà, dit-il, posant brièvement son regard bleu glace sur moi avant de détourner le visage.

Jonah avait toujours abordé les sujets sensibles avec la subtilité d'un taureau chargeant une cape rouge, mais on dirait que mon « fletcherisme » a fini par déteindre sur lui.

– Jonah, je…

– Tu n'es pas forcée de partir.

On dirait qu'il va finalement falloir que nous ayons cette conversation déchirante. Une douleur sourde bat dans ma poitrine.

– Je dois partir. Papa n'est plus là, il est temps que je rentre chez moi.

– Tu es chez toi, ici, dit-il. Pour aussi longtemps que tu le voudras.

– Ce n'est pas pareil, je… Tu as ta vie ici. La mienne est là-bas. Tout ça n'était que temporaire.

Une boule se forme dans ma gorge.

– Et tu ne veux même pas essayer, dit-il d'une voix pleine de reproches.

– Jonah, ce que tu dis n'est pas juste.

– Rien de tout ça ne l'est, grommelle-t-il en fourrant les mains dans ses poches.

– Serais-tu prêt à quitter tout ce que tu as ici et à venir vivre à Toronto avec moi ?

Il serre les dents et pousse un juron étouffé.

– Alors tu sais que j'ai raison, conclus-je.

– Je le sais, mais ça ne signifie pas pour autant que ça doit me plaire.

Il lève sur moi son regard perçant et je manque presque de changer d'avis.

– Ça ne veut pas dire que je ne veux pas que tu restes.

J'inspire à fond pour me calmer.

– Tu pourrais venir me rendre visite, un de ces quatre.

Il pousse un soupir résigné et baisse les yeux, se perdant dans la contemplation du gravier.

– Oui, je ne sais pas quand, en revanche. Il faut que quelqu'un gère les affaires de Wild le temps que la fusion ait lieu. C'est-à-dire pas avant deux mois. En plus, j'ai dit à Aro que j'assurerai la transition et que je les aiderai.

– Combien de temps ?

Il lève évasivement les épaules.

– Va savoir. Ça prendra le temps que ça prendra.

J'acquiesce.

– Peut-être après, alors.

– Peut-être.

Ses yeux se lèvent enfin vers moi et j'ai la très distincte impression qu'il ne viendra jamais. Le temps et la distance auront raison de nos sentiments respectifs, ne laissant que des souvenirs agréables et des relents de dure réalité. C'était notre destin dès le départ.

– Jonah, Calla ! Salut !

Nous nous tournons tous les deux vers Billy qui s'approche de nous avec un sourire aux lèvres, inconscient de ce qu'il vient d'interrompre. Je déglutis à nouveau.

– Salut.

Billy soulève mes deux valises.

– Je les mets dans le taxi.

– Merci, dis-je avant de consulter l'heure sur mon téléphone. Il vaut mieux que j'y aille. Mon vol est dans moins de deux heures. Si je reste plus longtemps, je ne monterai jamais dedans.

Jonah me prend alors dans ses bras et pour la dernière fois, je me love contre lui, mémorisant la délicieuse sensation de son étreinte, le parfum entêtant de son savon et de son être. Il murmure à mon oreille.

– On savait tous les deux que ça serait dur.

– Oui, mais pas à ce point.

Le son des bottes de Billy sur le gravier vient interrompre ce moment d'intimité. Jonah murmure à nouveau, la voix enrouée par l'émotion.

– Tu sais où me trouver.

Il relâche son étreinte et baisse les yeux vers moi. Lorsque son pouce vient caresser ma joue, je réalise que je suis en train de pleurer. Le devant de sa chemise est couvert de mascara que j'essaye de nettoyer avec la main mais ne parvient qu'à l'étaler davantage.

– Désolée.

Jonah m'avait rendu mon maquillage ce matin pendant que je finissais mes bagages. Pendant tout ce temps, il l'avait gardé au grenier. Il inspire brusquement et prend mes mains dans les siennes pour les porter contre son cœur. Il reste comme ça quelques instants et les relâche avant de commencer à s'éloigner.

– Bon vol, Barbie.

– Toi aussi, espèce de yéti grincheux, parviens-je à répliquer malgré mon cœur qui se serre.

Je prends le temps de le regarder monter dans son avion, pour bien me rappeler que ça n'aurait pas tenu et que je fais le bon choix. Je reste si longtemps que mon cœur vole en éclat.

Puis, je rentre chez moi.

CHAPITRE 27

Deux mois plus tard...

– Vous saviez qu'à Bangor il y a plus de taxis par habitant que dans tous les États-Unis ?

Le conducteur du Uber me regarde brièvement dans son rétroviseur avant de revenir à la route. Je poursuis :

– Il y a un chauffeur là-bas, Michael. Il n'a que vingt-huit ans et il a déjà huit enfants ! Non, six…

Je marque une pause et réfléchis.

– Sept, conclus-je. Le septième arrive en décembre.

– Vous m'avez bien dit que c'était la maison au coin de la rue ? demande le chauffeur en ralentissant à l'approche de notre grande maison en briques.

– Oui, c'est bien ça.

Manifestement, il se fiche de Bangor en Alaska et de ses compagnies de taxi. Je paye, dégaine mes clés, descends du véhicule et remonte l'allée en direction de la maison. Il fait glacial dehors et la route est recouverte d'une fine couche de neige poudreuse.

Je dépasse la voiture de Simon, puis celle de maman, et les poubelles, et…

– Et merde !

Demain, c'est le jour des poubelles. Enfin, techniquement, c'est aujourd'hui : il est une heure du matin. Déposant mon sac sur l'allée de pierres, je remonte et commence à traîner les poubelles une à une jusqu'au trottoir. Au troisième voyage, je m'empare du bac de recyclage quand une petite tête poilue et noire en surgit. Poussant un cri de stupeur, je manque de perdre l'équilibre mais parviens à me stabiliser sur mes talons.

– Sid ! Tu fais ça à chaque fois ! Tu n'hibernes donc jamais ?

Avec un piaillement, il bondit hors du bac de recyclage et part se réfugier sous la voiture de Simon, éparpillant plusieurs conserves au passage. Tim s'élance derrière lui.

Soudain, un rire profond et guttural s'élève depuis la véranda. Mon cœur s'arrête de battre.

Je ne connais qu'une personne ayant un rire pareil. Je remonte l'allée sans me soucier de mes talons qui s'enfoncent dans les failles du chemin et découvre Jonah, assis nonchalamment dans le fauteuil sous le porche, les bras posés sur les accoudoirs. Complètement insensible au froid.

– Comment arrives-tu à les différencier ? demande-t-il comme si de rien n'était.

– Tim a une tache blanche plus grande autour de l'œil, dis-je, encore sous le coup de l'émotion. Mais qu'est-ce qui est arrivé à ton visage ?

Jonah passe la main sur sa mâchoire glabre.

– J'ai perdu mon barbier et je n'ai pas réussi à en trouver un aussi doué.

Les jambes tremblantes, je grimpe les marches du perron tandis que ses yeux bleus observent mes escarpins et ma petite robe noire.

– Depuis combien de temps es-tu là ?

– Je suis arrivé vers vingt-et-une heures. Tu étais déjà sortie.

– Je suis allée dîner avec Diana. Et on a été boire un verre, juste après. Tu aurais dû me téléphoner ! Personne ne m'a rien dit.

– Quelle idée ! dit-il en pointant le menton vers l'allée. Te voir sortir les poubelles valait amplement le coup d'attendre !

Je reste immobile face à lui, encore sous le choc.

– Tu ne réponds plus à mes textos.

Toute trace d'humour s'efface de ses traits.

– Je sais. C'était trop dur.

– Je vois ce que tu veux dire.

Je savais qu'écrire mettait du sel sur les plaies et que cela ne nous aidait pas à passer à autre chose. Mais c'était plus fort que moi et arrêter avait été une torture.

– Qu'est-ce que tu viens faire ici ?

Il soupire et secoue la tête.

– Que crois-tu que je sois venu faire ici, Calla ? Ce n'est plus pareil, maintenant.

– Qu'est-ce qui n'est plus pareil ?

– L'Alaska. Sans toi, l'Alaska n'est que ruines.

Il parle avec humour mais je peux déceler une note accusatrice dans sa voix.

– Je suis désolée.

– Vraiment ?

– Pas totalement, non, admets-je avec un sourire honteux.

Une étincelle d'espoir s'allume en moi. Peut-être ne suis-je pas la seule à me sentir malheureuse, finalement. Jonah tend la main vers moi et je l'accepte sans sourciller, me laissant entraîner sur ses genoux. Le contact de son corps m'arrache une petit cri de contentement. C'est encore plus agréable que dans mon souvenir.

Est-ce un rêve ? Ou Jonah est-il réellement venu jusqu'ici pour me voir ? Prenant ma main dans la sienne, ses doigts courent sur mes ongles vernis.

– As-tu été…

– Malheureuse ? Oui. Mais les choses ont changé ici aussi.

Je retire sa casquette et appose mon front contre le sien.

J'ai changé. Bien sûr, je continue à sortir avec Diana et mes amis, mais je m'esquive à la moindre occasion pour retrouver maman et Simon et m'installer sur le canapé avec eux, pour les regarder se chamailler. Diana travaille toujours à fond sur Calla

& Dee, mais j'ai encore la tête dans mes souvenirs de l'Alaska, de papa, de Jonah. Sur Instagram, je poste les photos de mon séjour, partageant des anecdotes qui me font rire même si je suis la seule à les lire. D'après Simon, c'est un procédé thérapeutique. Mais à dire vrai, je ne cherche qu'à conserver vivaces aussi longtemps que possible les souvenirs que j'ai de ce séjour, car je sais que jamais je ne les revivrai.

Désormais, je ne me maquille plus pour faire mon jogging et j'ai la main plus leste sur le maquillage en général. La chemise que Jonah m'a offerte est suspendue dans mon armoire et chaque fois que j'ai besoin de réconfort, je la prend et la serre contre moi. L'ironie, c'est qu'à peine de retour dans la frénésie urbaine, le calme et la quiétude de l'Alaska me manquaient déjà.

Jonah m'adresse un rictus satisfait.

– Parfait.

N'y tenant plus, je pose la main sur sa barbe de trois jours et me penche vers ses lèvres pour l'embrasser, gardant en mémoire que cela ne durera à nouveau qu'un temps et que la séparation n'en sera que plus dure. Mais c'est plus fort que moi. Je prendrai ce qu'il m'est possible d'avoir pour aussi longtemps que cela sera possible.

Jonah passe sa langue sur sa lèvre inférieure.

– Qu'est-ce que tu as bu, ce soir ?

– Juste un martini.

Il arque des sourcils incrédules.

–Bon, j'avoue, trois martinis.

Dans le Uber, j'étais encore pompette mais étrangement, je me sens tout à coup plus sobre qu'un chameau. Jonah pousse un râle et ôte délicatement les cheveux qui tombent sur mon front, ses yeux scrutant mon visage.

Je demande :

– Qu'est-ce qu'on va faire ?

– Je ne sais pas.

– Moi non plus.

Je joue négligemment avec le col de sa veste et glisse les mains dessous.

– Et Wild ? Comment ça se passe ?

– Le nom de la boîte va changer. Ils sont déjà en train de remplacer les logos Wild par celui d'Aro. Je leur ai dit que je restais encore deux mois, puis je démissionnerai. C'est… C'est trop dur.

Il serre les dents et reprend :

– Wren n'est plus là. Wild va mourir avec lui.

La boule que j'ai dans la gorge me lance atrocement.

– Il me manque.

– Oui. À moi aussi, dit-il d'une voix épaisse.

– Qu'est-ce que tu comptes faire, maintenant ? Si tu ne travailles plus pour Wild, où iras-tu ?

– Je compte lancer ma propre compagnie, pour des vols d'excursions privées. Wren m'a légué trois avions.

– Oui, il m'en avait parlé. C'est bien. Les gens te font confiance.

– Je pense vendre Jughead et m'en racheter un plus petit. Et je compte me rapprocher d'Anchorage. Pour toi. Tu pourrais m'aider à gérer le marketing.

Il déglutit.

– Ça te dirait ?

Est-ce qu'il me demande d'emménager en Alaska ? Prise de court, je me mets à balbutier.

– Quoi ? Mais que… Que veux-tu dire ? Tu me proposes de vivre là-bas avec toi ?

– Ouep.

Mon cœur commence à cogner dans ma poitrine.

– Je… je ne sais pas, Jonah.

Si je pars, ce serait uniquement pour Jonah. Je renoncerais à ma vie pour lui, exactement comme maman l'avait fait et ça ne s'était pas bien fini pour elle.

– Mais si je ne m'y plaisais pas ?

– Alors, on trouvera un compromis.

– Et si ce compromis signifie qu'il te faut quitter l'Alaska ?

Jonah me manque à mourir mais c'est un choix de vie que je ne me sens pas encore prête à faire.

– Tant que je peux piloter et que tu es là, alors je serais heureux. Mais vivre chacun dans son coin ? Je ne marche pas. Je ne vais pas renoncer à toi sans me battre et je n'attendrai pas toute ma vie que tu reviennes. Je ne suis pas comme Wren.

Putain de merde. Une partie de moi veut accepter son offre sans attendre, une grosse partie de moi.

– Il faut que j'y réfléchisse, Jonah. Ce n'est pas un non, mais je dois vraiment y penser avant.

Il sourit.

– C'est normal. Je m'y attendais. Tu es une Fletcher, après tout.

Je porte une main tremblante vers sa mâchoire rasée, toujours sous le choc.

– Ça te plaît comme ça ?

– Oui mais… laisse-la repousser, ça te va mieux.

– Voyez-vous ça !

– Mais pas ta barbe de yéti ! Une belle barbe de Viking !

Un son s'échappe de ses lèvres.

– Ça me fait penser…

À ma grande surprise, Jonah dégaine un téléphone portable de sa poche. Intriguée, je le regarde lancer Instagram et me présenter mon profil, sur la photo de lui que j'avais postée la semaine dernière. « Le Bon, La Brute et le Yéti ». Le post avait fait tripler le nombre de mes followers et comptait des milliers de likes, principalement de femmes.

Me pinçant les lèvres pour m'empêcher de sourire, j'observe la photo de Jonah, torse nu en train de couper du bois. Le large pantalon qu'il portait révélait ses abdominaux en V et la fine toison qui courait jusque sous son ceinturon. C'était le dernier cliché que j'étais parvenue à prendre avant d'être repérée, mais c'était aussi le meilleur. Avec le brouillard en fond, sa musculature et son profil sont d'autant plus imposants.

– Un problème ? dis-je avec innocence.

– Tu n'as pas idée combien Agnès s'est payé ma tête ! Elle l'a imprimée en masse et l'a collée un peu partout !

– Je sais. Je lui ai envoyé l'originale.

Il fronce les sourcils et je remarque que la cicatrice sur son front a bien guéri.

– On reçoit un paquet de réservations ces derniers temps, qui demandent spécifiquement à ce que ça soit moi le pilote.

– Rien de nouveau sous le soleil, donc ! Les gens te connaissent déjà !

– Ils demandent le yéti !

– J'adore ce hashtag. Pas toi ?

Ses lèvres pleines s'étirent en un sourire vindicatif. *Merde.*

– Qu'est-ce que tu comptes me faire ?

Le regard plein de malice, Jonah m'attire contre lui pour m'embrasser, mais avant, il susurre à mon oreille :

– Tu vas devoir patienter pour le savoir.

REMERCIEMENTS

Chères lectrices,

Merci à vous d'avoir accordé quelques heures de votre vie à mes personnages : Calla, Jonah, Wren, Simon, Agnès et Mabel.

Lorsque j'ai débuté l'écriture d'*Alaska Wild*, je m'attendais à ce que le résultat soit un livre plein d'émotion. Mais je n'avais pas anticipé à quel point j'en ressortirais moi-même émue. Je me suis plus d'une fois retrouvée en larmes en l'écrivant, alors que ça ne m'arrive *jamais* ! Mais j'ai tâché de contrebalancer les pleurs avec de l'humour et de l'espoir, comme on le fait dans les moments les plus sombres de nos vies.

Alaska Wild est le premier livre que j'écris dont l'action se passe en partie au Canada et je vous garantis que ce ne sera pas le dernier ! J'ai pris un malin plaisir à disséminer tout au long du roman un certain nombre de clins d'œil que mes compatriotes canadiens devraient prendre plaisir à découvrir – en particulier les joueurs de GTA !

Parfois, le lieu de l'action d'un roman devient un personnage à part entière et avec *Alaska Wild*, cela ne saurait être plus vrai ! Pour préparer ce livre, j'ai dévoré un grand nombre de documentaires sur Discovery Channel (si vous souhaitez en savoir plus sur l'Alaska Occidentale et le quotidien des pilotes de brousse, je vous recommande chaudement le fascinant *Flying Wild Alaska*) et j'ai également passé plusieurs semaines à consulter des blogs et des comptes rendus de voyages afin de rendre justice à cette région absolument unique au monde.

À celles et ceux qui auraient eu envie de consulter leur carte, il n'existe pas de Bangor en Alaska (c'est en réalité une ville du Maine). Pour modeler cette Bangor fictive, je me suis basée sur la ville de Bethel, Alaska. Mais je tenais tout de même à me laisser suffisamment de liberté et de marge créative pour ne pas « passer à côté de mon sujet ». Ainsi est née Bangor, Alaska.

***

Je tiens à adresser mes remerciements aux personnes suivantes (j'espère n'oublier personne et si c'est le cas, je vous prierais sincèrement de me pardonner).

Composition et mise en pages
Nord Compo à Villeneuve-d'Ascq